KB251756

너와 나 사이의 우주

너와 나 사이의 우주

The
Space
Between
Us

더그 존스턴 지음
신윤경 옮김

문학수첩

나의 형제
캐런과 데이빗에게

1

피게이트 공원에 들어서는 순간 어둠 속에서 움직임이 느껴졌다. 그들이 그의 뒤를 쫓고 있었다. 레녹스는 셀프 이스팀(Self Esteem) 앨범이 돌아가는 CD플레이어의 멈춤 버튼을 눌렀다. 하지만 헤드폰을 벗지는 않았다. 헤드폰을 벗어 목에 걸면 그가 그들의 존재를 눈치챘다는 사실이 드러날 것이기 때문이다. 레녹스는 같은 속도로 걸으며, 스케이트보드를 슬며시 고쳐 잡았다. 데크보다 휠축을 잡아야 휘두르기가 편할 것이다.

속닥이는 목소리와 바닥에 운동화 끌리는 소리가 들렸다. 그는 조금 더 빨리 걷기 시작했다. 곧 연못 가장자리를 따라 길이 두 갈래로 나뉘었다. 선택의 순간이다. 왼쪽으로 가면 더 빠르지만 너무 어둡다. 그는 오른쪽 길을 택해, 언덕 위 철도 측선에서 쏟아져 내려오는 불빛 속으로 걸어 들어갔다. 나무 사이사이 풀밭을 가로지르자, 길은 연못을 따라 왼쪽으로 휘었다. 맑은 밤하늘에는 별이 흩어져 있었고 하얀

달은 동전을 박아놓은 듯 둥글었다. 연못 안 작은 섬에는 한 발로 서서 몸을 구부린 채 먹이를 찾는 왜가리가 보였다. 그때 뒤에서 인기척이 느껴졌다. 그는 스케이트보드를 더욱 꼭 움켜쥐었다.

오리에게 먹이를 던져주기 위해 만든 목재 데크에 이르자 저 앞 왼편에서 뭔가가 나타났다. 그와 다른 길을 선택해 연못을 둘러 온 두 남자였다. 레녹스는 두 사람을 알아보고 걸음을 재촉했지만 너무 늦었다. 그들은 가볍게 뛰듯 성큼성큼 다가와 연못 둘레길을 가로막았다. 어둠 속에서 먼저 얼굴을 드러낸 사람은 블레어였다. 목과 어깨가 두툼한 블레어는 회색 상의와 조거팬츠를 입고 있었다. 멍청한 그의 똘마니 중 하나인 카이가 뒤이어 모습을 드러냈다. 블레어보다 키는 크지만 머리가 텅 빈 놈이었다. 레녹스가 몸을 돌리자 블레어 패거리에 속한 또 다른 두 사람이 보였다. 작은 놈은 카슨, 덩치 큰 놈은 칼이었다. 레녹스는 다시 블레어를 향해 몸을 돌렸다. 블레어는 겨우 몇 발 떨어진 거리에서 미소를 띤 채 턱을 긁적이고 있었다.

"뭐 하냐, 허수아비?"

레녹스는 침을 한 번 삼킬 뿐 대답하지 않았다. 블레어가 턱을 쓱 내밀며 자기 귀를 톡톡 두드렸다.

"헤드폰 벗어."

레녹스는 헤드폰을 끄집어 내려 목에 걸었다. 헤드폰 밴드에 눌렸던 머리가 봉긋 솟아오르는 것이 느껴졌다.

"훨씬 낫다. 대걸레도 바람 좀 쐬어줘야지."

블레어의 말에 그의 패거리들이 키득키득 웃음을 터뜨렸다.

레녹스는 고등학교에 막 입학했을 때 커다랗게 부푼 둥근 곱슬머리의 아프로 스타일이 부끄러워 머리를 짧게 잘랐다. 하지만 알아봐 주는 여학생들 덕분에 점차 자신감을 얻었고 열여섯 살이 되면서 다시 머리를 기르기 시작했다. 아이들은 대부분 그의 헤어스타일을 좋아했다. 여자아이들이 묻지도 않고 그의 머리를 만질 때면 묘한 기분이 들기도 했다. 하지만 그의 독특한 머리는 블레어 같은 허접쓰레기들에게도 관심의 대상이 되었다.

이 네 녀석은 레녹스와 같은 학년의 포르토벨로 고등학교 학생들이었다. 반은 모두 달랐다. 레녹스는 공부를 아주 잘하는 편은 아니지만 그럭저럭 괜찮은 수준을 유지했다. 그는 물리와 기술을 좋아했다. 세상의 작동 원리를 배우는 게 좋았다. 하지만 이 녀석들은 모두 바닥 수준이었다. 내내 바닥에서 허우적대다가 졸업과 동시에 마약상이 되거나 군에 들어갈 것이 뻔했다.

"허수아비, 인사도 안 하나?"

블레어가 똘마니들 보란 듯 큰 소리로 말했다. 저 녀석만 없으면 나머지는 아무것도 아니다. 블레어는 저들에게 어딘가에 속해있다는 기분을 느끼게 해주었다.

레녹스는 블레어의 등 뒤로 이어지는 길을 바라보며 초조하게 이리저리 발을 움직였다.

"어, 안녕?"

블레어가 씩 웃으며 손을 쭉 내밀었다.

"그래야지. 어딜 그렇게 급히 가냐?"

레녹스가 어깨를 으쓱 들어 올렸다.

"어찌나 빠른지 따라오느라 애먹었어. 안 그러냐, 애들아?"

"그냥 집에 가는 길이었어."

블레어가 한 걸음 다가섰다.

"아, 너네 어린이집에서 정한 취침 시간이 지났나 보지?"

사실 레녹스가 살고 있는 보육원의 통행금지 시간은 이미 몇 시간 전에 지났지만 그는 다 큰 애라 아무도 신경 쓰지 않았다.

"마약쟁이 마을 지나갈 때 조심해."

블레어가 말했다. 노스필드를 가리키는 말이었다. 그 녀석이 사는 곳 주변에 약쟁이들이 넘쳐나는 걸 생각하면 웃긴 일이었다.

블레어가 한 걸음 더 다가서자 그의 입에서 마리화나와 에너지음료 냄새가 풍겨왔다. 카슨과 칼도 레녹스와의 거리를 좁혔고, 카이는 블레어의 뒤에 바짝 붙어 섰다. 이 멍청한 놈들에게 험한 꼴을 당하는 일은 익숙했다. 곱슬머리, 갈색 피부, 불쌍한 고아 등 핑곗거리는 다양했다. 하지만 자주 겪는다고 해서 이런 상황이 편해지지는 않는다.

"나 먼저 갈게."

레녹스가 걸음을 옮기려 하자 블레어가 그 앞을 가로막았다. 나머지 무리도 한 걸음씩 그를 향해 다가왔다. 블레어는 억울하다는 듯 양손을 들어 올렸다.

"얘기 좀 하자, 허수아비. 얘기나 좀 하자고."

레녹스가 스케이트보드를 들어 올리려는 순간 귀에 묵직한 충격이 날아들었다. 그는 옆으로 쓰러졌고, 누군가 그의 팔을 뒤로 꺾어 잡았다. 스케이트보드가 바닥에 떨어지고, 블레어가 그의 배를 향해 주먹을 휘둘렀다. 레녹스는 숨이 막히는 것 같았다. 블레어는 다시 그의 얼굴에 주먹을 날렸다.

"이 새끼가 좀 잘해주려고 했더니!"

블레어가 레녹스의 배를 가격하며 말했다. 레녹스는 씩씩거리며 힘겹게 숨을 들이마셨다.

"넌 네가 우리보다 잘난 줄 알지?"

블레어가 말했다. 자기들보다 조금이라도 똑똑하거나 잘생기면 재수없는 엘리트 취급 하는 뻔한 레퍼토리가 시작된 것이다. 괴롭힘에 이유는 없다. 그저 쉬운 먹잇감을 찾아 적당한 이유를 가져다 붙이면 그만이었다.

다음 주먹이 얼굴에 꽂히는 순간 레녹스는 무릎에 힘이 풀려 푹 쓰러지고 말았다. 어깨가 찢어질 듯 아팠지만 카슨과 칼은 그의 팔을 놓지 않았다. 카이는 눈을 반짝이며 블레어의 어깨 너머로 레녹스를 내려다보고 웃었다.

블레어가 레녹스의 스케이트보드를 집어 들더니 공원 벤치에 내려쳤다. 데크가 두 동강이 나며 파편이 사방으로 흩날렸다. 블레어는 부서진 스케이트보드를 레녹스 앞에 툭 내던지고 그의 머리카락을 움켜잡아 고개를 뒤로 홱 젖혔다.

"또 잘난 척해보시지, 깜둥이 새끼!"

"뒈져버려, 이 개새끼야."

레녹스의 말에 블레어의 표정이 굳어졌다. 그가 주먹을 들어 레녹스의 눈을 강타했다. 엄청난 고통과 함께 눈앞에서 불빛이 번쩍였다. 눈에서는 눈물이 흘렀고, 찢어진 이마에서는 피가 흘러내렸다.

그런데 이상하게도 불빛은 점점 더 밝아지는 것 같았다. 레녹스는 눈을 감았다. 불빛이 눈꺼풀 바깥쪽에서 느껴졌다. 그는 다시 눈을 떴다.

공원에 파랑과 초록색 불빛이 일렁이고 있었다. 나무 주변에서 움직이는 이상한 그림자들도 보였다. 공원은 대낮처럼 밝았다. 물속에 잠긴 것 같은 독특한 색의 조명등을 수백 개 켜놓은 듯했다.

그때 서쪽 하늘 어디에선가 날카롭게 치직거리는 소리가 들려왔다. 블레어는 레녹스의 머리카락을 움켜잡고 있던 손을 놓았다. 그들 모두 하늘을 올려다보았다. 번쩍하는 강렬한 불빛이 그들을 휩쓸었고, 비명처럼 날카로운 소리와 낮은 우르릉 소리를 배경으로 거대한 쉬익 소리가 울려 퍼졌다. 레녹스는 공기가 진동하고 땅이 흔들리는 것을 느꼈다. 얼마나 높은 곳에 있는지 가늠할 수 없는 이상한 그림자들이 희미한 빛으로 일렁이며 공원 주변을 미끄러지듯 빠르게 움직였다. 레녹스는 점점 어지러워졌다. 거대한 소음과 청록색 빛의 장막은 어느 순간 동쪽으로 향하며 서서히 약해졌다. 그것들이 지나간 자리에는 색색의 불꽃이 꼬리처럼 남아 공기 중에 춤을 추듯 떠다녔다.

그들은 여전히 둥근 빛 덩어리가 사라진 곳을 바라보고 있었다. 주변은 다시 고요해졌지만 세상은 무엇인가 달라진 듯했고 공기는 아직도 조금 전의 소음으로 파르르 떨리는 것 같았다.

레녹스가 자리에서 일어섰다. 블레어는 자기 패거리를 바라보았다.

"와, 씨! 뭐냐?"

다들 어깨를 으쓱할 뿐이었다.

레녹스의 코끝에 문득 익숙한 냄새가 풍겨왔다. 제과점이나 화학실험실에서 맡아본 것 같은 매캐하면서도 어딘가 달콤한 냄새였다.

블레어가 머리를 좌우로 흔들고 레녹스를 바라보았다.

"우리 어디까지 했지?"

레녹스는 마음을 다잡았다. 그런데 블레어가 한 손을 관자놀이에 얹더니 어린나무처럼 휘청거리기 시작했다. 그는 목에 쥐라도 난 듯 잔뜩 웅크리고 멀건 눈으로 똘마니들을 바라보았다.

"뭐야, 씨!"

그는 말이 끝나기 무섭게 모래주머니처럼 털썩 무릎을 꿇더니 콘크리트 바닥에 머리를 쿵 내리찧었다. 카이도 마찬가지였다. 엉덩방아를 찧는 코미디언처럼 뒤로 넘어갔다. 레녹스는 고개를 돌려 카슨과 칼을 바라보았다. 둘은 서로를 붙잡으려는 듯 팔을 뻗었지만 역시 정신을 잃고 바닥에 쿵 쓰러졌다.

레녹스는 바닥에 뻗어버린 네 녀석을 바라보다 고개를 들어 빛 덩어리가 사라진 자리를 물끄러미 쳐다보았다. 갑자기 세상이 빙글빙글 돌기 시작했다. 나무도 돌고, 공원과 연못도 그를 가운데 두고 소용돌이쳤다. 그는 허리를 구부리고 양손으로 허벅지를 짚은 채 바닥에 토했다. 그러고는 털썩 쓰러져 어둠에 몸을 내맡겼다.

에이바는 침대에 누운 채 최대한 숨을 죽였다. 더 잘 듣기 위해서였다. 마이클이 바로 옆에 누워있었다. 숨소리가 느리고 들쑥날쑥했다. 음식에 넣은 약의 용량은 적당했을까? 전혀 가늠할 수 없었다. 그녀는 교무실에 놓아둔 로언의 핸드백에서 알약을 하나씩 훔쳐 모았다. 지난 이틀 동안 반 알만 음식에 섞어 테스트를 해보았는데, 오늘은 세 알을 갈아 찜 요리에 넣고 그것을 숨기기 위해 마늘도 왕창 넣었다. 마이클은 요리에 대해 투덜댔지만, 그 정도는 늘 있는 일이었다.

그녀는 어지러운 천장 무늬를 바라보았다. 기다란 줄들이 서로 뒤얽힌 것이 마치 정체 모를 생명체가 서로의 팔을 맞잡은 모습 같았다. 마이클의 숨소리는 더욱 느려졌고, 배 속 아기의 발길질이 느껴졌다. 에이바는 임신 8개월 차였다. 아기는 이제 시간이 없다고 말하는 것 같았다. 에이바가 이 괴물 같은 인간한테 지배당하고 통제받는 것은 그렇다 쳐도, 새로 태어날 아기까지 이 집에 살게 할 수는 없었다. 그것이 지금 당장 행동해야 하는 이유였다.

마이클이 그녀 쪽으로 몸을 돌렸다. 힘없이 축 늘어진 얼굴이 자신을 향하자 에이바는 움찔했다. 어쩌다 이 지경이 되었을까? 얼굴을 보는 것만으로 이렇게 겁을 먹다니! 그녀는 변해버린 자기 모습이 부끄러웠다. 늘 협박과 괴롭힘에 시달렸지만, 이제 끝을 내야 한다.

마이클이 숨 쉴 때마다 썩은 마늘 냄새가 풍겼다. 에이바는 위산이 목구멍까지 치솟아 오르는 것을 느꼈다. 하지만 지금 토하면 마이클이 깰 것이다. 그는 잠을 깊이 자는 편이 아니었다. 꿈을 꾸다가도 방 안에서 작은 움직임이 느껴지면 바로 알아챘다. 원초적 경계심을 지닌 사람이라고 해야 할까? 그는 자신이 만든 세상의 질서에 위협이 될 요소라면 어떤 것도 놓치지 않기 위해 늘 눈을 부릅뜨고 있었다.

에이바는 이불을 살짝 들어 올렸다. 심장이 목에서 뛰는 것처럼 쿵쾅거렸다. 그녀가 마이클의 숨소리에 귀 기울이는 동안에도 아기는 끊임없이 그녀의 신장과 방광을 눌러댔다. 오줌은 일이 다 끝난 다음 편하게 누자.

그녀는 다리를 움직여 발을 바닥에 내려놓고 천천히 몸을 돌려 일어섰다. 마이클은 새를 쫓아내려는 사람처럼 머리 위로 두 손을 올린 채 코를 골고 있었다. 그녀는 문 앞으로 걸어가 잠시 기다렸다가 문을 열었다. 하지만 삐걱 소리에 놀라 바로 얼어붙고 말았다.

마이클은 코를 킁킁대더니, 뭔가 마음에 들지 않는다는 듯 콧등을 찡그렸다. 그가 낮은 목소리로 몇 마디를 중얼거리는 순간 에이바는 심장에서 불길이 뿜어져 나와 온몸을 불사르는 것 같았다. 모두의 기억에서 잊힌 채 수백 년간 이 침실 문 앞에 서있는 대리석상이 된 기분이었다. 멀리서 자동차 소리가 들리고, 아래층에서는 웅웅 보일러 돌아가는 소리가 들려왔다. 마이클이 다시 몸을 뒤척이다가 한 팔을 침대 빈자리에 턱 내려놓았다. 그의 손이 빈자리를 더듬자, 에이바는 모두 끝났음을 직감했다. 그녀는 핑계를 생각하기 시작했다. 화장실에 간다고 할까? 아니면 제산제를 먹어야 한다고 할까?

마이클은 코를 긁고 몸을 돌려 눕더니 다시 코를 골기 시작했다.

에이바는 한참 동안 그를 바라보다가 살금살금 방을 빠져나와 아래층으로 내려갔다. 계단은 모서리 쪽 끄트머리만 밟았다. 가운데를 밟으면 삐걱거리는 곳이 있기 때문이다. 무사히 계단을 통과한 그녀는 복도를 지나, 비옷과 장화가 가득한 벽장 앞에 섰다. 먼저 낡은 스웨터 더미를 걷어냈다. 몇 주 전 일부러 그곳에 쌓아둔 것이다. 그런 다음 그녀는 작은 여행 가방을 들어 올렸다. 갈아입을 옷, 장 볼 때마다 조금씩 빼돌린 돈, 세면도구, 그리고 남편이 잠가놓은 서랍에서 몰래 꺼낸 여권 등 필요한 물건을 모두 챙겨 넣은 가방이었다. 일단 이곳에서 벗어나면 나머지는 스스로 해결할 수 있을 것이다.

그녀는 헐렁한 파자마 바지에 낡은 세인트앤드루스 대학 스웨트셔츠를 입고 있었다. 남편 것인데 이맘때 잠자리에서 입기는 좀 더운 옷이었다. 하지만 잠시 후면 밖에 나갈 테니 괜찮다. 지금은 맨발이지만 가방 안에는 운동화가 들어있다. 일단 밖에 나가기만 하면 신발 신을 시간쯤은 충분하다.

에이바는 문 옆에 걸린 남편의 재킷 앞에 서서 주머니를 뒤졌다. 뉴타운 사무실 열쇠와 신분증, 지갑이 있었다. 그녀는 인신매매 관련 기사를 읽은 적이 있었다. 여자들을 우리나 지하실에 가둬놓고 성노예로 부린다는 내용이었다. 그녀의 상황이 꼭 그렇지는 않았지만, 그녀 역시 남편에게 감금돼 있었다. 늘 그녀를 비난해서 자신에게 더욱 의존하게 만드는 마이클의 가스라이팅 때문에 그녀는 그에게 꼼짝없이 붙들린 처지였다.

학교 사람들은 모두 그녀가 행복하게 사는 줄로 알았다. 그녀의 엄마도 딸이 훌륭한 남편을 만나 사랑받으며 살고 있다고 생각했다. 롱니드리의 이 비싼 집 밖에서 보면 모든 것이 좋아 보였다. 돈 많고 잘생긴 남편에 곧 태어날 아기가 있는데 어떻게 감옥에 갇힌 신세라 할 수 있겠는가? 하지만 바로 그 아기가 변화의 시작이었다. 더 이상 그녀 혼자만의 문제가 아니라는 사실을 깨달았기 때문이다. 그녀는 이미 자신의 상황에 익숙해졌다. 어느 정도는 받아들이고 스스로 정당화했다. 하지만 딸이 있다면 다르다. 에이바는 이 상황에서 벗어나야 했다.

그녀는 마침내 차 키를 찾아냈다. 지갑에서 현금도 빼냈다. 다시 여행 가방을 든 그녀는 현관문에 다가섰다. 경보 시스템이 작동 중이었다. 남편은 잠자리에 들기 전 항상 경보기를 켜두었다. 비밀번호도 정기적으로 바꿨지만, 그녀는 가장 최근 비밀번호를 남편 핸드폰 메모장에서 찾아냈다. 그녀가 찾은 것이 현재 번호이기를 바랄 뿐이었다. 그녀는 숨을 죽이고 숫자를 하나하나 두드렸다. 삐 소리가 들릴 때마다 어깨는 점점 움츠러들었다. 그녀는 잠시 기다렸다. 곧 굉음에 가까운 경보음이 울려 퍼지겠지! 하지만 집 안은 고요하기만 했다. 그녀는 위층을 올려다보았다. 당장 남편이 나타나 소리를 지를 것 같았다.

하지만 아무 일도 일어나지 않았다.

그녀는 현관문을 열고 진입로를 가로질러 벤츠로 향했다. 잠금을 풀자 달각 소리와 함께 라이트가 번쩍였다. 그녀는 또 한 번 움찔했지만, 차분히 조수석으로 가 여행 가방을 내려놓고 핸드브레이크를 풀었다. 엔진 소음 때문에 여기서 시동을 걸 수는 없었다. 그녀는 차 문을 열고 핸들에 손을 올린 채 차를 힘껏 밀어보았다. 잠시 후 바퀴가 조금씩 움직이기 시작했다. 그녀는 문틀에 어깨를 대고 더욱 힘을 주었다. 배 속 아기가 꿈틀대고 파자마 바지에 오줌이 찔끔 새어 나온 것 같았지만 그녀는 멈추지 않았다. 그녀는 핸들을 돌려 차를 진입로 쪽으로 향하게 한 뒤 운전석에 앉아 최대한 조용히 문을 닫았다. 차는 움직이던 속도대로 길을 따라 30미터 정도를 더 미끄러졌다. 조용히 기다리던 에이바는 마침내 클러치에 발을 올리고 시동 버튼을 눌렀다. 엔진이 돌아가고 안전벨트 미착용 알림음이 날카롭게 울려댔다.

에이바는 벨트를 매고 차를 몰기 시작했다. 불안한 마음이 가라앉지 않았다. 마이클이 뒤쫓아 오거나 경찰이 불빛을 번쩍이며 나타날 것만 같았다. 그녀는 외벽이 깔끔한 커다란 주택들을 지났다. 저기 사는 사람들은 모두 따뜻하고 안전하겠지? 그녀는 룸미러를 바라보았다. 길은 여전히 어두웠다. 그녀가 안도감에 웃음을 짓자 아기도 발길질을 했다.

그녀는 좌회전을 두 번 해 링크스 도로에 들어섰다. A1 도로를 탈 수는 없었다. 남편이 일어나 그녀가 사라진 것을 알아채면 경찰이 제일 먼저 뒤질 곳이 바로 A1 도로이기 때문이다. 그녀는 포스만(灣)을 오른쪽에 두고 해변을 따라 달렸다. 하늘은 맑았고 별들은 어둠 속에서 하얗게 빛났다. 보름달이 뜬 밤이었다. 저 달까지 거리는 얼마나 될까? 정말로 벗어나려면 얼마나 멀리 달아나야 할까?

포트 세턴 트레일러 단지에 도착했다. 해변 바로 옆에 있어, 달빛을 받아 반짝이는 바다를 볼 수 있었다. 에이바는 또 한 번 룸미러를 보았다. 남편이 나타날까 봐 초조한 마음을 떨칠 수 없었다.

그때 하늘에 밝은 빛이 나타났다. 으스스한 청록색 빛줄기가 그녀의 머리 위에서 긴 줄을 그리며 쏜살같이 내달렸다. 쉭 소리와 웅웅 소리가 들렸고, 빛이 지나간 자리에는 반짝이는 흔적이 남았다. 불빛은 동쪽 바다를 향해 아래로 내려오고 있는 것 같았다. 그녀는 빛줄기에서 눈을 뗄 수 없었다. 빛이 내는 소리가 그녀의 몸속을 파고들었고 차는 전율하듯 요동쳤다. 갑자기 달면서 짠 냄새가 났다. 목 안쪽에서도 그 맛이 느껴졌다. 순간 눈앞의 길이 솟아오르더니 빙글빙글 돌았다. 에이바는 어지러워 몸을 가눌 수가 없었다. 담즙이 목구멍을 타고 올라왔고 그녀는 스웨트셔츠에 토하고 말았다. 바지마저 적시는 사이 차가 슬금슬금 움직이기 시작했지만 그녀는 제어할 수 없었다. 어디가 위인지조차 알 수 없었다. 차는 인도를 타고 오르더니 풀이 난 길가를 지나 바위가 많은 해변에 이르렀다. 차가 모래에 쿵 처박히는 순간 그녀는 정신을 잃었다.

그녀는 모래에 발가락을 파묻고 서서 등대를 뚫어지게 바라보았다. 바로 앞에 보이는 것은 피드라섬의 등대였다. 《보물섬》의 작가에게 영감을 주었다는 작은 섬 위로 혼자 불쑥 솟은 모양새다. 그 뒤에는 메이섬의 등대가 깜빡이고 있었다. 그녀의 오른편에는 어둠에 싸인 바스록섬의 신호용 불빛이 반짝였다.

지난 수년간 헤더는 많은 시간을 이곳 옐로크레이그스 해변에서 보냈다. 집도 길을 따라 올라가면 바로 나오는 덜튼이다. 그녀는 오늘도 늘 오던 자리에 서있었다. 아이들이 모여 약을 피우는 캠프파이어에서 멀리 떨어진 곳이다. 그토록 여러 번 이곳에 왔건만, 그녀는 단 한 번도 등대 불빛이 동시에 깜빡이는 것을 본 적이 없었다. 만약 그녀가 불빛이 깜빡이는 타이밍과 간격을 이해할 수 있다면 무언가 의미 있는 성취를 이룬 기분이 들 것 같았다. 어떤 위대한 진실을 발견한 것처럼 말이다. 그녀는 인터넷에서 등대 불빛의 패턴에 대해 찾아보기도 했다. 하지만 그 설명은 지금 눈앞에 펼쳐진 상황에 맞아떨어지지 않는다.

그녀의 왼쪽에 일정한 간격을 두고 펼쳐진 네 개의 불빛은 저마다의 리듬으로 깜빡였는데 먼 것일수록 그 사이클이 길었다. 그에 비해 바스록섬의 불빛은 주저하듯 희미하게 빛났다. 그녀는 두 눈을 크게 떴다. 저 불빛들이 그녀의 뇌 안으로 들어와 직접 문제를 해결해 줄지도 모른다. 그녀의 병도 치료해 줄지 모른다. 하지만 그것은 환상에 불과했다. 그녀의 신경계에 퍼지고 있는 존재는 그 무엇도 멈출 수 없었다. 병원에서는 화학요법과 방사선치료를 제안했다. 그녀의 세포가 그녀 자신을 죽이지 못하도록 격렬한 공격을 퍼붓자는 것이다. 하지만 그녀는 그 과정이 어떤지 로지의 경험을 통해 알고 있었다. 대머리에 움푹 들어간 두 눈, 아무 힘 없이 병원 침대에 누워있던 딸을 생각하면 여전히 가슴이 찢어지는 듯 아팠다.

헤더는 숨을 깊이 들이마시고 가슴을 진정시켰다. 지금은 잠시 후 할 일에만 집중해야 한다. 그녀는 하늘을 올려다보았다. 가로등에서 멀리 떨어진 곳이다 보니 별이 가득했다. 포스만 위에는 작은 점들이 일렁였고, 바다는 달빛을 받아 눈부시게 빛났다. 그녀는 목성을 찾아냈다. 토성도 보였고, 복숭앗빛 화성도 찾은 것 같았다. 너무 아름답지만, 너무나 먼 곳이다.

잔잔한 파도 소리에 그녀는 다시 정신을 차렸다. 피드라 등대 불빛이 바위 사이에 갇힌 물웅덩이를 비추고 지나갔다. 몸을 웅크리고 육지에 기어오르는 바다 생물의 그림자 같았다. 그녀는 시선을 돌려, 옆에 놓인 커다란 돌무더기를 바라보았다.

그녀는 쪼그려 앉아 바지 주머니에 돌을 담기 시작했다. 주머니가 불룩해지자 헐렁한 요가 바지가 바보 같은 선택이었다는 사실이 명확해졌다. 그녀는 바지가 흘러내리지 않도록 허리밴드를 바짝 당겨 맸다. 후드티 주머니에도 돌을 채우고 지퍼를 올려 닫았다. 무게 때문에 저절로 허리가 휘었다. 후드티 위에 입은 플리스 재킷에도 지퍼 주머니가 세 개 있었다. 양쪽 옆에 하나씩, 그리고 왼쪽 가슴에 하나가 달려있었다. 그녀는 차례로 주머니를 채운 뒤 마찬가지로 지퍼를 닫았다. 겁에 질리면 지퍼를 열기도 힘들 것이다.

몸이 무거워진 그녀는 멸종을 앞둔 육중한 고대 짐승이 된 기분이었다. 어기적어기적 물을 향해 걸었다. 멀지 않은 거리였지만 걸음은 더디기만 했다. 물가에 이른 그녀는 그대로 선 채 철썩거리는 파도 소리를 들으며 드넓은 바다를 바라보았다. 오른쪽에 노스베릭의 노란 불빛들이 보였다. 뒤에는 지난 20년 동안 그녀가 거의 매일 찾아온 모래사장이 있었다. 결혼 전, 결혼 후, 임신 중일 때, 엄마일 때, 슬픔에 빠졌을 때, 이혼 후, 그리고 말기 뇌종양 환자가 되어서도 늘 이곳에 왔다.

이제 그녀는 떠날 준비가 되었다. 더 이상 버틸 수 없었다.

그녀는 차가운 물속으로 걸어 들어갔다. 금세 젖어버린 바지가 다리를 휘감았다. 심장이 거칠게 쿵쾅거렸지만 그녀는 호흡을 유지하며 계속 걸음을 옮겼다. 주머니를 채운 돌들이 물에 잠기자 그 무게가 그녀를 아래로 끌어내렸다. 허리가 물에 잠기고 잠시 후 후드티와 플리스 재킷도 물에 젖었다. 몸이 점점 더 무거워졌다. 물을 가두어 웅덩이를 만든 커다란 바위 중 하나가 된 기분이었다. 그녀는 이 순간을 위해 그토록 오랫동안 이곳을 찾아왔었다. 불안이 엄습했지만 그녀는 멈추지 않았다. 부드러운 모래 속으로 발이 푹푹 빠졌지만 그녀는 계속 걸었다. 물이 그녀의 가슴을 거쳐 목까지 차올랐다. 이 지역은 수심이 금방 깊어진다. 그래서 이곳으로 온 것이다. 그녀는 본능적으로 턱을 들고 입을 물 밖으로 내밀었다. 그리고 목을 길게 뺀 채 계속 걸음을 옮겼다.

피드라 등대 불빛이 깜빡이는 사이사이 그녀의 왼쪽에 또 다른 불빛 하나가 나타났다. 새로운 불빛은 연한 청록색에서 짙은 청록색으로 변하더니 점점 더 밝아져 맹렬히 타오르는 불덩이가 되었다. 둥그런 불덩이가 그녀와 피드라 사이를 갈라놓듯 하늘을 가로질렀다. 치직 소리와 쉬익 소리가 들려왔고, 불덩이가 지나간 자리에는 반짝이는 흔적이 남았다. 불덩이는 100미터 정도 떨어진 곳에서 바다를 양쪽으로 가르며 물속으로 사라졌다.

그녀는 커다란 파도나 물살이 밀려오거나 폭발이 일어나지 않을까 생각했지만, 밤은 고요하고 어둡기만 했다. 그녀는 그 자리에 오랫동안 서있었다. 주머니 속 돌멩이는 그녀를 계속 끌어내렸고, 잔잔한 물살은 그녀의 몸을 밀쳐댔다. 마침내 그녀가 다시 걸음을 옮기는 순간 더 이상 발밑에 모래가 느껴지지 않았다. 그녀는 팔로 물을 내려치며 헤엄치려 했지만 묵직한 주머니들이 그녀의 머리를 물속으로 끌어내렸다. 그녀는 몸부림을 치며 고개를 물 밖으로 내밀고 공기를 들이마셨지만 이내 다시 물속에 가라앉았다. 그녀는 발가락을 쭉 뻗어보았다. 바닥을 차고 물 위로 올라갈 생각이었다. 하지만 발끝에는 아무것도 느껴지지 않았다. 그녀는 옷을 벗으려 했지만 지퍼가 내려가질 않았다. 결국 지퍼를 잡아 뜯고 팔다리를 휘적이던 그녀는 잠시 다시 물 밖으로 고개를 내밀고 공기를 들이마셨다. 스콘 냄새가 났다. 이해할 수 없는 일이었다. 하지만 생각할 새도 없이 그녀는 다시 물속에 가라앉았다.

그녀는 따가움을 참아가며 두 눈을 떴다. 허우적거리며 모래와 해초를 헤집어 놓은 탓에 탁한 수프가 되어버린 물속에서 마지막 순간을 맞이할 참이었다. 그녀는 어지러웠다. 어디가 위인지 구분할 수 없었다. 갑자기 토가 나와 물속을 떠다녔고, 벌어진 입으로 바닷물이 쏟아져 들어왔다. 그녀가 통제할 수 있는 것은 아무것도 없었다.

헤더는 기운이 다 빠져 축 늘어졌다. 눈앞이 빙빙 돌았고 팔다리는 납처럼 무거웠다. 그때 뭔가가 그녀 앞에 나타났다. 밝은 색깔의 해초 더미 같았지만 그보다 더 견고해 보였다. 색깔은 조금 전 하늘을 가르던 불덩어리와 똑같은 청록색이었다. 그것이 점점 가까이 다가오더니 팔을 뻗어 그녀를 감싸고 꼭 껴안았다. 마치 죽은 딸의 품 같았다. 그녀는 드디어 포기할 수 있게 되었다. 이제 편안히 쉬면 된다.

4

✦

　레녹스는 꿈을 꾸는 중이었다. 물속이었는데 숨을 쉴 수 있었다. 차갑고 어두웠지만 집에 온 듯 편안했고, 물고기와 다른 생물들이 주변에서 헤엄치고 있었다. 그가 눈을 뜨자 기다란 형광등이 머리 위에서 새하얀 빛을 쏘았다. 침대 시트에 맞닿은 피부가 따끔거렸다. 그는 작은 병실에 누워있었다. 창문을 통해 희끄무레한 빛이 새어들었고, 네 개의 침대는 모두 얇은 커튼이 걷힌 상태였다. 침대 옆에는 텔레비전이 한 대씩 기계 팔에 매달려 있었는데 하나같이 지역 뉴스 채널이 무음으로 방송되고 있었다. 레녹스는 입천장에서 천천히 혀를 떼어냈다. 그리고 플라스틱 컵을 들어 물을 한 모금 마셨다. 머리를 움직여 보았지만 아프지는 않았다. 그가 마지막으로 기억하는 것은 눈을 뜰 수 없을 정도의 강렬한 고통과 구토였다. 피게이트 공원에서 그를 둘러싸고 있던 녀석들도 모두 쓰러졌다.

　그는 헛기침을 한번 한 뒤 몸을 일으켜 앉았다. 맞은편 침대에는 중년의 여자가 누워있었다. 그녀는 헝클어진 금발에 창백한 얼굴로 두 눈을 감고 있었다. 왼쪽에는 좀 더 젊은 여자가 있었는데, 빨강 단발머리에 배가 불룩한 임신부였다. 가만히 보니 그녀는 레녹스가 아는 사람이었다. 학교에서 수학을 가르치는 크로스 선생님이다. 선생님은 예뻤지만 슬퍼 보였다. 눈 아래에 늘 짙은 다크서클이 서려있었다. 지금은 잠이 든 것 같았다.

마지막 침대로 눈을 돌리는 순간 그는 숨이 막히는 것 같았다. 공원에서 만났던 블레어였다. 레녹스는 침대에서 빠져나와 블레어에게 다가갔다. 블레어의 침대 옆에는 웬 기계 한 대가 받침대에 놓여있었다. 디지털 화면에 공기주머니가 연결되어 있고, 그 주머니에서 나온 관이 블레어의 목구멍으로 들어갔다. 관은 그의 뺨에 테이프로 고정되어 있었다.

"블레어?"

블레어가 눈을 뜨더니 기침을 했다. 숨이 막히는 듯 목에서 꾸륵꾸륵 소리가 들렸다. 녀석이 고개를 돌리자, 무너져 내린 오른쪽 얼굴이 드러났다. 오른쪽 눈과 입이 근육과 함께 아래로 축 늘어졌고, 침이 흘러 침대 시트에 젖은 얼룩이 생겼다.

"어떻게 된 거야?"

블레어가 손을 들어보려 했지만 그의 팔은 힘없이 털썩 떨어지고 말았다. 힘을 너무 쓴 탓인지 블레어는 다시 침대에 머리를 묻고 눈을 감았다.

"죽은 자가 돌아왔구나!"

레녹스는 소리 나는 쪽으로 고개를 돌렸다.

커다란 칼라가 달린 핑크색 줄무늬 셔츠를 입은 늘씬한 남자가 병실에 들어와 있었다. 남자가 다시 말했다.

"그런데 이름이?"

레녹스는 대답 대신 남자의 이름표로 시선을 돌렸다. 오마데일 의사 선생이었다.

"네?"

"어젯밤 이곳에 왔을 때 보니 신분증이 없더구나."

오마데일이 손을 휘저으며 대답했다.

"여기가 어딘데요?"

"어디긴! 에든버러 왕립병원이지. 뇌졸중 병동이야."

"뇌졸중이요?"

오마데일은 하고 싶은 말이 있는 것 같은 표정으로 침대를 가리켰다.

"앉아서 얘기할까?"

레녹스는 의사를 물끄러미 바라보다 침대로 다시 갔다. 침대 끄트머리에 걸터앉고 보니, 다른 침대에 누워있던 두 여자도 깨어나 있었다. 화통을 삶아 먹은 듯 시끄러운 오마데일의 목소리 때문일 것이다.

의사는 서류철을 열어 검사 사진 같은 것을 꺼내더니 뿌연 창문을 향해 그것들을 치켜들었다.

"치명적인 뇌졸중이었어요. 소뇌에 다량의 출혈이 발생했죠. 꽤 드문 경우예요. 이런 소뇌 출혈은 전체 뇌졸중의 2퍼센트밖에 안 되거든요. 보통은 그렇다고요."

잠시 말을 멈춘 의사가 병실을 쓱 둘러보았다.

"그런데 이 방에 계신 네 분 모두 똑같은 증상을 겪었어요. 불가능한 일이죠."

그는 무대에 오른 배우처럼 두 팔을 크게 휘저으며 네 환자를 향해 말하기 시작했다.

"그렇습니다! 네 분 모두 심각한 뇌졸중으로 쓰러졌어요. 매우 드문 종류인데, 한밤중에 네 분에게 동시에 똑같은 일이 발생했죠. 어떻게 그럴 수 있을까요?"

레녹스는 침대에 앉아 커다란 배를 감싸 안은 크로스 선생님을 바라보았다. 그의 시선이 두 눈이 휘둥그레진 다른 여자 환자와 목구멍에 꽂힌 관으로 숨을 쉬며 눈을 껌뻑이는 블레어에게 차례로 옮겨갔다.

"더 희한한 일이 있습니다."

오마데일은 서류철에서 사진 몇 장을 더 꺼내 펼쳐 들었다.

"네 분 중 세 분은 완전히 회복됐어요!"

의사가 사진을 쿡쿡 찔러대며 말했다.

"병원에서 뭔가 해볼 새도 없이, 불과 다섯 시간 만에 말이에요."

레녹스는 다시 블레어를 바라보았다. 회복하지 못한 한 사람이 누군지 말하지 않아도 알 수 있었다.

"아침도 먹기 전에 불가능한 일이 여섯 가지나 일어났군요."

오마데일이 혼잣말을 하듯 중얼거렸다.

"뭐라고 하셨어요?"

맞은편 침대 주인인 금발 여자가 물었다.

"루이스 캐럴의 《거울 나라의 앨리스》에 나오잖아요. '난 가끔 그런 생각을 했어요. 아침을 먹기 전에도 여섯 가지 불가능한 일이 일어날 수 있다고요!'"

레녹스는 고개를 흔들었다. 머리 위에 나타난 청록색 불빛, 현기증, 비스킷 타는 냄새가 기억났다. 하지만 그게 다가 아니었다.

"다른 사람들은요?"

"응?"

레녹스가 블레어를 가리켰다.

"저희랑 같이 공원에 있던 애들 말이에요."

오마데일은 연극하듯 과장된 태도를 버리고 풀죽은 얼굴이 되었다.

"병원에 도착하기 전에 사망했단다."

"뭐라고요?"

크로스 선생님이 불안한 표정으로 말했다. 의사는 고개를 끄덕였다.

"그 애들만 그런 게 아니에요. 지난 24시간 동안 뇌졸중 환자가 400퍼센트 증가했어요. 도저히 설명할 수 없는 보건 비상사태가 발생한 거죠. 정부에 보고는 했지만, 이런 상황에서 뭘 할 수 있겠습니까?"

레녹스는 문득 의사가 처음 던진 질문에 대답하지 않았다는 사실이 떠올랐다. 지금 이곳에 레녹스가 누구인지 아는 사람은 아무도 없다.

"저희는 어떻게 되는 거예요?"

크로스 선생님이 배를 덮은 담요를 만지작거리며 물었다.

"그 말씀을 드리려고 온 겁니다."

의사가 레녹스와 두 여자를 바라보았다.

"세 분은 작업치료사와 물리치료사 승인만 떨어지면 바로 퇴원하실 수 있습니다. 빨리 나가실수록 우리는 좋죠. 환자 받을 자리가 필요하거든요. 지금 상황이 장난이 아닌데, 세 분은 이렇게 멀쩡하니까요."

그때 의사 가운 주머니에서 핸드폰 진동 소리가 들렸다.

“어이쿠!”

핸드폰을 꺼내 든 의사는 이 한마디를 내뱉은 뒤 사진들을 서류철에 넣고 뒤돌아 병실을 나갔다.

“안녕히들 가세요.”

걸음을 옮기며 인사를 건넨 의사가 고개를 절레절레 젓더니 혼잣말을 중얼거렸다.

“아침 먹기 전에 불가능한 일 여섯 가지가 일어나기도 하는군.”

레녹스는 출입구를 바라보다가 두 여자에게 눈을 돌렸다. 목구멍에 관을 낀 채 침을 흘리고 있는 블레어는 차마 바라볼 수 없었다.

“소리 좀 키워봐요.”

중년의 여자가 침대에서 나오며 말했다. 그녀는 파란색 싸구려 환자복 바지를 입고 있었다.

“네?”

여자는 크로스 선생님 침대 위 텔레비전을 가리켰다. 기자 하나가 해변에 서서 뉴스를 전하고 있었다. 레녹스는 텔레비전에 다가가 리모컨을 들고 소리를 키웠다.

여자 기자가 이스트로디언 옐로크레이그스 해변에 쓸려온 한 불운한 생명체에 대해 보도하고 있었다. 뒤로는 삐죽삐죽 튀어나온 암석들과 섬 가운데 뭉툭하게 솟은 등대가 보였다. 레녹스는 갑자기 속이 울렁거렸다. 들어본 적도 없는 곳인데 마치 직접 다녀온 것처럼 한눈에 알아볼 수 있었기 때문이다. 그는 바다에서 헤엄치던 꿈을 기억해 냈다.

중년 여자도 크로스 선생님의 침대로 다가왔다.

기자는 해양생물학자와 인터뷰 중이었는데, 학자는 그 생물의 정체가 확실하지는 않지만 문어, 오징어, 갑오징어 등이 속한 두족류 동물로 보인다고 말했다. 이렇게 큰 두족류는 본 적이 없고 무늬가 독특하다는 말도 덧붙였다. 촉수는 다섯 개뿐인데 어쩌면 다른 개체와 충돌하는 과정에서 잃었을 수도 있다고 짐작했다.

인터뷰가 끝나고 드디어 카메라가 미지의 생명체를 비추었다. 길쭉한 반구형 머리, 머리를 감싼 파란색과 초록색 잔물결 줄무늬, 그리고 머리 아래 달린 짙은 색 촉수들이 보였다. 레녹스는 강렬한 감정에 휩싸였다. 데자뷔같이 떨쳐내고 싶어도 떨쳐낼 수 없는 감정이 그의 가슴을 파고들었다. 왜인지 모르지만, 그는 화면 속 생명체가 원래 더 화려하고 짙은 색을 띤다는 사실을 알고 있었다. 그의 머릿속에서는 그 생명체와 함께 헤엄치는 자신의 모습이 그려지고 있었다. 생명체는 촉수로 그를 감싼 채 해저의 바위와 조개 위를 스치듯 부드럽게 움직였다. 레녹스는 기분이 좋으면서 동시에 속이 울렁거렸다. 또 뇌졸중을 일으키는 건가? 그러는 사이 카메라는 반대 방향에서 생명체를 비추고, 다음에는 뒤로 쭉 빠져 전체 모습을 보여주었다. 촉수까지 2미터 정도 되어 보이는 그것의 몸에 파도가 밀려와 부딪치고 있었다.

카메라가 마지막으로 기자를 비추고, 기자가 생물학자에게 감사 인사를 하자 화면은 스튜디오로 전환되었다. 순간 레녹스는 최면에서 깨어난 듯 번쩍 정신이 들었다. 레녹스와 두 여자는 동시에 서로를 바라보았다.

"저게 뭐죠?"

레녹스가 먼저 입을 열었다. 크로스 선생이 고개를 저었다.

"모르겠어."

"나 저기에 있었는데."

다른 여자가 말했다.

"네?"

레녹스가 물었다.

"어젯밤에."

여자는 자기가 환자복을 입었다는 사실을 지금 막 깨달은 듯, 파란색 바지를 물끄러미 바라보며 대답했다. 그녀는 바지 주머니를 만지작거리고 있었다.

"저 해변이 집에서 가깝거든."

"뭐 못 보셨어요? 혹시 하늘에 뭔가 있지 않았나요?"

레녹스가 물었다. 그는 자신을 향한 두 여자의 뜨거운 시선을 느꼈다.

"우리 저기에 같이 가볼까요?"

레녹스는 자신이 이런 말을 했다는 사실에 놀랐다.

"왜?"

여자가 물었다. 레녹스가 대답했다.

"이유는 모르겠어요."

"하지만 그래야 할 것 같아요."

크로스 선생이 자기 귓불을 잡아당기며 말을 보탰다.

그때 세 사람 등 뒤에서 복도가 소란스러워지더니 검은 양복을 입은 남자가 성큼성큼 병실로 걸어 들어왔다. 그는 마치 세상을 다 가진 양 거침없이 크로스 선생을 향해 다가갔다.

"에이바."

그녀는 잔뜩 웅크린 채 침대 시트를 꽉 움켜쥐었다.

“걱정돼 죽는 줄 알았잖아.”

남자는 진심으로 걱정하는 목소리였다.

“바보 같은 것들이 이제야 나한테 전화를 해주네. 당신 괜찮아?”

그녀는 눈을 내리깔고 고개만 끄덕였다.

남자는 시트를 당겨 내리고 그녀의 팔을 잡더니 단호한 태도로 침대 밖으로 끌어냈다. 크로스 선생도 다른 여자와 마찬가지로 환자복 바지를 입고 있었다.

“잠깐만요.”

금발 여자가 말했다.

“누구시죠?”

남자는 여자를 빤히 바라보았다.

“남편인데, 그러는 댁은요?”

여자는 적대심 가득한 목소리에 뒷걸음질 쳤다.

크로스 선생은 당황한 와중에도 한 손으로 핸드폰에 무엇인가 치고 있었다. 그러고는 남편이 뒤돌아서기 전 재빨리 핸드폰을 베개 밑에 밀어 넣었다.

“어서 가자.”

남자가 말했다.

그때 그의 시선이 침대 옆에 놓인 작은 여행 가방으로 향했다. 그는 할 말을 잃은 듯 잠시 침묵하더니 이내 아내에게 눈을 돌렸다.

“어디 가는 길이었어?”

“아니.”

그녀가 고개를 젓자, 앞머리가 눈썹 위로 흘러내렸다.

“그래. 아니었을 거야.”

남자는 가방을 들고 아내의 팔을 잡고는 출입문 쪽으로 걸음을 재촉했다. 눈이 휘둥그레진 채 주저하며 남편을 따르던 그녀는 병실을 나가기 전 잡힌 팔을 빼냈다.

“잠깐만. 저 남자애한테 핸드폰을 좀 빌려 썼거든.”

그녀는 침대로 돌아와 베개 밑에서 자기 핸드폰을 꺼내더니 레녹스에게 건넸다. 핸드폰을 건네받는 순간 두 사람의 손가락이 맞닿았고, 여자는 레녹스에게 눈짓으로 신호를 보냈다.

“잘 썼어.”

여자가 핸드폰 화면을 고개로 가리키며 말했다.

남자는 다시 그녀의 팔을 붙잡았고 두 사람은 마침내 병실에서 나갔다. 레녹스는 핸드폰을 두드려 화면을 켰다. 노트 앱이 열려있고, 그녀가 급하게 친 짧은 글이 남아있었다.

‘롱니드리 고스포드 길 15. 도와줘, 제발.’

　기자 생활 30년 차건만 맡은 일이라는 게 고작 죽은 물고기에 대한 기사다. 이완은 옐로크레이그스를 둘러보았다. 못마땅한 와중에도 아름다운 곳이라는 점은 부인할 수 없었다. 개를 산책시키거나 가족들과 나들이 나오기 좋은 곳이었다. 영원히 지구 반대편에 떨어져 살아야 하는 가족이 아니라면 말이다.

　몇몇 행인들이 축축한 모래 위에서 파도에 실려 온 생명체를 바라보고 있었다. 해양생물학자인 비키에게 물었지만 그녀는 한 번도 본 적 없는 종이라고 말했다. 전문가라면 모름지기 어떤 질문에도 대답할 수 있어야 하는 것 아닌가? 공부도 할 만큼 했을 텐데, 파도에 쓸려온 문어 정체를 전혀 모르겠다는 말이 입에서 나오나? 심지어 어떻게 죽었는지는 짐작도 안 간다고 하니, 〈이브닝 스탠더드〉에 써 보낼 기사는 맹탕이 될 것이 분명해졌다.

　이완은 이 두족류 동물을 바라보았다. 징그럽게 생긴 놈이었다. 그에게 두족류라는 단어를 가르쳐 준 비키는 BBC 스코틀랜드 기자와 또다시 아무 내용 없는 인터뷰를 주고받고 있었다. 이완은 한쪽이 모래에 뒤덮인 그 두족류 동물에게 다가가 수첩을 꺼내 들었다. 어떻게 설명해야 이 장면을 제대로 전달할 수 있을까? 물론 중요한 것은 아니었다. 어차피 사진을 함께 실을 테니 말이다. 이제 글자는 관심의 대상이 아니었다. SNS 게시물은 사진이나 영상, GIF로 도배되어 있다. 280자 이상의 글을 읽는 것은 있을 수 없는 일이 되었다. 기자는 시대에 뒤떨어진 직업이라는 생각이 들었지만, 그것 말고는 할 줄 아는 것도 없었다.

그는 BBC 기자 앞에서 재잘거리는 비키를 바라보았다. 지금보다 젊고 일에 열정이 있을 때는 그도 텔레비전에 종종 출연했다. 정치질은 이완의 전문 분야였고 그는 그 치열한 공방을 즐겼다. 하지만 나이가 들고, 말도 안 되게 오랜 시간을 거의 무보수로 일하는 생활을 거부하면서부터 일은 점점 줄어들었다.

결국에는 죽은 문어를 묘사할 방법이나 궁리하는 신세가 되었다. 문어 주변에는 아직 저지선도 쳐지지 않았고, 지방의회는 책임 소재를 정하지도 못한 상황이었다. 몇 년 전 고래 한 마리가 애벌레이디만에 쓸려왔을 때도 책임자 정하는 데에만 며칠이 걸렸다. 사람들은 당국이 이런 일에 대비한 규칙을 잘 갖추고 있을 것이라고 생각하지만, 오랜 경험에 비추어 보건대 그 바보 자식들은 사실 아무것도 모른다. 이완은 고래에 관한 유명한 영상을 떠올렸다. 1970년대 미국의 한 해변에서 고래를 폭파한 장면을 찍은 영상이었다. 다이너마이트 한 상자가 폭발하면서 고래의 살점과 지방이 수 킬로미터 밖으로 날아가 구경꾼

들 위로 쏟아지고 근처 차들을 박살 냈다.

문어는 옅은 초록과 파랑색이었고, 멍한 두 눈이 머리라고 해야 할지 몸통이라고 해야 할지 모를 부분에 달려있었다. 이완은 옆에 쭈그려 앉아 펜을 들어 올렸다. 문어를 찔러볼 참이었다. 하지만 그 자신이 평소 펜 끄트머리를 잘근잘근 씹는 습관이 있다는 사실이 떠올랐다. 그때 파도가 밀려와 문어를 살짝 흔들었다. 이완은 무언가 본 것 같았다. 파도에 흔들린 게 맞나? 아마도 착각일 테지. 머리 위로 구름이 지나면서 빛을 가려 문어 피부 위 겹겹의 줄무늬가 움직이는 것처럼 보인 것이 분명하다. 그는 시간이 지날수록 자신감이 떨어졌다. 과연 이 생명체를 제대로 설명하는 글을 쓸 수 있을까?

핸드폰이 울렸다. 패터슨이 기사를 재촉하려고 건 거겠지. 마감은 아직 몇 시간이나 남았지만 패터슨은 워낙 간섭하기를 좋아하는 편집자였다. 이럴 거면 차라리 직접 기사를 쓰든가.

이완은 몸을 일으키는 순간 허리에 찌릿한 통증을 느꼈다. 쉰 살이 되면서 생긴 현상이었다. 그는 핸드폰을 꺼냈다. 그가 주소록에 패터슨의 진짜 이름 대신 저장한 이름은 '저질 싸가지'였다. 유치하지만 볼 때마다 웃음이 절로 났다.

"이완 매키넌입니다."

패터슨은 엄격한 꼰대 스타일인데 스스로 그 사실을 즐기는 듯했다. 그는 말하기보다 꾸짖는 것을 좋아하고, 대화를 하기보다는 자신이 가진 지혜를 일방적으로 나눠주려고 했다.

"괴물 오징어 기사 다 됐나?"

"두족류랍니다."

이완이 그의 심기를 건드릴 요량으로 말했다.

"니 두 쪽이나 잘 챙겨!"

말도 안 되는 헛소리가 되돌아왔다.

"다 됐어, 안 됐어?"

이완은 모래 위 생명체를 내려다보았다. 또 한 번 피부에 어떤 변화가 일어나지 않을까? 머리 위로 구름이 지나가자 반투명한 피부가 유령처럼 어른거렸다.

"쓰기만 하면 됩니다."

"그건 내다 버리고, 다른 기사 써."

이완이 한숨을 내쉬었다. 쓰지도 않은 기사를 거부당하다니!

"뭔데요?"

"병원으로 가봐. 뇌졸중 환자가 떼로 발생했다는군."

이완이 얼굴을 찌푸렸다.

"떼로 발생하다니 무슨 소리예요?"

순간 부글부글 속 끓는 소리가 핸드폰을 타고 들려왔다. 이완은 조용히 미소 지었다.

"뭔 소린지 모르니까 가서 알아보라는 거 아니냐, 이 답답아!"

✦

"어떻게 된 거야?"

마이클이 벽난로 선반 앞에 서서 두 사람의 결혼사진을 들어 올렸다. 덜튼 성을 배경으로 젊은 두 사람이 활짝 웃고 있었다. 결혼식은 간소했고, 에이바는 남편의 설득으로 가족 대부분을 초대하지 못했다. 그때 이미 남편은 그녀를 차단하고 고립시키고 있었다. 그래야 그녀를 완전히 통제할 수 있기 때문이었다.

에이바는 거실을 둘러보았다. 한편으로는 자신이 이곳에 돌아왔다는 사실이 믿기지 않았지만, 다른 한편으로는 결국 일어날 일이 일어난 것처럼 당연하게 느껴졌다. 그녀는 결코 깰 수 없는 악몽 속에 갇혀 있는 것이다. 배 속에서 아기가 꿈틀대는 것이 느껴졌다. 이 아기가 세상에 나온 후에는 어떻게 안전하게 지켜줄 수 있을까?

"어떻게 된 일이냐고."

정답은 없었다. 그녀가 뭐라고 대답하든 남편은 불같이 화를 낼 것이다. 멍청한 여편네가 자기가 무슨 짓을 하는지도 모르고 아무 생각 없이 행동한다고 하겠지. 하도 자주 들어서 이제 저절로 머릿속에서 재생이 될 정도였다. 그럴 때마다 그녀의 자신감과 자존감은 무너져 내렸다.

"나만의 공간이 필요했어."

에이바가 몸을 움츠리며 대답했다. 남편은 고개를 홱 돌리더니 그녀를 보며 활짝 웃었다. 한때 그녀가 너무나 사랑했지만 지금은 전혀 다른 의미가 되어버린 바로 그 미소였다.

"공간!"

그가 손끝으로 결혼사진을 쓰다듬으며 말했다. 그는 무언가 기억해내려는 듯 천천히 그녀의 드레스와 얼굴을 손으로 더듬었다. 그러다가 그녀를 지우기라도 하듯 사진을 박박 문지르더니, 갑자기 벽난로를 향해 사진을 집어던졌다. 액자 유리가 깨져 사방으로 흩어졌다.

"공간은 무슨!"

그는 소파로 걸어와 두 주먹을 꽉 쥔 채 그녀를 내려다보았다. 마이클은 그녀를 때리지 않았다. 그런 행동은 그의 방식이 아니다. 의사가 볼 수 있는 증거가 남고, 그녀에게 탈출구를 열어줄 것이기 때문이다. 그는 신중한 사람이었다.

"이 집 안 보여? 공간이 더럽게도 많잖아."

"그런 뜻이 아니라……."

"이걸로는 부족하니? 엄청 비싼 집인데 성에 안 차? 내가 너한테 뭘 못 해줬지? 원하는 거 다 줬잖아!"

그의 시선이 그녀의 배로 향했다. 습관처럼 하는 말이었다. 원하는

걸 다 줬다는 건 그녀가 그토록 원하는 아기를 갖게 해줬다는 뜻이었
다. 그녀가 아이를 원하는지 물은 적도 없고 관계를 할 때 그녀의 동
의를 구한 적도 없었으면서. 그건 강간이었다. 말은 바로 해야지. 육체
적으로 저항하지는 않았지만 원한 적도 없었다. 그러니 강간이 맞다.
남편은 강간범이다. 에이바가 이런 생각을 하는 동안 그는 계속해서
그녀를 내려다보았다. 그녀의 시선은 자신의 배에 머물다가 곧 바닥으
로 향했다.

두 사람은 한동안 꼼짝하지 않았다. 잠시 후 남편이 소파에 앉아 그녀
의 손을 잡았다. 그녀는 깜짝 놀랐다. 그의 손은 따뜻하고 부드러웠다.

"이게 다 아기 때문이야."

마침내 그가 입을 열었다.

"호르몬 때문에 혼란에 빠진 거라고. 당신은 지금 제정신이 아니야.
괜찮아. 난 다 이해해. 하지만 당신은 한밤중에 파자마 차림으로 집을
나갔어. 솔직히 정신과 의사한테 데려가는 게 맞지. 병원에 입원시킬
수도 있었어. 내가 인맥 동원하면 어떻게 되는지 알잖아. 이건 위험한
행동이야, 에이바. 난 당신이랑 아기가 걱정돼서 이러는 거야. 둘 다
죽을 수도 있었다고."

그는 자신의 뜻을 확실하게 전달하려는 듯 그녀의 손을 꼭 쥐었다.
남편은 처벌을 걱정하지 않고 그녀를 가둬놓을 수 있을 만큼 돈이 많
았다. 부자는 무엇이든 할 수 있다. 결국 에이바는 그녀 자신뿐 아니
라 아기까지 위험에 빠뜨린 것이다.

"당신 운전할 때 긴장 많이 하잖아. 밤에는 더 그렇지."

그는 그녀가 자신의 벤츠를 박살 냈다고 말하지는 않았다. 하지만

그 일로 그녀를 더욱 압박할 것이 불 보듯 뻔했다. 집 앞에 끔찍이 아끼는 레인지로버가 멀쩡하게 주차되어 있지만 그건 중요하지 않았다.

마이클은 그녀의 손을 놓지 않았다. 그녀가 소름 끼치도록 싫어하는 것을 알면서 일부러 그러는 것이다. 그녀는 그가 어디까지 갈 속셈인지 알 수가 없었다. 남은 평생 그녀를 위협하고 가스라이팅하고 학대하려는 것일까? 자기 딸인 이 아기까지도? 그녀는 남편이 원치 않는 관계를 강요했던 것을 기억했다. 아기가 태어나면 더 끔찍한 일이 생길 수도 있다. 그 일만큼은 막아야 했다. 그게 탈출해야 하는 이유였다. 지금은 자세를 낮추고 기회를 엿보는 것 외에 할 수 있는 일이 없었다.

"벤츠는 걱정하지 마."

남편이 일어서며 말했다.

에이바는 벤츠가 아니라 지난밤 일을 생각하고 있었다. 불빛이 하늘을 가로지르고, 타는 냄새가 나더니, 현기증이 일어났다. 단순히 어지러운 정도가 아니었다. 잠시지만 몸 밖으로 나간 것 같은 기분이었다. 타오르는 불빛 안에서 땅을 내려다보는데, 무서우면서 동시에 마음이 들뜨기도 했다. 청록색 빛은 그녀를 진정시켰고, 차가 도로를 벗어나는 순간에도 그녀는 동요하지 않았다.

그리고 조금 전 텔레비전에서 모래 위에 누운 그것을 보았다. 그녀가 가르치는 학교의 그 남학생과 또 다른 여자 역시 그녀와 같은 상황이었다. 그들은 모두 그것을 보고 느꼈다. 그녀는 초자연적 현상을 믿지 않는 현실적인 사람이었지만, 그 생명체를 가까이에서 보고 싶었다. 아니면 그냥 뇌진탕 증상이었을까? 마이클 말처럼 호르몬 때문에 정신이 이상해진 건가?

"침대에 눕자."

마이클이 그녀를 소파에서 일으키려고 손을 내밀었다. 그녀가 손을 잡지 않자, 그는 주머니에서 알약을 꺼냈다.

"의사한테 받아 왔어. 잠자는 데 도움이 될 거야."

마이클이 말한 의사는 그와 함께 고든스턴(스코틀랜드에 있는 명문 사립학교—옮긴이)을 다닌 부자 친구 퍼거스였다. 세상을 제멋대로 주무르고 싶어 하는 재수 없는 특권층 무리 중 하나다.

"안 먹는 게 좋을 것 같아. 아기 때문에 안 돼."

그녀가 배를 문지르며 대꾸했다.

"괜찮아."

마이클은 그녀의 팔을 잡고 소파에서 잡아당기듯 일으켜 세웠다.

그때 밖에서 시끄러운 경고음이 울렸다. 에이바는 레인지로버에서 나는 소리라는 사실을 단번에 알 수 있었다. 마이클이 알약을 주머니에 넣고 창문으로 다가갔다.

"뭐야?"

그는 현관으로 달려가 문을 열어젖혔고, 에이바는 천천히 창문으로 향했다. 레인지로버 앞에 선 마이클의 모습이 보였다. 차 앞 유리는 벽돌에 맞아 산산조각 나있고 타이어 두 개가 펑크 나있었다.

마이클은 주변을 둘러보더니 진입로 맨 끝까지 걸어갔다가 다시 차로 돌아왔다. 그리고 핸드폰을 꺼내 들었다. 힘 있는 경찰 친구에게 전화하려는 거겠지.

그때 반대쪽 창문에서 똑똑 소리가 들렸다. 에이바는 깜짝 놀라 고개를 돌렸다. 레녹스가 뒤뜰에 서서 그녀를 향해 미소 짓고 있었다.

그는 집 뒤쪽을 향해 고갯짓을 하면서, 에이바가 짧은 메모와 함께 남기고 간 핸드폰을 들어 보였다. 그녀는 다시 고개를 돌려 집 앞을 바라보았다. 마이클이 차에 시선을 고정한 채 왔다 갔다 걸으며 통화하고 있었다.

레녹스가 또 창을 두드렸다. 그는 엄지손가락으로 집 뒤쪽을 가리키고 어깨를 으쓱 들어 올렸다. 그녀가 원하던 일 아닌가?

그녀는 빠른 걸음으로 현관으로 가 마이클이 내려둔 여행 가방을 집어 들었다. 그리고 뒷문으로 나가 레녹스를 마주했다.

"지금 뭐 하는 거니?"

에이바가 물었다.

"도와드리려고요."

레녹스가 그녀의 손에서 가방을 넘겨받았다.

"이쪽으로 가요."

그는 울타리와 산울타리 사이로 난 길을 향해 성큼성큼 걸음을 옮겼다. 옆집 정원으로 건너갈 수 있는 길이었다.

에이바는 그 자리에 선 채 레녹스의 뒷모습을 바라보았다. 발이 바닥에 붙어버린 듯 꼼짝하지 않았다. 집 앞에서는 여전히 경고음이 울려 퍼지고 있었다.

울타리까지 간 레녹스가 뒤를 돌아 그녀를 바라보았다.

"안 가요?"

에이바는 병원에서 그들에게 일어난 일을 떠올렸다. 그들은 분명 서로 연결되어 있음을 느꼈다. 하지만 그렇다고 해서 십대 아이와 달아날 수는 없는 노릇이었다. 게다가 첫 번째 시도는 이미 실패로 끝나지 않았나! 그때 무엇인가 느껴졌다. 그녀의 딸이 자신의 존재를 알리려는 듯 발로 에이바의 자궁벽을 밀어내고 있었다. 엄마뿐 아니라 자신도 도움이 필요하다고 외치는 것 같았다.

에이바는 레녹스의 뒤를 따라 울타리 사이 좁은 길을 걷기 시작했다. 집과 남편과 그녀의 삶이 점점 멀어지고 있었다.

1

✦

　헤더는 환자복 바지 차림으로 현관 복도에 서있었다. 손에 든 세인스버리(대형 슈퍼마켓 체인—옮긴이) 가방 안에는 바닷물에 젖어 해초 냄새를 풍기는 옷이 들어있었다. 가방은 옷 주머니에 든 돌멩이 무게를 지탱하느라 손잡이가 팽팽하게 늘어난 상태였다. 조금 전 병원에서 그녀에게 가방을 건네준 간호사는 눈썹을 들어 올렸다. 혹시 다른 과 진료 의뢰서가 필요한지 물었지만, 헤더는 고개를 젓고 묵직하게 처진 가방을 건네받았다. 집까지 구급차를 타고 올 수 있어 다행이었다.

　그녀는 현관 복도를 물끄러미 바라보았다. 어젯밤 다시는 돌아오지 못할 거라 생각하며 이곳을 걸어 나갔다. 하지만 헤더는 이 자리에 돌아왔고 종양은 여전히 그녀의 뇌를 갉아먹고 있었다. 그사이 심각한 뇌졸중으로 쓰러졌다가 회복되는 사건도 일어났다. 모두 말이 안 되는 일들이었다. 그녀는 쾅 소리가 나게 가방을 내려놓고, 부엌으로 걸어가 전기 주전자에 물을 채우고 전원을 켰다.

차나 한 잔 마시자.

그녀는 지금쯤 죽었어야 했다. 기회가 두 번이나 있었다.

이 상황을 어떻게 이해해야 할까? 종양과 자살 시도와 뇌졸중으로는 부족하단 말인가! 그녀는 '세상에서 제일 좋은 엄마'라고 적힌 머그컵에 티백을 넣었다. 딸이 죽었다는 사실을 잊지 않기 위해 사용하는 컵이었다. 이 컵을 다시 쓸 일은 없을 줄 알았다. 냉장고에서 우유를 꺼내고 차를 마시고 그 온기를 느끼는 일은 있어서는 안 됐다.

망할!

그녀는 거실로 향했다. 싸구려 환자복 바지가 쓱쓱 소리를 냈다. 그녀는 로지, 폴과 함께 식사를 하던 테이블에 앉았다. 모든 것이 엉망이 되기 전 세 사람은 나름대로 행복한 가족의 모습을 하고 있었다. 테이블에는 긁힌 자국이 있었다. 로지가 걸음마를 뗄 무렵 플라스틱 칼로 파놓은 것이었다. 돌이켜 보면 참 고단한 시절이었다. 아기는 한시도 눈을 뗄 수 없는 존재였다. 하지만 그 피로감을 다시 느낄 수만 있다면 그녀는 무엇이든 할 수 있었다. 지금도 지치긴 했지만, 그때와는 달랐다. 피로가 뼛속까지 스며있었다.

하지만 그녀는 죽지 않았다.

그녀는 지난밤 일을 되짚어 보았다. 물에 잠겨 머리를 물 밖에 내밀려고 발버둥 치고 있을 때 빛이 나타났다. 추적탄처럼 번쩍이는 빛이었다. 냄새도 났다. 그런 다음 그녀는 꿈속으로 빠져들었다. 당시에는 물에 빠져 죽는 과정이겠거니 했는데 어쩌면 아닐 수도 있겠다는 생각이 들었다. 무언가가 그녀에게 다가와 그녀를 감싸 안듯 휘감고 해변으로 밀어냈다.

간호사는 학생 두 명이 해변에서 그녀를 발견했다고 말해주었다. 모닥불 주변에 모인 무리에서 몰래 빠져나온 아이들이었다. 그들이 구급차를 불러주었다.

어젯밤 그녀는 죽고 싶었다. 달라진 게 있나? 헤더는 운명을 믿지 않았고, 그녀가 죽어가는 중이라는 사실도 여전했다. 그녀는 차를 한 모금 마시고, 병실에서 만난 다른 이들을 떠올렸다. 빨강 머리와 그 남편은 대체 어떤 관계일까? 그녀였다면 당장 꺼지라고 소리쳤을 것이다. 하긴 폴과의 결혼 생활을 유지하지 못한 그녀가 나설 일은 아니었다.

남자아이와 빨강 머리는 서로를 아는 눈치였다. 그리고 해변에 누운 그것을 보는 순간 세 사람 사이에 분명 어떤 기운이 오갔다. 온몸이 얼얼해졌다. 그것을 알아보고 소름이 끼쳤다. 어젯밤 꿈이라고 생각했던 그것이 옐로크레이그스 해변에 쓸려와 누워있었다. 바보가 아닌 이상 괴상한 일이 벌어지고 있다는 사실을 단번에 알 수 있었다.

헤더는 컵을 내려놓고 핸드폰을 집어 들었다. 핸드폰은 어젯밤 그녀가 테이블에 두고 간 그대로였다. 그녀는 뉴스를 훑어 내리며 그 기사를 찾아냈다. 대충 기사를 읽어보았지만 새로운 내용은 없었다. 지방 의회는 그것을 치울 최선의 방법을 찾느라 고심 중이었고, 그것의 정체를 아는 사람은 아무도 없었다. 그녀는 다시 생각에 잠겼다. 하늘을 가로지른 불빛이 떠올랐다.

그녀는 사진을 확대해 보았다. 매끈한 머리 앞쪽에 텅 빈 두 눈이 달려있었다. 문어의 각 부분을 뭐라고 부르지? 스코틀랜드 환경보호청에서 20년이나 일했으니 그 정도는 알아야 할 것 같았다. 하지만 그녀

가 직장에서 다룬 것은 박테리아와 기생충, 오염 물질이 다였다. 헤더
는 촉수와 줄무늬가 있는 피부, 그 아래 빨판을 가만히 바라보았다.
사진을 계속 확대하자 화소가 깨지며 흐릿해졌지만 그녀는 눈을 가늘
게 뜨고 계속 바라보았다. 어젯밤 꿈이 떠올랐다. 촉수가 그녀를 감싸
고 빨판이 그녀의 피부에 닿았다. 포근한 기분이었다.

그녀는 뒤뜰을 내다보았다. 짧게 깎은 잔디와 잘 손질된 산울타리가
보였다. 뭐 하러 저렇게까지 했을까? 자살이든 암 때문이든 어차피 곧
죽을 사람이 정원 손질에 무슨 정성을 저렇게 들인단 말인가? 그녀는
테이블 위에서 식어가는 차를 바라보았다. 바닥에 깔린 러그는 청소
한 지 얼마 안 돼 깨끗했고 벽난로에는 먼지 한 톨 없었다. 이런 게 그
녀 삶의 전부라면 어제까지의 그녀는 죽은 것과 크게 다르지 않았다.
그런데 지금은 뭔가 달라졌다. 그녀 자신보다 더 큰 뭔가가 그녀를 부
르고 있었다.

헤더는 위층으로 올라가 서랍에서 깨끗한 옷을 꺼내 입었다. 그리고
다시 아래층으로 내려와 집을 나섰다. 해변으로 가야 했다.

"몇 명이라고?"

이완이 수간호사복을 입은 테레사를 바라보며 물었다. 파란색 수술복에 영국 국영 의료 서비스를 의미하는 NHS 로고가 있다. 그는 조금 전 들은 숫자가 믿기지 않아 다시 물어야 했다.

"여덟 명이라니까."

테레사가 커피를 저으며 대답했다. 그녀는 재사용이 가능한 텀블러 같은 것을 들고 있었다. 환경을 생각한 크롬 재질의 검정 컵이었다. 그는 자신이 들고 있는 커피 전문점 코스타의 일회용 컵을 내려다보며 죄책감을 느꼈다.

"뇌졸중 환자가? 아니면 사망자가?"

"여덟 명이 죽었어. 뇌졸중은 총 열여섯 명이고."

이완은 고개를 젓고 병원 카페를 둘러보았다. 별다른 특징 없이 밋밋하기만 한 이 카페는 탁 트인 넓은 공간에 천장도 높았다. 절뚝거리거나 휠체어를 탄 환자들은 엑스레이를 찍거나 치료를 받거나 혹은 나쁜 소식을 듣기 위해 분주히 이 공간을 지나다녔고, 곰 인형과 초콜릿과 풍선을 들고 병문안을 온 가족들은 환자들을 위로하려 애썼다.

그는 다시 테레사에게 시선을 돌렸다. 그녀와 알고 지낸 지도 벌써 20년이다. 기자 생활은 정보원 관리가 반이다. 테레사와 처음 만났을 때 그는 의료물 폐기 사건을 취재 중이었다. 그녀는 이 새 병원이 생기기 전 로리스턴의 오래된 병원에서 일하는 젊은 간호사였다. 물론 그녀가 모든 일을 다 아는 것은 아니었다. 하지만 그녀는 그럴만한 사람을 알았다. 이완은 미리 그녀에게 전화해 뇌졸중 환자가 급증한 사건에 대해 알아봐 줄 수 있는지 물었고, 그녀는 이번에도 그의 예상을 뛰어넘는 성과를 이루었다. 그녀에게 커피 한 잔 사주고 한 번씩 압박하는 표정으로 바라보기만 하면 그 성과는 그의 것이 될 수 있었다.

"정리해 보면, 어젯밤 뇌졸중 환자가 열여섯 명 들어왔는데 그중 여덟 명이 이미 죽었단 말이지?"

이완이 물었다.

"맞아."

"평소에는 어느 정돈데?"

테레사는 매력적인 여자였다. 사십대 초반으로 관자놀이의 검은 머리가 희끗희끗 세긴 했지만, 제 나이보다 젊어 보였다. 초록 눈에 턱선이 다부진 그녀는 경찰과 결혼해 행복하게 살고 있었다.

"기껏해야 하룻밤에 한두 명."

그녀가 고개를 흔들며 대답했다. 이완은 수첩을 꺼내 숫자를 휘갈겨 썼다. 테레사의 이름은 밝히지 않을 것이다. 그녀가 직업을 잃을 위험을 감수할 필요는 없었다.

"대박이군."

테레사가 고개를 끄덕였다.

"뇌졸중 치료실은 꽉 차서 다른 병동에서 침상을 내줬어."

이완이 탄내 나는 커피를 한 모금 들이마셨다.

"대체 무슨 일이 벌어지는 거지?"

"그게 다가 아니야."

테레사가 그를 향해 몸을 기울이며 말했다. 그녀는 험담을 좋아했다. 좋은 정보원은 다 그랬다. 하지만 그녀는 보상을 바라지 않았다. 대부분 정의로운 제보였다. NHS의 어두운 면을 세상에 알리고 싶었기 때문이다. 하지만 이번 건은 달랐다. 그녀는 그저 이 일이 얼마나 괴상한지에 대해 말하고 싶었다.

"뇌졸중은 대부분 고위험군 노인들한테 발생하거든. 병적 비만이나 당뇨병, 높은 콜레스테롤 수치, 흡연, 과한 음주 같은 게 발병률을 높이는 요소지. 하지만 어제 입원한 사람들은 해당 사항이 없어."

"전혀?"

테레사가 테이블 위에 양손을 펼쳐 올렸다.

"십대 애들, 젊은 여자들, 중년 환자가 다야."

"노인은 하나도 없었어?"

"환자 중에 잠이 안 와서 개 산책시키러 나온 남자가 있었는데, 몸 상태가 완전 좋아. 말하고 보니 신기한 게 또 있다."

빠른 속도로 메모를 하던 이완이 계속 얘기하라는 듯 손가락을 흔들었다.

"전부 밖에 있었다는 점."

"뭐라고?"

"그 일이 벌어졌을 때 다들 바깥에 나와있었어. 그 사람들 위치를 보니까 모두 20분 이내 거리에 있었더라고."

"어떻게 그런……."

테레사가 몸을 더욱 앞으로 기울였다.

"내 말이! 더 이상한 거 말해줄까?"

이완은 고개를 절레절레 저었다. 엄청난 사건이다! 하지만 패터슨을 설득할 일이 걱정이었다. 신문사는 미스터리를 좋아하지 않는다. 그런 이야기는 범죄 팟캐스트나 귀신 얘기의 소재가 될 뿐이다.

"뇌졸중 종류가 다 똑같아. 뇌졸중은 허혈성, 출혈성, 일과성, 이렇게 세 종류가 있는데 어제 환자들은 모두 심각한 출혈성 뇌졸중에 뇌 손상 부위까지 똑같았어. 소뇌 출혈."

그녀가 손가락 두 개로 뒤통수를 톡톡 두드렸다.

"진짜 드물거든."

이완이 메모를 멈췄다.

"이유가 뭘까?"

테레사가 몸을 뒤로 기대고 텀블러를 들어 커피를 마셨다.

"나라고 알겠어?"

"우연이라고 하기에는 너무 이상한 일이잖아. 어떤 외적 요인이 있었 겠지. 독일까?"

"뇌졸중을 일으키는 독은 없어."

"그럼 방사선 노출?"

테레사는 수술복 매무새를 가다듬고 텀블러를 테이블에 내려놓았다.

"의사들은 그거 생각할 시간이 없어. 새 환자들 치료하느라 정신이 없거든."

이완은 뒤통수를 만지작거렸다. 소뇌는 대체 어떻게 생긴 것일까? 그게 없어지면 많이 불편하려나?

"마지막으로 하나만 더 말해줄게."

테레사가 다시 말했다.

"환자 중 세 명이 회복됐어."

그러고는 별일 아니라는 듯 가볍게 헛기침을 했다.

"회복 중이라는 뜻이야?"

테레사는 비밀을 알려주는 게 재미있는지 싱긋 웃었다.

"아니, 다 나았다고. 쓰러지고 몇 시간 후에 깨끗이 나아버렸어. 오늘 아침에 사진을 다시 찍었는데 출혈이 완전히 없어졌더라. 벌써 다 퇴원했어."

"뭐?"

테레사가 어깨를 으쓱했다.

"전에도 그런 일 본 적 있어?"

이완이 물었다.

"아니."

"가능하긴 해?"

테레사가 곤란한 표정을 지었다.

"내가 뇌졸중 전문가는 아니잖아, 이완."

"그냥 의견이라도 말해줘."

그녀는 긴장감을 고조시키려는 듯 잠시 침묵했다.

"불가능이야."

이완이 펜으로 테이블을 탁탁 두드렸다.

"그 세 사람 정보 좀 줘. 이름이나 주소 같은 거."

테레사가 입술을 삐죽 내밀었다.

"그런 건 못 주지. 알잖아."

이완이 고개를 비스듬히 기울이고 그녀를 바라보았다. 바로 그런 것 때문에 우리 둘이 만난 것 아니냐고 묻고 있었다. 테레사는 입술을 꼭 다물었다.

"메일 확인해 봐. 벌써 보내놨어."

그는 핸드폰을 꺼내 세 사람의 이름과 나이, 주소를 확인했다. 에든버러 노스필드, 롱니드리, 그리고 덜튼이었다. 그는 머릿속에 지도를 떠올리고 세 장소를 표시했다. 거의 일직선상에 있었다. 그러고 보니 덜튼은 오늘 한 번 지나온 곳이다. 해변에 쓸려온 그것을 보러 옐로크레이그스 해변에 갔다 오는 길에 덜튼을 지나왔다. 그는 우연을 믿지 않았다. 오랜 시간 기자로 살다 보니 자연스레 그렇게 되었다. 분명히 뭔가 있다. 첫 번째 이름은 헤더 뱅크스였다 그는 주소를 확인했다. 분명히 뭔가 나올 것이다.

이완은 고개를 들어 테레사를 향해 환한 미소를 지어 보였다. 그녀 역시 그를 향해 웃고 있었다.

"고마워."

길은 골프 코스 사이로 이어졌다. 두 사람 양쪽에는 깔끔하게 손질된 페어웨이가 펼쳐졌고 지루한 광대처럼 차려입은 노인들이 딸깍 소리를 내며 공을 치고 있었다. 크로스 선생님과 롱니드리의 집을 나온 지 겨우 10분밖에 지나지 않았다. 이스트로디언은 처음이었지만 부자 동네라는 것은 한눈에 알 수 있었다. 그에게는 어울리지 않는 곳이었다.

레녹스는 걸레인에 들어서며 속도를 줄였다. 고급 상점과 오래된 저택이 즐비한 중심가였다. 그는 조수석에 앉은 크로스 선생님을 흘끗 바라보았다. 둥근 배를 감싸 안은 선생님을 보자, 자연스레 배 속 아기에게로 생각이 옮겨갔다. 하지만 그 생각은 오래가지 않았다. 선생님 자궁에 대해 생각한다는 게 영 이상하게 느껴졌기 때문이다. 에이바는 그녀를 흘끗거리는 레녹스를 잠시 바라보다가 차 뒤편으로 시선을 돌렸다. 그녀의 남편이 레인지로버를 끌고 뒤쫓아 올 가능성은 없었다. 레녹스가 손을 써두었으니 말이다.

"너 운전해도 되는 나이니?"

마을을 빠져나갈 즈음 그녀가 물었다.

"운전할 줄 알아요."

"질문에 대한 답이 아니네."

그녀가 미소 지었다.

"차는 누구 거야?"

"제프 아저씨요."

"제프 아저씨가 누군데?"

"보육원 원장님이요."

"너 보육원에 사는구나. 몰랐네."

레녹스는 이 문제에 대해서는 어떤 말도 하고 싶지 않았다.

"원장님은 네가 이 차 가져간 거 아시니? 아직 면허 딸 나이도 안 됐
는데."

그녀가 창밖을 바라보며 말했다. 덜튼으로 빠지는 분기점이 나타났
지만, 핸드폰 내비게이션은 계속 직진하도록 안내했다.

"아니요."

이상한 일투성이였다. 차를 훔치고, 임신한 선생님을 탈출시키고,
차를 파손한 일 모두. 하긴 어젯밤 이후 벌어진 일 중 이상하지 않은
건 하나도 없었다.

병원에서 그녀가 레녹스에게 핸드폰을 건넸을 때 그는 주저하지 않
았다. 그는 곧장 노스필드의 보육원으로 돌아갔다. 원장은 그가 병원
에서 온 줄 모르고 그저 외박한 것에 대해서 불같이 화를 냈다. 레녹

스는 굳이 사실을 밝히지 않았다. 그러다가 원장이 잠시 다른 일에 한 눈판 사이 차 키를 들고 나와 롱니드리로 향했다.

"어디로 가는 거니?"

에이바가 좌측 깜빡이를 켜는 레녹스에게 물었다.

"아시잖아요."

레녹스가 그녀를 바라보며 대답했다. 그녀는 창백해진 얼굴로 배를 쓰다듬었다.

"크로스 선생님, 괜찮으세요?"

그녀는 마른침을 삼켰다.

"크로스는 남편 성이고, 갤러처가 내 성이야. 그냥 에이바라고 부르렴."

에이바가 레녹스의 팔에 손을 올렸다.

"네."

그녀가 여전히 그의 팔에 손을 올린 채 말을 이었다.

"그리고 고마워. 좀 전 일 말이야."

레녹스가 왼쪽으로 차를 돌리자, 길 양쪽으로 밀밭이 나타났다. 길 끝에는 소나무가 보였고, 왼쪽에서 지는 해가 하늘을 황금색으로 물들였다. 침묵이 흐르는 사이 풀이 무성한 주차장이 나타났다. 승용차와 캠핑카 몇 대가 세워져 있었다. 길이 끝나는 곳에 옐로크레이그스 해변 표지판이 서있었고, 화살표는 나무 사이를 가리키고 있었다.

레녹스는 그곳에 차를 세웠다. 엔진이 식어가며 탁탁 소리를 냈고 나무에 앉은 까마귀들이 날개를 퍼덕이는 소리도 들렸지만, 두 사람은 여전히 말이 없었다.

"너도 느꼈구나."

에이바가 먼저 입을 열었다. 레녹스는 그녀를 바라보았다. 빨강 머리가 창백한 피부와 대조되어 더욱 선명해 보였다. 그는 자신의 뻣뻣한 곱슬머리를 만지작거리며 고개를 끄덕였다. 에이바의 손도 그녀의 뒤통수로 향했다.

"우리한테 무슨 일이 일어난 걸까?"

레녹스는 입으로 쯧 소리를 냈다.

"모르겠어요."

"어젯밤에 말이야."

에이바의 시선이 창밖 하늘로 향했다.

"너도 그거 봤니?"

레녹스는 그녀가 무슨 말을 하는지 정확히 알고 있었다.

"네."

"어디에서?"

"피게이트 공원에서요. 그 덕분에 살았어요."

에이바가 그를 마주 보았다.

"무슨 뜻이야?"

레녹스는 손목을 부드럽게 문질렀다.

"위험한 상황이었거든요. 멍청한 새끼들 때문에."

"다른 침대에 있던 애 말이지?"

"몇 명 더 있었어요."

"의사가 죽었다고 말한 애들이구나."

에이바가 목을 문지르며 말했다.

"우린 왜 안 죽었을까?"

“제가 뭐라도 아는 것처럼 자꾸 물으시네요.”

레녹스가 두 손을 앞으로 내밀며 말했다.

“미안. 난 그냥……”

에이바는 말끝을 흐리고 해변 표지판을 바라보았다. 레녹스가 고개로 표지판을 가리켰다.

“가서 알아봐요.”

그 생명체가 있는 곳을 찾기는 어렵지 않았다. 물가에 짧은 나무 기둥 몇 개가 꽂혀있고, 그 사이사이에 테이프가 매달려 있었다. 테이프 바깥쪽에 한 여자가 서있었는데, 레녹스는 멀리서도 누구인지 알 수 있었다. 병원에서 만난 중년의 여자였다. 그는 모래 위를 터덜터덜 걸으며 에이바를 바라보았다. 그녀는 무거운 몸을 뒤뚱뒤뚱 끌고 가느라 씩씩 숨을 내쉬고 있었다.

레녹스는 해변 이쪽저쪽을 살펴보았다. 저 멀리 개 산책시키는 사람들이 보였고, 바위 사이 웅덩이에는 아이 둘과 부부가 있었다. 꼭 아무 일도 없었던 것처럼 평범했다. 정체 모를 생명체가 파도에 쓸려왔지만, 사람들은 각자 자기 삶을 살고 있었다.

두 사람이 가까워지자 여자가 뒤를 돌아 그들을 바라보았다. 그녀의 얼굴에는 놀란 기색이 없었다. 사실 레녹스도 그녀가 여기 있을 것이라고 어느 정도 예상했다. 무언가가 세 사람을 연결하고 있는데, 그것이 무엇인지 밝혀내야 했다.

“다시 만나니 좋네요.”

여자의 말에 에이바가 미소 지었다.

"그러게요."

"헤더예요."

"저는 에이바고, 이쪽은 레녹스예요."

"저기 있어요."

헤더가 턱으로 생명체를 가리키며 말했다.

레녹스는 헤더를 지나 그것에게 다가갔다. 텔레비전에서 본 것과 똑같았지만 무언가 달랐다. 그것의 오묘한 색깔을 텔레비전 화면이 제대로 전달하지 못한 것 같았다. 레녹스는 그것이 파랑인지 초록인지 혹은 이름 없는 또 다른 색인지 헷갈렸다. 그가 어느 한 부분에서 다른 부분으로 시선을 옮기면 피부 아래에서 페인트가 소용돌이치듯 색이 바뀌는 것처럼 보였다. 머리는 둥근 돔 부분부터 아래 가장자리까지 60센티미터 정도였고, 그 밑으로 다섯 개의 긴 촉수가 뻗어있었다. 모두 1미터 이상 되어 보였다. 촉수는 머리보다 짙은 색이었지만 역시 어느 한 가지 색으로 정의하기 어려웠고, 그 안쪽에는 조금 밝은 색깔의 원형 빨판이 촘촘하게 붙어있었다. 두 눈은 감겨있고, 몸 한쪽 면은 젖은 모래로 뒤덮여 있었다.

"여긴 왜 오셨어요?"

에이바가 헤더에게 물었다.

"두 사람은 왜 왔죠?"

에이바가 팔짱을 꼈다.

"레녹스가 절 구해줬어요."

레녹스는 얼굴이 붉어지는 것을 느끼고 고개를 돌리지 않았다.

"그 거지 같은 남편한테서요?"

헤더의 말에 에이바가 멋쩍은 듯 웃었다.

"네."

"잘됐네요."

레녹스가 마침내 두 사람을 향해 돌아섰다.

"우린 다 죽은 목숨이었어요. 의사도 그렇게 말했잖아요."

헤더가 아래를 내려다보며 발을 이리저리 움직였다. 에이바는 만에서 불어오는 바람을 맞으며 어깨를 감싸 안았다.

레녹스는 다시 생명체를 향해 돌아섰다. 그리고 허리를 숙여 엉성하게 매어놓은 테이프 밑으로 들어가 그것에 다가섰다. 그는 쭈그리고 앉아 그것을 자세히 바라보았다.

"뭐 하는 거니?"

에이바가 물었다.

레녹스는 손을 뻗어 매끄러운 머리를 만져보았다. 따뜻하진 않았지만 차갑다고 할 수도 없었다. 그의 손이 머리 꼭대기에서 눈까지 미끄러지며 그것을 어루만졌다. 헤더가 말했다.

"조심해라."

레녹스는 촉수 쪽으로 손을 옮겨 그중 하나를 잡았다. 바로 그 순간 그는 어둠 속을 날고 있었다. 거리를 가늠할 수 없었다. 눈앞에는 불빛이 점처럼 흩어져 있었다. 그곳은 혹독할 정도로 추운 곳이었지만 어떻게 된 일인지 추위를 느낄 수는 없었다. 저 멀리 파랑과 흰색이 뒤섞인 둥근 물체가 보였다. 좀 더 가까워지자 물체의 아래쪽에서 어둠을 향해 수증기 같은 것이 피어오르는 것을 볼 수 있었다. 아마도 행성이나 위성인 듯했다. 위쪽 반구에는 우묵한 분화구들이 흩어져 있고,

남극에는 차가운 파란색의 줄무늬 혹은 발톱 자국 같은 것이 지나고 있었다. 그는 구체를 향해 날아갔다. 수증기 기둥을 피해 움직였지만 그 열기까지 피할 수는 없었다. 날아가는 속도가 너무 빨라 숨을 쉴 수 없었지만, 그럼에도 불구하고 힘은 들지 않았다. 어느새 커다란 구체가 그의 시야를 가득 채웠고 그는 여러 개의 고리에 둘러싸인 갈색 행성을 두 눈으로 목격할 수 있었다. 하지만 그의 몸은 곧바로 뜨거운 수증기 기둥 속으로 뛰어들었고, 파르스름한 겹겹의 얼음층을 지나 짙은 푸른색의 물속으로 들어갔다. 주변에는 파랑, 초록, 흰색의 불빛이 번쩍였고, 더 아래에서는 커다란 빨간 불빛이 주기적으로 밝아졌다 어두워지기를 반복했다. 그는 자신의 몸을 내려다보았는데, 그것은 인간의 몸이 아니었다. 그가 바로 그 생명체였다. 기쁨에 촉수를 바르르 떨며 물살을 가르고, 머리는 풀무처럼 부풀어 올랐다 수축했다. 그의 몸이 그에게 말을 걸고 있었다. 촉수들이 각각의 개체처럼 서로에게 메시지를 보내고, 동의하거나 언쟁하고, 결론을 내렸다. 대여섯 개의 각기 다른 생명체가 하나로 합쳐진 것 같았다.

그때 갑자기 그의 몸이 물 밖으로 끌려 나오더니 얼음층을 통과해 어두운 우주 공간에 던져졌다. 그가 텅 빈 공간을 질주하기 시작하자, 저 멀리 청록색 작은 구체가 점점 가까워졌다. 그때 그의 머릿속에서 목소리가 들려왔다. 그가 아는 목소리였다. 이미 그의 일부가 된 목소리였기 때문이다.

〈우리를 도와줘.〉

그 말이 끝나자마자 모든 것이 검게 변하며 그는 의식을 잃었다.

누가 보면 미쳤다고 할법한 장면이었다. 오십대 여자와 배가 잔뜩 부른 임신부가 의식을 잃은 십대 남자아이를 사이에 끼고 해변을 걷고 있었으니까. 그들은 모래를 발로 차며 사구를 지나 차로 향했다. 대체 무슨 짓을 하고 있는 거지? 그녀는 이미 한참 전에 죽었어야 했다.

다행히도 그들은 아무도 마주치지 않았다. 누가 본다면 설명할 말도 마땅치 않았다. 그랬다. 아이는 문어를 만지더니 기절해 버렸다. 아이가 촉수를 잡자, 그 촉수도 손을 맞잡듯 힘이 들어가더니 다른 촉수 두 개가 그 애의 팔을 천천히 감쌌다. 그러는 동안 가늘게 떨리는 빛이 그것의 머리 꼭대기에서 나타나 촉수 쪽으로 내려왔다가 다시 머리를 향해 올라갔다. 빛은 헤더와 에이바가 레녹스를 촉수에서 떼어낸 후에야 사라졌다. 그것이 아이를 침 같은 걸로 쏜 것일까? 그래서 의식을 잃었는지도 모른다. 구급차를 부르면 언제 올지도 모르고, 아이

맥박도 강하게 뛰기에 그들은 레녹스를 직접 차까지 옮기기로 했다. 그런 다음 길을 따라 헤더의 집으로 가서 아이를 눕힐 작정이었다.

"저 차예요."

에이바가 왕년의 때깔을 잃어 후줄근해진 회색 르노를 가리켰다.

두 여자는 레녹스를 가운데 끼고 계속 움직였다. 헤더가 그의 주머니에 손을 넣어 차 키를 찾았다. 그들은 차 문을 열고 레녹스를 뒷좌석에 눕혔다. 헤더는 그의 숨소리를 확인한 후 재빨리 운전석에 앉았다. 주도로를 따라 5분쯤 달리자 그녀의 집이 나왔다. 길 건너편에는 폐허가 된 성이 보였다. 그녀는 문득 집이 사람들 시선에 너무 노출되어 있다는 생각이 들었다. 마을 중심의 잔디밭을 둘러싼 저 집들 중 어디에선가 커튼이 들썩거리고 있을 것이다. 정신을 잃은 젊은 남자를 집에 끌고 들어가는 모습은 이목을 끌기 충분하니 말이다.

레녹스를 차에서 내리는 것부터 문제였다. 에이바는 몸을 숙이는 것조차 힘든 상태라, 헤더 혼자 힘을 써야 했다. 하지만 두 사람은 레녹스를 똑바로 일으키는 데 성공했고, 헤더가 현관문을 열었다. 두 여자는 레녹스를 질질 끌어서 거실 소파에 눕혔다.

헤더는 담요를 가져와 아이에게 덮어주고 다시 한번 그의 맥박과 호흡을 확인한 뒤 부엌으로 가서 물을 한 잔 가지고 왔다.

"얘 괜찮은 거죠?"

그녀가 거실로 돌아오자, 에이바가 물었다. 헤더는 로지를 가졌을 때가 떠올랐다. 앞으로 벌어질 일이 두려웠고, 부모가 된다는 불안함이 감당할 수 없을 정도로 솟구쳤다. 어떻게 해야 하지? 한 생명을 먹이고 보살피는 일을 과연 해낼 수 있을까?

"괜찮아질 거예요."

그녀가 레녹스 옆에 무릎 꿇고 앉으며 대답했다. 그녀 스스로 그렇게 믿고 싶었고, 에이바에게도 그런 믿음을 주고 싶었다.

헤더는 레녹스의 머리를 팔로 감싸고 그의 입술에 물잔을 가져다 댔다. 하지만 물은 그의 턱으로 흘러내렸다. 그녀는 마른행주로 아이의 얼굴을 닦고 물잔을 내려놓았다. 그의 팔을 들어 촉수가 닿았던 부분을 자세히 살펴보았다. 붉어지거나 부어오르지 않은 것을 보니, 쏘이지는 않은 모양이었다. 헤더는 부엌에 각성제 소금이 있는 것을 기억해 내고 자리에서 일어났다. 바로 그때 레녹스가 숨을 헉 들이켜며 자리에서 벌떡 일어났다. 잔뜩 흥분한 표정이었다.

"세상에, 괜찮니?"

에이바가 물었다. 헤더는 숨을 고르려고 애썼다. 자기가 돌봐야 했던 또 다른 십대 아이, 로지가 떠올랐기 때문이다.

레녹스는 추운 사람처럼 두 팔로 자신을 감쌌다. 헤더는 그의 팔에 한 손을 올리고 담요를 집어 그에게 둘러주었다.

"여기가 어디예요?"

그가 물었다.

"나 사는 집."

그는 두 여자를 바라본 뒤 주변을 둘러보았다.

"제가 어떻게 여기 왔죠?"

에이바가 불안감을 털어내듯 웃음을 터뜨렸다.

"쉽지 않았지. 몸은 좀 어떠니?"

레녹스는 두 손을 얼굴 앞에 들어 올리고는 뭔가 들고 있는 것처럼 한참 바라보았다. 헤더는 손등으로 아이의 이마를 짚어 열이 있는지 확인했다. 하지만 서로 잘 모르는 사이라는 생각이 문득 들어 얼른 손을 내렸다. 레녹스는 고개를 흔들었다.

"괜찮은 것 같아요."

"물 좀 마시렴."

헤더가 물잔을 건네며 말했다.

그는 잔을 건네받고 표면에 이는 자잘한 잔물결을 물끄러미 바라보았다. 그러고는 손가락 하나를 물에 넣고 좀 더 큰 물결이 퍼져나가는 것을 바라보더니, 이번에는 손가락으로 아예 물을 휘휘 젓기 시작했다. 물이 소용돌이치며 잔 밖으로 넘쳐흘렀다.

"너 진짜 괜찮니?"

에이바가 얼굴을 찌푸리며 물었다. 레녹스는 그녀를 바라보다가 다시 물컵으로 시선을 돌렸다.

"우리 도움이 필요하대요."

"누가?"

헤더가 물었다. 하지만 그녀는 그가 무슨 말을 하는지 이미 알고 있었다. 가슴이 떨려왔다.

"해변에서 그랬어요."

"너한테 말을 붙였다고? 어떻게? 아무 소리 안 들렸는데."

에이바의 말에 레녹스는 고개를 흔들었다.

"모르겠어요. 거기에서 무슨 일이 있었는데요?"

에이바가 귀를 긁적이는 사이, 헤더는 소파 끝으로 자리를 옮겼다.

"네가 그놈 촉수를 잡았는데, 이걸 뭐라고 해야 좋을지 모르겠지만,

그놈이 반응을 보였단다. 네 팔을 마주 잡았지."

에이바가 여전히 얼굴을 찌푸린 채 레녹스를 바라보았다.

"난 그게 죽은 줄 알았어. **너도** 거기서 죽는 거 아닌가 했다. 어디 다치진 않았니?"

레녹스는 얼떨떨한 표정을 지었다.

"네, 걔들은 저를 해치려던 게 아니었어요."

헤더는 정신이 혼미해지는 것을 느꼈다.

"**걔들**이라니?"

레녹스가 어깨를 으쓱했다.

"그냥 느낌인데…… 하나가 아니더라고요."

"무슨 말이야?"

에이바가 물었다. 레녹스는 눈을 끔뻑거리더니 거실을 한번 둘러보았다.

"갑자기 제가 어둠 속을 날더니 물속에서 헤엄을 치는 거예요. 그들 사이에 섞여있었는데, 모두 하나가 된 느낌이었어요. 따뜻했는데, 얼음이 엄청 많았어요. 행성 전체가 얼음이었죠."

"그게 대체 무슨 소리야?"

에이바가 물었다. 헤더는 두 손을 무릎에 올린 채 꼼지락거렸다.

"무슨 말인지 알 것 같은데. 당신도 그렇죠?"

두 사람이 고개를 돌려 헤더를 바라보았다.

"그날 밤 우리한테 무슨 일이 벌어졌는데, 아무리 봐도 이 세상 것은 아니었어요. 내 말이 맞죠?"

"아니, 아니, 아니에요!"

에이바가 얼굴을 만지며 말했다.

"말도 안 되는 소리를 하고 있잖아요."

"잘 생각해 봐요."

헤더가 다시 말했다.

"하늘에서 불덩이가 나타나고, 뇌졸중으로 정신을 잃었는데 회복되고, 해변에 그것이 나타났어요. 전에는 없었던 이 느낌은 또 뭐고요? 다 서로 관련이 있다고요. 레녹스가 그것과 얘기도 나눴다잖아요."

"얘기라고 하긴 좀 그래요."

레녹스가 담요를 걷어내며 끼어들었다.

"말해준 게 아니라 보여줬거든요."

"어디에서 왔다고 하니?"

헤더가 물었다. 에이바는 거실을 이리저리 걷기 시작했다.

"모르겠어요. 아주 먼 곳인 건 확실해요."

"또 뭘 봤지?"

레녹스가 두 사람을 바라보는 눈빛에서 헤더는 사태의 심각성을 짐작할 수 있었다.

"그들은 우리 도움이 필요해요."

에이바가 그를 빤히 바라보았다.

"'그들'이라면 모래 위에 있는 그놈이 사실 여럿이라는 뜻이니, 아니면 그런 것이 여럿 있다는 뜻이니?"

그때 초인종이 울리고 세 사람은 깜짝 놀라 현관을 바라보았다. 헤더가 자리에서 벌떡 일어섰다.

"이번엔 또 뭐야?"

그는 초인종을 누르고 기다리다가, 한 발 뒤로 물러서서 위를 올려다보았다. 연결된 세 집 중 가장 끝자리의 멋진 오두막이었다. 오래된 벽돌과 곧 무너질 듯한 슬레이트 지붕에 난 작은 지붕창들이 눈길을 끌었다. 오른쪽으로 고개를 돌리자, 커튼 뒤에서 무언가 움직이는 것이 보였다. 이 동네 차들은 대부분 비싼 가족용 세단인데, 잡초투성이가 된 이 집 진입로에는 낡은 르노 한 대가 세워져 있었다. 그는 핸드폰을 켜 주소를 다시 확인했다. 테레사가 틀린 주소를 준 것일까? 환자가 병원에 가짜 주소를 남겼을 수도 있다.

이완이 거실 창으로 다가가는데, 현관문이 열렸다. 여자는 그와 비슷한 나이대였다. 눈 밑에 처진 살이 있지만, 날씬하고 키가 큰 편이었다. 금발은 어깨까지 내려왔고, 얼굴에는 걱정과 당혹감이 뒤섞여 있었다. 아름다운 여자였다. 강하고 자신감도 있어 보였다.

“헤더 뱅크스 씨세요?”

여자가 팔짱을 꼈다.

“누구시죠?”

“이완 매키넌이라고 합니다. 〈이브닝 스탠더드〉 기자예요.”

“전 할 말 없습니다.”

이완이 눈을 가늘게 뜨고 그녀를 바라보았다.

“무슨 일 때문인지 아직 말씀 안 드렸는데요.”

“상관없어요.”

이완은 간청하듯 두 손을 내밀었다.

“기사를 좀 쓰려는 것뿐이에요.”

여자가 문을 닫으려 하자 이완은 재빨리 한 걸음 다가섰다.

“무엇에 대한 기사인지 안 궁금하세요?”

“네.”

문이 거의 닫히려는 순간, 그가 다시 입을 열었다.

“레녹스 헌트와 에이바 크로스를 아시나요?”

문이 그 자리에 멈추더니, 좁은 틈으로 여자의 날카로운 눈빛이 새어 나왔다.

“아니요.”

이완은 고개를 비스듬히 기울였다.

“저 이 기사 꼭 써야 해요. 빈손으로 가면 편집장이 절 찢어 죽이려 할 거예요.”

“그러시라죠, 뭐.”

“상황 파악이 안 되시나 보네요. 저는 그쪽 도움이 있든 없든 이 기사를 완성할 겁니다. 기왕이면 본인 입장이 반영되는 게 좋지 않겠어요?”

“기사가 될만한 얘기 같은 게 없어요.”

이완이 턱을 삐죽 내밀었다.

“그래요? 여러 사람이 같은 시각 같은 종류의 뇌졸중으로 쓰러졌는데 그중 세 명이 기적적으로 회복됐어요.”

헤더가 그를 뚫어지게 바라보았다. 이완은 사람을 꽤 잘 보는 편이라고 자부했고, 직업상 그런 능력이 필요하기도 했다. 하지만 이 여자는 도무지 파악이 안 됐다.

“할 얘기 없다고 했습니다.”

그때 집 안에서 인기척이 느껴졌다.

“남편분도 집에 계신가요? 두 분이 같이 인터뷰해 주시면 참 좋을 텐데.”

헤더는 혀로 이를 한 번 훑은 뒤 입을 열었다.

“이혼했어요.”

이완은 같은 도로에 있는 ‘오픈암스’를 고갯짓으로 가리켰다.

“제가 술 한잔 살 테니 잠깐 이야기나 좀 나누시죠.”

그는 남성적 매력을 최대한 끌어모은 표정으로 그녀를 바라보았다. 과연 아직도 이런 게 통할까?

“그런 다음에도 싫다고 하시면 깨끗하게 떠날게요. 약속해요.”

“진짜죠?”

이완이 고개를 끄덕였다.

헤더는 집 밖으로 나와 문을 닫고는 뒤도 돌아보지 않고 호텔 바를 향해 걷기 시작했다. 이완은 미소를 지으며 종종걸음으로 그녀를 뒤

쫓았다.

그가 헤더를 따라잡았을 때 그녀는 이미 바에서 라프로익 더블샷을 주문하고 있었다. 이완은 뒤이어 산미구엘 500밀리리터 한 잔을 주문하고 주변을 둘러보았다. 인테리어가 화려하고 고급스러웠다. 자주색 나사지 벽지와 묵직하게 늘어진 커튼은 타탄무늬와 엉겅퀴 모티프의 패턴으로 가득했다. 홀은 거의 텅 비어있었다. 노인 둘이 소파 하나에 앉아 스도쿠를 풀고 있을 뿐이었다.

주문한 술이 나오자 헤더는 단지에 담긴 위스키를 작은 잔에 따랐다. 그리고 이완이 계산하는 것을 보고는 벽난로 옆 안락의자로 가 편안하게 자리를 잡았다. 이완은 그 맞은편에 앉은 후, 맥주잔을 들어 올렸다.

"건배할까요?"

여자는 술을 마실 뿐 대꾸하지 않았다. 이완은 핸드폰을 꺼냈다.

"녹음해도 될까요?"

"아니요."

그는 그녀를 빤히 바라보았다. 사람들은 주목받기를 원하지 않는다고 말하면서도 결국 그가 원하는 것을 내어놓는다. 자기 이야기를 세상에 알리고 싶은 욕구, 중요한 인물이 되고 싶다는 잠재의식이 작용하기 때문이다. 이 여자가 진짜로 아무 얘기도 하고 싶지 않았다면 왜 여기까지 따라나섰겠는가? 그는 재빨리 집에서 빠져나오던 여자의 모습을 떠올렸다. 그녀는 아무것도 챙기지 않고 그대로 문을 닫은 뒤 뒤도 돌아보지 않고 이곳에 왔다. 마치 그를 집에서 멀리 유인해 내려는 것처럼.

이완은 노트와 펜을 꺼냈다.

“이제 그날 밤 무슨 일이 일어났는지 말해줄래요?”

“아니요.”

“그럼 여기 뭐 하러 왔어요?”

두 사람은 잔을 들어 술을 마셨다. 가볍게 한판 붙었으니 잠시 쉬는 것이다. 이완이 수첩을 들어 올리며 다시 입을 열었다.

“내가 아는 걸 말해줄까요?”

헤더는 어깨를 으쓱하고 다시 라프로익을 홀짝였다. 그녀의 술잔에서 토탄과 해초 향이 풍겨왔다. 그녀는 표정 변화 하나 없이 술을 들이 켰다.

“당신은 오늘 새벽 응급실에 실려 갔어요. 해변에서 십대 아이 둘이 당신을 발견했죠. 당신은 흠뻑 젖어있었고, 주머니에는 돌이 가득했어요.”

그의 말에 그녀가 움찔했다. 이완은 미안한 마음이 들었지만 메모한 것을 계속 읽어 내려갔다.

“당신은 뇌졸중 진단을 받았어요. 자세한 내용은 들어서 알죠? 병원에서는 당신이 죽을 거라고 생각했지만, 두 번째 검사에서 뇌졸중의 모든 증거가 거짓말같이 사라졌어요. 의사들은 같은 환자의 검사 결과가 맞는지 재확인해야 했죠.”

“이걸 다 어떻게 알았죠?”

헤더가 앞으로 몸을 기울이며 물었다.

“환자 기록은 기밀인데.”

“숨겨진 걸 찾는 게 내 직업이거든요.”

"남의 비밀 폭로하는 게 무슨 직업이라고!"

사실이었다. 그도 알고 있었다. 처음 기자 일을 할 때 그에게는 이타적인 이유가 있었다. 진실을 찾고 권력자들에게 책임을 추궁하고 싶었다. 하지만 지금 그는 어떤가? 죽고 싶지만 죽음을 두 번이나 피해 간 불쌍한 여자를 괴롭히고 있다. 지금까지 알아낸 바에 따르면 이렇게 해석할 수밖에 없다. 익사도 못 하고 뇌졸중도 사라져 버린 이 사람은 어쩔 수 없이 웬 멍청이와 마주 앉아 위스키를 마시고 있는 것이다.

하지만 분명히 뭔가 있었다. 이완은 이런 분명한 기미를 모르는 척하는 사람이 못 되었다. 그는 맥주를 한 모금 마셨다.

"이게 끝이 아니에요."

그가 그녀의 반응을 살피며 말을 이었다.

"기적적으로 회복한 환자 한 명의 이야기는 신문 9페이지에 단신으로 실릴법하죠. 하지만 몇 킬로미터 거리에서 동시에 발병한 세 명의 환자가 동일한 기적을 보여주었다면 그 이야기는 1면을 장식하기에 충분해요."

"무슨 말 하는지 모르겠네요."

"레녹스와 에이바 이름을 언급할 때 당신 표정이 변하는 걸 봤어요. 뇌졸중 병동에 같이 있었죠?"

헤더는 입술을 뾰족 내밀고 열심히 기억을 더듬는 척했지만 연기가 썩 훌륭하지는 않았다.

"아, 그 사람들 말이구나. 얘기도 안 해봤어요."

이완이 미소를 지으며 고개를 저었다.

"동시에 똑같은 기적을 겪은 세 사람이 같은 병실에 있으면서 서로 아무 말도 안 했다고요?"

헤더는 술을 한 모금 마시고 어깨를 둥글게 말았다.

"내가 그 사람들 주소를 알거든요."

이완이 핸드폰을 집어 들며 말을 이었다.

"재미있는 거 하나 보여줄게요."

그는 구글맵을 열어 그녀 앞에 내밀었다. 지도에는 노스필드에서 롱
니드리를 거쳐 옐로크레이그스로 이어지는 길이 표시되어 있었다. 길
은 에든버러부터 노스베릭까지 해안선을 따라 초승달 모양을 하고 있
었지만, 점들을 직선으로 연결하면 세 점은 거의 일직선상에 있었다.
헤더는 핸드폰을 받아 들지는 않았지만, 흘끗 화면을 보았다.

"그게 뭔데요?"

"뭔가 보지 않았어요? 뇌졸중 일으켰을 때 말이에요."

순간 그녀의 시선이 핸드폰 화면에 고정되었다. 술잔을 잡은 손에 힘
이 들어가는 것 같기도 했다.

"뭘 말이에요?"

"나야 모르죠."

그녀는 핸드폰을 밀어내고 마침내 고개를 들어 이완을 바라보았다.

"난 아무것도 못 봤어요."

✦

어쩜 이렇게 배고플 수가! 임신한 여자들이 온갖 것을 다 먹는다는 사실은 누구나 알고 있다. 땅콩버터, 사우어크라우트, 심지어 석탄을 먹는 사람도 있다고 한다. 하지만 그녀의 식욕이 갈망하는 것은 엄청난 양의 탄수화물이었다. 그녀는 헤더의 부엌 찬장을 뒤져 베이글 한 봉지를 찾아냈다. 그녀는 하나를 꺼내 바로 입에 넣었다. 부엌 보관장에 몸을 기대 무게를 좀 분산시켜 보려 했지만, 어떤 자세를 취해도 편해지지 않았다. 오줌은 또 왜 이리 자주 마려운지!

그녀는 화장실로 가 힘겹게 바지를 내렸다. 다시 입는 데에도 엄청난 노력이 필요했다. 사실 쉬운 일은 하나도 없었다. 그녀는 배 속 아기가 한시라도 빨리 나오기를 바랐지만, 현재 상황을 생각하면 가능한 한 오래 아기를 배에 넣어두고 싶기도 했다. 자궁 안에 있는 동안은 그녀가 보호해 줄 수 있을 테니까.

에이바는 베이글을 질겅질겅 씹으며 거실로 갔다. 레녹스가 소파에서 헤드폰을 쓴 채 충전기에 꽂힌 핸드폰을 보고 있었다. 그녀는 학교에서 본 그의 모습을 떠올려 보았다. 솔직히 말해서 아이들에 대한 기억은 대부분 흐릿했다. 남학생들은 머리끝이 밖으로 홱 휘는 스타일에 흰 셔츠를 입었고, 여학생들은 정성 들여 화장한 얼굴에 딱 붙는 스커트를 입었다. 하지만 레녹스는 눈에 띄는 아이였다. 백인과 아시아인이 대부분인 학교에서 레녹스의 헤어스타일과 피부색은 눈길을 끌 수밖에 없었다. 에이바는 늘 그가 멋지다고 생각했다. 아이에 대해 기억나는 것은 그게 다였다. 하지만 이제 그녀의 삶에서 그의 위치는 완전히 달라졌다. 그가 그녀를 구하러 온 것은 놀라운 일이었다. 서로 입장이 뒤바뀌었다면 그녀는 그렇게 행동하지 못했을 것이다.

그녀는 창문 앞에 섰다. 헤더의 모습은 보이지 않았다. 에이바는 헤더와 기자, 두 사람이 현관에 서서 나눈 대화를 들었다. 남편과의 상황을 생각하면, 기자가 그들 주변을 어슬렁거리는 일은 막아야만 했다.

아기가 골반 주변 어딘가를 발로 찼다. 비장이 가려운 게 이런 느낌인가? 아기가 몸을 돌리는 동안, 에이바는 배 위로 볼록 솟은 부분을 따라 손가락을 움직였다. 베이글 조각이 위장에 들어가자 속이 쓰려 왔다. 그녀는 가방이 있는 곳으로 가 개비스콘을 꺼냈다. 그리고 주스를 마시듯 단숨에 들이켰다.

"괜찮으세요?"

레녹스가 핸드폰에서 시선을 떼고 그녀를 바라보았다. 에이바는 약을 내려놓았다.

"그럼, 임신한 여자한테 이 정도는 껌이지."

그녀는 지나치게 친절한 사람들이 임신부를 어떻게 대하는지 알고 있었다. 악몽 같은 자신의 경험담을 들려주고, 확인되지 않은 조언을 늘어놓고, 그녀의 의견 따위는 묻지 않고 배를 만지작거린다.

레녹스는 고개를 끄덕였다.

"힘드시겠어요."

에이바는 조심조심 소파에 앉았다. 가까이에서 보니, 레녹스는 몇 년 후면 아주 잘생긴 남자가 될 것 같았다. 하지만 아직 그의 얼굴에는 십대 특유의 불확실성이 배어있었다. 자기가 누구인지 잘 모르는 것이다. 하지만 우습게도 사람은 모두 자기 자신을 잘 모른다. 에이바 역시 자기가 어떤 사람인지 몰랐다. 서른 살이 거의 다 되었는데도. 분명한 것은 그녀가 남편과 함께일 때의 모습으로 남은 생을 살고 싶지는 않다는 것이었다.

그녀가 레녹스를 바라보자 그가 시선을 돌렸다.

"고맙다는 인사도 제대로 못 했네."

그녀가 자신 없는 목소리로 말했다. 자신감을 잃은 지는 이미 오래였다. 하지만 학생이 가득한 교실에서 선생님 역할을 해야 할 때 쓰던 방법이 있었다. 그냥 될 때까지 해보는 거다.

"이미 하셨어요."

아이가 헤드폰을 벗으며 대답했다.

"네가 안 왔으면 나 혼자 어떻게 했을지 상상도 안 된다."

레녹스가 입술을 불룩 내밀었다.

"어떻게든 탈출하셨겠죠."

"아닐걸."

그녀의 양 볼이 붉어졌다.

"못 했을 거야. 난 오랫동안 그 감옥 같은 집에 갇혀 살면서도 아무것도 하지 못했거든."

"학교에서는 늘 확신에 차 보이셨어요. 자신감 넘쳐 보였는데."

레녹스가 핸드폰을 양손으로 번갈아 주고받으며 말했다. 에이바가 마른침을 삼켰다.

"그런 척한 거야."

"이해해요."

잠시 침묵이 흘렀다. 에이바는 호텔 바에 간 헤더의 소식이 궁금했다. 그 남자한테 무슨 말을 하고 있을까?

"그런데 왜 왔니?"

에이바가 물었다.

"오라고 하셨잖아요."

레녹스는 별것 아니라는 듯 가볍게 대답했다.

"그게 말이 되니? 잘 알지도 못하는 여자가 준 핸드폰에 도와달라고 써있다고 무작정 차를 훔쳐서 구하러 간다고?"

아이는 거실을 둘러보더니 무릎에 올려놓은 자기 손을 바라보았다. 그리고 목을 한번 가다듬고는 조심스럽게 입을 열었다.

"그냥 느낌이지만…… 우리가 연결된 것 같았어요."

가슴을 가득 채운 벅찬 감정이 그녀의 목을 지나 얼굴까지 솟구쳐 올랐다.

"해변의 그것 때문이지?"

레녹스가 혀로 윗입술을 핥았다.

"샌디예요."

“뭐?”

“전 그렇게 불러요.”

“걔들이 자기 이름을 말해줬니?”

레녹스가 씩 웃었다.

“그럴 리가요! 그냥 그렇게 부르려고요. 모래사장에서 찾았으니까 모래의 ‘샌드’를 따서 지은 거예요. 잘 어울리는 것 같더라고요.”

천진하고도 엉뚱한 대답에 그녀는 빙긋 웃었다. 얼마나 완벽한 이름인가!

“샌디, 마음에 드는데!”

병원에서 그녀는 레녹스와 헤더에게 이끌림을 느꼈지만, 마이클이 나타나는 바람에 그 마음을 꾹 눌렀다. 자기 보호 본능이 작동했기 때문이었다. 지푸라기라도 잡는 심정으로 핸드폰을 남겼는데 그 절박한 마지막 노력이 성공했다. 그들은 죽었어야 마땅한 상황에서 살아남았다. 그건 분명 중요한 의미가 있었다.

“너는 어때?”

에이바의 물음에 레녹스의 입술에 힘이 들어갔다.

“뭐가요?”

“보육원 사람들이 걱정하지 않을까?”

레녹스가 코웃음을 쳤다.

“없어졌는지도 모를걸요.”

“설마, 보육원이라고 나쁘기만 하진 않을 텐데.”

레녹스는 그녀가 한 말을 잠시 생각해 보았다.

“나쁘다는 게 아니라…… 그 사람들한텐 그게 일이에요. 일손, 자금, 모든 게 부족한 상황인데 아이들은 아이들대로 말썽을 일으키죠. 수업을 땡땡이치고, 통금 시간을 어기고, 도망가기도 하고요.”

“넌 차를 훔쳤고.”

레녹스가 곤란한 듯 이 사이로 공기를 들이마셨다.

“네, 마음이 불편하네요. 제프 아저씨는 좋은 사람인데. 늘 최선을 다하시거든요.”

레녹스가 핸드폰을 턱으로 가리켰다.

“아저씨한테 부재중 전화가 열한 통 걸려 왔어요. 차를 훔친 사람이 저라는 걸 아신 거예요. 아마 경찰에도 신고했을 거예요. 그러니 이제 보육원에 돌아가긴 틀렸죠. 어차피 나올 거였어요. 이제 열여섯 살이니까요. 군대에 가면 되죠, 뭐. 사람도 죽이고 결혼도 하고. 보육원 사람들도 제가 나가줬으면 했어요.”

“그럴 리가 있니?”

레녹스가 다시 웃음을 터뜨렸다.

“만화나 드라마를 생각하시면 안 돼요.”

“넌 어쩌다가 그곳에…….”

그녀는 레녹스의 눈썹이 들썩거리는 것을 보는 순간, 자신이 얼마나 무례한 말을 하고 있는지 깨닫고 입을 다물었다.

“미안하다. 내가 괜한 말을 했네.”

아이는 생각에 잠긴 듯 잠시 침묵했다. 그리고 다시 부드러워진 표정으로 입을 열었다.

“아니에요. 괜찮아요. 전 아기 때 엄마한테서 떨어졌어요. 엄마가 저를 버렸을 수도 있고요. 정확한 건 저도 몰라요. 망할 놈의 돌봄 시스템이 이런 식이에요. 열여덟 살이 되기 전에는 친부모를 찾기 위한 어떤 시도도 할 수 없거든요. 열여덟 살이 되고 나서도 부모가 동의를 해야 연락할 수 있는데, 우리 엄만 왠지 동의 안 할 것 같아요.”

“엄마를 찾고 싶어?”

레녹스가 어깨를 으쓱했다.

“찾는다고 뭐가 달라지나요?”

아기가 그녀의 배를 발로 찼다. 그녀는 통증 대신 날카로운 책임감을 느꼈다.

“궁금증이 풀릴 수도 있잖아.”

레녹스가 우두둑 목을 꺾었다.

“궁금한 거 없어요. 저는 혼자 알아서 살 거예요.”

에이바가 미소 지었다.

“이젠 아니지. 나랑 헤더 아줌마가 있잖아. 샌디도 있고.”

아이는 그녀의 말에 동의하는 것 같지 않았다.

에이바는 베이글을 한 입 베어 우물우물 씹었다. 그때 레녹스의 핸드폰에서 짧은 알림음이 울렸다. 그녀의 핸드폰은 전원이 꺼진 채 가방에 들어있었다. 내 폰 찾기 앱이 작동하지 못하게 조치를 취해두었지만 마이클은 다른 방법을 써서라도 그녀를 추적할 것이 분명했다. 그에게는 경찰 친구들이 있기 때문이다. 그는 늘 그녀에게 그 사실을 주지시켰다. 에이바가 고갯짓으로 레녹스의 핸드폰 쪽을 가리켰다.

“재미있는 소식이라도 있니?”

그들의 이야기도 기사로 나오지 않았을까? 뇌졸중, 기적적인 회복, 하늘에 나타난 빛, 해변에서 발견된 생명체, 이 각각의 사건이 사실은 모두 연결된 하나의 이야기인데 세상은 아직 눈치채지 못했는지도 모른다.

레녹스는 핸드폰을 뒤집어 잠금화면을 풀었다. 그리고 잠시 후 고개를 푹 숙였다.

"제길!"

"왜 그러니?"

레녹스가 손으로 머리를 빗어 올리며 핸드폰을 건넸다. BBC에 올라온 기사에 환하게 미소 짓는 에이바의 사진이 실려있었다. 그녀의 집 벽난로 선반에 있던 바로 그 사진이었다. 레녹스의 사진도 있었다. 증명사진처럼 정면을 본 얼굴 사진이었다. 그녀는 화면을 내려가며 기사를 훑었다. 두 사람이 사라졌는데 레녹스가 에이바의 실종에 관여한 것 같다는 내용이었다. 기사 마지막에는 집 바로 앞에 세워둔 르노 자동차 사진이 커다랗게 실려있었다. 30분 전 그 기자가 똑바로 쳐다보고 갔던 바로 그 차 말이다!

✦

　샌디가 닿았던 팔뚝 부분이 이상했다. 가렵고 아픈데 동시에 다정함이 느껴졌다. 레녹스는 르노 운전석에 앉아있었다. 집 앞에 세워져 있던 차를 집 옆 좁은 길을 따라 차고로 옮긴 직후였다. 두 사람은 술집에서 돌아온 헤더에게 기사를 보여주고 차를 숨겨야 한다고 말했다. 헤더가 먼저 차고에 있던 낡은 갈색 캠핑카를 뒤로 뺀 뒤 레녹스가 르노를 몰고 차고 안으로 들어갔다.

　레녹스가 차에서 나오자 헤더가 차고 문을 닫았다. 팔뚝의 따끔거리는 느낌이 점점 더 강해지더니, 위쪽으로 퍼지고 곧 가슴으로 옮아갔다. 전기 벌레가 혈관을 타고 레녹스의 몸을 돌아다니고 있는 것만 같았다. 그때 갑자기 해가 어두워졌다. 잠시 후 그는 물속인지 우주인지 알 수 없는 곳에서 그들의 목소리를 들었다. 두려움에 빠진 다급한 목소리였다. 레녹스는 차고 문에 잠시 기대있다가 천천히 눈을 뜨고 입을 열었다.

"그들이 위험해요."

고대 유물이나 다름없는 이 캠핑카가 진짜로 움직이다니! 그는 놀라움에 가득 차 헤더가 운전하는 모습을 바라보았다. 에이바는 두 사람 사이 좌석에 앉아있었다. 해변 주차장까지는 5분밖에 걸리지 않았다. 차에서 내린 세 사람은 나무 사이를 지나 모래언덕으로 향했다. 마지막 언덕을 막 넘어서는 순간, 레녹스는 깜짝 놀라 숨이 멎는 것 같았다.

지방의회 소속 평판 트럭이 샌디 옆에 후진 방향으로 주차되어 있고, 회색 작업복을 입은 세 남자가 팔레트를 모래 위로 옮기고 있었다. 그중 한 명이 트럭으로 되돌아가더니 삽 세 개를 꺼내 왔다.

"제기랄!"

레녹스가 속도를 높이자, 두 여자도 뒤를 따랐다. 바람에 모래가 소용돌이치며 복잡한 무늬를 그려냈다. 마치 모래 알갱이들이 살아서 춤을 추는 것 같았다. 해안선에 이르자 바다로 쓸려 나가는 거친 파도와 그 끝자락에서 이는 하얀 거품, 그리고 파도를 맞으면서 흔들림 없이 서있는 섬이 보였다.

"저기요!"

레녹스가 소리쳤다. 인부들은 삽을 하나씩 손에 든 채 그를 바라보았다.

"뭐 하시는 거예요?"

그는 엉성하게 매여 바람에 펄럭이는 테이프 앞에 다가섰다. 샌디는 전보다 창백해 보였고, 피부 위 회색 줄무늬도 더 이상 반짝거리지 않았다. 레녹스는 잠시 생각에 잠겼다. 이미 죽은 걸까? 하지만 조금 전

차고에서 그는 분명히 메시지를 받았다.

"왜요?"

땅딸막하고 단단한 체격에 목에는 문신이 있는 사십대 인부가 말했다. 뒤에 있는 다른 두 남자는 그보다 젊었는데, 헐렁한 작업복 때문인지 아빠 옷을 입은 어린아이 같아 보였다.

"애네들 건드리지 마세요."

레녹스가 샌디를 보며 말했다. 문신한 남자가 과장된 몸짓과 함께 큰 소리로 웃어댔다.

"죽은 문어 한 마리 가지고 뭘 그래요?"

"안 죽었어요."

문신한 남자는 고개를 저으며 삽 손잡이를 톡톡 두드렸다.

"학생, 우린 그냥 시킨 대로 하는 거예요. 이걸 차에 실어서 대학에 가져다줘야 한다고요."

"아깝다!"

뒤에 서있는 두 사람 중 비쩍 마른 남자가 키 작은 친구를 팔꿈치로 쿡 찌르며 말했다.

"튀겨서 소금이랑 식초에 찍어 먹으면 맛있을 텐데."

에이바와 헤더가 도착하자 문신한 남자가 두 사람을 훑어보았다.

"무슨 일입니까?"

"잠깐만 멈춰보세요."

헤더가 대꾸했다. 에이바는 숨을 고르는 중이었다. 문신한 남자는 손목시계를 슬쩍 보고는 고개를 저었다.

"다음 일 가려면 당장 마무리해야 해요. 대체 뭐 때문에 이러는 겁니까?”

레녹스는 다시 한번 팔이 따끔거리는 것을 느꼈다. 샌디의 몸 위에서 희미한 빛이 일렁이고 있었다.

“얘네 안 죽었다니까요!”

문신한 남자가 눈알을 굴렸다.

“미치겠네. 이봐, 계속하자고!”

세 남자는 샌디의 몸 옆으로 팔레트를 밀고 갔다. 키 작은 인부가 샌디의 머리 옆에서 삽으로 모래를 퍼냈다.

“하지 마세요.”

레녹스가 몸을 구부려 테이프를 통과한 뒤 팔레트를 끌어당기기 시작했다.

“뭐 하는 거야!”

문신한 남자가 삽을 내려놓고 레녹스를 밀쳐냈다. 남자는 몸무게가 레녹스의 두 배는 되어 보였다. 레녹스는 키 작은 인부에게 달려가 삽 머리를 붙잡고 홱 잡아당겨 뺏었다. 그러고는 무기처럼 머리 위로 번쩍 들어 올렸다.

“레녹스, 기다려.”

헤더가 말했다. 하지만 레녹스는 그럴 수 없었다. 그는 샌디를 보호해야 했다. 문신한 남자가 한 손을 앞으로 뻗으며 입을 열었다.

“학생, 진정해요. 나중에 후회할 행동 하지 말자고요. 경찰을 부르는 게 좋겠어요.”

레녹스가 에이바에게 시선을 돌리자 그녀는 조용히 고개를 저었다. 지금 상황에서 경찰은 절대 안 된다. 바람이 불자 삽이 흔들리며 양쪽 어깨에 그 무게가 전해졌다.

순간 문신한 남자가 럭비 선수처럼 레녹스를 향해 돌진했다. 그는 레녹스를 들이받아, 샌디와 다른 두 남자가 있는 쪽으로 쓰러뜨렸다. 삽이 레녹스의 손을 빠져나와 파도 속으로 사라졌다. 두 인부는 비틀비틀 뒷걸음질 쳤다. 레녹스는 숨을 쉴 수 없었지만 두 사람이 샌디의 몸에 올라서려는 순간 남은 힘을 쥐어짰다. 왼쪽으로 몸을 일으키며 비쩍 마른 남자의 다리를 들이받은 것이다. 그런 다음 곧바로 문신한 남자의 무게에 눌려 모래 위에 다시 쓰러졌다. 레녹스의 공격에 균형을 잃은 마른 남자는 똑바로 서있으려 애썼지만 샌디의 몸 위로 엎어지고 말았다. 순간 그의 몸이 경련을 일으켰다. 마치 번개가 그의 몸을 통과하듯, 팔다리가 퍼덕이고 몸통이 부들부들 떨렸다.

키 작은 남자는 공포에 질린 얼굴로 그 광경을 지켜보았다. 레녹스는 문신한 남자에게 깔려 여전히 모래에 쓰러져 있고, 에이바와 헤더는 두 눈이 휘둥그레진 채 테이프 뒤에 서있었다. 잠시 후 키 작은 인부가 마른 남자의 발목을 잡아당겨 그를 샌디에게서 떼어내고 얼굴이 보이게 눕혔다. 문신한 남자가 몸을 일으키자 레녹스는 마침내 마른 인부를 볼 수 있었다. 얼굴은 화상을 입어 검게 변했고, 작업복은 불에 그슬린 듯 변색되어 있었다. 키 작은 남자가 그의 목에 손가락을 댔다.

"맥박이 없어요."

"뭐라고요?"

레녹스가 소리치자 문신한 남자가 몸을 돌려 그를 바라보았다.

"너 이 새끼 대체 무슨 짓을 한 거야?"

"제가 그랬다고요?"

문신한 남자가 허둥지둥 마른 남자에게 다가가 키 작은 남자를 밀쳐 내고 직접 맥박을 확인했다. 그는 고개를 젓더니 마른 남자의 가슴에 손을 올리고 심폐소생술을 시행했다. 그가 키 작은 남자에게 고개를 돌렸다.

"당장 구급차 불러."

키 작은 남자가 핸드폰을 꺼냈다. 문신한 남자는 계속 마른 남자의 가슴을 압박하면서 레녹스와 두 여자를 흘끗 쳐다보았다.

"경찰에도 신고해라."

레녹스는 샌디를 바라보았다. 희미한 빛줄기들이 또다시 샌디의 몸을 타고 움직였다.

키 작은 남자는 이미 전화를 걸고 있었다.

레녹스는 에이바와 헤더를 바라보았다. 눈이 마주치는 순간, 세 사람은 몸을 돌려 주차장을 향해 달리기 시작했다. 등 뒤에서 거친 고함 소리가 들려왔지만, 그들은 멈추지 않았다.

✦

　　그는 망원경을 들여다보는 중이었다. 구급차와 경찰차가 천천히 모래사장을 달려와 의회 트럭 앞에 도착하자, 응급구조사 두 명이 차에서 내려 바닥에 누운 누군가를 치료하기 시작했다. 경찰들은 인부 두 명과 이야기했다. 그들은 정신없이 손을 흔들며 이완의 오른쪽에 있는 모래언덕을 가리켰다.

　이완은 눈에 띄지 않기 위해 망원경을 내리고 몸을 웅크렸다. 그는 오픈암스를 나선 후부터 줄곧 헤더를 미행했다. 세 사람이 차를 차고에 숨기고, 캠핑카를 타고 옐로크레이그스로 가서 문어 친구를 만나는 장면을 모두 목격했다. 먼 거리였지만, 뭔가 언쟁이 벌어지고 싸움이 일어난 것도 보았다. 그 후 이런 상황이 된 것이다.

　그는 망원경을 다시 들어 인부들을 관찰했다. 말은 나이 많은 남자 혼자 하고 있었다. 잔뜩 화가 난 그는 꽤 위협적으로 보였다. 경찰들은 그의 말을 다 믿는 것 같지 않았지만 그중 한 명이 내용을 메모하고 무전기로 전달했다. 이완은 응급구조사들이 무엇을 하는지도 보려 했지만 정확히 알아볼 수 없었다.

이완은 상황을 이해하기 위해 정신을 집중했다. 의회 소속 인부들은 헤더와 다른 두 사람이 이 일을 벌였다고 주장할 것이다. 중년 여성과 임신한 여자, 그리고 아프로 머리를 한 비쩍 마른 십대가 그런 짓을 했다고? 믿기 힘든 얘기다. 그 세 사람은 애초에 왜 함께 있었고, 문어가 쓸려온 해변에는 왜 왔을까? 분명 엄청난 이유가 있을 텐데, 아직은 짐작조차 할 수 없었다.

그때 주머니에서 핸드폰이 울렸다. '저질 싸가지'였다. 이완은 전화를 받았다.

"뇌졸중 환자 후속 기사 어디까지 됐어?"

이미 기본 정보는 모두 정리했다. 사망자 수 등, 사실만으로 이루어진 기사였다. 이완은 이후 패터슨에게 회복한 사람들에 대한 후속 기사를 쓰게 해달라고 요청했다.

"알아보는 중이에요."

이완은 자신이 얼마나 터무니없는 대답을 했는지 알고 있었다. 특종 하나를 위해 몇 주 동안 공을 들이는 것은 1970년대 〈뉴욕타임스〉에서나 가능한 일이다. 이건 지역 뉴스였다. 쓰레기 수거나 기물 파손, 등하굣길에서 벌어지는 학부모들 사이의 갈등, 시의회의 뒷거래 같은 것들을 다루는 곳 말이다. 패터슨이 말했다.

"그거 때려치워. 내가 빼버렸어. 지면 구성을 싹 바꿨는데, 보니와 클라이드 이야기에 집중할 거야."

"네?"

패터슨이 한숨을 내쉬었다. 그가 눈알 굴리는 소리가 핸드폰 너머에서 들려오는 것 같았다.

"망할! 자네는 취재기자라는 사람이 어쩜 이렇게 소식에 어두워?"

이완은 패터슨에게 입 닥치라고 소리치고 싶은 마음을 내리눌렀다. 먹고살려면 어쩔 수 없었다.

"맡기신 일 알아보느라 좀 바빴어요. 보니와 클라이드는 뭐예요?"

"일일이 설명할 시간 없어. 요즘 애들 말마따나 구글 선생님께 여쭤봐!"

패터슨이 전화를 끊었다.

이완은 해변을 바라보았다. 응급구조대원들이 누군가를 들것에 실어 구급차로 옮기는 중이었다. 그 위에서 갈매기 두 마리가 맴을 돌았다. 구급차와 경찰차가 떠나고, 의회 트럭도 현장을 떠났다. 문어를 둘러싼 테이프가 가벼운 바람에 펄럭이고, 갈매기들은 해변에 내려앉아 모래를 쪼아댔다.

이완은 다시 고개를 숙이고 핸드폰으로 기사를 검색했다. 순간 그는 핸드폰을 떨어뜨릴 뻔했다. 주요 기사에 등장한 두 사람 때문이었다. 레녹스와 에이바는 납치 혹은 유괴일지 모르는 사건의 주인공이었고, 그들이 헤더의 차고에 숨긴 르노 자동차는 훔친 것이었다.

이완은 초인종을 눌렀다. 커튼은 아까와 달리 다 쳐져있었고, 캠핑카는 길에 주차된 상태였다. 그는 다시 초인종을 누르고 기다렸다. 아무 반응이 없었다. 그는 허리를 숙여 우편 투입구를 열었다.

"안에 있는 거 다 알아요."

그가 말했다.

“세 사람 다 있죠? 좀 전에 해변에 갔다 왔잖아요.”

그는 다시 기다렸지만, 여전히 아무 소리도 들리지 않았다.

“도와주러 왔어요.”

진심일까? 그는 사실을 알고 싶어 이곳에 왔다. 도와주고 싶은 것과는 분명 다르다. 하지만 헤더에게 뭔가 특별한 마음이 드는 것은 사실이었다.

“무슨 일이 있었는지 알고 싶을 뿐이에요.”

그가 생각해도 전혀 설득력이 없는 말이었다.

당연히 집 안에서는 아무 반응이 없었다. 그는 거리 이쪽저쪽을 둘러본 뒤 다시 입을 열었다.

“도움이 필요한 상황이잖아요. 에이바와 레녹스는 특히 더 그럴 텐데.”

그는 저들이 이름을 듣고 가슴이 철렁 내려앉기를 바라며 말했다.

“뭔가 오해가 있었을 거예요. 하지만 시간이 갈수록 상황은 점점 더 악화하거든요.”

이렇게까지 해야 하는지 의문이 들었다. 하지만 사건의 진상을 파헤치는 진짜 기자가 된 기분이 드는 것도 사실이었다. 그는 다시 우편 투입구에 입을 가져다 댔다.

“아시다시피 모범 시민이라면 당장 경찰에 신고하는 게 맞죠. 하지만 저는 꼭 그럴 생각은 없거든요. 무슨 말인지 아시죠?”

상체를 일으키자 허리에 찌릿한 통증이 느껴졌다. 그때 문 뒤에서 빗장을 푸는 소리가 들리더니, 문이 열렸다. 헤더가 팔짱을 낀 채 서있었다. 그녀는 한동안 가는 눈을 뜨고 그를 바라보더니 길 양쪽을 살피고 마침내 입을 열었다.

"들어와요."

이완은 그녀를 따라 집 안으로 들어갔다. 집 뒤편 부엌에 이르자 에이바와 레녹스가 보였다. 두 사람은 흠집이 난 나무 테이블에 앉아있었다. 무거운 긴장이 흐르는 것으로 보아, 어떻게 해야 할지를 놓고 의견이 갈린 것 같았다.

"들여보내면 안 된다니까요."

에이바의 말에 헤더는 양손을 앞으로 내밀었다.

"그럼 어떻게 해요?"

"도망가야죠."

"어디로요?"

이완은 상황을 파악하느라 촉각을 곤두세웠다. 어떻게 봐도 납치는 아니었다. 그런데 기사가 왜 그렇게 났을까? 누군가가 에이바를 집에 돌아오게 하려는 것이다. 아마도 남편이겠지. 레녹스의 주소는 노스필드에 있는 보육원이고, 차가 도난당한 곳도 바로 그곳이다. 헤더는 주머니에 돌멩이가 가득한 옷을 입고 해변에서 의식을 잃은 채 발견되었다. 이 세 사람이 경찰의 눈을 피해 이곳에 모여있다. 어느새 세상에서 가장 친한 친구라도 된 듯하다.

"해변에서는 무슨 일이 있었던 거예요?"

이완이 물었다.

"무슨 말이에요?"

헤더가 되물었다.

"내가 세 사람을 미행했거든요."

레녹스가 고개를 흔들었다.

“저 때문에 그 사람이 다친 것 같아요. 하지만 제가 그런 게 아니에요.”

이완이 얼굴을 찌푸렸다.

“그럼 누가 그랬지?”

“걔들도 일부러 그런 건 아니에요.”

“레녹스, 그만.”

헤더가 갑자기 아이의 말을 끊었다. 이완은 그녀를 물끄러미 바라보았다.

“이러면 안 되는 거였어요. 그만 나가주세요.”

에이바가 이완에게 말했다. 그녀는 두 손을 배 위에 얹고, 두 다리를 쭉 뻗고 앉아있었다.

“잠깐만요. 경찰이 어디까지 아는지 내가 알아봐 줄 수 있어요.”

이완이 말했다.

“어떻게요?”

헤더가 물었다.

“정보원이 있어요. 니나 피어슨이라는 경위예요. 종종 서로 정보를 주고받는 사이죠.”

에이바가 몸을 똑바로 세워 앉았다.

“그 사람한테 우리 얘기 하면 절대 안 돼요.”

“걱정 마요.”

레녹스가 테이블 아래에서 발로 바닥을 톡톡 두드렸다.

“걔들을 어떻게 할 건지 좀 알아봐 주세요.”

이완이 얼굴을 찌푸렸다.

“누구 말이니?”

레녹스는 헤더의 뜨거운 눈총에 입을 다물었다.

"그 생명체요."

헤더가 대답했다. 이완은 진심인지 묻듯 헤더를 바라봤지만, 그녀는 아무 표정 없는 얼굴로 그를 마주 볼 뿐이었다. 레녹스는 시선을 피한 채 손톱으로 테이블을 긁어댔고 에이바는 아예 자리에서 일어나 싱크대로 향했다.

이완은 핸드폰을 꺼냈다. 그리고 통화연결음이 흐르는 동안, 이곳의 상황을 파악하기 위해 부지런히 단서들을 짜맞춰 보았다. 통화가 연결되자 그는 스피커폰으로 전환했다. 투명도를 최대한 높여 이들의 신뢰를 얻기 위해서였다.

"이완?"

이 두 글자만으로 넌덜머리 난다는 표현을 이렇게 훌륭히 해낼 수 있는 사람은 오직 니나뿐이었다.

"또 뭐예요?"

"잘 지내요, 니나?"

"시끄럽고, 필요한 거나 말해봐요."

"필요한 거 없는데."

"아, 빨리 말해요."

가시 돋친 말이었지만 웃음기가 느껴졌다. 그녀는 아마도 커피숍에 있는 것 같았다. 커피머신 작동하는 소리와 식기류가 달그락거리는 소리가 들렸다. 그녀는 그와 동갑이었지만, 용케도 결혼 생활을 유지하고 있었다.

"역시 당신밖에 없어요."

이완이 말했다.

"이완, 주문한 카페라테 나올 때까지만 들어줄 거예요."

"롱니드리에서 일어난 유괴 사건을 취재 중인데요."

"다들 거기 달라붙어 있죠."

"뭔가 앞뒤가 안 맞는 거 같은데, 혹시 내부에서 도는 얘기 없어요?"

"앞뒤가 안 맞다니 뭐가요?"

이완은 주변을 흘끗 둘러보았다. 에이바는 다시 의자에 앉았고, 헤더는 손뜨개 덮개로 감싼 주전자에서 차를 따르고 있었다. 평범하고 따스한 가정의 모습이었다.

"십대 애가 왜 임신한 여자를 납치하겠어요?"

"난들 어떻게 알겠어요?"

"니나, 당신은 경찰이잖아요. 이유를 밝혀야죠. 그런 일 저지를 아이는 아닌 것 같던데."

커피숍 소음이 들려올 뿐 침묵이 흘렀다.

"당신이 그걸 어떻게 알아요?"

"기사 난 것들 읽어보니 그런 것 같더라고요."

그녀는 그의 말을 곱씹는 듯 다시 입을 다물었다.

"맞아요."

"그럼 여자가 자발적으로 떠난 건가요?"

"남편 말로는 그렇지 않대요."

니나가 대답했다.

"남편이란 사람이 경찰에 줄이 좀 있어요. 이 정보는 높은 곳에서 나온 거예요."

“남편한테 다른 꿍꿍이가 있는지도 모르잖아요.”

이완이 말했다. 그때 에이바가 고개를 돌려 창밖을 바라보았다.

“학대 같은 거요? 남편이 사회적으로 꽤 번듯한 인물이던데.”

“그래도요. 지금은 21세기잖아요.”

“물론 강압적 지배나 학대 행위가 있었을 수도 있죠. 하지만 여자를 찾기 전에는 확인할 방법이 없어요. 여자는 우리가 보호할 거예요. 잘 모르는 십대 아이랑 있는 것보다 훨씬 안전하겠죠.”

에이바가 고개를 저었다.

“하지만 남편이 경찰에 아는 사람이 있다면 안전을 보장할 수 **없을** 텐데요.”

“내가 보장할게요. 어차피 곧 다 밝혀질 거예요. 단서를 찾았거든요.”

니나가 말했다. 이완이 다시 방 안을 둘러보았다. 찻주전자를 들고 부산을 떨던 헤더는 얼음이 되어버렸고, 레녹스의 다리는 더욱 초조하게 덜덜거렸다.

“무슨 단서요?”

“그걸 말해줄 것 같아요?”

“기사로 내지 않을게요.”

“그래도 안 돼요.”

“옐로크레이그스죠?”

다시 침묵이 흘렀다. 직원이 니나의 이름을 부르는 소리가 핸드폰을 통해 들렸고, 그 후로 또 꽤 긴 시간이 흘렀다. 세 사람은 숨을 죽인 채 이완을 바라보았다. 그는 그들이 이미 곤경에 처했다는 사실을 알려주고 싶었다. 의회 인부가 경찰에게 이들의 인상착의를 다 설명했을 것이기 때문이다. 아프로 헤어스타일의 혼혈 아이와 빨강 머리 임신부는 기억을 못 하는 게 더 어려운 조합 아닌가?

"무슨 말인지 모르겠네요."

이완이 씩 웃었다. 니나를 궁지에 몰아넣는 데 성공한 것이다.

"맞잖아요. 다 알아요."

"이완, 당신은 지금 상황에 대해 아무것도 몰라요."

니나의 목소리가 심각해졌다.

"살인 사건이 될 수도 있는 일이라고요."

"그 인부 말이에요?"

세 사람의 얼굴에 충격이 어렸다. 과정이 어떠했든 인부가 죽었다면 이제는 빠져나갈 구멍이 없다.

"대체 어떻게 다 알고 있죠?"

"부지런히 취재한 덕분이죠."

"당신 직감이 그렇게 뛰어난 편은 아닌데. 충고 한마디 하죠. 끼어들지 마요. 알겠어요? 아이랑 여자만 관련된 게 아니에요. 다른 문제가 있어요."

"무슨 문제요?"

니나가 한숨을 내쉬었다.

"다른 조직이 끼어들었어요."

"어떤 조직인데요?"

"런던 쪽에서 온 사람들이에요. 무슨 특별수사대라고 하던데. 우리한테 수사 상황을 계속 알려달라고 하더라고요. 그 망할 놈의 문어에 대한 것도요."

“뭐라고요?”

“나도 그 이상은 몰라요. 내 권한 밖이라. 나 이제 돈 벌러 갑니다. 당신한테 주기로 한 시간 다 끝났어요.”

그녀가 커피를 한 모금 홀짝였다.

“아까 한 말은 진심이에요. 이 일에 끼어들지 말아요. 아직 밝혀지진 않았지만 분명 골치 아픈 일이 많은 사건이에요.”

니나가 전화를 끊었다. 부엌 안 공기는 무겁게 가라앉아 있었다.

“빨리 여기를 떠나서 숨는 게 좋겠어요.”

이완이 핸드폰을 흔들어 보였다.

“경찰들이 내 폰으로 위치 추적을 할 거예요.”

　　에이바는 캠핑카 안에 앉아 도로 차단기를 바라보고 있었다. 캠핑카는 좁은 길 한쪽 옆 소나무 아래 어둠 속에 주차되어 있었다. 그 길 끝에는 넓은 녹색 보관 창고와 쓰레기 수거통, 목재 더미, 트레일러, 잔디 깎는 기계들이 있었다. 나무 사이로 펼쳐진 아처필드 골프장의 관리인들이 사용하는 곳이었다. 이스트로디언은 많은 부분이 독점적 활동에 할애되어 일반인의 접근이 제한되어 있었다. 그래서 차단기가 필요했다. 어둠 속에서 붉게 빛나는 차단기는 결국 특권의 상징이었다. 에이바는 도로를 거주자만 사용하도록 차단할 수 있다는 사실이 놀라웠다. 하지만 돈만 충분히 있으면 평화와 고요함은 얼마든지 살 수 있는 세상이었다.

　　헤더는 운전석에 있었고, 레녹스는 소나무 사이에 쭈그리고 앉아 기다렸다. 미친 짓 같았지만 에이바는 그의 자신감과 결의에 이끌려 여기까지 오고 말았다. 그들은 어둠을 틈타 샌디를 구출할 생각이었다.

그러려면 이 사유 도로에 캠핑카를 주차해야 했다.

에이바는 오줌이 마려웠다. 안 그런 때가 없었다. 딸아이는 초조한 듯 자궁 안에서 몸을 꼼지락거렸고, 그 기운은 에이바에게 고스란히 전해졌다. 그녀는 마이클이 어떤 상태일지 궁금했다. 얼마나 격분하고 있을까? 그는 그녀를 사랑하지 않았다. 미워하는 쪽에 더 가까웠다. 그는 통제하기를 원할 뿐이었다. 경찰이 그녀를 추적하게 하고 미디어를 동원한 것도, 말하자면 도둑맞은 재산을 되찾기 위한 것이다. 에이바가 스스로 결정할 수 있는 존재라는 생각을 그는 단 한 번도 하지 못했을 것이다. 솔직히 에이바도 마찬가지였다. 레녹스와 헤더가 그녀에게 그 계획에 대한 의견을 물었을 때 그녀는 당황한 채 어깨를 으쓱했고, 두 사람은 그것을 동의의 표현으로 받아들였다. 마이클과 함께일 때 하던 행동이 그대로 반복된 것이다. 하지만 이런 습관은 이제 고쳐야 한다.

"저기 봐요."

헤더가 고갯짓으로 길 앞쪽을 가리켰다. 마이클의 것과 똑같은 검정색 벤츠가 속도를 줄이며 차단기를 향해 다가오고 있었다. 에이바는 순간 마이클이 찾아왔다고 생각했지만, 자신이 그의 차를 망가뜨린 사실을 기억해 내고 빙긋 웃었다. 마이클이라면 이런 곳에 살고 싶어 했을 것이다. 하지만 계층 사회에는 언제나 도달할 수 없는 상층이 존재한다. 적어도 계층 따위의 헛소리를 좋아하는 사람에게는 그렇게 보일 것이다.

차가 가까워지자 차단봉이 천천히 올라가고, 벤츠는 다시 속도를 내 신성한 땅으로 들어갔다. 나무 뒤에 숨어있던 레녹스는 차단봉이 내려오는 순간 쏜살같이 뛰어나가 막대 부분을 잡고 머리 위로 들어 올렸다. 그리고 회전축 쪽으로 걸어가며 팔을 수직으로 뻗어 올렸다. 그 모습을 바라보던 헤더는 시동을 걸고 기어를 넣었다.

경보음이 울릴지도 모르니 서둘러야 했다. 에이바는 대시보드를 붙잡았고, 차는 차단봉 아래를 지나 풀이 난 도로변에 멈춰 섰다. 레녹스는 침착하게 차단봉을 다시 내려놓았다. 후드티 위로 여전히 헤드폰을 낀 채였다. 그는 차단봉을 제자리에 잘 고정시킨 뒤 캠핑카로 달려가 뒷자리에 올라탔다.

"잘했어!"

헤더가 말했다. 레녹스가 말없이 어깨를 으쓱하는 사이, 차가 다시 출발했다. 그들은 백만장자의 거대한 집들과 숲을 깎아 만든 넓은 정원들을 지났다. 스코틀랜드 주택이라기보다 미국 교외의 대저택 같은 집들이었다. 그들이 따라가던 길은 다섯 채의 집이 늘어선 곳에서 끝이 났다. 헤더는 보안 카메라 사각지대를 찾아 주변을 서성거리다 가로등 기둥 사이에 차를 대고 시동을 껐다. 누구도 입을 열지 않았다. 엔진 식어가는 소리만 정적을 깰 뿐이었다. 나무들 속 어디에선가 올빼미 울음소리가 들려왔다. 제길, 부자 동네는 자연환경도 더 좋구나!

세 사람은 차에서 내렸다. 레녹스는 팔 밑에 패들보드를 끼고 있었다. 그들은 고급 저택들을 등지고 골프 코스 가장자리를 따라 걸었다. 페어웨이를 가로지르고 두 개의 벙커를 지난 다음 작고 빽빽한 소나무 숲을 빠져나오자, 공사장 가림막이 해변으로 가는 길을 가로막았다. 하지만 헤더가 찢어진 부분을 발견한 덕에 그들은 무사히 모래사장에 도착했다. 피드라 등대 불빛을 기준으로 짐작건대, 그들은 샌디가 있는 위치에서 약간 북서쪽에 있었다.

그들은 해변을 따라 걸었다. 계획한 대로 밀물이 들어와 있었다. 잠시 후 샌디를 둘러싼 테이프가 보이기 시작했다. 그 옆에 선 경찰차에는 경찰 두 명이 실내등을 켠 채 앉아있었다. 차는 당연하게도 옐로크 레이그스 주차장을 향해있었다. 누구든 이곳에 접근하려면 그 방향에서 올 것이기 때문이다. 에이바는 미소 지었다. 반대 방향을 선택한 그들의 판단은 옳았다.

헤더가 한 손을 올리자 다른 두 사람은 걸음을 멈췄다. 레녹스는 패들보드를 바닥에 놓고 옷을 벗기 시작했다. 그는 헤더에게 받은 잠수복을 이미 옷 속에 입고 있었다. 헤더는 왜 그녀가 십대 아이 몸에 꼭 맞는 잠수복을 가지고 있는지 설명하지 않았고, 에이바도 묻지 않았다.

"할 수 있겠어?"

헤더가 물었다. 그들은 조금 전 캠핑카에서 긴 대화를 나눈 후에야 마침내 이 방법에 찬성했다. 레녹스가 먼저 어떻게 해서든 샌디를 구해야 한다고 말했고, 두 여자도 동의했다. 문제는 실행 방법이었다. 헤더가 아이디어를 냈다. 경찰이 해변을 지키고 있으니, 서쪽에서 접근해 물속으로 들어간 뒤 패들보드에 샌디를 올리고 출발한 곳으로 돌아오자는 것이었다. 그 후에는 샌디를 캠핑카에 숨기고 다음 계획을 세우면 된다. 하지만 헤더는 수영을 할 줄 몰랐다. 그런 그녀가 잠수복에 패들보드까지 가지고 있으니 다시 한번 궁금해지지 않을 수 없었다. 레녹스는 혼자 해보겠다고 말했지만, 에이바는 그를 돕고 싶었다. 그녀는 바다 수영을 해본 경험이 있었다. 마이클이 못하게 해서 그만두긴 했지만, 꽤 오랫동안 수학과 직원 몇 명과 바다 수영을 다녔다.

게다가 배 속에 볼링공을 넣어 다니는 코끼리가 된 요즘, 물속만큼 자유로운 기분이 드는 곳도 없을 것이다.

그녀는 속옷만 남기고 옷을 모두 벗었다. 그녀가 입을 잠수복은 없었다. 여분이 있다 한들 배 때문에 맞지도 않았을 것이다. 그녀의 팬티와 브래지어가 빵빵하게 부풀어 오른 엉덩이와 가슴을 위태롭게 지탱하고 있었다. 다 딸내미 덕분이다. 레녹스의 눈길이 흘끗 그녀에게 향했다. 그녀는 자신의 몸을 내려다보았다. 배가 보름달 같았다.

레녹스가 보드를 들고 물살을 헤치며 걷기 시작했다. 그는 에이바가 학교에서 본 수많은 십대 소년들과 달랐다. 남들 앞에 드러나 보이려 하지 않고, 그저 자기 일을 묵묵히 해나갔다. 그녀는 그를 따라 움직였다. 다리, 다음은 가랑이 사이에 차가운 물이 느껴졌다. 숨이 목구멍에 걸려 답답했지만 처음은 늘 그랬다. 무엇이든 반복하다 보면 참는 법을 배우게 된다. 배가 물에 잠기자, 아기가 몸을 뒤집는 게 느껴졌다. 그녀는 마침내 파도 속에 뛰어들었다. 그리고 보드를 밀며 앞으로 나아가는 레녹스의 뒤를 따라 헤엄치기 시작했다.

앞에 보이는 등대 불빛이 깜빡였다. 실내등이 켜진 경찰차와 저 멀리 노스베릭도 보였다. 머리 위에 흩뿌려진 별들은 어둠 속에서 생명의 불꽃처럼 빛나고 있었다. 몇백 미터를 헤엄쳐 간 후, 레녹스가 먼저 해안에 이르렀고 에이바도 뒤이어 도착했다. 그녀는 이틀 전 밤에 자신이 한 일에 대해 생각했다. 집을 몰래 빠져나오며 그녀는 새로운 삶을 꿈꿨다. 하지만 그 새로운 삶이 이런 모습은 아니었다.

발이 모래에 닿자 그녀는 팔로 물을 헤치며 걷기 시작했다. 레녹스는 몸을 웅크린 채 해변을 향해 걷고 있었다. 경찰차가 비스듬히 서있었기 때문에 가까운 쪽에 앉은 경찰관이 고개를 돌려 조금만 주의를 기울이면 그들을 발견할 수 있는 상황이었다. 하지만 유괴범이 바다에서 나타날 줄 누가 상상이나 하겠는가?

그녀는 곧 레녹스 곁에 도착했다. 샌디가 15센티미터 깊이의 물에 잠겨있었다. 파도가 그들의 머리와 촉수 위로 밀려들었다 빠져나갔다. 레녹스는 패들보드를 몸 옆으로 끌어왔다.

"준비됐죠?"

그가 물었다. 에이바는 경찰 쪽을 바라보았다. 아무 움직임이 없었다. 해안선을 따라 시선을 옮겼지만, 헤더는 보이지 않았다. 달빛과 깜빡이는 등대 불빛도 도움이 되지 못했다. 두 사람은 고무 재질의 수영 장갑을 끼고 있었다. 샌디를 만졌다가 지난번 레녹스가 그랬던 것처럼 기절하면 안 되기 때문이었다. 에이바는 레녹스를 향해 고개를 끄덕이고, 두 손을 물속에 넣었다. 그리고 샌디 머리 아래 모래를 손가락으로 파내기 시작했다. 레녹스는 촉수를 한데 모았다.

에이바는 샌디의 머리를 들어 올리다가 이상한 느낌을 받았다. 장갑을 통해 그들의 피부가 느껴지더니, 그녀의 손이 피부를 지나 더 부드러운 조직에 닿는 것 같았다. 어느새 그녀는 샌디에게 둘러싸였다. 북해의 바닷물은 차가웠지만, 그녀는 이 생물체의 자궁에 들어온 듯 안전하고 따뜻했다. 그녀는 다른 개체 안에서 환영받는 기분이 들었다. 그녀의 아기도 그녀의 몸 안에서 이런 기분을 느끼겠지? 그들은 겹겹의 러시아 인형 같았다. 그리고 샌디는 두 사람 모두를 안전하게 지켜주고 있었다. 갑자기 에이바는 물 밖으로 나오게 되었다. 여전히 샌디의 몸 안에 있었지만, 부드러운 곡선을 그리며 편안하게 달을 향해 날기 시작했다. 숨을 깊이 들이마시자 찬 공기가 감지되었지만 추위를 느낄 수는 없었다. 그녀는 곧 가족을 만나게 될 것을 알았다. 이제 다시는 걱정하지 않아도 될 것이다. 대기권 끄트머리에 이르자 무엇인가 희미하게 빛났다. 거대한 활 모양의 검은 공간이 샌디의 도착에 반응하며 그들을 깊은 사랑의 공간으로 맞이하려 했다. 그들이 그곳에 들어서려는 순간 그녀는 다시 북해 바다로 돌아왔다. 샌디의 머리를 받친 두 손이 차가웠다. 레녹스가 그녀를 물끄러미 바라보았다.

"애들이 뭔가 보여줬나 보네요."

에이바는 뭐라고 대답해야 할지 몰랐다. 무언가 심오한 일이 벌어졌고, 그 일을 설명하는 데 말은 필요 없었다. 그들은 서로 깊이 연결되어 있었다. 레녹스가 얼굴을 찌푸렸다.

"괜찮으세요?"

에이바는 고개를 끄덕이고 샌디의 머리를 들어 패들보드에 올려놓았다. 레녹스도 한데 모은 촉수를 보드에 올렸다.

등대는 마치 그들을 찾기 위해 적진에서 쏘는 신호 불빛 같았다. 경찰차가 문득 한없이 한심해 보였다. 저들은 무슨 일이 벌어지는지 전혀 모르고 있었다.

"가자."

에이바는 패들보드를 밀고 다시 차가운 바다로 향했다.

✦

    헤더는 평소처럼 숨 쉬려고 노력하며 딜튼으로 걸어 들어갔다. 이른 아침이라 낮게 뜬 해 때문에 눈을 가늘게 떠야 했다. 르노를 버리는 일은 어렵지 않았다. 일단 차고에서 차를 꺼내 아처필드로 몰고 간 뒤 농로를 따라 밭과 숲 사이를 누볐다. 그러다가 나무 사이 배수로에 차를 버렸다. 곧 발각되겠지만 그래도 시간을 좀 벌 수 있을 것이다.

    그녀는 마을 중심 잔디밭을 가로지르던 중 집 앞에 서있는 경찰차를 발견했다. 도망칠까? 그녀는 얼굴이 붉어지는 것을 느끼고 마음을 가라앉히려 노력했다. 두 눈을 크게 뜨고 공기를 폐 깊숙이 들이마셨다. 이완이 경찰에 신고했을까? 그건 아닐 것이다. 그는 그들에게 숨어야 한다고 말했다.

    집 앞에 서있던 두 경찰관이 다가오는 그녀를 발견했다. 남녀 경찰 모두 그녀 나이의 반밖에 안 되어 보였다.

"뱅크스 부인이시죠?"

여자 쪽이 먼저 물었다.

"무슨 일인가요?"

헤더는 자신도 놀랄 만큼 차분한 목소리로 대꾸했다.

"안에 들어가서 말씀 좀 나눌 수 있을까요?"

배지를 보니 여자는 드 브리스고 남사 이름은 피서였다. 헤더는 아처필드의 캠핑카에 있는 샌디를 떠올렸다. 샌디는 물을 가득 채운 싱크대에 쓰러지듯 누운 채 촉수만 밖으로 늘어뜨리고 있었다. 그들은 지난밤부터 어떤 생명 징후도 보이지 않았다. 바다 혹은 원래 살던 곳과 같은 환경에 있어야 하는 걸까?

"뭐 때문에 그러시는데요?"

"들어가도 되겠습니까?"

검은 머리에 파란 눈이 날카로운 드 브리스는 젊고 예쁜 여자였다.

"여기서 간단하게 하죠."

헤더의 대답에 드 브리스와 피셔는 잠시 시선을 교환했다.

"이들 중 아는 사람 있습니까?"

드 브리스가 태블릿을 내밀며 물었다. 텔레비전에서 본 레녹스와 에이바의 사진이었다. 헤더는 마른침을 삼켰다.

"병원에서 만난 사람들이네요."

"레녹스 헌트와 에이바 크로스예요. 같은 병실에 계셨죠?"

"네, 이틀 전에요."

"세 분 모두 뇌졸중이었고요."

"맞아요."

피셔가 둘 사이에 불쑥 끼어들었다.

"뇌졸중으로 쓰러지셨던 분치고는 꽤 건강해 보이시네요."

드 브리스가 그를 노려보았다. 헤더는 미소 지었다.

"고마워요."

빈정대는 말투가 분명했다. 드 브리스가 상황을 수습하려는 듯 다시 입을 열었다.

"병원에서 나오신 뒤로는 못 보셨습니까?"

헤더는 생각하는 척 잠시 뜸을 들였다.

"어제 해변에 갔다가 두 사람을 봤어요."

드 브리스가 눈썹을 들썩 올렸다. 하지만 그녀는 이미 알고 있었다. 그 일 때문에 여기에 왔을 테니 말이다.

"그래요?"

헤더가 고개를 끄덕였다.

"산책 좀 하려고 옐로크레이그스에 갔어요. 평소 자주 가는 곳이거든요. 그런데 파도에 쓸려온 그것 옆에서 무슨 일이 벌어졌더라고요. 가까이 가서 봤더니, 이 두 사람이 의회 인부들하고 다투고 있었어요."

드 브리스가 눈을 가늘게 떴다.

"부인도 이 두 사람이랑 같이 갔던 것 아니고요?"

"참나, 무슨 말씀이세요? 나랑은 모르는 사이라니까요."

'무슨 말씀'이냐고 한 것은 실수였다. 당황해서 오버한 것이다. 제발 침착하자! 카리스마 뽐낼 때가 아니다. 거짓말하는 게 너무 표 나는 것 같았지만, 아픈 로지를 돌보고 결혼 생활을 유지하는 동안 그녀가 배운 것이 하나 있다. 사람들은 현실을 있는 그대로 보지 못한다는 사실이다.

“뭐 때문에 다투던가요?”

드 브리스가 다시 물었다. 헤더는 입술을 삐죽 내밀었다.

“의회 사람들이 문어를 치우려고 했는데 아이가 막아서더라고요.”

“왜요?”

헤더는 두 손을 펼쳐 보였다.

“그야 모르죠.”

“레녹스와 에이바 두 사람이 같이 있었나요?”

“나란히 서있긴 했지만, 그 이상은 나도 몰라요.”

드 브리스는 헤더보다 키가 작았지만 강인한 인상을 풍겼다.

“뱅크스 부인, 죄송하지만 지금 하신 말씀은 증인 진술과 일치하지 않습니다.”

“아는 대로 다 말씀드린 거예요.”

피셔가 집 옆쪽을 둘러보려는 듯 어슬렁어슬렁 걸음을 옮기자, 드 브리스는 헤더의 반응을 살폈다.

“이 구역에서 걸려 온 전화에 대해서도 말씀드려야겠군요.”

경찰이 다시 말했다.

“그러세요.”

“이완 매키넌이라는 기자의 핸드폰을 추적했는데, 제 상관에게 이 실종자들에 대해 말했다고 하더군요.”

“아, 그 사람 여기 왔었어요.”

“왜 왔죠?”

“내 뇌졸중에 대해 묻더라고요. 신문에 실을 기사를 쓰고 있다고 하던데요."

"다른 사람 이야기도 물었나요?"

헤더가 생각하는 듯 입술을 잘근 깨물었다.

"이 두 사람은 언급조차 하지 않았어요."

"세 분 모두 같은 종류의 뇌졸중으로 쓰러졌다가 회복되신 건 맞죠? 어떻게 그런 일이 벌어졌을까요?"

"그건 의사한테 물어보셔야죠."

피셔가 집 옆에서 다시 나타났다.

"차고 안 좀 볼 수 있을까요?"

"그럼요."

헤더는 두 사람을 모퉁이로 데리고 가 차고 문을 열었다. 판지 상자 몇 개가 벽에 기대져 있었다.

"뱅크스 부인, 차가 있으신가요?"

그녀는 고개를 저었다. 당연히 금방 탄로 날 거짓말이었다. 이미 조사를 하고 왔는지도 모른다. 드 브리스는 뒤를 돌아 길을 바라보았다.

"최근 이곳에서 회색 르노를 본 적 있습니까?"

"그것도 이 두 사람이랑 관련된 질문인가요?"

헤더는 일부러 그들의 이름을 말하지 않았다. 피셔의 얼굴에 짜증이 스쳤다.

"질문에 대답하시죠."

"못 봤어요."

헤더는 두 사람에게 묻지도 않고 차고 문을 내려버렸다. 제길, 좀 빡빡하게 굴 때가 됐다.

피셔의 무전기에서 치직 소리가 들렸다. 그는 조금 떨어진 곳으로 자리를 옮겨 무전에 응답했다. 그사이 드 브리스가 낮은 목소리로 말을 걸어왔다.

"뱅크스 부인, 협조하시는 게 부인께도 훨씬 좋을 거예요."

"협조하고 있잖아요."

드 브리스가 그녀를 빤히 바라보았다. 이미 알고 있는 것이다.

"가봐야겠어요."

피셔가 무전기를 내려놓으며 말했다.

"무슨 일인데요?"

피셔가 헤더 쪽으로 시선을 돌렸다.

"해변 지키고 있던 놈들이 오징어를 잃어버렸대요."

"뭐라고요?"

드 브리스는 당황한 표정이었다. 그녀는 허둥지둥 헤더에게 명함을 건넸다.

"다시 연락드릴 테니 어디 가지 마세요."

헤더는 멀어지는 두 사람의 뒷모습을 바라보았다.

그들이 모퉁이를 돌아 마침내 사라지자, 그녀는 허리를 숙여 머리를 무릎 사이에 넣고 숨을 헐떡였다. 공기를 벌컥벌컥 들이마시면 곧 괜찮아질 것이다. 하지만 한참이 지나도 그녀는 몸을 일으킬 수 없었다. 그때 어디에선가 엔진 소리가 들려왔다. 마침내 몸을 일으킨 그녀는 레인지로버 한 대가 길에 접어드는 것을 발견했다. 차는 몇 미터 떨어진 곳에 끽 소리를 내며 멈췄다. 앞 유리에 거미줄처럼 금이 가있었다.

잠시 후 양복 입은 남자가 차에서 풀쩍 뛰어내렸다. 그녀는 한눈에 그를 알아보았다. 병원에서 마주친 에이바의 남편이었다. 그는 그녀를 향해 성큼성큼 걸어왔다.

"망할 여편네 어디 있어?"

"누구시죠?"

남자가 다짜고짜 그녀의 얼굴에 주먹을 날렸다. 번개 같은 통증이 그녀의 코를 베듯 쓸고 지나갔다. 눈에는 눈물이 고이고, 아드레날린이 퍼지며 온몸이 떨리기 시작했다 그는 그녀의 머리카락을 쥐어 잡고 머리를 뒤로 홱 젖히더니 배를 향해 다시 주먹을 날렸다. 그녀는 공기를 들이마시려 발버둥 쳤다. 무릎이 꺾여 다리에 힘이 들어가지 않았지만 남자가 머리채를 쥐고 있어 쓰러질 수도 없었다.

"모르는 척하지 마, 교활한 년!"

그가 말했다.

"내 마누라 알잖아. 에이바 어디 있어? 당장 그년한테 데려다주지 않으면 이 세상에 태어난 걸 후회하게 해주지."

레녹스는 캠핑카에 앉아 샌디를 바라보고 있었다. 헤더가 차를 버리기 위해 몰래 빠져나가는 소리를 들은 후로 잠을 잘 수가 없었다. 싱크대는 샌디의 몸통으로 가득 찼고, 촉수는 밖으로 삐져나와 양쪽에 각각 두 개씩 늘어져 있고 나머지 하나는 바닥에 힘없이 떨어져 있었다. 피부의 파랑과 초록색이 조금 더 짙어진 것으로 보아 건강 상태는 좋아지고 있는 것 같았다. 하지만 눈은 여전히 감은 채였다. 레녹스는 저 피부 위에 불빛이 일렁이는 모습을 다시 보고 싶었다.

그는 마음을 단단히 먹고 손을 뻗어 늘어진 촉수를 붙잡았다. 무슨 일이 벌어지든 그냥 몸과 마음을 맡길 생각이었다. 하지만 아무 일도 일어나지 않았다. 그가 빨판에 손가락을 붙이자 마주 쥐는 힘이 느껴졌다. 심장이 쿵쾅거렸다. 하지만 이 정도는 반사작용에 불과할지 모른다. 그는 촉수를 얼굴까지 들어 올려 자세히 살펴보았다. 피부 아래에 혈관 같은 것이 보였다. 작은 혹들을 연결한 가느다란 검은 선이 거미줄처럼 촘촘하게 연결되어 있었다.

그는 다시 촉수를 쥐어보았지만 기대한 일은 일어나지 않았다. 샌디의 촉수는 따뜻했다. 왜일까? 뇌는 어디에 있지? 샌디는 그 신기한 장면들을 어떻게 그에게 보여줄 수 있었을까?

"뭐 하니?"

그가 고개를 돌려, 캠핑카 뒤쪽 접이식 침대에 앉은 에이바를 바라보았다. 그녀는 지난밤 이곳에 돌아온 뒤 곧장 곯아떨어졌다. 지금은 한 손으로 머리를 쓸어 넘기고 있었다. 학교 선생님의 이런 모습을 보는 것은 이상했다. 심지어 그녀는 지금 헤더의 낡은 파자마 차림이었다. 레녹스는 촉수를 붙잡고 있는 것이 어색하게 느껴졌지만, 내려놓고 싶지 않았다.

"애들이 괜찮은지 좀 보려고요."

"혹시…… 너한테 말을 거니?"

레녹스가 고개를 젓고 촉수를 내려놓았다. 에이바가 주변을 둘러보았다.

"헤더는 어디 있어?"

"자동차 숨기러 가셨어요."

레녹스는 해변에서 만났던 남자를 생각했다. 그 사람이 죽었다면 그건 살인이다. 하지만 샌디는 스스로를 지키려고 했을 뿐인데 그런 걸 살인이라고 할 수는 없지 않나?

"언제 나갔는데?"

에이바가 천천히 몸을 일으키며 물었다. 레녹스는 자리에서 일어나 창밖을 바라보았다. 차는 골프장 정비 구역 창고 뒤 나무 아래에 주차되어 있었다. 해가 뜨자 잔디에 맺힌 이슬이 반짝였다.

"꽤 됐어요."

에이바가 그의 곁으로 다가와 함께 창을 내다보았다. 짭조름한 바다 냄새가 풍겨왔다. 그녀는 잠시 숨을 멈추고 자신의 배를 내려다보았다.

"괜찮으세요?"

레녹스가 묻자 그녀가 미소 지었다. 레녹스는 얼굴이 붉어지는 것을 느꼈다.

"괜찮아. 아기가 신장을 걷어차고 있는 것 같아."

"이상한 느낌이겠어요."

그녀가 가볍게 웃음을 터뜨렸다.

"맞아."

그때 나무 사이로 사슴 두 마리가 보였다. 암컷 한 마리와 수컷 한 마리가 서로 꼭 붙어 주변을 경계하더니 곧 숲 그늘 속으로 사라졌다.

"이제 어떡하지?"

에이바가 말했다.

"뭘요?"

에이바가 손을 휘둘러 캠핑카를 가리켰다.

"이건 미친 짓이야. 넌 집에 돌아가야 해."

그는 가슴이 조여왔다.

"뭐라고요?"

"레녹스, 넌 열여섯 살이잖니."

"그래서요?"

"경찰이 걱정되면 우리가 도와줄 수 있어."

"경찰 걱정 안 해요. 저는 샌디가 걱정이에요."

레녹스의 목소리가 높아지고 얼굴도 붉어졌다. 에이바는 그의 얼굴을 물끄러미 바라보았다.

"우리가 뭘 하는 건지 모르겠다."

그녀가 혼잣말을 하듯 중얼거렸다. 그때 문이 덜컹 열리더니, 헤더가 휘청거리며 차 안으로 들어와 찬장에 머리를 찧었다. 그녀 뒤에는 에이바의 남편 마이클이 골프채를 들고 서있었다.

"대체 무슨 짓이야?"

에이바가 머리를 감싸 안고 있는 헤더에게 달려갔다.

"쥐새끼 같은 년!"

마이클이 에이바를 향해 말했다.

"도망칠 수 있을 줄 알았어? 너 때문에 내가 무슨 짓을 했는지 알아? 이건 다 네가 자초한 일이야!"

그는 정신 나간 표정으로 차 안을 둘러보았다. 레녹스는 그에게 달려들 기회를 노리고 있었다.

"저건 또 뭐야?"

마이클이 싱크대에 담긴 샌디를 골프채로 가리켰다. 그는 미친 사람처럼 큰 소리로 웃으며 싱크대로 다가갔다. 그때 레녹스가 그를 가로막았다. 마이클은 레녹스와 키는 같았지만 몸무게는 20킬로그램 가까이 더 나갔다.

"네가 내 차를 작살낸 그 개자식인가 보구나."

"그만해요."

레녹스는 자기 목소리가 싫었다. 너무 어린애 같고 무력했다. 마이클이 재미있다는 듯 활짝 웃었다.

"싫다면 어쩔 건데?"

레녹스는 주먹을 움켜쥐고 마이클을 향해 돌진했다. 순간 골프 클럽이 레녹스의 얼굴을 강타했고, 그는 숨이 멎을 것 같은 고통을 느끼며 바닥에 쓰러졌다.

"가자."

마이클이 찬장 옆에 웅크리고 있던 에이바에게 말했다. 그리고 그녀의 손목을 잡아챘다.

"이 빌어먹을 것들!"

그는 그녀를 캠핑카 밖으로 끌고 나갔다. 에이바는 반항하며 몸부림을 치다가 계단 아래로 굴러떨어졌다.

"여보, 집에 가자니까."

마이클이 말했다.

"죽어버려!"

에이바가 소리쳤다. 그녀가 그의 얼굴을 할퀴려 했지만 그는 그녀의 손을 피했다. 그러고는 에이바의 머리를 향해 골프채를 휘둘러 관자놀이를 명중했다. 그녀가 바닥에 쓰러지려는 순간 마이클이 그녀의 팔을 붙잡았다.

"당신을 다치게 하고 싶지 않아."

그가 부드러운 목소리로 말했다.

"우리 아기를 생각해야지."

레녹스는 레인지로버가 주차된 곳까지 두 사람을 쫓아갔다.

"멈춰요!"

레녹스가 소리쳤다. 하지만 아무 소용 없었다. 그는 아무런 힘이 없었다. 에이바가 고개를 돌려 눈물 가득한 눈으로 그를 바라보았다.

"레녹스, 그만해."

갑자기 그녀의 시선이 레녹스를 지나 더 뒤에 있는 무엇인가로 옮겨갔다. 높고 날카로운 응응 소리도 들려왔다. 레녹스도 고개를 돌렸다. 샌디였다. 촉수로 땅을 딛고 똑바로 선 샌디는 키가 2미터에 가까웠다. 머리는 크게 부풀었고 초록과 파랑색으로 빛나고 있었다. 그들은 촉수를 사용해 구르듯 걸었는데, 빨판이 바닥에 붙었다 떨어지며 움직임을 만들었다. 다섯 개의 촉수가 부드럽게 자리를 바꿔가며 계속해서 앞으로 이동했다. 그들이 내는 소리는 휘파람 소리와 응응거리는 소리가 뒤섞인 것이었고, 그 아래에 규칙적으로 울리는 깊은 저음이 깔려있었다. 검은 구체 같은 그들의 눈은 햇빛을 받아 반짝거렸다.

그들은 마이클과 에이바에게 다가갔다. 마이클은 얼빠진 표정으로 샌디를 바라보다가 골프채를 들어 올렸다. 하지만 샌디는 촉수 두 개를 쭉 뻗어 마이클의 손에서 골프채를 낚아챈 후 숲에 던져버렸다. 그런 다음 그 촉수를 그의 머리 양옆으로 하나씩 가져갔다. 그들이 그의 관자놀이에 촉수를 가져다 대자 마이클은 풀썩 쓰러졌고, 샌디는 그를 천천히 흙바닥에 내려놓았다. 에이바가 휘청거리며 뒷걸음질 쳤다. 마이클은 잠든 것처럼 보였다. 샌디는 촉수를 거둬들이고 뒤돌아 레녹스를 바라보았다.

〈안녕. 다시 만났다.〉

그들이 레녹스의 머릿속에 말을 걸었다.

이완은 숲속 창고 건물들 사이에 서있었다. 차는 뒤쪽 길에 주차되어 있었다. 그가 헤더의 집에 도착했을 때, 웬 정장 입은 남자가 그녀를 억지로 레인지로버에 태우고 있었다. 두 사람을 뒤따라온 그는 남자가 캠핑카로 쳐들어가 에이바를 끌고 나오는 모습도 목격했다. 바로 그때 그것이 나타나 남자의 무기를 빼앗고 가벼운 움직임만으로 그 자를 기절시켰다.

그 생명체는 여전히 공터 한가운데 서있었다. 그것은 촉수 세 개로 바닥을 딛고 서서 나머지 둘을 몸 앞에서 흔들었다. 시선은 바로 그 아이, 레녹스에게 향해있었다. 헤더가 캠핑카에서 비틀거리며 나오더니, 그것을 바라보면서 다른 두 사람에게 다가갔다. 그것은 키가 컸고 머리는 해변에 있을 때보다 훨씬 크게 부풀어 있었다. 죽은 줄만 알았던 그것은 이곳에서 깡패 놈을 공격하고 에이바를 구해냈다.

이완이 숲에서 걸어 나왔다.

"저기요."

에이바는 깜짝 놀랐지만 금세 그를 알아보고 마음을 놓았다. 그녀는 바닥에 쓰러진 마이클을 바라보았다. 그는 그냥 잠든 사람처럼 보였다. 레녹스는 고개를 돌리지 않고, 자신을 향해 촉수를 흔드는 문어만 뚫어지게 바라보았다. 헤더가 이완을 발견하고 미소 지었다. 그녀의 표정을 보자 그는 마음이 따뜻해졌다.

"어떻게 여기까지 왔어요?"

헤더가 물었다. 그는 사방을 끌어안듯 두 팔을 쭉 뻗었다.

"기찻거리를 따라왔죠."

이완은 쓰러진 남자에게 다가가 무릎을 꿇고 그의 맥박을 확인했다. 희미하지만 규칙적인 박동이 느껴졌다.

"이 사람이 당신을 집 앞에서 끌고 나와 데려가는 걸 보고 따라왔어요. 괜찮은지 확인해야 했으니까."

헤더는 고개를 돌려 아이와 문어를 바라보았다.

"난 괜찮아요."

"무슨 일인지 말해줄래요?"

"뭐가 뭔지 나도 모르겠어요. 죽었어요?"

그녀는 바닥에 쓰러진 마이클을 고갯짓으로 가리켰다. 남자의 입에서 침이 방울방울 떨어지고 있었다.

"아니요."

이완이 헤더 뒤쪽의 그것을 턱으로 가리켰다.

"저게 무슨 짓을 했는지는 모르겠지만, 아직 살아있어요."

"다 봤군요."

“네.”

이완은 그녀에게 한 걸음 다가섰다. 왼쪽 눈 밑에 검은 멍이 올라오고, 왼쪽 콧구멍에는 피가 말라붙어 있었다.

“정말 괜찮아요?”

“괜찮아요.”

그녀가 눈을 만지며 대답했다.

“저 자식이 그랬어요?”

헤더는 고개를 끄덕였다. 이완이 다시 남자를 바라보았다.

“평소 같으면 당장 경찰을 부르라고 했을 거예요.”

헤더가 코를 만지며 고개를 저었다.

“지금은 평소라고 할 수 없는 상황이에요.”

“맞아요.”

이완은 생명체를 향해 걸음을 옮겼다. 레녹스와 에이바가 5미터 정도 떨어진 거리에 함께 있었고, 레녹스는 눈을 감은 채 손을 내밀고 있었다.

“저게 뭔가요?”

이완이 물었다. 그것은 피부 위로 다양한 무늬의 빛을 발산하며 일렁이고 있었다. 파란색과 초록색, 그리고 그 사이의 다양한 색조가 어우러졌고, 오렌지색과 노란색 섬광이 촉수를 따라 번쩍였으며, 머리는 북극광처럼 끊임없이 색이 변했다. 색뿐만 아니었다. 머리는 길쭉한 직사각형에서 두툼한 구체가 되었다가, 다시 아래는 좁고 위는 넓은 사다리꼴이 되는 등 모양마저 다양하게 변하고 있었다. 눈 위에는 톱날 모양의 뭔가가 있는데 불룩 솟은 부분이 좌우로 이리저리 움직였다.

“샌디예요.”

헤더가 대답했다. 이완은 얼굴을 찡그렸다.

“샌디요?”

헤더가 어깨를 으쓱했다.

“레녹스가 이름을 지어줬어요. 쟤들, 해변에서 모래 묻은 채로 발견됐잖아요. 그래서 모래의 ‘샌드’를 따온 거라네요.”

“쟤들(they)이라고요? 성별을 구분하지 않는 요즘 애들식 표현인가요?”

헤더가 레녹스 쪽을 바라보았다.

“아니요. 글자 그대로 여럿이란 뜻이에요.”

“저 아이가 그걸 어떻게 안답니까?”

“쟤들이 말을 걸었대요.”

이완이 웃음을 터뜨리는 순간 레녹스가 두 눈을 번쩍 떴다. 샌디의 몸에서 빛깔이 사라지고 촉수는 창백해졌다. 샌디가 흙먼지를 일으키며 바닥에 털썩 쓰러졌다. 레녹스는 무언가에 취한 듯 흔들리고 있었다. 에이바가 팔을 뻗어 그를 붙잡았다.

샌디는 해변에서 발견되었을 때와 같은 모습이었다. 저 남자를 기절시키느라 가진 힘을 다 써버린 것일까?

“저들……이 원하는 게 뭐지?”

이완이 침묵을 깨고 입을 열었다. 레녹스는 이완에게 고개를 돌렸지만, 그를 알아보지 못한 듯 잠시 뜸을 들였다.

“쟤들은…… 다시 연결되고 싶대요.”

“뭐라고?”

레녹스가 한 손으로 머리를 넘기고 얼굴을 쓸어내렸다.

"설명하기 힘들어요. 대부분 느낌과 이미지들이라서요. 쟤들은……
다시 서로 연결되기를 원하고 있어요."

"그게 무슨 뜻이냐?"

레녹스가 고개를 저었다.

"저도 잘 모르겠어요. 하지만 도와줘야 해요."

해가 점점 높아지고 있었다. 곧 골프장에 사람들이 들이닥칠 것이
다. 쓰러진 남자는 정장 한쪽이 먼지에 뒤덮인 채 꼼짝하지 않았다.

"이 사람은 어쩌죠?"

이완이 물었다. 에이바는 입술을 꾹 다물었다.

"뭘 어떻게 해요?"

"그냥 두고 갈 수는 없잖아요."

에이바가 다른 두 사람을 바라보았다.

"우린 해변에서 있었던 일 때문에 이미 경찰한테 쫓기고 있어요. 이
젠 돌아갈 수 없어요."

이완이 헤더를 향해 돌아섰다.

"당신 생각은 어때요?"

헤더가 그를 물끄러미 바라보았다. 이완은 그녀가 해변에서 발견되
던 날 주머니 속을 가득 채웠던 돌멩이를 떠올렸다.

"나도 같은 생각이에요."

마침내 그녀가 대답했다.

"저기요!"

나무 사이에서 누군가 외치는 소리가 들렸다. 관리인 폴로셔츠에 캔

버스 바지를 입고 작업용 부츠를 신은 남자가 그들을 바라보고 있었다. 탄탄한 체격의 젊은이였다.

"여기 들어오시면 안 돼요."

레녹스는 샌디를 숨기기 위해 움직였고, 에이바와 헤더는 뒷걸음질 쳤다. 그러는 사이 남자는 바닥에 쓰러진 에이바의 남편을 발견했다.

"뭐죠?"

남자가 그들을 바라보았다.

"대체 무슨 일입니까?"

남자는 쓰러진 마이클에게 달려가 핸드폰을 꺼냈다.

"가야 해요."

레녹스가 말했다. 그러고는 몸을 돌려 샌디의 머리를 잡고 힘겹게 들어 올렸다. 그가 캠핑카를 향해 비틀비틀 걸음을 옮기자 촉수가 흙바닥에 질질 끌렸다.

에이바는 시선을 관리인에게 고정한 채 레녹스를 몸으로 가리면서 뒷걸음질로 캠핑카를 향했다. 관리인이 일어서서 그들에게 소리쳤다.

"왜 구급차를 안 불렀어요?"

헤더가 이완의 소매를 슬머시 잡아당겼다.

"어서 움직여요."

그녀가 말했다. 이완은 냉정하게 생각하려고 애썼다. 그는 평생 형편없는 이야기를 쫓아다녔다. 진실을 추구하는 척했지만, 사실 자신을 위해 다른 이들의 불행을 이용했을 뿐이었다. 그는 더 이상 그런 짓을 하고 싶지 않았다. 그가 찾던 이야기는 캠핑카 안에 있었지만, 그에게는 더 좋은 아이디어가 있었다.

“난 여기 남을게요.”

이완이 말하자 헤더의 얼굴에 실망의 빛이 어렸다.

“여긴 나한테 맡겨요. 당신들이 도망갈 수 있게 해줄게요.”

헤더가 얼굴을 찡그렸다.

“같이 가요. 우린 당신 도움이 필요해요.”

“내가 여기 남는 게 돕는 거예요. 경찰이 오면 내가 시간을 끌고 거짓 정보를 흘릴게요.”

그는 주머니를 뒤져 낡은 명함 한 장을 꺼냈다.

“이쪽으로 전화해요. 벨이 두 번 울리고 끊으면 내가 다시 전화 걸게요.”

관리인은 이미 응급구조대와 통화하면서 경찰도 요청했다. 이완은 다시 고개를 돌려 헤더를 바라보았다. 그녀의 눈에 뭔가 특별한 감정이 담겨있었다.

“가요.”

그가 말했다.

✦

헤더는 커브를 홱 돌아 가속페달을 밟았다. 이렇게 넓은 잔디밭 옆에 있으면 눈에 띄기 쉽기 때문이다. 왼쪽에는 첫 티 구역 옆으로 연습용 그린이 펼쳐져 있었다. 하지만 갈색 캠핑카는 어디를 가든 띌 수밖에 없었다. 그녀는 흘끗 뒤를 보았다. 쪼그라지고 축 늘어진 샌디의 몸은 다시 싱크대에 처박혔고, 촉수는 밖으로 삐져나와 바닥에 늘어져 있었다. 레녹스는 자리에 푹 쓰러지듯 앉아 샌디를 바라보았다. 조수석에 앉은 에이바는 마이클에게 붙잡혔던 팔을 연신 문질러 댔다.

헤더는 모성애가 샘솟는 것을 느꼈다. 엄마 노릇을 한다는 것은 결국 위기관리를 하는 것이다. 곤란한 상황을 피하고 아이가 위험에 처하지 않도록 돌보는 것이다. 로지에게는 제대로 해주지 못했지만, 이곳에서는 어쩌면 할 수 있을지도 모른다. 그녀는 교차로에서 왼쪽으로 방향을 틀었다.

"뭐 하는 거예요?"

경로가 바뀐 것을 알아챈 에이바가 물었다.

"집에서 가져올 게 있어요."

"경찰이 있으면 어떡하려고요?"

헤더는 고개를 저었다.

"오늘 이미 한 번 다녀갔어요. 그리고 관리인이 이제 막 신고했잖아요. 그래도 확인은 해볼게요. 경찰이 있으면 그냥 떠나기로 해요."

차가 덜튼에 진입하자 로지가 다니던 초등학교가 나타났다. 그다음은 캐슬펍이었다. 폴과 그녀가 옥외 테이블에 앉아 맥주를 마시며 여유로운 오후를 보내는 동안 로지는 꽃 사이에서 벌을 쫓아다니던 곳이다. 이 마을의 특징이라고 할 수 있는 성과 나무들도 지나갔다. 이것들을 보는 건 오늘이 마지막일지도 모른다.

헤더는 오픈암스 앞에서 속도를 줄이고 경찰이 있는지 살폈다. 그런 다음 방향을 틀어 큰길에서 보이지 않는 곳에 차를 세웠다.

"여기서 기다려요."

"누가 오면 어떡해요?"

에이바가 말했다. 헤더는 그녀에게 차 키를 건넸다.

"도망쳐야죠."

헤더는 이웃이나 경찰을 마주치지 않을까 걱정하며 집으로 향했다. 마이클이 갑자기 나타나면 어떡하지? 하지만 그런 일은 일어나지 않았다. 그녀는 집에 들어가 배낭 하나를 집어 들고 돈과 팔 수 있는 보석을 던져 넣었다. 추적이 가능하긴 하지만 카드도 챙겼다. 옷과 담요, 비상약품 상자, 물병과 간단한 요깃거리도 넣었다. 갑자기 결정된 캠핑 여행을 준비한다고 상상하려 했지만, 사실 그녀는 야외 활동을 좋아하지 않았고 제대로 된 비옷이나 등산화 한 번 산 적 없었다.

조만간 경찰들이 문을 쾅쾅 두드리고 총을 겨누겠지? 헤더는 가만히 거실에 서서 주변을 둘러보았다. 벽난로 선반 위 사진 속 로지가 그녀를 바라보았다. 수영복 차림으로 모래사장에 선 열한 살 된 딸아이가 천진난만한 미소를 짓고 있었다. 팔다리가 긴 이 아름다운 아이는 사춘기 시절의 고뇌와 화학요법의 무게에 짓눌리기 전 자유로운 모습이었다. 죽음이 자신을 덮칠 줄은 꿈에도 모르는 평범한 소녀였다. 헤더는 액자에서 사진을 꺼내 엄지손가락으로 로지의 얼굴을 쓰다듬었다. 그리고 사진을 접어 주머니에 넣었다.

뒤통수와 목에 통증이 느껴졌다. 뇌종양 때문이겠지. 최근 들어 자주 겪는 증상이었다. 그녀는 한 손을 앞으로 뻗고 진정해 보려 했지만 이번에는 담즙이 목구멍까지 치솟았다. 그녀는 가방을 내려놓고 화장실로 달려가 세면대에 묽은 토를 쏟아냈다. 토는 계속해서 올라왔고, 구역질을 할 때마다 박자를 맞추듯 머리도 함께 지끈거렸다. 몇 분이 흐르고 눈에는 눈물이 고였다. 헤더는 침을 뱉고 수돗물로 입을 헹군 뒤 세면대에 묻은 것을 닦아냈다. 그런 후에야 마침내 몸을 일으킨 그녀는 거울을 보며 매무새를 가다듬은 뒤 거실로 돌아갔다.

그녀는 마지막으로 한 번 더 곳곳을 둘러보고 마침내 걸음을 뗐다. 그리고 바깥 상황을 확인한 뒤 거리로 나섰다. 오픈암스를 지나가는데 홀을 준비하는 직원들 모습이 보였다. 그녀는 사람들 눈에 띄지 않게 조심하며 캠핑카에 도착했다. 두 사람은 그녀가 나갈 때와 똑같은 모습이었다. 세상이 잠시 멈췄던 것일까?

“두 사람 괜찮아요?”

그녀가 물었다. 에이바가 고개를 끄덕이자, 레녹스도 따라 고갯짓을 했다.

"계획을 세워야겠어요."

헤더가 말했지만 에이바의 생각은 달랐다. 그녀가 창밖을 바라보며 말했다.

"그냥 가요."

"어디로요?"

"그건 가면서 생각하면 돼요."

에이바가 헤더에게 차 키를 돌려주었다. 헤더는 시동을 켜고 마을을 빠져나와 드렘으로 향했다. 사람들 눈에 띄지 않기 위해 주요 해안도로를 피하고 뒷길을 선택했다.

그들은 밀밭과 감자밭을 지났다. 램머무어 언덕이 지평선 위로 잔물결처럼 넘실거렸다. 길은 좁았고 바람도 불어 헤더는 조심조심 차를 몰았다. 도망자처럼 보여서 좋을 것은 하나도 없으니까. 그녀가 슬쩍 뒤를 돌아보았다.

"레녹스, 아까는 어떻게 된 거니?"

"뭐가요?"

후드를 뒤집어쓴 채 팔짱을 끼고 있던 레녹스가 말했다.

"샌디가 마이클을 공격한 다음에 말이야. 걔들이 너랑 소통하는 것 같던데."

긴 침묵이 이어지자 헤더와 에이바는 걱정스러운 표정으로 서로를 바라보았다.

"그런 셈이죠."

레녹스가 대답했다. 헤더는 아이에게 소리치고 싶은 충동이 일었지만 꾹 참았다. 그녀가 기억하는 한 이것도 엄마 노릇 중 하나였다. 원하는 결과를 얻기 위해서는 입을 다물어야 할 때가 있었다.

"그게 무슨 뜻이니?"

헤더가 평온한 목소리로 물었다.

"말은 많이 하지 않았어요. 몇 마디뿐이었거든요. 신체 접촉 없이 하려면 힘이 많이 드나 봐요. 대신 뭘 보여줬어요."

"뭘?"

이번에는 에이바가 차분한 선생님 목소리로 질문을 던졌다.

"그들은 어떤 것의 일부예요. 가족 비슷한 건데, 다시 함께하고 싶어 해요. 그런 느낌이 들었어요."

"재결합하고 싶다는 거구나. 그럴 수 있지."

에이바가 대꾸했다. 레녹스는 고개를 흔들었다.

"단순한 재결합이 아니에요. 더 큰 거예요."

헤더가 마른침을 삼켰다.

"더 큰 거라고?"

레녹스는 어깨를 으쓱하고 두 손을 주머니에 찔러 넣었다.

"그렇게 느껴지더라고요."

"그런데 그…… 더 큰 것은 어디 있니?"

헤더는 이 생명체가 원하는 대로 해야 할지 말아야 할지 마음을 정할 수 없었다. 어느 쪽이 그들에게 최선일지 누가 알 수 있겠는가?

레녹스가 창밖을 손으로 가리켰다.

"북서쪽에요."

헤더는 얼굴을 찌푸렸다.

"좀 더 구체적인 정보는 없어?"

레녹스는 손을 다시 주머니에 쏙 넣었다.

그들은 드렘과 애설스테인포드를 지났다. 길은 조용하고 편했다. 에이바가 핸드폰을 확인하고 입을 열었다.

"갈 수 있는 곳이 있어요."

그녀가 헤더에게 핸드폰 화면을 보여주었다. 스코틀랜드 지도였다. 나라 전체를 가로지르는 구불구불한 길이 스카이섬 근처에서 끝나있었다.

"라타간이요. 외진 곳이라 더 좁은 길로 갈 수 있어요."

헤더는 속도를 줄이고 이스트린턴을 통과했다. 그녀가 물었다.

"라타간에 뭐가 있는데요?"

에이바가 입술을 꼭 오므렸다.

"내 동생이요."

'텔레파시를 쓰는 문어'에 대한 인터넷 검색 결과는 그리 많지 않았다. 그럼 그렇지! 레녹스는 핸드폰에서 눈을 떼고 고개를 들어 샌디를 바라보았다. 그는 이틀 전 공원을 걸을 때와 완전히 다른 사람이 된 기분이었다. 이제 그는 살인 및 납치 혐의로 경찰에 쫓기고 있고, 중년의 아줌마하고 임신한 선생님과 함께 싸구려 갈색 캠핑카를 타고 있으며, 텔레파시를 쓰는 문어에게 정신적 메시지를 받고 있다.

레녹스는 창밖을 바라보았다. 한쪽에는 작은 호수가, 다른 한쪽에는 나무가 빽빽한 경사지가 펼쳐져 있었다. 모든 것이 푸르렀고 태양은 밝게 빛났다. 그는 다시 싱크대에 늘어진 샌디에게 시선을 돌리고, 그 동안 일어난 일들을 이해해 보려고 애썼다. 지금까지 그는 두 번의 각기 다른 상황에서 두 차례 메시지를 받았다. 정신을 차릴 수 없었던 여행도 두 번 있었다. 그들은 그에게 전하고자 하는 것을 보여주었다. 사실 그 이상이었다. 그들은 자기들이 느끼는 것을 그가 느끼도록 해주었다.

레녹스는 다시 핸드폰을 보며 문어 검색 결과를 읽어 내려갔다. 일단 일반적인 문어는 작다. 스코틀랜드 주변에서는 특히 그런데, 다른 곳이라 해도 샌디같이 큰 것은 없다. 수명은 2~3년 정도인데, 샌디는 그보다 훨씬 나이가 많은 느낌이었다.

그는 헤드폰을 귀에 쓰고 하프노이즈(미국의 얼터너티브 록 뮤지션—옮긴이)의 음악을 플레이했다. 마음을 차분하게 해주는 최면 같은 그 노래들은 아무도 모르는 그만의 비밀이었다. 하지만 샌디를 만난 후 계속 생기고 있는 새로운 비밀들에 비하면 그건 아무것도 아니었다.

다시 조사에 집중하자. 정상적인 문어에게는 세 개의 심장과 아홉 개의 뇌가 있다. 심장 두 개는 아가미로 혈액을 보내고, 세 번째 심장은 온몸에 혈액을 공급한다. 뇌 아홉 개 중 가장 중요한 것이 하나 있지만, 대부분의 신경세포는 몸 전체에 퍼져있고 팔에 있는 여덟 개의 신경집합체에 모여있다. 따라서 문어의 팔은 중심 뇌와 별개로 맛을 보고 감각을 느낄 수 있다. 레녹스는 고개를 들었다. 차가 마을을 통과하고 있었다. 길은 구불구불 이어지다가 낮은 다리로 연결되었다. 샌디가 여러 개체로 느껴진 이유가 있었구나! 여러 개의 작은 뇌들이 모여있기 때문이었다. 하지만 더 큰 것의 일부라는 건 또 무슨 소리지? 집단의식 같은 것의 일부라는 뜻일까?

평범한 문어는 촉수가 아니라 팔이 달렸다. 둘을 구분하는 기준은 빨판 개수인 듯했다. 또한 문어의 피는 파란색이다. 적어도 지구에 사는 평범한 문어는 그렇다고 한다. 레녹스는 샌디가 보여준 것들에 대해 생각하지 않으려고 애썼다. 그는 우주를 가로질러 다른 행성에 갔다. 파랑색과 초록색 얼음, 줄무늬와 우묵한 자국이 있는 그곳에서 그는 분출하는 수증기 기둥을 지나 얼음 아래 바닷속으로 들어갔다.

레녹스는 눈을 감고 부드럽게 흐르는 음악에 귀를 기울였다. 아무 생각도 하지 말자. 하지만 늘 그랬듯 오래전 기억들이 그의 마음을 어지럽혔다. 떠올리고 싶지 않은 옛 기억들이었다. 그는 평생 돌봄 시스템 안에서 살아왔는데, 이상한 일이지만 이 시스템하에서는 진짜 자신을 알 수 있는 기회가 전혀 없었다. 열여덟 살이 되기 전까지 친부모에 대해 절대 알려주지 않는다는 정책이 매우 엄격하게 지켜지기 때문이었다. 기록이 워낙 엉망으로 보관되어 있다 보니, 열여덟 살이 된 이후에도 부모에 대한 정보를 영영 찾지 못할 가능성이 컸다. '혼돈의 카오스' 같은 상황인 것이다. 그래서 그는 어린 시절 내내 어찌할 바를 모르고 그저 표류했다. 어디에도 속하지 못했고 공동체 의식을 느낄 대상도 없었다.

그는 여러 해에 걸쳐 보육원 여섯 군데를 옮겨 다녔고, 위탁 가정도 두 번 경험했으나 결과는 두 번 모두 재앙에 가까웠다. 깜찍한 머리 스타일을 한 혼혈 아이를 기르고 싶어 하는 쪽은 늘 아내였다. 하지만 시간이 지나면서 남편들은 그것이 쉬운 일이 아니라는 사실을 깨닫고 자신만의 고리타분한 규율을 그에게 주입하려 했다. 자기 아버지한테 배운 쓰레기들을 쏟아내기 시작하는 것이다.

웨스터 헤일스에 사는 데이브는 신발로 레녹스를 때렸다. 저녁 식사 자리에서 말대꾸를 했기 때문이었다. 코스토핀의 퍼거스는 어린 레녹스가 오줌을 싸 더러워진 침대 시트에 그를 누워있게 했다. 그런 것이 부모의 훈육이란다. 이 두 가정에서 레녹스가 배운 것은 단 하나였다.

데이브와 퍼거스는 그에게 눈곱만큼도 관심이 없었다. 그들은 그저 통제하고 괴롭히고 학대하기를 즐길 뿐이었다. 사실 하나 더 배운 것이 있었다. 주전자에 오줌을 싸놓으면 양아버지가 물로 희석된 소변으로 만든 커피를 마시고도 아무것도 눈치채지 못한다는 사실이었다.

레녹스는 두 번 다 집을 도망쳐 나와 거리에서 이삼 일 밤을 보냈다. 누가 지나갈 때마다 불안하고 두려웠다. 결국 그는 이전 보육원에 돌아가 자신을 받아달라고 애원해야 했다. 그가 알기로는 데이브와 퍼거스 두 사람 다 여전히 아무것도 모르는 순진한 아이들을 위탁 양육하고 있다. 아내들은 그저 좋은 일 한다고 생각할 것이다.

불행은 거기에서 끝나지 않고 학교까지 이어졌다. 양아치들은 약한 놈을 알아보는 데는 도가 텄다. 그들은 1킬로미터 떨어진 곳에서도 레녹스를 찾아낼 수 있었다. 싸구려 옷, 부풀어 오른 아프로 헤어스타일 등, 무엇이든 다른 점이 발견되면 곧장 표적이 된다. 가끔 선생님들이 개입할 때도 있는데 오히려 상황은 악화할 뿐이었다. 선생님이 예뻐하는 학생이니 더 괴롭혀야겠다는 논리가 존재했기 때문이다. 초등학교는 그나마 덜한 편이었지만 크게 다르지 않았다. 생일 파티에 초대받지 못하고, 놀이터에서는 늘 혼자였다. 열두 살부터 열네 살 때까지가 최악이었다. 모두가 무리를 이루기 위해 애썼고, 그 과정에서 친구 없는 아이들은 종종 희생양이 되었다. 열여섯 살인 지금은 학교에도 아웃사이더가 많아져 일종의 집단 저항성을 갖게 되었고, 정말 못된 놈들은 이미 학교를 떠나 군이나 경찰에 들어갔다.

하지만 그는 여전히 때때로 블레어 같은 놈들과 그의 한심한 패거리들한테 괴롭힘을 당했다. 레녹스는 병원 침대에 누워 말도 못 하고 침만 흘리던 그 자식의 모습을 떠올렸다. 그런 놈에게 조금이나마 동정심을 느낀다는 사실이 놀라웠다. 게다가 다른 애들은 다 죽었다니! 동정을 베풀 가치가 없는 인간들이긴 했지만, 의지와 관계없이 가엾은 마음이 들었다. 어떤 이유에서인지 샌디는 **그를** 선택했다. 덕분에 그는 살고, 다른 애들은 죽었다. 어쩌면 이 모든 게 우연일지도 모른다. 그는 순전히 운이 좋아 이 자리에 있고 그 애들은 그렇지 못한 것일 수도 있다. 하지만 샌디를 향한 레녹스의 마음은 우연이 아니었다. 그는 이 순간이 요행이라고 믿고 싶지 않았다.

이런저런 생각에 빠져있던 레녹스는 어느새 잠이 들었다. 꿈속에서 그는 끝없는 얼음 바다를 헤엄쳤다. 그리고 자신의 무리를 만나 마침내 행복해졌다.

"다리 스트레칭 좀 해야겠어요."

앞자리에서 에이바의 목소리가 들렸다. 레녹스는 화들짝 놀라 잠에서 깼다. 음악 앨범은 다 끝났고 바깥 풍경도 달라져 있었다. 양쪽 창을 통해 나무가 없는 갈색 산들이 보였고, 그 사이로 혈관처럼 좁은 길이 구불구불 이어져 있었다. 그들은 글렌코 마운틴 리조트 간판을 발견하고 속도를 줄여 차를 세웠다. 사방에 비싼 장비를 갖춘 등산객들이 보였다. 산악자전거를 타는 사람들, 텐트, 오두막집 등이 있었고 길 끝에는 산장이 하나 있었다. 주차장은 RV와 카라반, 그리고 승합차로 가득했다.

"사람이 너무 많은 거 아니에요?"

에이바가 말했다. 주차장에는 그들이 타고 온 것과 비슷한 캠핑카도 꽤 여러 대 있었다.

"괜찮아요. 사람들 사이에 뒤섞이는 게 오히려 눈에 안 띄고 좋아요."

헤더가 대답했다. 그녀는 에이바에게 귀덮개가 달린 모자를 던져주었다. 모자로 빨간 머리를 감추고 글러브박스에서 찾은 선글라스까지 쓴 에이바는 임신한 첩보원 같았다. 에이바는 차에서 내리며 두 손을 허리에 대고 몸을 곧게 폈다.

"좀 어떠니?"

헤더가 레녹스에게 말을 걸었다. 진심으로 그를 걱정하는 듯했다. 레녹스는 이런 다정한 목소리에는 익숙하지 않았다.

"괜찮아요."

그가 헤드폰을 벗으며 대답했다.

"잠이 들었더구나. 많이 피곤했겠지."

레녹스는 하고 싶은 말이 너무나 많았지만 어디에서부터 시작해야 할지 감이 안 잡혔다.

"여기가 하일랜드예요?"

그가 주변을 둘러보며 물었다. 산에 둘러싸여 있으니 자신이 너무나 작게 느껴졌다.

"처음 와봤니?"

레녹스가 고개를 끄덕였다. 그는 안쓰러워하는 헤더의 표정이 마음에 들지 않았다. 보육원과 학교에서 수없이 봐왔기 때문이다. 여기 와서까지 보고 싶지는 않았다.

"나가서 좀 봐주셔야 하는 거 아니에요?"

그가 에이바를 가리키며 말했다. 에이바는 큰 목조건물 앞에 서서 튜빙과 오프로드 자전거 관련 표지판을 보고 있었다. 꽤 눈에 띄는 차림새였다.

헤더는 한참 동안 그를 바라보았다. 레녹스는 발가벗겨진 느낌이었다.

"같이 갈까? 바람도 쐴 겸."

"아니요."

"그래, 알았다."

헤더는 느릿느릿 차 밖으로 걸어 나가 다시 뒤를 돌아보았다.

"5분만 있다 올게."

레녹스는 샌디에게 고개를 돌렸다. 머리가 살짝 움직인 것 같았다. 숨은 쉬고 있나? 문어에 대해 읽다가 알게 된 사실인데, 보통 문어는 물 밖에서 이렇게 오래 살지 못한다.

그는 샌디의 촉수를 만져보았다.

아무 일도 일어나지 않았다.

다른 손으로 또 다른 촉수를 잡았다. 순간 그는 갑자기 날기 시작했다. 헤엄치는 것 같기도 했다. 끈적거리는 물질이 그를 둘러싸 수백만 개 별들이 흐릿하게 보였다. 그는 모두가 서로 연결된 느낌을 받았다. 그의 팔이나 샌디의 촉수에 있는 혈관처럼. 하지만 그는 조그만 혈액 분자에 불과했다. 거대한 시스템을 따라 움직이는 작고 하찮은 존재일 뿐이었다. 그는 어지럽고 속이 메스꺼웠지만 샌디가 곁에 있는 것을 느꼈다. 샌디가 그를 감쌌던 지난번처럼 레녹스는 그들 안에 있었고 그들의 일부가 되었다. 그들과 닮은 다른 존재들도 있었는데, 훨씬 커다랬다. 수많은 촉수와 거대하게 펼쳐진 머리들은 빛을 내고 끊임없이 모양을 바꾸었다. 레녹스는 머리가 빙빙 돌아 터질 것만 같았다.

〈너한테 너무 벅차다.〉

샌디가 생각으로 메시지를 전했다.

〈아니야.〉

레녹스도 말하지 않고 생각했다.

〈너희 시스템은…… 감당할 수 없다.〉

〈그게 무슨 말이야?〉

〈너의 생물학적 육체는 기초적이다. 수용기가 이걸 받아들일 수준이 안 된다. 우린 놀랐다. 우린 너희가 말할 수 있을 줄 알았다.〉

〈나 말할 수 있는데.〉

〈음성적 소통은 매우…… 초보적이다.〉

샌디의 촉수가 허리를 감싸더니 곧 등을 가로지르는 것이 느껴졌다. 그들은 그의 머릿속에 말을 전하는 순간에 맞춰 몸 전체에다 색과 무늬로 신호를 보냈다. 별이 총총한 하늘을 빙빙 돌며 날아다니는 이미지가 레녹스의 머리에 떠오르더니 이내 그를 압도하기 시작했다.

〈허락을 요청한다.〉

샌디의 촉수들이 레녹스의 머리까지 올라왔고 그중 하나는 그의 목을 휘감았다. 마치 그를 안아주는 것 같았다. 그들의 몸에서 반짝이는 불빛이 더 강렬해졌다. 잔물결처럼 촉수를 타고 내려갔다 올라오더니, 다음에는 몸통을 둥글게 두르는 고리 모양이 되었다. 마지막에는 한 점에 모인 불빛이 커졌다 작아지기를 반복하여 마치 몸 전체가 고동치는 것 같았다.

〈뭘 허락하는데?〉

〈더 효과적으로 소통하는 것.〉

〈어떻게?〉

촉수 하나가 그의 오른쪽 귀를 휘감고 굴곡진 피부 위에 촉수 끄트머리를 가져다 댔다.

〈우리 일부를…… 작은 부분을 넣어줄 수 있다. 장치다. 너의 수용기에 넣는다. 떨어져 있을 때 더 잘 소통할 수 있다.〉

레녹스는 지금껏 괴롭힘 당했던 수많은 경험들을 떠올렸다. 배경, 피부색, 머리 스타일이 다르다는 이유만으로 늘 외톨이가 된 기분을 느꼈다.

〈허락할게.〉

레녹스의 말이 끝나기 무섭게 촉수가 그의 귓속으로 들어가더니 끝이 뾰족하게 바뀌었다. 촉수는 점점 더 깊이 들어가 마침내 고막에 닿았다.

〈침착해라.〉

레녹스가 몸을 꿈틀거렸다. 누군가가 뇌를 간지럽히는 기분이 들더니, 감각이 한꺼번에 폭발했다. 묵직하게 울리는 소리가 쇄도하고, 그의 몸을 휘감은 샌디의 몸에서 온기가 느껴졌다. 뭐라 형언할 수 없는 냄새도 감지됐다. 마치 그들이 그의 몸 안에 들어와 그의 일부가 된 것 같았다.

"얘."

헤더가 캠핑카 문을 열며 그를 불렀다. 샌디의 촉수가 움츠러들며 레녹스의 몸에서 미끄러져 나갔다. 하지만 그의 안에 무언가 남았고, 그는 달라져 있었다.

"괜찮니?"

헤더가 물었다. 레녹스는 어질어질한 정신을 바로잡으려 애썼다.

“완전 미쳤네.”

그가 말했다.

경찰 취조실에 온 게 처음은 아니었다. 요즘은 경찰들이 많이 친절해졌고, 취조실도 면접실 분위기에 가까웠다. 하얀 벽에 붙은 범죄 예방 포스터와 단색의 책상, 그리고 창밖으로 보이는 아서시트(에든버러 중심부의 투명한 오아시스로, 수몰된 화산의 잔재—옮긴이) 경치 덕분이었다. 의자는 비싼 것은 아니었지만 편했다. 사람들은 이스트로디언 지역 경찰서 대신 굳이 에든버러의 세인트 레너드로 그를 데려왔다. 그만큼 큰 사건이라는 뜻이었다.

니나가 카페라테를 손에 들고 문으로 들어왔다. 갈색 단발머리, 조금 지쳐 보이지만 친절한 눈매, 또렷한 이목구비와 늘씬한 몸매까지 그녀는 꽤 매력적인 여자였다.

"이 일에 끼어들지 말라고 했잖아요."

의자에 앉은 니나가 말했다. 이완은 그녀를 향해 손을 흔들었다.

"안녕! 잘 지냈죠?"

그녀가 픽 웃었다.

"하지 마요."

"오늘 아주 멋지네요. 요즘 운동해요?"

니나가 스커트를 매만졌다.

"꽤 괜찮죠? 하지만 과정은 험난했답니다. 운동 아무나 하는 게 아니에요."

이완이 고개를 절레절레 저었다.

"난 죽어도 못해."

니나가 커피를 한 모금 마시고 그를 향해 몸을 기울였다.

"맞아요. 대신 당신은 도망 중인 십대랑 납치된 여자랑 어울리는 건 잘하잖아요. 알 수 없는 이유로 부상당하거나 죽은 사람들하고도 친한 편이죠?"

"마이클은 어떻게 됐어요?"

니나가 눈썹을 치켜올렸다.

"잘 아는 사이예요?"

"그렇진 않아요."

니나는 그의 마음속을 꿰뚫어 보려는 듯 눈을 가늘게 떴다. 그는 그녀에게 말하고 싶었다. 그는 평생 진실을 있는 그대로 드러내고 그 이야기를 세상에 전하는 것을 업으로 삼았다. 하지만 이번 일만큼은 니나에게도 이야기할 수 없었다. 대체 어디서부터 시작해야 할까?

"시간 낭비 그만합시다."

니나가 다시 말했다.

"당신한테 유리한 상황이 아니에요."

“왜요?”

니나는 의자에 등을 기대고 창밖을 내다보며 커피를 책상에 내려놓았다.

“경찰에서 수배 중인 레녹스 헌트랑 에이바 크로스와 함께 있는 모습이 목격됐으니까요. 덜튼에서 나한테 전화를 했는데, 그곳은 또 다른 요주의 인물인 헤더 뱅크스의 집이었죠. 어제 이 세 사람이 모두 옐로크레이그스 해변에 있었는데, 그곳에서 의회 인부 한 명이 죽었어요. 그 사람의 여자 친구와 엄마 아빠, 그리고 두 형제 모두 절망에 빠졌죠.”

니나가 잠시 말을 멈췄다. 이완은 그녀가 한 말을 곱씹어 보았다. 젠장, 진짜 엉망진창이군. 하지만 동시에 헤더와 에이바, 레녹스의 얼굴이 떠올랐다. 그들은 말썽을 일으키는 부류가 아니었다.

니나는 얼굴에 붙은 머리카락을 쓸어 넘겼다.

“이제 부상자까지 나왔어요. 마이클 크로스 말이에요.”

“그 사람 상태가 어떤지 말 안 해줄 거예요?”

니나가 이완을 똑바로 바라보았다.

“죽진 않을 거예요. 의식은 없지만 안정됐어요. 대체 무슨 일이 있었던 건지 말해줄래요?”

그는 당시를 회상했다. 거대한 문어가 마이클을 기절시켰다. 그들은 그것을 샌디라고 불렀고, 하나가 아닌 여럿이라고 말했다. 이게 말이나 되는 상황인가?

“그냥 기절해 버리던데요.”

“뭐라고요?”

“그 남자가 빨간 머리 여자랑 싸우고 있었거든요.”

그는 괜히 친한 사이로 보일까 봐 일부러 이름을 말하지 않았다.

“여자가 싫다는데 억지로 차로 끌고 가더라고요. 동맥류가 있거나 뭐 그런 문제가 있었나 봐요. 갑자기 풀썩 쓰러졌어요.”

니나는 혀끝을 이로 살짝 물고 고개를 저었다.

“거짓말은 잘 못하는 편이네요.”

이완은 손바닥을 위로 활짝 펼쳐 보였다.

“사실대로 말한 거예요.”

“전에도 말했지만, 크로스 씨는 높은 분들과 친분이 있어요. 솔직히 이런 일에 엮이는 건 최악이라고 할 수 있죠. 내가 걱정이 이만저만이 아니에요.”

“정말이에요, 니나.”

그때 문이 열리고 두 남자가 걸어 들어왔다. 그들은 이완이 지금껏 한 번도 본 적 없는 멋진 정장을 차려입고 있었다. 맞춤 제작 패션으로 온몸을 휘감은 자들이었다. 앞에 선 남자는 날씬하고 얼굴이 길었으며 곱슬거리는 앞머리가 이마를 뒤덮고 있었다. 뒤에 따라온 남자는 덩치가 컸다. 짧게 깎은 금발의 그 남자는 키가 크고 근육도 빵빵했다. 가슴 주머니에 불룩 튀어나온 것은 총이 분명했다. 이 자식들 대체 뭐지?

“이 사람입니까?”

앞에 선 남자가 니나에게 물었다. 그녀는 그 남자의 거만한 태도에 짜증이 난 표정이었다. 우쭐한 태도며 상류층 특유의 말투가 마치 과장된 연기를 보는 것 같았다. 통화할 때 니나는 경찰뿐 아니라 다른 조직에서도 이 사건을 캐고 있다고 말했다.

"이완 매키넌입니다."

니나가 대답했다. 이완은 가식적인 미소를 띠고 손을 내밀었다.

"반갑습니다. 선생님은 성함이?"

"오스카 펠로스입니다."

남자는 이완이 내민 손을 알아서 내릴 때까지 물끄러미 바라만 보았다. 이완이 물었다.

"신분증 좀 볼 수 있을까요?"

"아니요."

또 다른 남자는 두 손을 포갠 채 문 앞에 서있었다. 이완은 아무렇지 않은 척하고 싶었지만 사실 손발가락이 찌릿할 정도로 긴장되었다.

"경찰 어느 부서 소속이세요?"

이완이 물었다.

"아실 필요 없습니다."

펠로스가 책상 위로 몸을 기울여 니나에게 말을 붙였다.

"어디까지 진행됐습니까?"

니나는 시큰둥한 표정을 지었지만 펠로스는 신경 쓰지 않았다.

"두 사건 발생 시 현장에 있었고, 실종 중인 세 사람과 관련 있다는 부분까지 확인했습니다."

펠로스는 어깨를 돌리며 다시 이완을 바라보았다.

"그건 중요하지 않아요. 매키넌 씨. 이완. 몸은 어떤가요?"

"네?"

"건강하죠?"

이완이 얼굴을 찌푸렸다.

"그런 것 같은데요."

"어지럽거나 피곤하거나, 협응력이 떨어지지도 않고요?"

"평소랑 비슷해요."

펠로스가 의자를 빼내 앉았다.

"이건 웃어넘길 문제가 아닙니다, 이완."

친한 척 이름을 부르다니, 너무 가식적이었다.

"뇌졸중과 관련된 건가요?"

이완이 물었다. 펠로스는 자기 귓불을 잡아당겼다.

"불빛 봤습니까?"

"네?"

"사흘 전 밤에 하늘에서 청록색 불빛을 봤냐고요. 냄새도 맡았나요?"

"장난치는 건가요?"

이완이 니나를 바라보았다. 그녀 역시 두 눈을 커다랗게 뜨고 있었다. 펠로스는 의자에 등을 기댔다.

"대답해 보세요."

"빛은 보지 못했습니다."

펠로스의 시선이 잠시 문 앞에 선 남자에게 향했다. 이완은 불룩 솟아오른 그의 재킷 주머니를 물끄러미 바라보았다.

"그럼에도 불구하고 당신은 이 사람들과 연관되어 있네요."

"우연입니다."

펠로스는 고개를 끄덕였다.

"난 우연을 믿지 않습니다."

이완은 이 남자로 사는 삶은 어떨지 궁금했다. 펠로스는 주머니에서 핸드폰을 꺼내더니 화면을 손으로 훑어 내렸다. 그런 다음 이완에게 내밀었다. 옐로크레이그스에 있는 샌디의 사진이었다. 파도에 반쯤 잠긴 샌디는 최근 이완이 목격한 모습에 비해 훨씬 창백했다.

"이거 보셨죠?"

펠로스가 물었다.

"해변에서 봤죠."

"두 번째 사건에서도요."

이완은 재빨리 당시 상황을 떠올렸다. 그때 관리원이 샌디를 목격했던가? 그가 마이클에게 너무 신경 쓰느라 놓친 걸까? 그의 망설임은 대답과 진배없었다. 니나는 혼란스러운 표정이었다.

"이 문어를요?"

그녀는 펠로스가 아는 만큼 알지 못한다는 뜻이었다. 상황이 흥미로워지는데! 이 남자는 대체 누구지?

펠로스는 니나를 무시하고 이완에게 시선을 고정했다.

"대답하시죠."

이완은 진실과 거짓 중 어느 쪽이 더 이득이 될지 생각해 보았다. 하지만 니나 말이 옳았다. 그는 거짓말에는 젬병이었다.

"네, 거기서 봤습니다."

펠로스가 씩 웃었다.

"이것이 그 남자들을 공격했나요?"

"모릅니다."

"아실 텐데요."

이완이 어깨를 으쓱했다. 펠로스는 의자에 편히 기대앉았다.

"당신은 두 사건 발생 시 이 생명체를 보았을 겁니다. 이것은 자기방어를 위해서, 즉 자기 보호 기제가 발동해서 남자들을 해쳤겠죠."

이완은 샌디가 마이클의 머리에 촉수를 올리는 순간 그자가 감자 자루처럼 맥없이 쓰러지던 모습을 떠올렸다.

펠로스는 핸드폰 속 사진을 들여다보았다.

"놀라워."

그가 마치 혼잣말을 하듯 속삭였다.

"정말 놀라운 일이야."

그가 다시 고개를 들어 이완을 바라보았다.

"하나만 더 묻죠. 이것이 당신에게 말을 걸었나요?"

✦

　　에이바가 병에 든 개비스콘을 꿀떡꿀떡 삼키는 사이, 그들은 올드 밀리터리 도로에 들어서서 시엘 다리를 건넜다. 헤더는 각별히 조심스럽게 운전했다. 타이어가 펑크 나거나 배기관이 떨어지면 그것으로 그들은 끝장이었다. 에이바는 창밖을 내다보았다. 글렌코의 거대한 산맥 대신 소나무와 전나무로 뒤덮인 작은 언덕들이 펼쳐져 있었다. 그들은 언덕 꼭대기에 걸린 낮은 구름을 바라보며 두이치호의 상류를 둘러 달려갔다. 이 해수호 건너편에 스카이섬으로 가는 주요 도로가 보였다. 조금 전 그들이 떠나온 그 길에는 트럭과 차들이 많이 다녔다. 하지만 이 길은 호수 둑을 따라서 가면 갈수록 점점 더 조용해졌고, 결국 그들만 남게 되었다.

　속 쓰림은 좀 가라앉았지만 이번에는 불안감이 솟구쳐 올랐다. 에이바는 5년 동안 동생과 말 한마디 나누지 않았고, 지금도 전화 한 통화 없이 무작정 그녀의 집에 가고 있었다.

“저기예요.”

에이바가 갈림길을 가리키며 헤더에게 말했다.

그들은 호수 가장자리의 좁은 길을 따라 달렸다. 왼쪽에는 넓은 공간을 차지하는 집들이 죽 늘어서 있고, 오른쪽에는 토탄 같은 갈색의 물이 드넓게 펼쳐져 있었다. 집은 새로 지은 건물도 있고, 낡은 농장 건물이나 어부의 오두막도 있었다. 이끼가 뒤덮인 자갈 시멘트 집이나 소나무 판으로 마감한 집들이었는데, 모두 겨울에 내릴 눈을 대비해 지붕을 가파르게 만들었다. 에이바는 프레야의 집이 어떻게 생겼는지 기억해 내려 애썼다. 결혼 전 겨우 두 번 와본 곳이었다. 결혼 후에는 마이클 때문에 아무 데도 갈 수 없었다.

“저기네요.”

그녀가 차 세울 곳을 손으로 가리켰다. 버스 정거장 맞은편이었다. 에이바는 이곳에 버스가 들어오는 모습을 상상해 보았다. 길 전체를 혼자 써도 겨우 지나갈 수 있을 정도였다.

에이바는 안전벨트를 풀고 뒤를 돌아보았다. 레녹스가 샌디 옆에서 잠들어 있었다. 그는 글렌코에서부터 줄곧 잠에 빠져있었다.

“자게 둬요.”

헤더가 말했다. 두 사람은 차에서 내렸다. 공기 중에 가득한 해초와 안개비 냄새 때문에 바닷속에 들어온 기분이 들었다. 머리 위 낮은 구름은 두꺼운 유빙 같았다. 헤더는 장거리 운전으로 굳어진 어깨를 쭉 늘였다.

“내가 먼저 동생을 만나 얘기해 보는 게 좋겠어요.”

에이바가 말했다.

"안전한 곳이라면서요."

에이바는 어깨를 으쓱했다. 헤더가 고개를 갸웃하며 다시 입을 열었다.

"여동생이랑 사이가 별로예요?"

"곧 알게 되겠죠."

에이바는 현관 앞에 섰다. 날이 어둑어둑했지만 아직 해가 지지 않았고, 집 안은 어두웠다. 그녀는 초인종을 찾다가 문을 두드렸다. 아기가 꿈틀거리고 속이 울렁거렸다. 그녀는 다시 개비스콘을 꺼내 벌컥벌컥 마시고, 숨을 깊이 들이마셨다.

그녀는 한 번 더 노크를 하고 헤더를 바라보았다. 헤더는 버스 정거장의 시간표를 확인하고 있었다. 에이바는 캠핑카로 시선을 옮겼다. 미스터리 머신이라 불리는 스쿠비두의 캠핑카가 떠올랐다. 물론 그만큼 튀는 스타일은 아니지만 이제 크게 다르다고 할 수도 없었다. 경찰이 캠핑카 사진을 공개했기 때문이다. 마이클은 또 어떻게 됐을까? 병원에 있겠지? 치료는 잘 받고 있나? 순간 번쩍 정신이 들었다. 무슨 생각을 하는 건가? **그녀에게** 관심도 없는 사람 걱정을 하다니!

문이 열리고 프레야가 나타났다. 그녀는 에이바보다 키가 작았고 전보다 살이 좀 붙어 보였다. 머리카락은 에이바와 같은 빨간색이었지만 더 곱슬곱슬하고 숱도 많았다. 마지막으로 봤을 때보다 더 길어지기도 했다. 프레야는 유명 애니메이션 캐릭터가 그려진 스웨트셔츠를 입고 있었다. 색이 바래고 해진 옷이었다. 그녀에게서는 잡초 냄새도 풍겼다. 에이바는 속이 조여오는 것을 느꼈다.

"돌아온 탕아로군."

프레야가 에이바의 배를 내려다보았다.

"심지어 홑몸이 아니네."

"별로 안 놀란 것 같다."

에이바가 흘끔 뒤를 돌아보며 말했다. 헤더가 캠핑카 앞에 서서 두 사람을 바라보고 있었다. 프레야는 눈썹을 들썩 치켜올렸다.

"나도 뉴스는 보고 살아. 언니가 올 수도 있겠다 싶었어."

"왜? 서로 연락 없이 지낸 지 꽤 됐잖아."

"언니는 쫓기는 중이고, 난 깡촌에 사니까."

프레야가 갑자기 싱긋 웃었다.

"언니 사진 보고 기절하는 줄 알았다. 십대 학생이랑 도주라니! 〈졸업〉의 로빈슨 부인 같은 상황이야?"

"그런 거 아니야."

프레야가 턱으로 캠핑카를 가리켰다.

"애는 저기 있어?"

"응, 자고 있어."

"저기 축 처진 아줌마는 누구야?"

"헤더라고 해."

"셋이 미스터리를 해결하러 다니는 거야?"

에이바가 웃음을 터뜨렸다.

"그러게. 그런 것 같네."

프레야가 혼란스러운 표정을 지었다.

"어쩌다 만난 사람들이야?"

에이바는 캠핑카에 있는 샌디와 그들이 마이클에게 한 일을 떠올렸다.

"설명하기 힘들어."

“그래도 해봐.”

에이바는 아기가 발길질하는 것을 느끼고 어깨를 곧게 폈다.

“나 마이클한테서 도망쳤어.”

프레야가 입술을 깨물고 에이바를 바라보았다. 무거운 침묵 속에 눈맞춤이 길어지자 에이바는 결국 고개를 돌리고 말았다.

“형부가 얼마나 나쁜 인간인지 이제야 깨달았나 보구나.”

에이바는 마른침을 삼켰다.

“이미 알고 있었지. 마음 깊은 곳에서는. 그런데 차마…….”

그녀는 순간 눈물이 차오르는 것을 느꼈다. 당황스러운 일이었다. 숨도 가빠오고 있었다.

“언니.”

프레야가 말했다. 에이바는 슬픔을 자기 안에 가두려는 듯 두 손으로 얼굴을 가렸다. 하지만 배 속 아기의 움직임이 느껴지자, 이 세상에 자신이 책임져야 할 또 다른 존재가 있다는 생각에 앞이 막막해지며 더 이상 눈물을 참을 수 없었다.

에이바는 프레야의 팔이 자신을 감싸는 것을 느끼고, 동생을 꼭 껴안았다. 십대 시절 동생이 그녀에게 커밍아웃하던 때가 생각났다. 한 학년 위인 그레이스에게 홀딱 빠져있던 모습도 기억났다. 하지만 엄마에게 말할 수는 없었다. 절대 이해하지 못할 것이기 때문이었다. 그때 우는 사람은 늘 프레야였다. 에이바는 울음이 멈출 때까지 동생을 꼭 끌어안고 있었다. 그토록 오래 떨어져 있었건만 동생의 품은 그저 따뜻하기만 했다.

“괜찮아.”

프레야가 그녀의 귀에 속삭였다.

"여긴 안전해."

그녀는 이제 안전하다. 몇 년 만에 처음 느낀 기분이었다.

23

헤더는 지붕이 있는 버스 정거장에 앉아 협곡에서 빛이 사라져 가는 모습을 바라보았다. 구름이 더 낮아져 호수 건너편 언덕은 잘 보이지 않았다. 저 구름 위는 어떤 모습일까? 아무 걱정 없는 세상이겠지?

하지만 그녀는 지금 담배꽁초가 잔뜩 쌓인 버스 정거장에서 오늘 밤 그들의 은신처가 되어줄 집을 바라보고 있었다. 에이바가 직접 얘기한 것은 아니지만, 그녀의 동생은 그들을 꽤 호의적으로 맞아주는 것 같았다. 물론 프레야가 모르는 사실도 있었다. 캠핑카에 숨겨둔 샌디의 존재였다. 하지만 프레야는 그들이 경찰에 쫓기고 있다는 사실을 알면서도 그에 대해 더 이상 캐묻지 않았다. 그들은 캠핑카를 집 뒤편으로 옮겨 길에서 보이지 않도록 숨기고, 레녹스를 깨워 집 안으로 데리고 들어갔다. 아이는 여전히 아무 말 없었다. 샌디와 마지막으로 나눈 대화 때문일까? 뭔가 큰 변화가 생긴 걸까? 오래전 그녀는 호르몬이 요동치는 십대의 로지와 힘겨운 줄다리기를 견뎌낸 경험이 있었다. 하지만 이제는 그럴 기운이 남아있지 않았다.

에이바는 동생의 환대에 마음이 놓인 듯했고, 두 사람은 부엌에서 그동안 밀린 대화를 나누었다. 모처럼 차분히 생각할 시간이 생긴 헤더는 바람도 쐴 겸 밖에 나가보기로 했다. 보슬보슬 내리는 빗방울이 얇은 베일처럼 세상과 그녀 사이를 가로막았다. 시간이 멈춘 것 같았다. 프레야의 집에 빛이 밝혀졌고, 굴뚝에서는 연기가 피어올랐다.

헤더는 한 손을 머리에 짚고 마이클이 그녀에게 한 짓을 생각했다. 얼굴과 몸을 향해 날아든 여러 번의 주먹질은 그녀 나이의 여자에게 엄청난 타격이었다. 그 후에는 캠핑카에 머리를 부딪쳤다. 뇌진탕을 일으키지는 않았을까? 그렇다 한들 그녀가 어찌 알겠는가? 그녀는 몸 상태가 엉망인데도 집을 영원히 떠나기로 결심했고 결국 임신한 여자와 십대 아이, 그리고 텔레파시를 쓰는 것으로 보이는 문어와 함께 경찰에 쫓기는 신세가 되었다. 이틀 전 그녀는 목숨을 끊으려고 했다. 지금도 그녀의 뇌에서는 종양 세포들이 중추 처리 시스템과 신경계를 신나게 갉아먹고 있을 것이다. 그녀는 어지럽고 온몸이 쑤셨다. 하지만 뇌졸중의 경우는 어떤가? 그녀를 기절시킨 혈전 덩어리는 기적적으로 사라지지 않았나? 헤더는 입술을 꼭 다물고 샌디에 대해 생각했다. 그들의 힘은 어디까지일까?

헤더는 주머니에서 이완의 명함을 꺼냈다. 그리고 잠시 귀를 긁적이다가 핸드폰을 꺼내 번호를 치고 통화 버튼을 눌렀다. 신호음이 두 번 울린 뒤 그녀는 전화를 끊었다. 길을 따라 늘어선 소나무에서는 빗방울이 뚝뚝 떨어지고, 나무 사이사이 드러난 거실 창 불빛은 거대한 어둠 속에서 작은 요정처럼 빛났다. 이곳에서 사는 것은 힘든 일이다. 일요일마다 발간되는 신문 부록에 실린 이상적인 시골 이미지와는 거리가 멀었다.

그때 갑자기 핸드폰 벨이 울렸다. 그녀가 방금 건 번호와는 다른 번호였다. 그녀는 잠시 망설였다. 하지만 이런 순간 아무 관계 없는 누군가에게 전화가 걸려 올 확률이 얼마나 되겠는가?

"헤더?"

이완의 목소리에 그녀가 한숨을 내쉬었다. 자신도 모르는 사이 숨을 참았던 것이다. 헤더는 오픈암스에서 맥주를 홀짝이던 그의 모습을 떠올렸다. 겨우 하루 전 일이라는 사실이 믿기지 않았다. 지금 그녀는 경찰을 피해 나라 정반대편 산동네에 숨어있으니 말이다.

"네, 나예요."

헤더가 대답하고는 물었다.

"이건 누구 번호예요?"

"내가 예전에 쓰던 거예요. 경찰서에 있을 때 잠깐 핸드폰을 뺏겼는데, 도청 장치를 달았을 수도 있으니까요."

이완이 대답했다.

"경찰서라고요?"

헤더는 텔레비전에서 본 경찰 드라마가 생각났다. 밝은 취조실과 불안에 떠는 범인의 모습이 그려졌다. 그녀는 어두운 호수를 둘러보았다. 기슭에 물이 철썩철썩 부딪치는 소리가 들렸다.

"뭐 아는 것 좀 있나 털어보는 거예요."

"경찰 친구 있다고 하지 않았어요?"

"있죠. 당신하고 엮이지 말라고 경고해 준 친구."

그의 목소리에서 웃음기가 느껴졌다.

"당신보고 골칫거리라고 하던데요."

"날 콕 집어서요?"

"누가 봐도 당신이 거기 두목이니까요."

"왜 그렇게 생각하는데요?"

"자신들이 무슨 일을 하고 있는지 정확히 아는 사람은 당신뿐인 것 같던데."

"칭찬 들은 셈 칠게요."

"칭찬 맞아요."

사는 게 이렇게 눈 깜짝할 새에 달라지는구나! 이제 그녀는 중년 남자와 전화로 썸을 타고, 경찰에 쫓기고, 자살 시도에 실패한 직후 뇌졸중에서 기적적으로 회복하고, 이상한 문어를 알게 되었다. 뭐 어떤가? 로지가 죽은 후 헤더는 껍데기만 남은 노인이 된 것 같았다. 이 정도 '썸'은 그녀의 삶에 전혀 해될 것이 없다.

"당신은 어때요?"

이완이 걱정하는 목소리로 물었다. 듣기 좋았다.

"괜찮아요."

그녀가 욱신거리는 얼굴을 만지며 대답했다.

"그 새끼가 당신한테 어떻게 하는지 봤어요. 당신들한테 한 짓을 다 봤다고요. 당해도 싼 놈이에요."

"죽었어요?"

"죽진 않을 거예요. 샌디가 건드렸으니 그놈도 다른 사람들처럼 될지도 모른다고 생각했어요. 의회 인부나 뇌졸중으로 쓰러졌다가 회복 못한 사람들처럼요. 하지만 의식을 잃었을 뿐이래요. 지금 병원에 있어요.”

“다행이네요.”

“에이바가 그런 놈한테서 도망친 건 잘한 일이에요.”

그렇게 도망친 에이바는 과연 자유의 몸이 되었나? 그들은 지금 자유로운가? 이완이 그날 밤 헤더의 주머니에 가득 든 돌멩이에 대해 모른다면 얼마나 좋을까!

“어디 있는지는 묻지 않을게요. 근데 안전한 거죠?”

이완이 물었다. 헤더는 어둠 속에서 빛을 내뿜는 창문들을 바라보았다. 이곳에 온 후 차는 한 대도 보지 못했다.

“일단은 그런 것 같아요.”

“계획은 있어요?”

샌디는 캠핑카에 잠들어 있고, 레녹스는 하루 종일 축 늘어져 있고, 에이바는 프레야를 만나 느긋해졌다.

“잘 모르겠어요. 우리가 샌디를 도와줘야 할 것 같아요.”

“나도 같이 할게요.”

이완이 말을 멈추고 잠시 머뭇거렸다.

“그러니까 당신을 다시 보고 싶은데 방법을 모르겠네요.”

헤더가 한숨을 내쉬었다.

“안 돼요.”

침묵이 흘렀다. 어둠 속에서 철썩이는 물결 소리가 들릴 뿐이었다. 저 물속에는 수많은 생명체가 살고 있을 것이다. 호수 바닥을 바쁘게 걸어 다니고 어두컴컴한 물을 빠르게 가르는 이 생명체들은 자기보다 작은 먹잇감을 덮치기 위해 어둠 속에 몸을 숨기고 있을 것이다. 삶은 그렇게 계속된다. 이완이 헛기침을 한 번 했다.

"집에서 걱정 안 해요?"

헤더가 미소 지었다. 그는 지금 그녀의 사생활이 궁금해 떠보려는 것이다. 걱정해 줄 사람이나 있으면 얼마나 좋으랴!

"남편이나 남자 친구가 있냐는 뜻이죠?"

"그런 게 아니라……."

이완이 느끼는 당황스러움이 핸드폰을 통해 그대로 전해졌다. 그녀는 내심 기뻤다.

"장난친 거예요."

"이런."

헤더는 어두워진 주변을 둘러보았다.

"걱정할 사람 아무도 없어요."

"직장은요?"

헤더는 이완이 볼 수 있는 것도 아닌데, 고개를 저었다. 그리고 코웃음을 치며 대답했다.

"재밌는 얘기 해줄까요? 나 SEPA에서 일했어요. 스코틀랜드 환경보호 기관인데 난 강과 연해를 담당했거든요. 놀던 물을 결국 벗어나지 못한 셈이죠."

"어떤 일을 했는데요?"

그녀가 한 손을 흔들며 다시 대답했다.

"오염 물질 통제요. 기업들이 관련법을 지키는지, 바다에 이상한 걸 쏟아버리지 않는지 확인했어요. 환경과 그 안에서 살고 있는 생명체를 지키는 게 우리 일이었죠."

"샌디 같은 생명체요?"

그녀가 또 한 번 웃음을 터뜨렸다.

"20년 동안 그런 생명체는 한 번도 못 봤어요. 그건 확실해요."

"이제 거기서 일 안 하나 보네요. 퇴직했어요?"

그는 기자답게 계속해서 질문을 던졌다. 그녀는 뇌종양 때문에 장기 휴가를 받았다는 사실을 말하고 싶지 않았다. 휴가 날짜를 다 써버린 후 회사가 결국 그녀를 내팽개쳐 버렸고, 이제 그녀는 마지막을 기다릴 뿐이라는 사실도 그에게는 알리고 싶지 않았다.

"그런 셈이죠."

그녀가 말했다. 지금 뭐 하는 거지? 뭔가 기대할 것이라도 있는 양 남자와 이야기를 나누고 있다니! 그녀에게는 미래가 없었다. 이것은 이 기적이고 의미 없는 행동이었다.

"알려줄 게 있어요."

이완이 다시 말을 꺼냈다.

"이번 일에 관심을 가진 사람들이 또 있어요. 경찰 말고요."

"무슨 말이에요?"

"다른 사람이 날 취조했거든요."

"경찰 말고 다른 사람이요?"

"경찰서로 온 거 보면 경찰이랑 관련은 있을 텐데 훨씬 힘이 센 것 같았어요. 내 정보원이 꼼짝 못 하더라고요. 그 사람은 좀 달랐어요."

"어떻게 달랐는데요?"

"의회 인부나 마이클은 안중에도 없고, 오직 샌디에 대해서만 묻더라고요.”

“그 사람이 샌디에 대해 안다고요?”

“내가 샌디를 본 적 있는지, 샌디가 내게 말을 걸었는지 물었어요.”

헤더가 마른침을 삼켰다.

“망할!”

“그러게 말이에요.”

✦

　레녹스는 다시 피게이트 공원에 와있었다. 블레어와 녀석의 졸 개들이 그를 둘러쌌다. 하지만 다른 점이 있었다. 그는 거대한 문어였 고, 촉수들은 그에게 메시지를 전해주었다. 공기의 맛, 바람에 실린 한 놈 한 놈의 체취를 그는 읽을 수 있었다. 녀석들이 다가오자 그들의 몸이 내뿜는 열기가 느껴졌고, 알 수 없는 다정함이 샘솟았다. 녀석들 은 곧 다 죽을 것이고, 레녹스는 그 사실을 바꿀 수 없었다. 그는 미 래를 볼 수 있었다. 졸개들은 모두 화장되고, 블레어는 병원에서 치료 를 받지만 결국 몸과 마음이 삶을 포기하고 말 것이다. 레녹스의 몸이 공중으로 떠올랐다. 그리고 녀석들의 머리 위에서 빙글빙글 돌기 시작 했다. 그들이 뻗어 올린 팔에 그의 촉수가 스치는 순간 그들은 바닥에 쓰러졌다. 그는 피부에 닿는 산들바람을 느끼며 계속 회전했다. 새집 을 찾은 것 같은 기분이 들었다.

　그는 잠에서 깨어났다. 집 뒤편에 위치한 방 안 소파였다. 커튼 틈으로 빛이 새어 들었다. 핸드폰을 보니 아침 5시였다. 그는 손을 들어 살펴보았다. 촉수가 아니었다. 꿈이었지만 녀석들을 죽인 것에 대한 불안이 엄습했다.

레녹스는 아직 몸속에 남아있는 약 기운을 털어내고 정신을 차려보려 애썼다. 지난밤 늦게까지 프레야와 마리화나를 피우며, 실험적인 인디음악과 스케이트보드, 게임 등에 대해 이야기를 나누었기 때문이다. 에이바의 여동생과 이런 이야기를 나눈다는 게 이상하긴 했지만, 지금은 그의 삶에서 이상하지 않은 것을 찾는 게 더 힘들었다.

그는 손을 들어 귀를 만져보았다. 샌디가 무언가를 집어넣은 자리였다. 얼굴 그쪽 부분이 약간 얼얼했지만 그는 대충 얼굴을 문지르고 자리에서 일어나 집 뒷문으로 나갔다.

이런 곳은 처음이었다. 언덕과 나무와 새 소리 외에는 정말 아무것도 없었다. 텔레비전 광고에서나 보던 스코틀랜드의 모습이었다. 그는 밖으로 나가 젖은 잔디 위를 맨발로 걸었다. 온몸에서 더 많은 감각이 느껴졌던 꿈속 상황이 떠올랐다. 그땐 세상 모든 것이 신호를 보내는 것 같았다. 맙소사, 대체 얼마나 센 마리화나를 피운 거야?

레녹스는 캠핑카를 향해 걸었다. 앞 유리와 보닛이 보슬비 같은 이슬에 흠뻑 젖어있었다. 그는 옆문을 열고 차 안으로 들어갔다.

샌디가 없었다.

그는 싱크대로 달려갔다. 차 안의 다른 곳도 뒤졌다. 사실 찾을 곳이 많지도 않았다. 레녹스는 심장이 쿵쾅거리는 것을 느끼며 다시 차 속을 둘러보았다.

그런 다음 차 밖으로 나와 주변을 살폈다. 그리고 맨발로 자갈길을 달려 집 앞쪽으로 갔다.

넓게 탁 트인 호수를 보자 레녹스는 불안한 마음이 들었다. 그는 고개를 돌려 맞은편 언덕을 바라보았다.

〈우리는 여기 있다.〉

그 자신의 생각처럼 또렷한 목소리가 전해졌다. 친구의 속삭임 같았다.

"어디?"

그가 소리쳤다. 아무 대답이 없었다.

레녹스는 잠시 생각하다가 두 눈을 감았다.

〈어디?〉

〈여기.〉

어째서인지 그는 샌디가 어디를 말하는지 이해할 수 있었다. 그는 호수를 바라보며 길을 건넜다. 그리고 모래사장에 들어섰다. 조약돌이 섞인 데다 해초도 있어 미끄러웠다.

마침내 그들이 보였다. 그들은 기슭에서 몇 미터 떨어진 얕은 물에 떠있었다. 레녹스는 절뚝절뚝 자갈 위를 걸어 그들에게 다가갔다. 그리고 그 옆에 앉아 크게 숨을 들이마셨다.

〈걱정했잖아.〉

그가 머릿속에 생각을 떠올렸다. 이게 어떻게 가능한지는 그도 알지 못했다.

물속에 들어간 샌디는 평소보다 커 보였다. 머리는 부풀고, 깜빡이는 초록빛 줄무늬가 촉수를 타고 위아래로 오르내렸다. 샌디의 촉수는 주변을 탐색하는 듯 바위들을 더듬고 있었다.

〈우리는 잘 회복하고 있다.〉

〈회복?〉

〈이곳 여행이 계획대로 되지 않았다.〉

〈무슨 여행? 계획은 또 뭐야?〉

레녹스는 위를 올려다보았다. 해가 아직 호수의 상류에 이르지는 못했지만, 서쪽에서 가장 높은 봉우리가 햇빛을 받아 타오르듯 빛나고 있었다. 그는 길과 호숫가를 쭉 훑어보았다. 닻에 매달려 위아래로 출렁거리는 배 두 척을 제외하면 움직이는 것은 아무것도 없었다.

그는 다시 고개를 돌렸다. 샌디가 눈을 뜨고 있었다. 샌디의 눈을 바라보던 레녹스는 그 안으로 빨려 들어가는 기분이 들었다. 새까만 어둠이 그를 덮칠 것만 같았다.

〈넌 어디에서 왔어?〉

〈집.〉

"제기랄."

레녹스가 작게 내뱉었다.

〈그렇게 대답하면 무슨 뜻인지 알 수가 없어.〉

생각으로 말할 때도 이 조급함이 그대로 드러날까?

초록색 빛이 파란색이 되었다가 자홍색을 거쳐 붉은 오렌지색으로 변했다. 눈 깜짝할 사이 일어난 일이었다.

〈기다려라. 너희 무리 이야기에 접속 중이다.〉

〈뭐?〉

〈너희 무리에 대한 정보 저장소. 이야기 네트워크. 그것으로 너희 언어를 배웠다.〉

"샌디, 무슨 말인지 모르겠어."

잠시 침묵이 흘렀다. 그가 샌디의 기분을 상하게 한 것일까?

〈샌디?〉

레녹스가 한숨을 쉬고는 말했다.

〈내가 너한테 지어준 이름이야.〉

샌디의 몸이 지금까지와는 다른 모양의 빛을 다른 박자에 맞춰 내뿜었다. 머리 아래쪽을 둥글게 두른 빛 무늬는 마치 사람이 짓는 미소 같았다.

〈부분 인식자 샌디. 행복하다.〉

〈너희도 감정이 있어?〉

빛이 잠시 힘을 잃었다.

〈당연하다. 우리는 감정이다. 무리 이야기 접속 중.〉

레녹스는 고개를 절레절레 저었다. 차라리 보여주는 방식이 더 나을 것 같았다. 그나마 뭔지는 알 수 있으니까.

〈무리 이야기가 뭔데?〉

〈너희 이야기. 전부 다.〉

촉수 하나가 물 밖으로 나와 빠르게 빙빙 돌더니 레녹스의 주머니를 가리켰다.

〈너는 장치를 이용해 경험한다.〉

레녹스는 주머니에서 핸드폰을 꺼냈다.

〈인터넷을 말하는 거야?〉

왜인지는 모르겠지만, 그는 샌디의 피부 위에서 일렁이는 빛 무늬들이 동의를 의미한다는 사실을 알 수 있었다.

〈우리 이야기. 인간이 사는 지구. 우리 집은 너희 언어로 엔셀라두스라고 부른다. 사투르누스 신 주위를 돈다.〉

〈사투르누스? 토성을 말하는 거야?〉

〈행성 신, 그렇다.〉

"엔셀라두스."

레녹스는 숨을 깊이 들이마시고 시선을 돌려 지평선을 바라보았다. 희미한 달이 언덕 위에 걸린 채 잠자리에 들 준비를 하고 있었다.

인터넷에서 엔셀라두스를 찾아보고 싶어 좀이 쑤셨다. 그때 갑자기 오른쪽 귀에서 시작된 메스꺼움이 점점 퍼져나가기 시작했다. 레녹스는 한 손을 들어 귀를 감쌌다. 샌디가 촉수 하나를 물 밖으로 꺼내 그의 귀를 가리켰다.

〈우리 괜찮은가?〉

〈귀 안에 뭘 넣었어?〉

〈우린 연결되어 있다. 새로운 부분 인식자 샌디-레녹스다.〉

〈너희의 일부를 나한테 넣은 거야?〉

〈우리는 이제 함께다.〉

레녹스는 어떻게 반응해야 할지 혼란스러웠다.

〈너희는 왜 여기 왔어?〉

〈사고. 우리들로부터 분리되었다.〉

〈무슨 뜻이야? 무슨 말인지 모르겠어.〉

〈우린 어둠 속에 있다. 신호를 기다린다.〉

〈뭐?〉

샌디의 피부가 어두워지고, 물살이 그들의 촉수에 찰싹찰싹 부딪쳤다.

레녹스는 어지러웠다. 차갑고 뭔가 흘러내리는 느낌이 턱을 따라 퍼지더니 목까지 이어졌다. 혈관이 젤리로 가득 찬 것 같은 기분이었다.

샌디가 레녹스를 향해 다가와 촉수로 그의 발을 만졌다.

〈너의 수용기는 준비가 안 됐다. 일단 멈춰야 한다.〉

말을 마친 샌디는 탁 트인 호수를 향해 슬그머니 움직였다. 샌디가 헤엄치기 시작하자 그들의 몸에서 잔물결이 퍼져 나왔다. 레녹스는 그 모습을 물끄러미 바라보았다. 샌디와 함께 갈 수 있다면 얼마나 좋을까!

에이바는 현관 앞 베란다에 앉아 에스프레소를 마시고 있었다. 사실 카페인을 섭취하면 안 되지만, 임신 기간이 이 정도 됐으면 아기는 이미 완성된 상태일 텐데 그녀가 어떤 행동을 하든 무슨 영향을 미칠까 싶었다.

그녀는 호숫가에 앉아 물을 바라보는 레녹스를 지켜보았다. 그는 한참 동안 꼼짝도 하지 않았다. 저 아이는 지금 상황을 어떻게 받아들이고 있을까? 그녀는 자신의 열여섯 살 시절을 떠올려 보았다. 반항아였던 그녀는 그녀와 프레야를 통제하려 하는 부모와 지독하게 싸웠다. 당시에는 질풍노도의 시기를 겪는 십대의 전형적인 행동이라 생각했다. 모든 세대는 이전 세대에 반항하니까. 하지만 지금 돌이켜 보면 아버지의 행동은 늘 강압적이었다. 아버지가 딸들을 학대하지는 않았다. 적어도 물리적인 폭력을 쓰지는 않았다. 하지만 아버지는 집 안에서 일어나는 모든 일을 통제해야만 하는 사람이었고, 십대 소녀들의 혼란스러운 기운이 집 안에 존재하는 것을 용납하지 않았다. 그래서 그는 최선을 다해 딸들을 통제했다. 귀가 시간을 정하고, 외출 금지를 시키고, 딸들이 뭐든 하려고만 하면 면박을 주었다.

아버지가 심장마비로 돌아가시고 3개월 후 에이바는 마이클을 만나기 시작했다. 아버지를 잃은 슬픔 때문에 또 다른 통제적 관계에 빠져든 것이다. 이렇게 뻔한 사실을 그때는 몰랐다. 물론 초반에는 마이클도 매력적인 남자였다. 원래 다 그렇게 시작된다. 하지만 그때도 그는 그녀의 자신감을 조금씩 깎아내렸다. 과연 일부러 그랬을까? 그녀를 지배하기 위해 아버지를 잃은 슬픔을 이용한 것일까? 아니면 그녀의 아버지처럼 그도 통제하려는 본능에 따라 행동한 것뿐일까? 남자들은 어쩌다 그런 꼴이 되는 걸까? 무슨 심리 때문일까? 스스로의 무력함에 화가 난 나머지 자신이 통제할 수 있는 상황에서는 무조건 그 기회를 잡으려 하는 것일까?

두 사람은 에든버러 대학 수학과 학생으로, 통계학 수업에서 만났다. 마이클은 그녀보다 훨씬 자신감 있는 학생이었고, 처음부터 가볍게 주도권을 잡았다. 통계학은 그녀가 제일 싫어하는 수업이었지만 그는 반대였다. 에이바는 대수학이나 미적분학처럼 추상적이고 비실용적인 분야를 더 좋아한 반면 마이클은 실용적인 모든 것을 좋아했고 경제학을 복수 전공했다. 두 사람은 이 외에도 수없이 많은 부분에서 달랐지만 마이클은 그것을 숨겼고 에이바는 기꺼이 모르는 척했다. 관계가 지속되면서 그녀는 점점 자신을 잃고 그의 부속물이 되어갔다. 그녀가 아는 사람들의 수는 점점 줄었고, 대신 여자 친구를 전리품으로 생각하는 마이클의 천박한 우파 친구들이 그녀의 지인이 되었다.

에이바는 졸업할 즈음 연구직에 종사하고 싶다는 마음을 넌지시 비쳤지만, 마이클은 그녀에게 교사직을 권했다. 여자에게 적합한 직업은 그것뿐이라는 이유였다. 그때는 이미 자신감이 너무 많이 줄어든 상태였기에 그녀는 무기력하게 그의 뜻을 따랐고 심지어 분에 넘치는 직업을 꿈꾼 것에 사과까지 했다. 마이클은 헤지펀드사에 들어갔는데 그에게는 안성맞춤이었다. 그녀는 아이들로 가득한 교실이 단 한 번도 편하게 느껴진 적 없지만 묵묵히 참았다. 자신의 잘못이라고 생각했기 때문이었다. 모두가 그녀의 잘못이었다. 그 시절을 생각하니 진저리가 났다. 그런 인간에게 매 순간 그렇게 조종당하다니!

에이바는 커피를 한 모금 마시고 다시 레녹스에 대해 생각했다. 그 나이대 남자아이들이 겪는 스트레스를 생각하면 제대로 크는 게 오히려 기적이었다. 여자아이라고 더 쉬운 것도 아니었다. 에이바는 학교에서 서로 존중하는 분위기를 만들기 위해 나름 최선을 다했다. 하지만 그녀는 늘 아이들 사이의 옹졸한 권력 싸움을 진화하느라 바빴다. 여자아이들은 험담을 달고 살았고, 남자아이들은 허세 가득한 헛소리를 서로에게 늘어놓았다. 에이바는 레녹스를 가르친 적은 없지만, 그 아이는 다른 십대들과 달랐다. 그녀는 자신을 구하러 왔던 레녹스의 모습을 떠올렸다. 십대 꼬맹이 덕분에 자유를 얻다니, 희한한 일이었다.

그때 누군가가 그녀의 등에 손을 올렸다. 차가 담긴 커다란 머그컵을 든 프레야가 그녀 곁에 다가와 있었다. 동생이 에이바의 에스프레소 잔을 보고 얼굴을 찌푸렸다.

"잠 잘 못 잤어?"

"몇 개월 만에 푹 잤어."

프레야가 그녀의 배를 턱으로 가리켰다.

"꼬맹이는 어때?"

"조용하네. 잘 있나 봐."

그때 레녹스가 몸을 펴고 호숫가를 걷기 시작했다.

"착한 애 같아."

프레야가 말했다.

"착하지."

"언니, 굉장히 이상한 유사 가족 같은 걸 만들었네."

에이바가 웃었다. 프레야는 진짜 이상한 부분에 대해서는 전혀 모르고 있었다. 프레야가 고개를 끄덕였다.

"그 미친놈이랑 같이 있는 것보다는 훨씬 나아."

"그렇지."

에이바는 늘 동생의 솔직함이 좋았다. 두 사람은 지난밤 그동안 쌓인 오해를 풀고, 좋지만은 않았던 지난날을 회상했다. 그들은 마이클의 학대와, 수시로 바뀌는 프레야의 여자 친구들에 대해 이야기했다. 두 사람은 어린 시절 가정교육의 후유증을 각기 다른 방식으로 힘겹게 견디는 중이었다.

갑작스러운 소리에 에이바가 고개를 들었다. 동쪽에서 나직한 응응소리와 끼익 소리가 들려왔다. 해수호 상류에 있는 언덕 뒤편이었다. 소리는 빠르게 커지며 강렬한 에너지를 내뿜었다. 에이바가 프레야를 바라보자, 그녀는 미소 지었다. 소리가 폭발하며, 언덕 위에서 세 대의 전투기가 나타났다. 전투기들은 비스듬히 동체를 기울여 고도를 낮춘 뒤 호수 가장자리를 따라 부드러운 곡선을 그렸다. 그리고 스카이섬이 있는 서쪽 바다를 향해 날아갔다. 전투기가 편대를 이루어 호수를 훑는 동안 엔진의 굉음이 공기를 뒤흔들었다. 전투기들이 멀어지자 엔진 소리도 점차 낮은 으르렁 소리에서 잔잔한 노랫소리로 바뀌더니, 마침내 전투기와 함께 수평선 너머로 사라졌다.

"이 협곡을 훈련장으로 사용하더라고."

프레야가 말했다.

"무슨 훈련?"

프레야는 어깨를 으쓱했다.

"전쟁을 대비하는 거겠지?"

에이바는 차 안에 있는 샌디와 며칠 전 밤 그들이 도착했을 때 머리 위에 나타난 공 모양의 불빛을 생각했다. 수십억 원짜리 전투기가 육중한 바위처럼 느릿느릿 공중을 가르는 모습에 비하면 완전히 다른 세상이었다.

또 다른 소리가 들렸다. 프레야의 주머니에서 날카로운 여성 펑크 가수 목소리가 울려 퍼지고 있었다. 그녀는 핸드폰을 꺼내 발신자를 확인했다. 그리고는 마치 병균이라도 묻은 듯 핸드폰을 멀찍이 밀어냈다.

"엄마야."

프레야가 말했다.

"마지막으로 통화한 게 언제야?"

에이바의 물음에 프레야가 고개를 흔들었다.

"아마 1년 전쯤?"

"그럼 그냥 한 건 아닐 거야."

"그렇겠지."

프레야가 핸드폰을 들어 올렸다.

"받을까?"

귀청을 찢을 것 같은 펑크 음악이 계속되었다. 에이바는 물끄러미 핸드폰을 바라보았다.

"당연히 받아야지."

"정보가 많을수록 유리하니까."

프레야는 통화 버튼을 누르고 스피커를 켰다.

"어머니, 어인 일로 귀한 전화를 다 주셨습니까?"

"프레야, 꼭 그렇게 말해야겠니?"

엄마의 목소리에 에이바가 몸을 떨었다. 그녀는 엄마에게 들킬까 봐 숨 쉬는 것도 조심스러웠다.

"워낙 오랜만이잖아."

"오늘은 제발 자제하자. 너도 뉴스 봤지?"

프레야가 에이바를 바라보았다.

"의회 개판 된 거?"

"네 언니 말이야."

"언니가 왜?"

"너 진짜 모르니?"

"말해봐요."

"걔가 납치됐단다. 불량 청소년이 집까지 찾아와서 데려갔대."

프레야는 눈썹을 들썩 치켜올렸고, 에이바는 호숫가에 있는 레녹스를 바라보았다. 하지만 엄마의 목소리에 담긴 불안감은 연기가 아니었다.

"진짜?"

프레야가 웃음을 참으며 대답했다.

"마이클은 걱정하느라 제정신이 아니야. 그 폭력배한테 당해서 응급실에도 갔다는구나."

마이클의 이름이 등장하자 에이바는 긴장했다.

"알아서 잘하겠지."

프레야가 대답했다. 그녀는 다른 말도 하고 싶지만 참는 눈치였다.

"너는 걱정도 안 되니?"

프레야가 에이바를 보자, 그녀는 고개를 저었다. 프레야는 시선을 돌려 핸드폰을 바라보았다.

"실제 상황은 알 수 없으니까. 뉴스에 난 거랑 다를 수도 있잖아."

"너 뭐 좀 알아?"

"아니! 하지만 언니가 어떤 사람인지, 그리고 형부가 어떤 사람인지는 잘 알지."

"그게 다 무슨 소리야? 마이클이 얼마나 좋은 남편인데! 그 사람 덕에 에이바가 편하게 사는 거지. 게다가 에이바를 얼마나 잘 챙기는지!"

에이바가 눈을 굴렸다. 프레야는 또 한 번 눈썹을 들썩했고, 에이바는 이번에도 고개를 절레절레 저었다. 엄마는 마이클이 무슨 짓을 하는지 전혀 보지 못했다. 그가 늘 엄마 비위를 맞춰줬기 때문이다. 엄마는 결혼 생활 내내 남편의 학대를 보지 못하거나 혹은 당연하게 받아들였고, 이제 마이클과 에이바에 대해서도 같은 태도를 취하고 있었다. 에이바는 그 문제에 대해 엄마와 얘기해 보려 했지만, 엄마는 불편한 얘기가 나오면 늘 말을 돌려버렸다. 지금 에이바가 무사한지보다 걱정하는 마이클에 대해 얘기하는 것도 같은 이유였다.

“언니는 별일 없을 거야.”

프레야가 말했다.

“마이클이 제정신이 아니라니까. 여기도 경찰이 왔다 갔어. 다른 사람들도…….”

에이바가 프레야를 바라보자 그녀는 즉시 언니의 의중을 간파했다.

“다른 사람 누구?”

“글쎄다. 신분증을 보여주던데.”

에이바가 핸드폰 화면의 음소거 버튼을 눌렀다.

“그 사람들 아직 거기 있나 물어봐.”

프레야가 음소거 상태를 풀고 엄마에게 질문을 던졌다. 엄마는 잠시 망설이다 입을 열었다.

“당연히 아니지. 질문 몇 개 하고 바로 갔어.”

잠깐의 침묵이 그들에게 답을 주었다. 엄마는 자기기만에는 도가 텄지만, 거짓말에는 젬병이었다. 에이바가 손을 뻗어 전화를 끊었다.

“그 사람들이랑 같이 있나 봐.”

프레야가 말했다. 에이바가 베란다에서 내려와 레녹스에게 향했다.

“가자. 지금 출발해야 해.”

✦

　　트리니티는 필턴과 뉴헤이븐 사이에 위치한 에든버러 북부의 부유한 주거지로, 그랜턴의 오래된 항구를 통해 바다와 접하고 있었다. 프림로즈 뱅크 거리에는 커다란 빅토리아 시대풍 주택들이 늘어서 있고, 높은 벽 너머에는 참나무와 마로니에 나무들이 뻗어있었다. 거리에는 주차된 차들이 많아 이완도 눈에 띄지 않게 그 속에 섞여 들 수 있었다.

　　전날 그는 세인트 레너드 경찰서 앞에 차를 대고 펠로스를 기다렸다. 마침내 펠로스와 깡패 같은 그의 세 졸개들이 나오자 그는 그자들을 따라갔다. 그들은 컴벌랜드 거리의 고급 아파트로 들어가 밤을 보냈고, 이완은 건물 밖에 차를 대고 차 안에서 잠을 잤다. 아침이 되자 그자들은 만화 속 악당들이 타고 다닐 것 같은 창문이 새까만 SUV를 타고 이 집으로 왔다. 그리고 이완은 한 시간째 그들을 기다리는 중이었다.

그는 펠로스의 정체를 도통 알 수 없었다. 당연히 평범한 경찰은 아니고, 니나에게 막 명령을 하는데도 그녀가 그 꼴을 참아내는 것을 보면 니나의 밥줄을 쥐락펴락하는 인물이 분명했다. 태도가 거만하고 말투도 재수 없지만 만만한 인물은 아니라는 의미였다. 총을 소지한 덩치들이 졸졸 쫓아다니는 것만 봐도 그랬다. 이완은 몇 번이나 니나와 통화를 해보려 했지만, 그녀는 전화를 받지 않았다.

조수석에 놓아둔 핸드폰이 울렸다. 깜짝 놀란 그는 발신자를 확인했다. 또 〈이브닝 스탠더드〉의 패터슨이었다. 그는 음성사서함에 연결되도록 핸드폰을 그대로 놔두었다. 그쪽하고 관계는 이미 텄다. 마감일도 이미 몇 차례 어겼고, 패터슨과는 전화만 몇 번 안 받으면 자동으로 관계가 끝나기 때문이다. 이완은 자신의 신세에 대해 생각했다. 지난밤 병에다 오줌을 눠서 놔둔 탓에 차 안에는 냄새가 진동했고, 그의 몸에서는 땀과 긴장의 악취가 풍겼으며, 방금 일자리도 잃었다. 하지만 이런 것들은 중요하지 않았다.

이상한 일이지만 그는 다시 젊어진 기분이 들었다. 기자가 마땅히 그래야 하듯 그는 지금 진실을 쫓고 있었다. 진짜 무슨 일이 일어나고 있는지 다 밝혀낼 때까지 단서를 따라가는 것이다. 하지만 그게 다가 아니었다. 그는 이 일과 사적으로 연결되어 있었다. 다른 세 사람처럼 샌디와 교감을 하진 않았지만, 그 역시 일종의 관계자였다. 이 일은 이 나라뿐 아니라 전 세계에서 가장 큰 사건이 될 것이다. 반드시 끝까지 파헤쳐야 한다.

현관문이 활짝 열리고, 펠로스와 세 덩치가 밖으로 나와 SUV로 성큼성큼 걸어갔다. 그들은 차 지붕에 번쩍이는 경광등을 올리고 사이

렌을 울리기 시작했다. 그러고는 끼익 소리와 함께 차를 출발시켰다. 이완은 잠시 그들을 따라갈까도 생각했지만 이 낡은 혼다로 저들을 따라잡는 것은 불가능해 보였다. 저들은 분명 빨간 불도 무시하고 중앙선을 넘어 역주행도 할 텐데, 그 뒤를 쫓다가는 금세 들통나거나 횡사할 것이다.

이완은 겨드랑이에 데오도란트를 뿌린 뒤 차에서 내렸다. 그리고 집을 향해 걸어가면서 주머니에서 메모지와 펜을 꺼냈다. 그는 진입로에 들어서며, 크리스틴 갤러처에 대해 생각했다. 그녀는 꽤 괜찮은 삶을 살았다. 딸이 부자 남편에게서 도망친 것에 대한 그녀의 의견은 아마도 그런 그녀의 경험에서 우러나온 것이리라.

그는 초인종을 누르고 잠시 기다렸다. 이른바 뻗치기라고 하는 짓을 그동안 많이도 했다. 좋아서 그 짓을 하는 기자는 아무도 없었다. 피해자나 유족들을 괴롭히는 일이기 때문이다. 하지만 그는 다른 많은 것을 눈감아 넘겼듯 그것 또한 받아들였다. 지금 그는 정당한 명분을 갖고 무엇인가 해내려 노력 중이다. 기분 좋은 일이었다.

문이 열리고 작고 다부진 체격의 여자가 나타났다. 염색한 금발의 여자는 그를 보고 놀란 듯했다.

"아, 제가 착각을……"

"오스카 펠로스가 온 줄 아셨죠?"

이완이 말했다.

"제 이름은 이완 매키넌입니다. 기자예요. 따님 관련해서 취재 중입니다."

크리스틴은 문을 닫으려 했다.

“아무하고도 말하지 말라고 해서…….”

“물론 그랬겠죠. 하지만 그 사람들은 따님의 안전을 중요하게 생각하지 않습니다, 크리스틴.”

“제 이름을 어떻게 아시죠?”

그는 수다스러운 자선 모금 봉사자인 척 이웃 몇 집을 돌아다니며 갤러처 가족에 대한 소문을 수집했다. 그중 할머니 한 분이 큰 도움이 되었다. 애들 아빠는 은행 간부였는데 젊은 나이에 심장마비로 세상을 떠났고, 생전에 딸들과 부인에게 매우 엄격한 편이었지만 부인은 남편이 죽은 후에도 늘 그를 기억하고 그리워했으며, 딸들과는 연락이 거의 끊긴 것 같다는 이야기를 해준 것이다. 둘 중 동생인 프레야는 “취향이 유별나고”, 에이바는 자기 아버지를 꼭 닮은 부유한 남자와 결혼했다고도 했다. 프로이트 전문가가 아니더라도 충분히 이해할 수 있는 상황이었다.

“에이바에게 들었습니다.”

이완이 대답했다.

“우리 딸이랑 얘기를 나누셨나요?”

“마이클이 다칠 때 저도 그 자리에 있었거든요.”

크리스틴의 두 눈이 휘둥그레졌다.

“그 남자애가 우리 사위를 공격한 거죠? 정말 부끄러운 일이에요.”

그녀에게 마이클은 소중하고 멋진 사위임이 분명했다. 세상에는 진실을 보지 않으려는 사람들도 있으니까.

“정확히 무슨 일이 있었는지는 못 봤지만, 에이바도 걱정하고 있습니다.”

"왜 도망갔대요?"

"위험하다고 느꼈답니다."

"그게 무슨 뜻이죠? 우리 딸 지금 정상이 아니에요. 뇌졸중 때문일 거예요."

"**집에 있으면** 안전하지 않을 것 같았답니다."

"아기는요?"

"제가 한 말 들으셨어요?"

이완은 더 하고 싶은 말이 있었지만, 새로운 정보를 얻어낼 기회를 날리고 싶지 않았다.

"곧 출산 예정이라 마이클이 아주 심란해하고 있어요."

그녀가 그렇게 말하며 슬쩍 뒤돌아보는 모습을 보니 사위가 집 안에 있는 것 같았다. 이완은 허리를 곧게 폈다.

"마이클도 여기 있죠?"

"위층에서 쉬고 있어요. 이번 일로 진이 다 빠졌답니다."

크리스틴이 대답했다. 이완은 다른 방법을 써보기로 했다.

"크리스틴, 따님이 곤란한 상황에 처했어요."

"집에 돌아가면 다 해결될 거예요."

"그 사람들 말이에요……."

이완이 몸 뒤쪽으로 손을 흔들며 말을 계속했다.

"에이바는 안중에도 없거든요."

"딸을 찾아서 집에 데려와 준다고 하던데요."

이완은 어떻게 설명해야 할지 몰랐지만, 펠로스가 말하는 방식이나 무장 요원들을 대동했다는 사실은 누군가의 안전에는 좋지 않은 징조였다.

“어떻게요? 총으로요?”

“우리 딸은 억지로 끌려간 거예요.”

이완은 옆집 커튼이 움찔거리는 것을 포착했다.

“그걸 어떻게 아세요?”

“그냥 알아요.”

그녀가 머리를 만지고 목을 긁적였다. 대화가 길어질수록 점점 자신을 잃어가는 모습이었다. 크리스틴은 다시 뒤를 흘끗 보았다. 어쩌면 마이클은 장모에게도 그 비열한 수법을 쓰고 있는지 모른다. 예전에 그녀의 남편이 그랬던 것처럼 그녀를 지배하기 위해서.

“제가 에이바랑 직접 얘기해 봤어요.”

이완이 말했다.

“자기 의지에 따라 행동하고 있다니까요. 정말이에요.”

그는 샌디를 생각했다. 그들이 에이바를 비롯해 다른 두 사람과 맺고 있는 기이한 관계도 떠올렸다.

“못 믿겠어요.”

크리스틴이 말했다. 이완은 잠시 말을 멈추고, 펠로스가 사라진 방향을 바라보았다.

“아까 그 사람들 왜 그리 급히 떠났죠?”

“몰라요.”

“그 사람들한테 정보를 주셨죠? 에이바랑 통화하셨어요?”

크리스틴은 도움을 청하듯 주변을 둘러보았다. 스스로 이런 큰 결정을 내리는 데 익숙하지 않았기 때문이다.

“마이클이 아무 말도 하지 말라고 했어요.”

“마이클은 사위지 상관이 아니에요, 크리스틴.”

그녀는 이완에게 들릴 정도로 침을 크게 삼키고 손톱 아래쪽을 만지작거리기 시작했다.

“엄밀히 말하자면 에이바랑 통화한 건 아니에요.”

“그럼요?”

그녀가 다시 주변을 둘러보는데, 어디에선가 발소리가 들린 것 같았다.

“그 아이 동생이랑 통화했어요. 에이바가 거기 가있을 것 같아서요.”

발소리가 분명해졌다. 아래층으로 내려오고 있다. 이완은 마이클과 또 마주치고 싶지는 않았다.

“어딘데요?”

이완이 속삭이듯 물었다.

“라타간에 살아요.”

최악은 계획이 없다는 것이었다. 헤더는 철두철미하게 계획에 따라 움직이는 사람은 아니었지만, 엄마로 살면서 깨달은 것이 있었다. 인생 꼬이고 싶지 않으면 집중을 해야 한다는 사실이었다. 캠핑카는 털털거리며 길을 달렸다. 트럭이 그들을 추월하자 그 여파로 캠핑카가 휘청거렸다. 헤더는 핸들을 으스러뜨릴 듯 세게 움켜쥐었다.

그들은 40분 전 라타간을 떠났다. 출발 준비를 하는 데에는 불안할 정도로 긴 시간이 필요했다. 에이바가 집 안에서 프레야와 작별 인사를 나누는 동안 헤더는 현관 베란다에 서서 레녹스와 샌디가 나란히 호숫가에서 걸어와 길을 건너고 캠핑카에 타는 모습을 지켜보았다. 놀라운 광경이었다. 그녀는 마음 한편에서 이 모두가 꿈이길 바랐다. 이 모든 게 뇌졸중과 뇌종양이 만들어 낸 기이한 여행이라면 얼마나 좋을까! 하지만 이것이 환상이라 할지라도 일단은 눈앞에 닥친 문제를 해결해야 했다.

마침내 차가 출발했다. 이젠 결정을 내려야 할 때다. 레녹스는 샌디가 어디에 가고 싶어 하는지 잘 모르겠다고 했다. 샌디가 무엇을 원하는지는 아무도 몰랐다. 정해진 약속 장소가 있는 것일까? 아니면 일종의 피난처로 가는 것인가? 레녹스는 그저 '북쪽'이라고 했다. 그 이상 구체적인 요청이 없었기에 헤더는 선택을 해야 했다. 서쪽으로 달리면 스카이섬이 나오고 더 이상 갈 곳이 없어진다. 그러니 그들은 잠깐이나마 동쪽으로 왔던 길을 되돌아가야 한다. 모퉁이에서 경찰차 무리가 나타나지 않기를 바라는 수밖에 없었다.

그런 다음 그들은 북쪽으로 방향을 틀어, 인버모리스턴의 네스호수 서안을 따라 달리면 된다. 에든버러에서 멀어지는 방향이니 지금은 그것으로 충분하다. 에이바는 통화 내용에 대해 정확히 설명하지 않았다. 그저 엄마 옆에 누군가 있는 것 같았다고만 했다. 헤더는 이완에게 전화하고 싶었지만, 지금은 서로 거리를 두는 게 더 중요했다.

레녹스는 캠핑카 뒤쪽에 자리를 잡고 샌디는 싱크대에 들어갔지만 촉수가 밖으로 쏟아져 나왔다. 에이바는 헤더 옆자리에 앉아있었다.

"와!"

에이바가 턱으로 창밖을 가리켰다.

네스호수는 거대하고 음산했다. 끝이 보이지 않을 정도였다. 헤더는 30년 전 학생 시절 배낭여행으로 이곳에 와본 적이 있었는데, 그때도 같은 인상을 받았다. 짙은 파란색이라기보다 까만색에 가까운 이 호수는 너무 커서 실제가 아닌 것 같았다.

"오싹하네요."

헤더가 말했다.

"아름다운데요."

에이바가 대꾸했다.

헤더는 뒤를 돌아보았다. 샌디가 어느 때보다 활기차 보였다. 빛 줄무늬가 몸 위를 나선형으로 오르내렸고, 촉수는 신이 난 듯 하늘거렸다. 레녹스는 넋을 잃고 그 모습을 바라보고 있었다. 그는 그들과 훨씬 더 가까운 사이가 되었다. 필요하다는 생각조차 못 했던 절친한 친구가 생긴 것이다. 샌디는 분명 그와 소통하고 있었지만, 주소를 알려주는 것처럼 간단한 방식은 아니었다. 만약 샌디가 원하는 곳에 가면, 그 후엔 어떻게 될까? 그 후 세 사람에게는 무엇이 남는가? 예전으로 돌아갈 수도 없고, 그렇다고 영원히 도망 다닐 수도 없을 것이다.

"네스호에 괴물 있다는 거 믿어요?"

에이바가 샌디를 바라보며 물었다. 헤더가 웃음을 터뜨렸다.

"며칠 전까지만 해도 물속에 사는 신비한 생명체 이야기는 완전히 헛소리라고 했을 거예요. 하지만 지금은 네스호에 사는 선사시대 괴물이 딱히 이상하게 들리지도 않네요."

그들은 계속 달렸다. 햇살 기둥이 하얀 구름을 뚫고 내려와 검은 물 위로 떨어졌다. 길 건너편에는 수직에 가까운 암벽이 있었는데, 전력을 다해 땅을 움켜쥐고 버텨낸 강인한 나무들이 군데군데 보였다. 헤더는 마음을 좀 느긋하게 먹고 싶었지만 반대 차선에서 대형 트럭이 지나갈 때마다 강한 공기 흐름 때문에 차가 흔들렸다. 그녀는 차가 절벽 쪽으로 밀려나거나 아니면 반대쪽으로 방향을 틀어 가드레일을 뚫고 물속에 빠지는 것은 아닌지 걱정되었다.

"내가 운전할까요?"

에이바의 제안에 헤더가 고개를 저었다.

“마음을 좀 진정시켜야 하는데.”

그 말에 에이바가 고개를 끄덕였다.

“자기 얘기 좀 해봐요. 잠깐 다른 생각을 하다 보면 진정될 거예요.”

헤더가 웃었다.

“글쎄요. 더 흥분하게 될 것 같은데요.”

“설마 나보다 더 상황이 안 좋기야 하겠어요?”

“내기할까요?”

에이바가 침묵하자 헤더가 한숨을 쉬었다.

“미안해요. 장난칠 일이 아닌데. 마이클한테서 그렇게 도망친 건 정말 대단한 일이에요.”

“당신은 어떻고요?”

“내가 뭘 했게요?”

“이렇게 여기까지 와서 우릴 돌봐주고 있잖아요.”

에이바가 대답했다. 헤더가 한 손을 들어 캠핑카 내부를 가리키듯 휙 휘둘렀다.

“썩 잘한 것 같진 않네요.”

에이바가 미소 지었다.

“본인 생각보다 훨씬 잘하고 있어요. 타고난 엄마예요.”

헤더는 가슴이 답답해지는 것을 느꼈다.

“그렇지 않아요.”

“난 정말 이 아이를 어떻게 돌봐야 할지 모르겠어요.”

에이바가 배를 어루만지며 말했다.

맞은편에서 커다란 테스코 트럭이 지나가자 캠핑카가 바르르 떨렸다. 잠시 후 직선구간에 이르자 뒤에 있던 아우디가 그들을 추월했다. 헤더는 마른침을 삼키고 마음을 진정시키려 애썼다. 호수를 벗어난 뒤로 길은 계속 오르막이었고, 길 가장자리에 난 나무 사이로 경치가 드문드문 보였다.

"잘할 거예요."

헤더가 대답했다.

"애가 태어나기 전에는 다들 겁을 내지만, 그럴 가치가 있는 일이죠."

"경험에서 우러난 조언 같은데요."

에이바가 상대의 반응을 살피듯 조심스럽게 말했다.

"맞아요."

헤더는 이렇게 대화를 끝내는 게 미안했지만, 지금은 그것까지 감당할 여력이 없었다.

길은 계속 위를 향했고, 고도가 높아지자 점차 호수 전체가 한눈에 들어오기 시작했다. 끝이 하늘과 맞닿을 정도로 거대한 호수를 보고 있자니 헤더는 자신이 한없이 작게 느껴졌다. 경사가 가팔라지자 엔진이 덜컹거렸다. 헤더가 액셀을 끝까지 밟았지만 차는 겨우 앞으로 나아갈 뿐이었고, 그들 뒤로 금세 긴 줄이 생겼다. 마침내 정상에 이르자 길이 평평해졌고, 조금 더 지나자 완만한 내리막이 시작되었다. 에이바가 말했다.

"얘기를 하는 게 도움이 될 수도 있어요."

"글쎄요……."

그때 쾅 소리와 함께 차가 흔들렸다. 그들은 중심을 잃고 길 가운데

로 향했지만 헤더가 곧바로 핸들을 붙잡았다. 날카로운 금속이 맞부
딪치는 소리가 너무 커서 그녀는 생각을 할 수가 없었다. 곧 보닛 아래
에서 검은 연기가 피어오르기 시작했다.

"엔진이 퍼졌네요."

헤더가 사이드미러를 흘끗 보며 말했다. 그녀는 비상등을 켜고, 길
가에 차를 대려 했다.

"저기 봐요."

에이바가 무언가를 가리키며 말했다. 오른쪽 나무들 사이 완만한 경
사지에 넓은 주차장이 자리 잡고 있었다. 그들은 액셀을 밟지 않은 채
어카트 성을 안내하는 표지판을 지났다. 관광버스들 사이로 캠핑카가
여러 대 보였다. 누구나 볼 수 있는 도로에 서있는 것보다 이런 곳에
숨어있는 편이 훨씬 안전할 것이다.

헤더는 깜빡이를 켜고 방향을 돌렸다. 그리고 아직 남아있는 가속
을 이용해 덤불 뒤쪽 공간으로 미끄러져 들어갔다. 차가 길에서 보이
지 않도록 한 것이다. 그녀는 핸드브레이크를 당기고, 여전히 검은 연
기를 피워 올리는 보닛을 바라보았다.

"제길!"

에이바 역시 연기를 보고 있었다.

"이제 어쩌죠?"

헤더는 이런 일이 생길 줄 알았다. 그 사람 생각을 안 하려 했지만,
사실 지금껏 계속 그를 향해 가고 있었다. 그녀는 그들이 결국 이런 상
황에 이르게 될 것을 알고 있었다.

"도와줄 사람이 있어요."

헤더가 말했다.

"누구요?"

"내 전남편이요."

　レ녹스는 캠핑카 안에서 두 여자를 지켜보았다. 에이바는 두 손으로 허리를 받치고, 화장실을 찾아 내리막길을 걷고 있었다. 헤더는 핸드폰을 들고 이리저리 서성였는데 이마에 잔뜩 주름이 잡힌 채 손으로 머리를 연신 쓸어 넘겼다.

〈저건 무엇이냐?〉

　그는 갑자기 머릿속에서 들려온 음성에 화들짝 놀라 뒤를 돌아보았다. 샌디가 작은 창문에 붙어 온몸에 빛을 일렁이고 있었다. 그 목소리에 전율이 일었다. ASMR을 듣는 기분이었다. 누군가가 그의 뇌 안에서 말을 하고 있는 것처럼 가깝게 느껴졌다.

　그는 샌디 곁으로 다가갔다. 낮은 절벽에 자리 잡은 성이 북쪽을 향해 끝없이 펼쳐진 거대한 호수를 내려다보고 있었다.

　"네스호수?"

　샌디의 몸을 밝힌 빛 무늬들이 더 빠르게 움직이고, 점들이 나타났다 사라졌다. 아무리 봐도 질리지 않는 광경이었다.

〈규모 면에서 영국 최대의 호수다. 미확인 생물인 네스호수 괴물의 목격담으로 유명하며, 그 생물체는 네시라는 애칭으로 불린다.〉

뭐지? 레녹스는 말을 하는 대신 생각을 해보려고 노력했다.

〈위키피디아에서 찾았어?〉

샌디가 고개를 돌려 레녹스의 두 눈을 똑바로 바라보았다.

〈인간 무리 이야기. 지구의 이야기 네트워크에서 찾았다.〉

"넌 머릿속에 고속 데이터 통신망이 있니?"

잠시 침묵이 흘렀다.

〈그렇다. 너는 없나?〉

"미치고 팔짝 뛰겠네."

〈무슨 뜻인지 명확하지 않다. 다시 말하라.〉

〈아무것도 아니야. 미안.〉

레녹스는 라타간을 떠난 후 핸드폰으로 엔셀라두스를 검색하며 많은 시간을 보냈다. 이전에는 한 번도 들어본 적 없는 곳이었다. 엔셀라두스는 토성의 여섯 번째 위성으로, 크고 얼음으로 뒤덮여 있지만 표면 아래에 바다가 존재한다. 수중 화산과, 토성의 중력 작용과 관련된 조수의 가열이라 불리는 현상 덕분이란다. 심지어 남극 근처에는 간헐 온천도 있는데, 이것이 우주를 향해 물질을 뿜어내 토성의 고리 중 하나를 만들어 냈다. 이럴 수가! 카시니라는 탐사선이 이 수증기 기둥의 구성 성분을 알아내기 위해 그 사이를 뚫고 날아간 적이 있다. 레녹스는 샌디를 물끄러미 바라보았다. 만약 전 세계 과학자들이 그가 지금 보는 것을 보고 그가 머릿속으로 듣는 것을 들을 수 있다면 이성을 잃고 폭발해 버릴 것이다.

〈우리는 네스호수에 들어가고 싶다. 새로운 부분 샌디-레녹스.〉

레녹스가 웃으며 생각했다.

〈헤엄치러 가고 싶어?〉

〈그렇다.〉

샌디는 창문에서 기어 내려와 허둥지둥 바닥을 걸어가더니 차 문손잡이를 향해 촉수를 뻗었다.

"잠깐."

레녹스가 문을 꼭 붙잡았다.

〈무턱대고 나갈 순 없어. 사람들이 다 볼 거야.〉

〈안 좋은 일인가?〉

레녹스가 고개를 끄덕였다. 순간 샌디가 그 행동이 어떤 의미인지 알고 있을까 하는 생각이 들었다.

〈응. 지금은 그래.〉

샌디는 캠핑카 안을 둘러보았다. 촉수들이 공기의 냄새를 맡듯 사방으로 흐느적거렸다.

〈가방 안에 넣어라.〉

그들은 미끄러지듯 좌석으로 가 배낭가방 하나를 꺼냈다. 레녹스는 그것을 바라보았다.

〈거기 어떻게 들어가?〉

샌디는 몸을 구겨가며 가방 안에 기어들어 가기 시작했다. 평소보다 훨씬 작아진 몸이 가방에 다 들어가자, 그다음으로 촉수들이 휙휙 날아 가방 안으로 들어갔다. 샌디는 몸을 잔뜩 웅크렸다. 레녹스는 유튜

브에서 본 문어 영상이 떠올랐다. 문어 한 마리가 낚싯배 갑판에서 탈출하기 위해 작은 구멍에 몸을 밀어 넣는 모습을 촬영한 것이었다. 샌디는 촉수 두 개로 지퍼를 반쯤 잠갔다. 열린 틈 사이로 샌디의 눈이 보였다. 레녹스가 미소 지었다.

〈됐어!〉

성 입구에는 커다란 매표소가 있기 때문에 레녹스는 다른 방향으로 걸어가, 울창한 소나무들이 만들어 낸 어둠 속으로 몸을 숨겼다. 그는 배낭이 잘 고정되었는지 확인한 뒤 철조망 울타리를 뛰어넘었다. 솔잎이 깔린 폭신한 바닥에 착지한 그는 호수를 향해 걸었다. 주차장에서 본 지도에 따르면 왼쪽에는 방파제가 있으니 피하는 게 최선이다. 관광객이 바글바글할 것이기 때문이다. 그는 바닥에 나지막이 꽂힌 '출입 금지' 푯말을 지나친 뒤, 성에서 더 멀어지는 방향으로 걸음을 옮겼다. 길이 없는 곳이다 보니 빽빽한 나무 사이를 헤치며 가야 했다. 잔가지들이 그의 팔과 얼굴을 향해 끊임없이 날아들었다.

〈집은 맛이 좋다.〉

"뭐라고?"

〈좋은 맛.〉

레녹스는 샌디의 목소리에 정신이 팔려, 하마터면 갑자기 나타난 절벽 아래로 떨어질 뻔했다. 그는 휘청거리며 가지를 붙잡았다. 그리고 균형을 되찾은 뒤 절벽 아래 시커먼 물을 내려다보았다. 그는 절벽 좌우를 살폈다. 그들과 성 사이에는 툭 튀어나온 땅이 있어 사람들 눈에 띄지 않을 것이다. 반대편에는 거대한 호수와 저 멀리 절벽이 보일 뿐이었다.

레녹스는 등에 멘 가방이 가벼워지는 것을 느꼈다. 샌디가 지퍼를 열고 꿈틀꿈틀 기어 나오고 있었다. 원래 크기로 돌아온 샌디가 그의 옆에 섰다.

〈집.〉

레녹스가 고개를 흔들었다.

〈그런데 어떻게 내려가지?〉

샌디가 눈을 돌려 그를 바라본 순간, 그는 그 까맣고 커다란 구체 속에 빠져들었다. 그것은 수백만 킬로미터 떨어진 한 행성의 위성에서 바다를 바라보던 눈이었다.

〈허락하나?〉

지난번 받아본 적 있는 질문이었다. 덕분에 지금 레녹스의 귀에는 알 수 없는 무언가가 들어가 있다.

〈뭘?〉

〈새로운 부분 샌디-레녹스를 보호한다.〉

레녹스는 샌디가 가진 힘을 알고 있었다.

〈허락할게.〉

샌디는 촉수로 그를 감싸더니 몸을 쭉 뻗어 평소 크기의 두 배가 될 때까지 부풀렀다. 곧 촉수인지 살인지 알 수 없는 새로운 조직이 샌디의 몸에서 나타나더니 셀로판종이처럼 팽팽하게 레녹스를 감쌌다. 레녹스는 그들의 피부에서 온기와 냉기를 동시에 느낄 수 있었다. 그들이 그의 머리를 들어 감싸자, 차가운 베개에 머리를 파묻는 것 같은 압박감이 느껴졌다. 입마저 막히자 숨을 쉴 수 있을지 걱정했지만, 그의 숨은 단내와 짠내를 동시에 풍기며 자유롭게 폐를 오갔다. 그는 어디서부터 샌디고 어디까지가 자신인지 구분할 수 없었다. 눈으로 앞을 보고는 있었지만, 보이는 것은 불투명한 청록색 불빛뿐이었다. 마치 그들 안에서 바깥을 바라보는 것 같았다.

〈괜찮은가?〉

샌디 목소리에 레녹스는 안심이 되었다.

〈응, 괜찮아.〉

그는 몸이 절벽 끝으로 이동하는 것을 느꼈다. 잠시 후 공중에 뜬 그의 몸이 물을 향해 아래로 떨어졌다. 거대한 검은 형체가 가까워지더니 첨벙 소리가 들렸고, 마침내 그들은 물속으로 들어갔다. 그들은 믿을 수 없이 빠른 속도로 움직이기 시작했다. 샌디의 촉수는 강한 힘으로 물을 밀어내며 호수 안으로 그들을 안내했다.

레녹스의 시야도 맑아졌다. 눈앞을 뿌옇게 흐리던 색색의 광채가 사라지자, 그는 마치 혼자 물속을 헤엄치는 것 같았다. 위아래, 좌우로 미끄러지듯 움직일 때마다 그는 샌디의 기쁨을 고스란히 느낄 수 있었다. 그들은 앞구르기를 하면서 몇 번이고 소용돌이를 일으켰고, 레녹스는 점점 어지러워졌다. 그들은 그 사실을 감지하기라도 한 듯 동작을 멈추고 똑바로 헤엄치기 시작했다. 그리고 잠시 후 더 어두운 심연으로 들어갔다.

레녹스는 어둠 속에서 물고기를 알아보고 문득 샌디가 무엇을 먹을지 궁금해졌다. 만약 그들이 식욕을 참지 못하고 물고기를 삼켜버린다면 그는 샌디를 통해 날생선 맛을 경험하게 될 것이다. 그는 네시를 생각했다. 선사시대의 거대한 생명체가 저 깊은 어둠 속에서 목을 길게 빼고 육중한 몸으로 물살을 타고 나타난다면 어떨까?

하지만 아무리 가도 보이는 것은 물뿐이었다. 그들은 방향을 바꿔 곧 수면에 이르렀다. 역시나 믿을 수 없이 빠른 속도였다. 그들은 그곳에서 틈을 만들어 레녹스의 머리가 물 밖으로 나올 수 있게 해주었다. 그는 본능적으로 숨을 들이마시려 했지만, 생각해 보니 지금껏 물속에서도 편하게 호흡을 하고 있었다. 그는 성의 유적을 바라보았다. 200미터 정도 떨어진 그곳에서 관광객들은 마치 진드기처럼 이곳저곳을 분주히 오가고 있었다. 혹시 누군가 네시를 찾아볼 요량으로 망원경으로 이곳을 보고 있으면 어떡하지? 그러다가 그와 샌디가 발각되기라도 하면? 물 한 방울 튀지 않고 그들은 다시 수면 아래로 들어갔다.

레녹스가 빙긋 웃었다.

〈진짜 미치고 팔짝 뛰겠네.〉

그들이 약간 속도를 늦추었다.

〈의미가 불명확하다. 나쁘다는 뜻인가?〉

레녹스는 잠시 눈을 감았다 떴다. 이 모든 게 꿈은 아니겠지?

〈아니. 전혀!〉

✦

　　에이바는 걸으며 주변을 둘러보았다. 거대한 호숫가에 자리 잡은 폐허가 된 성은 엽서에 나올법한 스코틀랜드의 모습이었다. 미국이나 시베리아, 혹은 홍콩 사람들이 이 나라를 생각할 때 바로 이런 풍경을 떠올릴 것이다. 타탄무늬와 해기스, 위스키와 쇼트브레드도 마찬가지다. 평범한 일상을 살아가는 수백만의 사람들, 아이를 학교에 데려다주고, 별 볼 일 없는 직장에 다니고, 가난에 허덕이고, 더 이상 견딜 수 없을 때까지 남편한테 학대받거나 그자들의 강압에 시달리는 사람들은 그들의 관심사가 아니다.

　헤더는 에이바의 숨소리가 떨리는 것을 알아채고 그녀를 바라보았다.

"괜찮아요?"

헤더가 물었다.

"네."

에이바가 대답하는 순간 아이가 또 그녀의 방광을 눌렀다. 화장실에 다녀온 지 얼마 되지 않았지만, 그녀의 삶은 그저 화장실과 속 쓰림의 연속이 되었다. 엄마가 되는 경험이란 얼마나 대단한지! 에이바는 성벽과 작은 탑을 향해 손을 휘저었다.

"좀 과하지 않아요? 너무 완벽하잖아요. 500년 전에 태어났다면 나도 저 탑에서 완벽한 공주로 살 수 있었을 텐데."

헤더가 픽 웃었다.

"1500년대 여자들은 사는 게 편했을 것 같아요? 당시 여자는 재산이었어요. 물건 취급 당했죠."

"지금이라고 많이 다른가요?"

헤더가 한 손으로 주변 풍경을 쭉 훑었다.

"우리는 우리 의지로 여기까지 왔잖아요."

"여기 오면 뭐 해요? 온갖 문제들이 다 따라왔는데."

헤더의 전남편이 그들을 도우러 오고 있었다. 그는 근처 언덕의 외딴 농장에 사는데, 트럭과 견인봉이 있어 캠핑카를 가까운 정비소까지 가져가 줄 수 있다고 했다. 당장 눈앞에 닥친 문제는 해결됐다. 하지만 다른 문제들은 어떻게 한담? 정체불명의 생명체와 그들을 뒤쫓는 사람들, 거기에 복수의 칼을 가는 마이클까지, 문제는 끝이 없었다. 에이바는 절망했다. 곧 태어날 아기에게 이런 삶을 살게 할 것인가? 인생의 시작이 이래도 되는 건가? 그녀는 걸음을 멈추고 울음을 터뜨렸다.

"저런."

헤더는 호수를 향해있는 벤치로 그녀를 데려갔다. 방수 기능의 옷을 입은 관광객들이 세계 각국 언어로 재잘대며 그들 곁을 지나갔다. 에이바는 딸의 미래를 그려보았다. 여행을 하고, 외국어를 배우고, 잘생겼지만 딸과는 전혀 어울리지 않는 긴 머리의 아르헨티나 스쿠버다이버와 사랑에 빠지지 않을까? 딸 앞에 펼쳐진 수많은 가능성을 생각하자 갑자기 어지러워졌다. 위험에 빠지고 인생을 망칠 방법은 무한히 많은데, 아기가 그녀의 자궁 밖으로 나오는 순간부터 그녀는 아기를 통제할 수 없을 것이기 때문이다. 아니다. 이건 헛소리일 뿐이다. 마이클에게 너무 오랜 세월 길들여진 탓이다. 통제는 답이 아니다.

에이바는 호흡을 가다듬고, 코를 훌쩍이며 눈물을 닦았다.

"망할 호르몬 때문이에요."

헤더가 고개를 저었다.

"아니요. 당신 말이 맞아요. 온갖 문제가 다 따라왔어요."

에이바가 웃음 지었다.

"우리 지금 뭐 하는 걸까요?"

헤더는 그녀의 손을 잡았다.

"우리 모두 샌디를 통해 뭔가 느꼈잖아요. 우린 연결됐어요. 엄청난 일이죠. 우리에게 무슨 일이 일어나고 있는지 알겠어요?"

에이바가 고개를 흔들며 말했다.

"난 무사하기만 하면 돼요."

헤더가 그녀의 손을 꼭 쥐었다.

"우리 다 무사해야죠. 하지만 현실을 외면할 수는 없어요. 우린 이미 이 일에 깊이 관여했고, 경찰에 쫓기고 있어요."

"자수하면 괜찮지 않을까요?"

"그다음은요? 마이클한테 돌아가게요?"

"너무 힘들어서 그래요."

"알아요."

헤더가 뼛속 깊이 공감한다는 듯 묵직하게 대답했다.

"전남편은 어떤 분이에요? 한 번도 얘기 안 했잖아요."

"폴은 좋은 남자예요. 그런 사람 찾기 힘들죠."

"그런데 왜 전남편이 됐어요?"

헤더는 오랫동안 아무 말도 하지 않았다.

"이런 말을 해도 될지 모르겠네요."

"듣고 싶으니까 물었죠."

"당신한테는 이런 비슷한 일조차 일어나지 않아야 할 텐데."

그녀가 에이바의 배를 흘끗 바라보았다.

"우린 아이를 잃었어요. 우리 딸 로지가 호지킨 림프종 진단을 받았을 때 난 심장이 뜯겨 나가는 것 같았죠."

아기가 꿈틀했다. 에이바는 속이 울렁거려 두 손을 꼭 맞잡았다.

"그 후 일어난 일은 설명하기 힘들어요."

헤더가 말을 이어갔다.

"우린 싸우거나 논쟁을 벌이지도 않았어요. 모든 치료 방법과 절차에 동의했거든요. 하지만 우리의 삶, 우리의 결혼 생활은 텅 빈 껍데기가 돼버렸죠. 로지가 있기 전의 삶은 기억할 수 없었고, 그 아이 없이 둘만 같이 산다는 건 상상도 할 수 없었어요. 그 사람만 보면 우리에게 벌어진 일에 화가 나서 견딜 수가 없더군요. 그 사람도 마찬가지였겠죠. 우린 스스로를 무너뜨리고 다시 시작해야 했어요. 살아남으려면 그 방법뿐이었죠."

에이바는 신물이 목구멍까지 치솟아 오르는 것을 느꼈다.

"그런데도 그분은 이곳으로 오겠다고 한 거네요. 당신을 도우려고요."

헤더는 혀로 볼 안쪽을 더듬었다.

"연락 끊은 지 3년 됐어요. 하지만 어디 사는지 알고 있었죠. 그리고 필요한 일은 언제나 해내고야 마는 사람이라는 것도 알고요."

애틋함과 슬픔이 뒤섞인 헤더의 목소리에 에이바는 눈물이 차올랐다.

"로지가 살아있다면 올해 열여덟 살이 됐을 거예요."

헤더가 나직한 목소리로 다시 말을 시작했다.

"똑똑한 아이였으니 대학에 진학해 집을 떠났겠죠. 우린 빈 둥지가 됐을 거고요. 그런 일이 나에게 일어날 수 있다면 얼마나 좋을까요?"

헤더는 숨을 들이마셨다가 다시 내쉬더니 목을 길게 뺐다.

"모든 가능성의 죽음이에요. 그 아이에게 가능했던 모든 미래가 죽은 거죠."

에이바는 충격을 받았다. 아기의 미래에 닥칠 수 있는 온갖 위험에 대한 걱정이 헛소리만은 아닌 것 같았기 때문이다.

"아이가 보고 싶어서 미칠 것 같아요."

헤더가 주먹으로 가슴을 짓눌렀다.

"너무 아파요."

"무슨 말을 해야 할지 모르겠네요."

"할 수 있는 말이 없어요. 그게 문제죠."

헤더가 마른침을 삼키고 다시 입을 열었다.

"이게 다가 아니에요."

에이바는 입을 다문 채 그저 그녀의 손을 꼭 잡아주었다.

“나 죽어가고 있어요.”

헤더는 머리 뒤를 톡톡 두드렸다.

“뇌종양이에요. 수술도 할 수 없는 상태래요.”

“맙소사!”

에이바는 가슴에 커다란 돌이 떨어진 것 같았다. 선뜻 믿기지 않는 말이었다. 헤더가 입술을 삐죽 내밀었다.

“샌디를 만났던 그날 밤, 난 사실 죽으려고 했어요. 주머니에 돌을 가득 채우고 물속으로 걸어 들어가고 있었죠.”

“세상에!”

“샌디가 날 구했어요. 하지만 결국 곧 죽겠죠.”

에이바는 무슨 말을 해야 할지 몰랐다. 어떤 말도 의미가 없었지만, 그래도 뭔가 말해야 했다. 인간이라면 그래야 하지 않을까?

“정말 마음이 아프네요.”

북유럽 관광객 세 명이 그들을 지나갔다. 금발, 구릿빛 피부에 키까지 큰 저 아름다운 가족은 마치 다른 종 같았다. 두 여자는 한동안 아무 말 없이 그 자리에 앉아있었다.

“레녹스는 어떤 것 같아요?”

헤더가 먼저 침묵을 깼다.

“걔가 뭐요?”

“왜 샌디와 유독 가까울까요? 꼭 샌디가 그 아이를 선택한 것 같잖아요.”

“우리보다 어리고, 고정관념에서 자유롭기 때문이겠죠.”

에이바는 호수를 바라보았다. 워낙 어둡고 깊어 거대한 괴물이 숨어

있다고 생각할 법도 했다.

"샌디는 괜찮을까요?"

레녹스는 샌디를 배낭에 넣고, 산책하러 간다며 어디론가 사라졌다. 에이바는 질투가 났다. 그녀도 샌디를 더 잘 알고 싶었다. 하지만 그들과 가까워질수록 아기는 위험해질 것이다. 헤더가 에이바를 흘끗 보고 입을 열었다.

"골프장에서 한 일 못 봤어요? 샌디는 아무 일 없을 거예요."

에이바는 넓게 펼쳐진 호수와 벌판을 향해 손을 휘둘렀다.

"우리 목표는 뭘까요? 지금까지는 도망만 쳤잖아요. 이제 어디로 가야 하죠?"

헤더가 고개를 저었다. 에이바는 호수 표면의 잔물결을 바라보았다. 구름 때문에 빛과 그늘이 교차하며 반복적인 무늬를 만들고 있었다. 그녀는 네시의 긴 목이 수면을 뚫고 올라와 공중으로 치솟는 광경을 상상했다.

그때 핸드폰이 울리고, 헤더는 주머니에서 폰을 꺼내 들었다.

"폴이에요?"

에이바가 물었다. 헤더는 고개를 흔들었다.

"이완이에요."

✦

　"이완?"

헤더의 목소리가 차 안에 가득 찼다. 듣기 좋았다.

"라타간에서 떠나야 해요."

이완이 말했다.

"뭐라고요?"

"당신이 에이바의 동생 집에 있는 걸 그들이 알아냈어요. 지금 그쪽으로 가고 있어요."

"경찰 말이에요?"

"아니요. 다른 사람들이요."

A9 도로 상황은 늘 그랬듯 엉망이었다. 이완의 낡아빠진 혼다에게 추월선은 아무 의미가 없었기에, 그는 마트 트럭과 벌목한 나무를 잔뜩 실은 저상 트레일러와 함께 꽉 막힌 서행 차선에 서있었다. 검은 SUV는 불빛을 번쩍이며 저 멀리 앞서가고 있을 것이다. 라타간에 거

의 도착했을지도 모른다.

"우리 거기 없어요."

헤더가 말했다.

"에이바가 어머니랑 통화하다가 이상한 낌새를 챘거든요."

이완은 이번에도 한 박자 늦었다. 그는 이런 상황이 마음에 들지 않았다. 하지만 그들이 무사하다니 일단 다행이었다.

"그럼 어디예요?"

헤더가 망설이는 게 느껴졌다. 막혔던 길이 풀리자 차들이 쌩쌩 그를 앞질러 달렸다. 평지로 이어지는 케언곰산맥의 끄트머리가 그를 둘러쌌고, 왼쪽에는 자갈 바닥 위로 잔물결을 일으키며 흘러가는 강이 보였다. 하늘은 넓게 탁 트여있었다. 하일랜드는 모든 것이 크고 넓었다. 그에게는 퍽 낯선 풍경이었다.

"말하고 싶지 않으면 하지 마요."

이완이 말했다. 그는 외부인이었다. 저 세 사람처럼 끈끈하게 연결되어 있지 않았다. 하지만 그는 그들이 걱정되었다. 특히 헤더에게 신경이 쓰였다.

"안전하기만 하면 됐어요."

그때 핸드폰 너머에서 속삭이는 소리가 들렸다. 또 다른 여자의 목소리였다.

"어카트 성에 있어요."

이완은 얼굴을 찌푸렸다.

"관광객 바글바글한 거기 말이에요? 숨어야 되는 거 아닌가요?"

"차가 고장 나서 멈출 수밖에 없었어요."

“다친 데는 없어요?”

“다들 괜찮아요. 도와줄 사람이 오고 있어요.”

“정비소에서 와준대요?”

“뭐, 비슷해요.”

“샌디는요?”

또 침묵이 흘렀다. 그가 그들 입장이라면 어땠을까? 어찌해야 할지 몰라 막막했을 것이다.

“우리가 잘 챙겨야죠.”

헤더가 대답했다.

길이 좁아지는 구간에서 BMW 한 대가 급하게 방향을 틀어 혼다 앞에 끼어들었다. 죽음의 덫 같은 곳이었다. 이미 몇십 년 동안 그랬다. 이완은 맥박이 빨라지는 것을 느꼈다.

“그 사람들이 당신을 쫓고 있어요.”

그가 다시 말했다.

“대장 이름은 펠로스고 무장한 부하 셋을 데리고 다녀요.”

“뭐라고요?”

“샌디를 찾으려고 안달이 나있어요. 그놈이랑 같이 있는 한 위험에서 벗어날 수 없어요. 샌디를 보내주는 게 나을지도 모르겠어요.”

“안 돼요.”

“그럼 나도 돕게 해줘요.”

핸드폰에서 삐 소리가 났다. 니나에게서 전화가 걸려 오고 있었다.

“이런, 다른 사람한테 전화가 오고 있어요. 그 경찰 정보원이요. 받아봐야겠어요. 중요한 애기일 수도 있으니까.”

헤더는 헛기침을 했다.

"캠핑카 어디로 가져갈지 정해지면 내가 전화할게요."

이완은 더 말하고 싶었지만 무슨 말을 해야 할지 몰랐다. 그는 니나에게 걸려 온 전화를 받았다.

"대체 어디 있어요?"

니나가 물었다. 의외로 태평스러운 목소리였다.

이완은 달위니에서 길을 빠져나와 새 길에 들어섰다. 좀 느리고 바람도 셀 테지만 더 조용할 것이다. 펠로스는 얼마나 앞서있을까?

"나야 집에 있죠."

그가 축 늘어진 목소리를 꾸며내 말했다.

"아니잖아요."

니나가 대꾸했다.

"내가 방금 초인종 눌렀는데."

"우리 집에는 무슨 일로?"

"수사 중인 살인 사건 용의자잖아요. 잊었어요?"

"참나, 니나, 내가 그런 짓 할 사람이에요?"

"내 이름 부르지도 말아요. 살인은 안 했을지 몰라도 완전히 결백하다고 할 순 없어요."

"우리 집까지 간 이유는 뭔데요?"

그녀가 한숨을 내쉬었다. 지금까지 불만에 가득 찬 여자의 한숨을 얼마나 여러 번 들었던가? 그는 감히 떠올릴 엄두가 나지 않았다.

"경고해 주러 갔어요. 비공개를 전제로 짧게 해줄 얘기가 있어서요."

"펠로스 얘기예요?"

"당신이 지금 누굴 상대하고 있는지 상상도 못 할 거예요."

"그 얘긴 이미 했잖아요."

"더 알아낸 게 있어요."

"그 사람이 직접 말해줬어요?"

길은 널찍한 범람원 사이를 곧게 가로질렀다. 저 멀리 언덕이 보이고, 길 양옆에는 앙상하게 마른 전나무가 쭉 서있었다. 그는 창까지 새까맣게 색을 입힌 SUV가 고요함을 뚫고 거칠게 달려오는 모습을 상상했다.

"그런 건 아니고, 내가 따로 조사를 좀 했어요."

"그래서요?"

"이완, 이 사람들 엄청 거물이에요. MI5 같은 데서 온 사람들이라고요."

"그렇군요."

"별로 안 놀란 것 같네요."

"아니에요. 완전 충격인데."

낮은 웃음소리가 들려왔다.

"테러 사건이에요? 당신 대체 어떤 일에 연루된 거예요?"

그는 자신이 본 장면을 떠올렸다.

"테러는 아니에요."

"그럼 뭔데요? MI5 같은 기관은 국가안보에 위협이 되는 일에만 나서잖아요."

이완은 네스호수 기슭의 성 주변을 서성이고 있을 헤더와 일행을 생각했다.

"안보 위협 같은 거 없어요."

"그럼 무슨 일이 벌어지고 있는 거죠? 안보 기관에서 일하는 친구를 한번 떠봤어요. 자기 유리할 땐 엄청 떠드는 친구인데, 펠로스 이름 꺼내자마자 입을 꼭 다물어 버리더라고요. 뭔가 노는 물이 다른 사람들이라는 느낌이 들었어요. 기관 내에서도 가장 극단적인 소수에 속한 사람인 것 같아요."

"알겠어요."

"요점은, 펠로스가 그다지 책임감 있는 사람은 아닌 것 같다는 거예요. 당신처럼 독자적으로 행동하는 괴짜 느낌이랄까?"

"그럼 나랑 잘 맞겠군요."

"총 가진 남자들을 데리고 다니는데도요?"

이완이 침을 꼴깍 삼켰다.

"운전 중인가 보네요. 당신이 좋아하는 그 취재 활동 중이군요."

빈정대는 말투였지만 애정 또한 가득 담겨있었다.

"아니에요. 그냥 가게 가는 길이에요."

"당신 친구들 어디 있는지 알면 나한테 말해줘야 해요. 지금 당장이요."

이완은 잠시 속도를 늦췄다가, 건초가 담긴 트레일러를 끌고 가는 트랙터를 추월했다.

"펠로스보다 우리가 먼저 찾는 게 그 사람들한테도 좋아요. 정말이에요."

니나가 말했다.

"하지만 당신도 그 사람들 안전을 보장할 수 없잖아요."

“노력해 볼 수는 있죠.”

“그 새끼가 취조실에서 당신을 엄청 몰아붙이던데.”

잔인한 말이었다. 이완은 금세 후회했다.

“그래요. 이만하죠, 그럼.”

“미안해요, 니나. 내 말은……:”

“뭔데요?”

“지금 당장은 설명할 수 없어요. 말해도 어차피 못 믿을 거예요.”

니나가 다시 한숨을 쉬었다.

“알겠어요. 펠로스랑 그 똘마니들 마주치더라도 내 탓 하지 말아요.”

그녀가 전화를 끊었다. 갑자기 고요해진 차 안에서 이완은 문득 외로움을 느꼈다.

31 헤더

그녀는 주차장에 서있었다. 겨드랑이는 땀에 젖어 축축하고, 가슴은 초조함에 울렁거렸다. 폴의 평상형 트럭이 그녀를 향해 다가오고 있었기 때문이다. 나무 사이로 비친 햇살이 앞창에 점점이 반사되어 운전석에 앉은 그의 모습이 보일 듯 말 듯했다. 그는 5분 전 그녀에게 전화를 걸어 자신의 차를 알아볼 수 있게 설명하고, 곧 도착한다고 알려주었다. 그녀는 수줍게 손을 흔들고 캠핑카를 가리켰다. 그는 캠핑카 바로 옆에 차를 세웠다. 그녀는 주머니에 손을 넣고 그 안에 있는 로지의 사진을 쓰다듬었다. 파도에 잠긴 아이의 긴 다리가 눈앞에 그려졌다.

에이바는 레녹스를 찾으러 갔기에 헤더 혼자 폴을 맞이했다. 다행한 일이었다. 안 그래도 충분히 어색한 상황이었다. 그녀는 손이 떨리는 것을 멈출 수가 없었다. 그러는 사이 이탈리아 관광객들이 나타나 관광버스에 올라탔다. 웅얼웅얼 들리는 그들의 언어는 마치 꿀 같았다.

마침내 폴이 트럭에서 내려 그녀를 향해 걸어왔다. 그는 체크무늬 셔츠에 꾀죄죄한 청바지를 입고 검정색 아디다스 운동화를 신고 있었다. 살이 좀 빠졌고 관자놀이 부근 머리는 하얗게 셌지만 그런 모습도 꽤 잘 어울렸다. 그는 전보다 늙어 보였다. 그녀 역시 마찬가지다. 그녀는 그에게 잘 보이려는 듯 머리를 매만지며, 예전이라면 어떻게 행동했을까 생각했다. 그의 미소는 따뜻하면서 슬펐다. 그녀는 가슴이 더욱 울렁거렸다. 그녀가 그를 껴안자 그도 그녀를 꼭 안았다. 잠시 어색했지만, 그녀는 폴의 따뜻한 두 손을 느끼며 이내 그의 품에 몸을 파묻었다. 그에게서 익숙한 체취가 느껴졌다. 그녀는 그를 꼭 한 번 끌어안은 뒤 손에 힘을 풀고 뒤로 한 발짝 물러섰다.

"와줘서 고마워."

그가 양팔을 활짝 벌렸다.

"고맙긴!"

"민망하네."

"왜?"

"3년 동안 서로 연락도 없었잖아."

"더 오래된 것 같은데."

"그렇지."

헤더가 팔을 문지르며 제자리에서 발을 바꿔 디뎠다.

"그런 상황에서 갑자기 전화해 도와달라고 했으니 민망하지."

폴이 고개를 끄덕이고 관광객으로 붐비는 주차장을 둘러보았다.

"사실 갑자기는 아니었어. 전화가 올지도 모른다고 생각했거든."

"무슨 뜻이야?"

폴이 다시 주변을 둘러보았다.

"여기 있어도 괜찮아? 사람들이 알아볼 수도 있는데."

그렇겠지! 폴도 알고 있었다. 다른 사람들처럼 뉴스를 보고, 에이바와 레녹스의 기사에서 그녀의 얼굴을 본 것이다. 최근 소식을 확인해보지 않아 뉴스가 어떻게 나가고 있는지는 모르지만 좋은 쪽은 분명아닐 것이다. 헤더는 고개를 돌려 어깨 너머를 바라보았다.

"관광객들은 스코틀랜드 뉴스에 별 관심 없을 거야."

"그래야 할 텐데."

그는 한 팔을 뻗어 그녀를 캠핑카 건너편으로 안내했다. 나무 그늘이 있어 어둡고 관광버스에서 좀 더 떨어져 있기 때문이었다. 그녀는또다시 그의 체취를 느꼈다.

"무슨 일인지 다 말하지 않아도 돼."

폴이 말했다. 헤더는 고개를 저었다.

"나도 다 말하고 싶어. 진짜야. 그런데 너무 복잡해."

"괜찮아. 난 도울 수 있는 것만으로 충분해."

"당신은 언제나 위기에 강했지."

폴이 얼굴을 찌푸렸다.

"아닌 것 같은데."

로지가 치료를 받는 동안 그는 단단한 바위가 되어주었다. 아이를병원에 데려가고, 아이 휠체어를 밀어주고, 토사물을 담은 양동이를비워주고, 땀을 비 오듯 흘릴 때는 이마를 만져주었다. 처음에는 두부부가 늘 대화를 나누고, 이 고통과 근심을 둘이 함께 짊어지고 있다는 사실에서 위안을 얻었다. 하지만 상황이 악화하자 두 사람의 마음은 굳어졌다. 대화가 무슨 소용인가? 대화는 어떤 문제도 해결하지 못했다. 로지에게 도움이 되지도 않았고, 두 사람에게는 고통만 더했다. 딸이 눈앞에서 점점 사라져 가는데 손쓸 방법 하나 없는 이 부당한 현실에 대해 계속 생각하게 만들었기 때문이다.

아이가 떠난 후에도 폴은 여전히 담담하고 믿음직한 태도를 유지했다. 그는 헤더가 아무것도 하지 못할 때 홀로 장례식을 치르고 다른 성가신 일도 모두 처리해 주었다. 그녀는 그에게 고마운 한편 주체할 수 없이 화가 났다. 어떻게 감히 이런 상황에서 침착함을 유지할 수 있단 말인가? 두 사람의 삶이 완전히 무너져 버렸는데! 멍청한 생각이었다. 하지만 그녀는 분풀이할 대상이 필요했고 마침 곁에 그가 있었다. 물론 슬픔을 극복하는 데에는 단계가 있다는 사실을 그녀도 잘 알고 있었다. 하지만 그것은 오히려 상황을 더 악화시켰다. 그녀는 그저 진부한 사람일 뿐이고 그녀의 딸은 통계자료 속 숫자에 불과하며 그들은 아이가 죽은 후 결국 이혼하고 마는 수많은 부부 중 하나일 뿐이라고 말하는 것 같았기 때문이다.

폴이 손을 뻗어 캠핑카를 어루만졌다.

"이 낡은 차가 다시 도로를 달리고 있구나."

"이젠 아니지."

폴이 웃음 지었다.

"그래도 이거 타고 다니면서 재밌는 일이 많았어."

"맞아."

그가 캠핑카의 옆면을 쓰다듬었다.

"보닛에서 연기가 났다면 냉각 시스템 문제일 거야. 늘 말썽이었잖아.”

“고칠 수 있겠어?”

“저 길 따라 드럼나드로킷에 가면 정비소가 있어. 사람들도 괜찮아. 빨리 처리해 줄 거야.”

“비밀을 지켜줄까?”

“믿을만한 사람들이긴 해. 자세한 얘기는 안 하면 되지.”

그는 한 발짝 물러서서 차를 빠르게 훑어본 뒤 고개를 돌려 그녀를 바라보았다. 헤더는 순간 얼굴이 달아오르는 것을 느끼고, 스스로가 미워졌다.

“왜?”

“좋아 보여서.”

그녀가 귓불을 잡아당겼다.

“하나도 안 좋거든.”

“마음이 좀 편해진 것 같아.”

그녀는 자기도 모르게 웃고 말았다. 겨우 3일 전 자살을 시도했는데, 지금은 유사 가족과 함께인 데다가 하일랜드 유명 관광지에서 전 남편과 수다를 떨고 있다니!

“전혀 아니지만, 말이라도 고마워.”

폴이 턱을 들어 올렸다.

“뉴스에서 보니까 당신, 병원에 있었다던데. 뇌졸중이었다며.”

“심각한 수준은 아니었어.”

폴이 눈을 가늘게 뜨고 그녀를 바라보았다. 당연히 그는 그녀가 거짓말하는 것을 알았다. 20년 동안 같이 살았던 사람 아닌가! 그녀는 문득 자신이 뇌종양에 걸렸다는 사실이 떠올랐다. 너무 많은 일이 한꺼번에 몰아치다 보니, 깜빡 잊고 있었다. 다른 사람을 돌보는 데 모든 시간을 쏟으면 자신을 잊게 되는 법이다. 그녀는 그렇게 이 세상에서 사라져 가기를 소망했다.

그녀는 폴에게 자신이 뇌종양 말기이고 자살하려 했다고 말하는 모습을 상상했다. 그에게 다 말하고 싶었다. 그가 예전처럼 그녀를 깊이 이해해 주기를 원했다. 처음 그들이 함께하기 시작했을 때 두 사람은 서로에게 모든 것을 말했다. 하지만 영원히 그럴 수는 없었다. 누구도 다른 이를 완전히 알 수는 없다. 폴은 그녀가 세상에서 가장 잘 아는 사람이었지만, 그녀는 그에게 그 어떤 것도 말할 수 없었다.

"헤더, 그러지 말고 말해봐. 나한테는 말할 수 있잖아."

"진짜 괜찮아."

그는 더 이상 아무 말도 하지 않았다.

"우리 왔어요."

에이바의 목소리에 헤더가 깜짝 놀라 움찔했다. 에이바는 숨이 가쁜 듯 헐떡였고, 레녹스는 무표정한 얼굴로 배낭을 메고 그 옆에 서 있었다.

헤더가 두 사람을 폴에게 소개했다. 폴은 두 손을 청바지에 쓱쓱 문질렀다.

"난 견인봉 설치하러 갈게. 이놈을 정비소로 데려가야지."

헤더는 트럭으로 걸어가는 폴의 뒷모습을 보며 과거의 한때를 떠올렸다. 그들은 휴가를 맞아 윅과 래스곶 사이의 해변으로 갔다. 그녀는 로지를 임신 중이었고 그들은 행복했다. 밝은 미래가 그들 앞에 펼쳐져 있었다. 사랑에 빠져 행복한 두 사람이 앞으로 다가올 재앙을 막기 위해 할 수 있는 일은 아무것도 없었다.

호텔 바 뒤편에 나무 테이블이 몇 개 있기는 했다. 길에서 안 보이는 곳이었다. 그렇다고는 해도 이 벌건 대낮에 꼭 바깥에 앉아야 하나? 아기는 그녀의 골반과 갈비뼈 사이를 굴러다니고 있었다. 에이바는 빨대로 신선한 오렌지 레모네이드를 마시면서 발로 자갈을 긁듯 문질렀다. 그녀의 등 뒤에서는 작은 강이 졸졸 소리를 내며 흐르고 있었다.

네 사람은 한 테이블에 앉아있었다. 헤더와 폴은 낮은 목소리로 심각하게 이야기했다. 그동안 있었던 일을 모조리 얘기할 기세였다. 헤더는 큰 통에 담긴 진토닉을 마셨고, 폴은 수제 맥주 500밀리리터를 홀짝였다. 에이바 맞은편에 앉은 레녹스는 캔 콜라를 마시고 있었다. 그들은 호텔 바에서 멀지 않은 정비소에 캠핑카를 맡겼고, 그곳 사람들은 보이지 않는 곳에서 차를 수리해 주기로 했다. 이곳에서 일어나는 온갖 자질구레한 일을 당국이 모두 알 필요는 없다는 듯, 폴과 정비소 사장은 긴말 없이 쉽게 합의에 이르렀다.

폴이 정비소에서 협상하는 동안 레녹스, 헤더, 에이바는 샌디를 캠핑카에 두는 것이 최선이라고 결정하고 침대 아래 수납공간에 그들을 숨기기로 했다. 정비공들도 거기까지 보지는 않을 것이기 때문이었다.

술집이 있는 호텔의 이름은 네스호수였다. 벽에 호텔 로고가 있었는데, '네스'라는 글자를 네시의 모습으로 바꾼 것이었다. 첫 글자의 길쭉한 모음은 네시의 긴 목이 되었고 두 번째 글자는 둥근 몸이 되었다. 하일랜드에서는 관광업이 중요했다. 지역 전체가 관광객에게 의존하고 있었다. 테이블은 등산객과 자전거 타는 사람들로 가득 차있었다. 젊은 부부와 아이들로 이루어진 가족이 한 팀 있었고, 바 근처에는 동네 청년들이 있었다. 강가에는 각다귀가 무리를 지어 날아다녔다. 햇빛이 정원에 긴 줄무늬를 그렸고, 그림자는 점점 더 길어지고 있었다.

"괜찮니?"

에이바가 레녹스에게 물었다. 아이가 너무 조용하기도 했고, 대화 상대가 필요하기도 했기 때문이다.

"네."

"아까 성에서 둘이 뭐 했어?"

"수영하러 갔어요."

"호수에?"

에이바는 술집 밖에 서있는 네시 모형을 흘끗 바라보았다. 레녹스가 고개를 끄덕였다.

"물 있는 데까지 어떻게 내려갔어?"

"뛰어내렸어요."

"무서웠겠구나."

레녹스는 어깨를 으쓱했다.

"같이 해서 괜찮았어요."

"무슨 뜻이야?"

아이가 콜라를 홀짝 마셨다.

"샌디가 저를 안듯이 둘러쌌거든요. 제가 걔들 안에 흡수된 거죠."

"뭐?"

레녹스는 입술을 삐죽 내밀고 고개를 비스듬히 기울였다.

"그러고는 저랑 같이 헤엄쳤어요. 저를 안에 넣은 채로요."

에이바는 그녀의 음료수를 탐내듯 주변을 날고 있는 말벌을 발견하고 손을 흔들어 쫓았다.

"이게 다 무슨 일일까?"

레녹스는 꼼지락거리던 것을 멈추고 그녀를 똑바로 쳐다보았다.

"걔들은 외계인이에요. 아시잖아요."

그녀도 물론 그 정도는 짐작하고 있었지만, 막상 그 단어를 듣고 나니 충격이 밀려왔다. 에이바는 폴을 흘끗 바라보았다. 그는 여전히 헤더와 대화하는 데 정신이 팔려있었다. 다른 사람들에게 이 상황을 어떻게 설명할 수 있을까?

"궁금한 게 너무 많아."

에이바가 다시 말했다.

"여기엔 어떻게 왔대? 왜 왔을까? 걔들이 원래 살던 행성은 어떤 곳이지?"

"위성이에요."

"뭐라고?"

"샌디 고향은 행성이 아니라 위성이라고요."

"걔들이 말해줬어?"

레녹스는 멋쩍은 표정을 지었다.

"엔셀라두스라고, 토성 위성 중 하나예요."

"그걸 왜 이제야 말해주니?"

레녹스가 어깨를 으쓱했다.

"인터넷 검색해 봤는데, 얼음으로 뒤덮여 있지만 그 아래에 바다가 있대요. 화산 열기 때문이라네요."

에이바는 한 손으로 머리를 쓸어 넘기고 소리 내어 웃었다.

"맙소사. 또 깜빡하고 말 안 한 건 없니?"

레녹스는 아무 말도 하지 않았다.

"왜 우리야?"

에이바가 물었다.

"왜 우리랑 접촉했대?"

레녹스가 테이블 아래에서 발을 이리저리 움직였다.

"우리가 뭔가 특별해서 그런 것 같지는 않아요. 그냥 우연이었어요."

"샌디가 우리한테 뭘 한 걸까? 우리가 왜 갑자기 기절했지? 우리 뇌에는 무슨 일이 생긴 거야? 샌디한테 물어보면 안 돼?"

"그렇게는 안 되는 것 같아요. 샌디는 자기가 원할 때 말을 걸어와요. 그 외에는 제가 하는 말이 전달이 안 되더라고요. 샌디는 혼란스러워하고 있어요. 모든 게 낯설잖아요."

“우리 혹시 감염된 거야? 이미 뇌졸중으로 쓰러지기도 했잖아.”

에이바가 배를 쓰다듬었다.

“아기한테 해를 끼치면 어떡하지?”

“절대 안 그럴 거예요.”

“일부러는 안 그러겠지만, 뇌졸중도 의도한 건 아니었잖아. 해변에서 만난 그 인부도 마찬가지고.”

“그건 자기방어였어요.”

“골프장에서 마이클한테도 그랬지.”

“선생님 지켜주려고 했던 거잖아요.”

레녹스의 목소리가 높아지자 폴이 주변을 둘러보았다. 에이바가 낮은 목소리로 다시 말했다.

“그건 고마운데, 그래도 걱정이 되네.”

산들바람이 불자 그들 머리 위 파라솔의 가장자리가 파르르 떨렸다. 강둑 나무들에서는 버터 향이 날아왔다. 에이바는 테이블을 손톱으로 긁었다.

“레녹스, 샌디가 원하는 게 뭐니? 개들을 어디로 데려가야 해?”

“저도 물어봤는데, 지리 정보가 좀 잘못됐더라고요. 육지가 익숙하지 않은가 봐요. 장소를 보여주긴 했는데, 지도나 길이라는 개념이 없어요.”

“어떻게 생긴 곳인데?”

레녹스가 어깨를 으쓱했다.

“물가에 있는 작은 스코틀랜드 마을이었어요.”

“거기에 샌디 같은 애들이 더 있어?”

"그런 것 같아요. 샌디는 자기들이 집단이나 어떤 공동체의 일부인 것처럼 말하더라고요."

"거기 도착하면 어떻게 되는데?"

그녀는 대답을 기대하지 않았다. 그저 쌓인 것을 좀 풀고 싶을 뿐이었다. 모든 상황이 너무 답답했다.

"저기요."

에이바는 익숙한 목소리에 고개를 돌렸다. 헤더와 폴 옆에 이완이 서있었다. 땀에 젖은 그는 두 손을 주머니에 넣은 채 헤더의 전남편을 의심스러운 눈으로 바라보고 있었다.

"이완이라고 합니다."

그가 한 손을 주머니에서 꺼내 내밀었다.

"폴입니다."

이완은 설명을 요청하듯 헤더를 바라보았다.

"우리 캠핑카를 정비소에 가져가 준 사람이에요."

에이바는 헤더가 폴을 전남편으로 소개하지 않았다는 점을 눈치챘다.

"그렇군요."

이완이 대답과 함께 주변을 쓱 둘러보았다.

"그놈은 어디……?"

헤더가 재빨리 그의 말을 잘랐다.

"정비소에서 냉각 시스템 문제일 거라고 하더라고요."

때마침 핸드폰 벨 소리가 들리고, 폴이 핸드폰을 꺼냈다.

"호랑이도 제 말 하면 온다더니!"

그가 통화 버튼을 눌렀다. 잠시 후 정비소 직원의 말을 듣고 있던 폴이 고개를 푹 숙였다.

“언제요?”

“무슨 일이야?”

헤더가 그의 팔을 만지며 물었지만 폴은 여전히 통화에만 집중했다.

“제기랄! 당장 갈게요.”

“무슨 일인데, 폴?”

헤더가 말했다. 폴은 전화를 끊고 테이블에 앉은 사람들을 둘러보았다.

“캠핑카가 없어졌답니다.”

✦

　　그는 길을 따라 달렸다. 미리 생각할 여유 같은 것은 없었다. 다른 사람들이 자리에서 일어날 즈음, 레녹스는 이미 길을 따라 늘어선 작은 하얀색 집들을 지나고 있었다. 그는 빠른 속도로 노란색 옷을 입은 두 등산객을 지나고, 모퉁이를 돌아 드럼나드로킷 중심 도로에 들어섰다. 그리고 더 큰 집들과 정원을 지나 마침내 정비소에 도착했다. 샌디를 차에 혼자 남겨두다니 정말 바보 같은 결정이었다.

　　폴의 친구인 정비공 이언이 건물 앞에 서있었다. 그는 사과하듯 두 손을 펼쳐 보였다.

　　"대체 어떻게 된 거예요?"

　　레녹스가 두 손으로 무릎을 짚고 숨을 헐떡이며 물었다. 정비공은 믿을 수 없는 일이 벌어졌다는 듯 고개를 절레절레 저었다.

　　"손쓸 틈도 없었어요. 그 사람들이 들이닥치더니 다짜고짜 차를 견인해 가버렸다니까요. 작업하는 동안 나를 뒤에서 붙잡고 있어서 전화도 못 했어요."

"누가 왔는데요?"

이완이 도착해서 물었다. 다른 사람들도 뒤따라오고 있었다. 에이바가 맨 끝이었다.

"경찰이요."

이언이 대답했다. 이완은 핸드폰을 꺼내 내밀었다.

"이 사람들 맞아요?"

이언은 핸드폰 화면을 바라보았다. 정장을 입은 남자와 힘 좀 쓸 것 같은 덩치들 여러 명이었다. 좀 흐릿한 사진이었는데, 레녹스는 처음 보는 사람들이었다. 이언이 고개를 흔들었다.

"아니에요. 제복 입은 경찰들이었어요. 여기 사람들이요. 질문도 막 하더라고요."

드디어 모두 도착했다. 에이바는 낡아빠진 스코다에 기대어 숨을 헐떡였다.

"뭘 묻던가요?"

폴이 물었다.

"누가 가져왔냐, 가져온 지 얼마나 됐냐, 이런 것들요. 에든버러 경찰서에서 내부 시스템에 그 차에 대한 알림을 띄웠대요. 발견 즉시 압수하고, 소유주를 찾으라는 명령이랍니다. 그 차 어제 들어왔다고 내가 거짓말로 대답했어요. 가짜 이름하고 애플크로스 쪽 가짜 주소도 대고요. 그거 찾으려면 몇 시간은 걸릴 거예요. 차 주인은 내일 오기로 했다고 말해놨어요."

폴이 안심한 표정으로 헤더를 돌아보았다.

"천만다행이다. 필요한 거 다 챙겼잖아. 차만 뺏긴 거지?"

하지만 헤더의 얼굴은 창백했다. 이완이 헤더를 보다가 고개를 돌려 레녹스를 바라보았다.

"잠깐, 혹시……?"

레녹스가 입술을 삐죽 내밀고 고개를 끄덕였다.

폴은 상황을 파악해 보려고 사람들을 차례로 둘러보았다. 정비소 뒤편에서 드릴 소리와 엔진 털털거리는 소리가 들려왔다.

"나만 모르는 게 있나 보지?"

폴이 말했다.

"그런 거 없어."

헤더가 대답했다. 레녹스는 에이바를 흘끗 바라보았다. 그녀는 금방이라도 토할 것 같은 상태였다.

레녹스는 다시 거리로 나와 길 양쪽을 번갈아 바라보았다. 차는 없었다. 그저 쭉 뻗은 포장도로와 무성한 나무만 보일 뿐이었다. 바람이 불자 나뭇잎이 바스락거렸다. 그는 조금 더 걸어 나와 손가락을 귀에 대고 눈을 감았다. 그리고 정신을 집중했다.

〈샌디?〉

나무 위에서 새들이 서로를 부르듯 짹짹 울어댔다.

〈샌디, 내 말 들려?〉

그는 이런 방식에 대해 아무것도 몰랐다. 소통이 가능한 거리는 어디까질까? 샌디는 왜 대답이 없을까? 그는 샌디 안에 있던 순간을 떠올렸다. 그들 안에서 네스호의 물살을 가르는 게 세상에서 가장 자연스러운 일처럼 느껴졌다.

〈샌디, 제발 말 좀 해봐.〉

배달 트럭 한 대가 지나갔다. 레녹스는 손가락을 귀 안으로 좀 더 밀어 넣고 눈을 꼭 감았다.

〈새로운 부분 샌디-레녹스?〉

샌디의 목소리였다. 레녹스는 심장이 대포처럼 쾅쾅 울리는 것을 느꼈다.

〈새로운 부분 샌디-레녹스?〉

〈샌디, 맙소사, 너 무사하니?〉

그들의 목소리는 희미했다. 먼 곳에서 걸려 온 전화를 받는 것 같았다.

〈새로운 부분 샌디-레녹스가 길게 늘어나 가늘어졌다.〉

샌디는 멀리 떨어져 있다는 사실을 그렇게 표현하는 것 같았다. 레녹스는 가슴이 울렁거렸다.

〈괜찮냐니까?〉

〈우리는 이동 장치 안에 있다. 하지만 부분 샌디-레녹스, 부분 샌디-헤더, 부분 샌디-에이바는 여기 없다.〉

샌디는 다른 두 사람의 이름을 이런 식으로 언급한 적이 한 번도 없었다. 무슨 의미일까?

〈그래, 경찰이 캠핑카를 가져갔어.〉

잠시 침묵이 흘렀다.

〈법 집행 기관의 일상 구어 표현. 이해할 수 없다.〉

〈뭘 말이야?〉

〈법 집행이 무엇인지 이해할 수 없다.〉

이런 걸 설명하고 있을 때가 아니었지만 레녹스는 참을 수가 없었다.

〈누군가가 법을 어기면 어떻게 되지?〉

〈법이 무엇인지 이해할 수 없다.〉

레녹스는 입술을 잘근잘근 씹으며 고민했다.

〈그냥 안전하게 차 안에 있어. 우리가 구하러 갈게.〉

〈우리가 법 집행 기관과 접촉하기를 원하나?〉

〈아니, 절대 안 돼! 잘 숨어있어. 알았지? 곧 다시 연락할게.〉

레녹스는 다시 길을 가로질러 정비소로 돌아갔다. 그리고 헤더의 팔을 잡아 일행과 떨어진 곳으로 데려갔다.

"일단 샌디는 무사해요. 하지만 빨리 데려와야 해요."

헤더가 걱정스러운 표정을 지었다.

"너한테는 아직 말 안 했는데, 또 다른 문제가 있단다. 우리를 쫓는 사람들이 더 있어."

"경찰 말고요?"

"어느 쪽 사람들인지는 아직 몰라."

헤더가 대답했다.

"이완이 에든버러에서 만났대. 그 사람 생각에는 보안 부대나 비밀스러운 정부 부서인 것 같다는구나."

"그분 핸드폰 사진 속 사람들이에요?"

"맞아."

"하지만 그 사람들은 전국 경찰들과 연락할 수 있잖아요. 그렇죠?"

"잘 모르겠다. 하일랜드 경찰은 애플크로스 뒤지는 데 몇 시간은 붙들려 있을 거야."

헤더가 이언을 향해 고개를 돌렸다.

"캠핑카를 어디로 가져갔을까요?"

"하일랜드에는 차량 보관소가 하나뿐이에요. 인버네스에 있죠."

헤더가 폴을 바라보았고, 그는 다른 사람이 말할 틈도 없이 먼저 입을 열었다.

"인버네스로 갑시다."

✦

　　그녀는 스코다에 기대있었다. 세상과 수백만 킬로미터는 떨어진 기분이었다. 속도 울렁거렸다. 방금 마신 신선한 오렌지 레모네이드가 입에서 쏟아져 나와 자동차 보닛 위를 주르륵 흘러 콘크리트 바닥으로 떨어지는 모습이 그려졌다. 타는 듯한 속 쓰림이 위장에서 식도로 올라왔고, 그녀는 몇 번이나 트림을 했다. 탄산이 들어간 음료수를 마시는 게 아니었다. 이 먼 길을 뛰는 것은 더욱 해서는 안 될 일이었다. 그녀는 사람들이 말하는 것을 하나도 들을 수 없었다. 레녹스가 샌디와 연락을 취해보려 했고, 돌아와 헤더에게 말하는 모습을 보았을 뿐이다. 그녀는 질투심으로 가슴이 저릿해지는 것을 느꼈다. 저 셋은 문제에 함께 대응하고 있다. 그렇지 않은가? 하지만 그녀는 지금 제대로 서 있을 수도 없었다. 가슴속에서는 심장이 쿵쾅거렸고, 그 고동이 머리 뒤쪽에서 욱신거리는 두통으로 울려 퍼졌다. 그녀는 뇌졸중으로 쓰러졌던 순간을 떠올렸다. 착암기로 뇌를 뚫는 것 같았다. 또 그런 일이 생기면 어떡하지?

에이바는 쓰러지지 않기 위해 손가락을 쫙 벌려 차를 짚었다. 협곡에 남아있는 햇빛이 희미해지고 공기 중에는 서늘한 기운이 감돌았다. 속 쓰림이 점점 심해져 가슴까지 타는 듯 아파왔다. 머리는 빙빙 돌고 눈에는 눈물이 고여 앞이 뿌예졌다. 그녀는 차를 짚고 있던 손을 배로 옮겨 피부를 꾹 눌러보았다. 아기의 발길질을 느끼고 싶었다. 혼자가 아니라는 사실을 확인하고 싶었다. 모두 괜찮아질 것이고 그녀는 좋은 엄마라고 말해줄 존재가 절실히 필요했다. 하지만 아기는 아무 반응이 없었다. 공포가 밀려왔다. 그녀는 배를 더 깊이 눌렀다. 피부와 근육을 뚫고 들어가 딸아이를 배에서 꺼내 자신의 얼굴 앞에 들어 올리고 싶었다. 그녀는 원시적 의식을 치르듯 아기 얼굴에 코를 비비며 두 사람 모두 피범벅이 되는 모습을 상상했다.

그때 차를 짚고 있던 또 다른 손이 미끄러지며 그녀는 쓰러졌다. 무릎이 힘없이 꺾여버렸다. 느리지만 멈출 수는 없었다. 그녀의 머리가 콘크리트 바닥에 툭 떨어졌다. 그 충격은 잔물결처럼 그녀의 몸을 타고 자궁으로 전해질 것이다. 그녀의 태반은 아기를 보호하기 위해 최선을 다해주겠지? 방광에 힘이 풀리자 뜨끈한 소변이 다리 사이로 흘러내렸다. 몇 미터 앞에 사람처럼 생긴 형상들이 보였다. 유령들이 그녀를 향해 둥둥 떠오르는 것만 같았다.

그녀는 눈을 감고, 샌디와 함께 물속에 있는 모습을 상상했다. 그녀의 배는 납작하고 아기가 그녀와 함께 헤엄치고 있다. 두 사람은 여전히 탯줄로 연결돼 있고, 붉은 피가 가느다란 리본처럼 물속에서 나부낀다. 샌디가 두 사람을 이끈다. 머리 위에는 거대한 얼음덩어리가 떠있고 파랑과 초록색 불빛이 여기저기 보인다. 더 깊은 물속에서는 빨간빛이 고동치듯 깜빡인다. 그녀가 손을 뻗어 아기를 붙잡고 아래로 내려가기 시작했다. 팽팽하던 탯줄이 줄넘기 줄처럼 느슨하게 늘어졌다. 알 수 없는 힘이 바닥으로 그들을 당기고 있었다. 샌디가 에이바와 아기를 끌어 올리려고 아등바등 애를 쓰지만 소용없었다. 그녀의 발이 뜨거운 물속에서 타오르기 시작했다. 그녀는 아기를 가슴에 꼭 껴안고 계속 아래로 떨어졌다. 그들은 수중 화산의 불길 속에서 죽음을 맞이할 것이다.

"에이바? 세상에!"

헤더의 목소리에 에이바가 눈을 떴다. 그녀는 누군가의 재킷을 베개처럼 베고 있었다. 사람들은 여전히 차를 수리하고 있었고 어디에선가 드릴 소리도 들렸다. 시선을 돌리자, 걱정에 가득 찬 얼굴들이 보였다. 헤더는 그녀 곁에 무릎을 꿇고 있었다. 맨바닥이라 꽤 불편해 보였다. 에이바는 꿈을 떠올리며 배를 만져보았다. 팽팽하게 당겨진 피부 아래에서 아기의 발길질이 느껴졌다. 그녀는 미소 지었다. 무사하구나!

"병원에 데려가야겠어."

폴이 말했다. 병원에 가면 경찰이 알게 될 테고, 펠로스와 마이클도 알게 될 것이다.

"안 돼요."

에이바는 헤더의 손을 잡고 몸을 일으킨 뒤 스코다 그릴에 등을 기댔다. 몸에서 토사물과 오줌 냄새가 났다. 다리 사이 콘크리트 바닥에 젖은 얼룩도 보였다.

헤더는 에이바가 바닥을 바라보는 것을 알아채고 입을 열었다.

“저건 그냥…….”

에이바가 고개를 흔들며 말했다.

“소변인 거 알아요.”

폴은 이해할 수 없다는 표정을 짓고 있었다.

“아기한테 문제가 생겼을 수도 있어요.”

“괜찮아요.”

에이바는 일어서다 말고 바닥에 엉덩방아를 찧고 말았다. 무릎에 힘이 없어 그대로 뒤로 미끄러진 것이다. 폴이 헤더를 바라보며 다시 말했다.

“곤란한 상황인 건 알지만, 저분은 병원에 가봐야 할 것 같아.”

에이바가 이를 악물고 고개를 흔들었다. 헤더는 한참 동안 그녀를 물끄러미 바라보다가, 마침내 고개를 끄덕였다.

“정말 괜찮은 거죠?”

“잠깐 쉬면 돼요.”

에이바는 푹신한 베개로 뒤덮인 킹사이즈 침대를 떠올리며 대답했다. 폴이 고개를 흔들었다.

“톨 시오낙에 가면 좀 쉴 수 있을 거예요. 이오나와 제가 사는 집에서. 길 따라 몇 킬로미터만 가면 돼요. 언덕에 있죠.”

헤더가 그를 빤히 바라보았다.

“이오나가 누군데?”

폴은 멋쩍은 표정을 지었다.

“내 아내야.”

헤더는 폴의 픽업트럭 조수석에 앉아 창밖을 바라보았다. 그들은 네스호를 따라 북쪽으로 달리고 있었다. 호수 건너편에 보이던 언덕들이 사라지고, 낮은 삼림지대가 나타났다. 그녀는 폴을 흘끗 바라보았다. 그에게는 당연히 재혼할 권리가 있다. 두 사람은 이미 끝났고, 각자의 삶을 살고 있었다. 하지만 그래도 그렇지! 제기랄!

이완과 레녹스는 뒷자리에서, 매트리스와 담요 위에 누운 에이바를 보살피고 있었다. 폴은 이 차에 사람들을 자주 태우고 다니는 게 분명했다. 저 매트리스 위에서 이오나랑 몸을 섞었을까? 벌거벗은 채 함께 마리화나를 피우고 밤하늘의 별을 올려다보았을까?

맙소사, 엉뚱한 생각 말고 정신 차리자.

그때 좌측 급커브가 나타났다. 폴은 회전 구역을 이용해 차를 돌린 뒤 가파른 경사로를 올라가기 시작했다. 길은 좁고 급커브가 많았기에 중간중간 교행 지점이 마련되어 있었다. 그들은 지그재그로 언덕을 올라갔다. 좁은 커브 길에서 석탄 트럭을 마주치기도 했지만 폴은 그 구불구불한 길을 능숙하게 후진으로 운전해 교행 지점까지 갔다. 헤더는 계기판을 꼭 붙잡고, 창밖의 가파른 절벽을 내다보았다.

마침내 차가 평지에 이르렀다. 고원지대였다. 야생화 사이로 개울과 작은 연못이 보였다. 길에서 멀리 떨어진 곳에는 집도 몇 채 보였는데, 넓은 황야에서는 작은 점으로 보일 뿐이었다. 여기저기 작은 수풀과 늪 같은 습지도 있었다. 총알구멍이 난 '교행 지점' 표지판을 지나자 엄청난 광경이 펼쳐졌다. 멀리 보이는 언덕들은 마치 폭신한 이불을 헝클어 놓은 것 같았다.

그들은 포장도로를 벗어나 흙길을 달리기 시작했다. 나무 그늘을 지나자 하얀 오두막이 보였다. 부속 건물 몇 채와 헛간도 있었다. 길은 오두막 옆으로 계속 이어졌고, 협곡으로 빠져나가는 뒷길로 연결되었다. 잘 숨겨진 집이라고 할 수는 없었지만, 몇 킬로미터 이내에 다른 사람은 하나도 없었다.

그들은 밖에 차를 세웠다. 문에는 유목(流木)에 손으로 '톨 시오낙'이라고 새긴 명판이 걸려있었다.

"여우 통로라는 뜻이야."

폴이 그녀에게 눈짓을 보냈다. 헤더는 덜튼 집 정원에서 로지와 폴과 함께했던 순간이 문득 떠올랐다.

"잘 어울리는 이름이네."

그녀는 차에서 내려 트럭 뒤쪽으로 향했다. 두 남자가 에이바가 차에서 내리도록 돕고 있었다. 안색이 좀 돌아온 에이바가 헤더를 끌어안듯 붙잡자, 불룩한 배가 그녀를 묵직하게 누르는 게 느껴졌다.

"난 괜찮으니까 샌디 데리러 가세요."

에이바가 말했다. 정비소에서 짧게 의논해 보았는데, 인버네스로 가는 데 가장 적극적인 사람은 레녹스였고, 이완은 미온적인 태도로 대화에 거의 참여하지 않았다. 헤더는 에이바가 잠시 쉬었으면 했다. 그들도 잠시나마 재정비할 시간을 갖는 게 도움이 될 것 같았다. 지역 경찰은 정비공 이언이 의도한 대로 아직 애플크로스에서 헛다리를 짚고 있을 테고, 펠로스는 아직 캠핑카 압수 소식을 듣지 못했을 수도 있다. 알림을 띄운 것이 에든버러 경찰서이기 때문이다. 도박일 수도 있지만, 헤더는 샌디를 잃는 것이 꼭 최악은 아닐 수도 있다는 생각을 하기 시작했다. 샌디는 다른 누군가가 챙겨주겠지. 헤더와 일행은 죽을 때까지 이 여우 굴에서 살면 된다. 집에 들어오는 흙길에 차가 나타나지 않는지만 잘 살피면 된다.

"안녕하세요?"

헤더가 고개를 돌렸다. 이오나가 초조한 듯 양손을 청바지에 문지르며 서있었다. 키가 크고 늘씬한 예쁜 여자였다. 적갈색 짧은 머리가 잘 어울렸다. 그녀는 고동색 스웨트셔츠를 입었는데, 가슴 부분에는 켈트 문양이 들어간 꼬임 밴드가 둘려있었다. 눈동자는 밝은 색이었고, 미소에는 불안이 묻어있었다. 나이는 마흔 살 정도 되어 보이니, 폴보다 열 살 어린 여자다. 헤더는 폴과 동갑이니 꽤 업그레이드가 된 셈이었다.

"헤더라고 해요."

둘 중 누구도 악수를 청하지 않았다. 이오나는 에이바를 바라보았다.

"남편이 상황은 설명해 줬어요. 들어와서 누우세요. 갈아입을 옷 가져다드릴게요."

이오나는 에이바의 어깨에 팔을 두르고 그녀를 현관문 안으로 이끌었다. 일행은 모두 아늑한 부엌을 지나 식탁이 있는 공간에 들어섰다. 헤더는 편치 않은 마음으로 이오나의 행동을 유심히 바라보았다.

"앉아요."

폴이 식탁을 가리키며 말했다. 창밖으로 협곡과 그 너머의 풍경이 펼쳐졌다. 구불구불한 언덕이 수 킬로미터 이어지고, 풀과 나무로 뒤덮인 비탈에는 농장 건물이 점점이 자리 잡고 있었다. 너무나 아름다운 광경이었다. 헤더는 폴이 이곳에 사는 이유를 알 것 같았다.

이완과 레녹스가 먼저 의자를 빼 앉았다. 헤더가 잠시 망설이다가 의자에 앉자, 폴은 물을 끓이기 위해 자리를 떠났다. 바로 옆 부엌에서 그가 분주히 움직이는 소리가 들려왔다.

"샌디를 데려와야 해요."

레녹스가 속삭이듯 말했다. 헤더는 갑자기 진이 다 빠진 듯한 기분이 들었다. 결과가 어찌 되든 다 포기하고 싶은 마음이 꾸물거리고 있었다.

"당장요."

레녹스가 다시 말했다.

"샌디가 위험한 상황에 처했는지 아닌지도 모르잖아."

이완이 말했다. 헤더는 그가 안쓰러워 보였다. 아무리 생각해도 이완은 이 사건에 이렇다 할 이해관계가 없었다. 샌디와 연결된 것도 아니고, 그냥 기삿거리가 필요한 것인지도 모른다. 이 일이 막 시작됐을 때 오픈암스에서 그와의 사이에 뭔가 오고 갔던 것 같기도 하지만, 폴

과 이오나의 모습을 보고 나니 그때 그 마음은 어느새 시들어 사라져
버렸다.

"위험한 거 맞아요. 확실하다니까요."

레녹스가 손톱으로 식탁을 긁으며 말했다.

"잠깐만 생각해 보죠."

헤더가 식탁에 양손을 쫙 펼쳐놓으며 말했다.

"캠핑카에 대한 정보가 이곳 경찰로부터 우리를 뒤쫓는 그 사람들
에게 전달이 됐는지 안 됐는지는 모르는 상황이에요. 이 동네는 일 처
리 속도가 좀 느리기도 하고, 폴의 친구라는 그 정비공이 우리를 위해
서 경찰에게 가짜 주소를 주기도 했고요."

"내가 정보를 좀 더 캐볼게요. 정보원한테 전화해 보면 돼요."

이완이 말했다. 레녹스는 아무 말 없이 고개를 흔들었다. 헤더도 콧
등을 찡그렸다.

"당장 추적당할 거예요."

이완이 어깨를 으쓱했다.

"믿을만한 사람이에요. 그 다른 기관 사람들을 안 좋아하기도 하고
요. 알아낸 게 있다고 해서 펠로스에게 쪼르르 달려가진 않을 거예요."

"글쎄, 잘 모르겠네요."

"전화를 하든 안 하든 우린 인버네스로 가야 해요."

레녹스가 다시 말했다.

"캠핑카 때문에?"

폴이 차가 담긴 쟁반을 들고 돌아왔다.

"거기에서 가져올 게 있거든. 중요한 거야."

헤더가 대답했다.

"뭔데?"

폴이 주변을 둘러보자 모두 당황한 듯 그의 눈을 피했다. 그는 한 손을 들어 올리며 다시 말했다.

"그냥 모르는 게 낫겠네요. 나중에 부인할 수 있게."

"인버네스까지 데려다주실 거예요? 캠핑카가 어디 있는지 아세요?"

레녹스가 물었다. 폴이 고개를 끄덕이고 차를 따랐다.

"인버네스의 롱맨 드라이브에 카터스 리커버리라는 곳을 경찰이 사용하고 있대요. 하일랜드의 유일한 차량 보관소죠."

그가 손목시계를 보았다.

"곧 문 닫을 시간이에요."

"당장 출발해야 해요. 에든버러 경찰들이 가기 전에요."

레녹스가 말했다.

"불법 침입을 하자는 건가?"

폴이 헤더를 바라보았다. 그녀는 고개를 끄덕이며 얼굴이 붉어지는 것을 느꼈다.

폴은 한동안 그대로 서서 그들을 바라보았다. 헤더는 머그컵에서 모락모락 솟는 김에 시선을 고정했다.

"차로 데려가 줄 순 있지만, 그 이상은 관여하지 않겠어."

"그거면 돼요. 나머지는 제가 할 거예요."

레녹스가 말했다.

"나도 갈게요."

이완의 말에 레녹스가 어깨를 으쓱 들어 올렸다. 레녹스는 도움이 필요하다는 것을 인정하지 않겠지만, 헤더는 이완이 같이 가준다는 사실이 기뻤다.

"난 여기 남아서 에이바를 돌보는 게 좋겠어."

헤더가 폴을 바라보며 말했다. 이오나를 믿을 수 없어 이곳에 남겠다는 의미로 한 말은 아니었지만, 그렇게 들릴 수밖에 없는 상황이었다.

그때 이완의 핸드폰이 울리는 바람에 모두가 깜짝 놀랐다.

"니나예요. 받을까요?"

그가 말했다. 헤더는 뭐라고 해야 할지 마음을 정할 수 없었다. 단 몇 분만이라도 아무런 결정도 내리고 싶지 않았다. 누구나 무엇이 옳은지 모르는 순간이 있지 않은가?

"밖에 나가서 받을게요."

이완이 문을 향해 걸음을 옮기며 말했다.

✦

　　그가 통화 버튼을 누르자 삐 소리가 나더니 바로 전화가 끊겼다. 그는 핸드폰 화면을 확인했다. 신호강도 표시 막대가 하나만 남아 깜빡이다가 사라졌다. 그는 다시 부엌으로 돌아가는 길에 마침 폴을 마주쳤다. 폴은 이완의 어깨 너머를 손으로 가리켰다.

"언덕에 올라가서 해보세요."

이완은 나무 사이로 길을 따라 달리며, 신호를 잡기 위해 핸드폰을 공중에 흔들었다. 해는 이미 졌지만 하늘은 아직 밝았다. 서쪽 하늘이 파랑에서 오렌지색으로 바래가는 중이었다. 그는 하늘에서 활활 타오르는 유성이 사방에 떨어지는 모습을 상상했다. 나무와 농장과 들판이 불타오르고, 저 아래 호수는 떨어지는 유성을 맞아 거대한 물보라를 일으킨다.

그때 핸드폰이 울렸다. 그는 헐떡거리며 계속해서 언덕을 올라갔다.

"여보세요?"

그가 전화를 받았다.

"방금 일부러 끊은 거예요?"

니나가 물었다.

"여기 신호가 잘 안 잡혀요."

"어딘데요?"

"에이, 그러지 마요."

"이 통화 추적할 수 있는 거 알죠?"

이완도 그 가능성을 생각해 보았다. 위치를 알아내려면 기지국을 이용해 삼각측량을 해야 하는데, 주변 언덕을 아무리 둘러봐도 기지국은 하나도 보이지 않았다. 가장 가까운 기지국이 몇 킬로미터 떨어져 있다면 계산 결과는 부정확할 수밖에 없지 않을까?

"니나, 무슨 일로 전화했어요?"

소리를 들어보니 그녀는 커피를 마시고 있었다. 그는 에든버러의 사무실에 있는 니나의 모습을 그려보았다. 다른 세상 모습처럼 느껴졌다. 근처 나무에 앉은 까마귀들이 엄포를 놓듯 깍깍, 탁탁 소리를 질러댔다. 머리 위 가느다란 띠구름 사이로 맴을 도는 대머리독수리의 모습이 보였다.

"애플크로스에 뭐가 있죠?"

"뭐라고요?"

"그 사람들 알잖아요. 애플크로스에서 뭘 하는 거냐고요."

니나가 물었다. 그녀가 상황 파악을 못 해 뒤처지고 있다는 사실에 이완은 웃음이 날 지경이었다. '그 사람들'이라니! 그녀는 그가 그 사람들 중 하나이며, 이 일에 적극적으로 가담하고 있다는 사실을 전혀 모르고 있었다. 그는 도망자들과 함께 도주 중이며, 한밤중에 압류차 보관소에 침입해 텔레파시를 쓰는 문어를 구해낼 계획을 세우고 있었다. 그는 목소리에 표가 날까 봐 애써 얼굴에서 미소를 지웠다.

"나도 그 사람들 잘 몰라요."

"우리보단 잘 알겠죠. 만나보기라도 했으니까."

"난 그저 기삿거리를 좇을 뿐이에요."

그가 웃음기 없는 진지한 목소리로 말했다. 니나가 한숨을 쉬며 물었다.

"이 사건 언제까지 붙잡고 있을 셈이에요? 개인적인 이유가 있는 것 같은데, 무슨 일 있어요?"

"아니요."

"그럼 애플크로스에 대해 아는 것 좀 말해봐요."

그는 잠시 생각에 잠겼다. 그들이 애플크로스에 있다는 생각을 경찰이 오래 하면 할수록 그들에게는 유리하다. 애플크로스는 큰 도시가 아니기 때문에 집마다 들러 확인하는 데 그리 긴 시간이 걸리지 않을 것이다. 이완은 경찰들을 꾀어낼 가짜 단서를 던져주고 싶었지만 마땅한 것이 생각나지 않았다. 에이바와 관련된 얘기를 하면 그녀의 남편에게 사실 여부를 확인할 것이고, 레녹스는 에든버러를 벗어난 적이 없는 아이다. 헤더를 언급하면 경찰이 그녀의 전남편을 찾아 이곳에 들이닥칠 수도 있다.

"진짜 아무것도 몰라요."

이완이 힘없이 대답했다. 니나는 커피를 한 모금 마시고 한숨을 쉬었다.

"이 정도면 참을 만큼 참았어요. 당신 때문에 시간만 낭비했네요."

"그러게 왜 전화했어요?"

긴 침묵이 흘렀다.

"저 높은 곳에서 오신 분들이 썩 마음에 들지는 않기 때문이라고 해 두죠."

"펠로스 말이에요?"

"그 사람들을 우리가 먼저 찾는 게 그나마 나을 거예요. 펠로스는 점잖게 질문이나 몇 개 하자고 그들을 뒤쫓는 게 아니니까요. 그 남자가 데리고 다니는 덩치들 봤죠?"

"펠로스는 어디 있어요?"

니나가 웃었다.

"너무하네. 나한테는 아무것도 말 안 해주면서 대뜸 그렇게 물어보면 내가 말해줄 것 같아요?"

"그 사람한테 애플크로스에 대해 말해줬어요?"

다시 침묵이 흘렀다.

"아직 안 했어요."

이완은 나무에서 들려오는 소리에 고개를 돌렸다. 까마귀들이 나뭇가지로 돌아와 자리를 잡고 서로를 부르듯 큰 소리로 울고 있었다. 머리 위에서는 여전히 독수리가 날고 있었다. 까마귀는 머릿수가 많은 것을 무기로 서로를 지켜주고 있었다. 때로는 먹이사슬의 정점에 있지 않더라도 생존할 수 있는 법이다.

"이완, 스코틀랜드는 끝없이 펼쳐진 땅이 아니에요. 알죠? 에든버러에서 라타간으로 가고, 드럼나드로킷에서 캠핑카가 발견되고, 이제 애플크로스에 있다고 하잖아요. 하일랜드가 넓다고는 해도 영원히 도망 다닐 수는 없어요. 결국 끝이 날 거예요. 대서양에 뛰어들 생각이 아니라면요."

이완은 샌디를 생각했다. 그들은 어쩌면 바다로 돌아가려는 것인지도 모르겠다.

"캠핑카요?"

그는 니나 입에서 그 단어가 나올 때까지 기다렸다. 괜한 의심을 사고 싶지 않았기 때문이다. 영상통화가 아니라 다행이었다. 그녀가 그의 얼굴을 보았다면 거짓말이 단번에 들통났을 것이다.

"쇼하지 말아요. 늘 우리보다 한발 앞서있으면서. 하일랜드 경찰이 캠핑카 압수한 거 알고 있죠?"

"처음 듣는 얘긴데요."

그는 차 안을 수색했는지, 이미 포렌식을 했는지 묻고 싶었다. 샌디를 생포했는지 사살했는지 혹은 비밀스러운 연구실에 가뒀는지도 궁금했다. 하지만 니나가 태연한 어조로 캠핑카를 언급했다는 사실은 좋은 징조였다. 지역 경찰이 아직 차 안을 수색하지 않았고, 따라서 펠로스도 아직 모르고 있다는 뜻이기 때문이었다.

"불시 점검 중에 발견됐어요. 네스호 근처 정비소에서 수리 중이었대요."

니나가 미끼를 던졌지만, 그는 물지 않았다.

하늘이 어두워졌지만 아직 앞을 볼 수 있을 정도의 빛은 남아있었다. 까마귀들은 다시 하늘로 날아올라 날개를 퍼덕이며 허둥지둥 근처를 날아다녔다. 독수리가 까마귀 떼를 향해 급강하했다. 놈은 그들의 중심부를 노리고 있었다. 까마귀들은 사방으로 흩어지지 않고 오히려 까악 소리를 지르고 날개를 퍼덕이며 독수리를 향해 날아올랐다. 독수리는 이 혼란의 소용돌이를 피해 고개를 돌렸고, 좀 더 쉬운 먹잇감을 찾아 떠났다. 까마귀들은 그제야 다시 나무로 돌아와 앉았다.

"이제 어떻게 되는 거죠?"

이완이 물었다. 하지만 전화는 이미 끊어진 상태였다. 니나가 참지 못하고 전화를 끊은 게 아닌가 생각했지만, 핸드폰 화면을 보니 신호가 하나도 안 잡히고 있었다. 끊긴 전화를 얼마나 오랫동안 붙들고 있었을까?

그는 집을 향해 걷기 시작했다. 나무 사이에서 나오자, 헤더가 보였다. 그녀는 차가 담긴 머그컵을 감싸 들고 현관 앞에 서있었다.

"왔어요?"

그녀가 턱으로 집을 한 번 가리켰다.

"답답해서 나왔어요."

이완은 그럴만하다고 생각했다. 헤더는 아름다운 여자였다. 그와 동갑이었고, 지난번 통화할 때는 두 사람 사이에 묘한 기류가 흐르기도 했다.

"당신은 집에서 기다리는 사람 있어요? 한 번도 말해준 적 없잖아요."

헤더가 말했다.

"네?"

"어제 통화할 때 말이에요. 내 개인사를 알아내려고 떠봤잖아요."

"아니, 헤더, 그게 아니라……."

"괜찮아요."

그녀는 머그컵으로 현관을 가리켰다.

"내 상황은 보다시피 이래요. 전남편이 더 젊은 부인으로 업그레이드해서 새출발했죠."

하지만 그것이 다가 아니었다. 정확히 알 수 없는 슬픔이 그녀를 짓누르고 있었다.

"나도 비슷해요."

이완이 말했다.

"내 전처 다이애나와 두 딸은 뉴질랜드 크라이스트처치에 살아요. 그레그라는 부동산 개발업자가 애들 아빠가 됐죠."

"속상하겠어요."

그가 어깨를 으쓱했다.

"다 그런 거죠, 뭐. 아이는 없어요?"

헤더의 표정을 보는 순간 그는 실수했다는 사실을 깨달았다. 입을 다물어야 할 때를 모르고 늘 이렇게 캐물으니 사달이 나는 것이다.

그녀는 이내 마음을 추스르고는 잠시 생각에 잠겼다. 그리고 그를 흘끗 보고 다시 시선을 돌렸다.

"딸이 하나 있었어요. 로지라고."

그녀는 자신이 과거시제를 사용했다는 사실이 이완에게 확실히 전달되도록 잠시 말을 멈췄다. 그에게는 그 시간이 영원처럼 길게 느껴졌다.

"백혈병이었어요."

"맙소사, 미안해요."

이완이 당황하며 말했다.

"괜한 걸 물었네요. 바보같이!"

그녀는 손사래를 쳤다.

"괜찮아요. 그것도 내 삶인걸요. 자식 먼저 떠나보낸 부모를 가리키는 단어가 없다는 거 알아요? 정말 말도 안 되죠?"

이완은 그녀를 안아주고 싶었지만, 그래선 안 된다는 사실을 잘 알았다. 이 일이 다 끝나고 나면 그때 서로를 알아가면 된다. 정말 진지하게 그녀를 알아갈 것이다. 이 모든 일이 다 정리된 후에.

✦

　그의 시선은 트럭 안의 이완과 폴을 지나 어둠에 파묻힌 바깥을 향해있었다. 호수 건너편 먼 곳에서 이따금 불빛이 깜빡거렸다. 그는 샌디와 물속에 있던 때를 떠올렸다. 그들의 몸에 둘러싸인 채 엄청난 힘으로 물살을 헤쳤다.

　레녹스는 두 눈을 꼭 감고 관자놀이에 손을 올렸다. 헤드폰에서 흘러나오던 파라모어의 음악도 중단시켰다. 이런다고 안 될 일이 되지는 않겠지만, 그가 본 영화에서는 죄다 이렇게 했으니 한 번 시도해 볼만은 했다. 그는 샌디에게 집중하며 귓불을 잡아당겼다. 그리고 그들의 목소리가 들리기를 기다렸다.

　하지만 바라던 일은 일어나지 않았다.

　샌디가 잠들었거나, 소통이 안 될 정도로 멀리 있거나, 아니면 죽었기 때문이겠지.

　레녹스는 다시 음악을 틀었다. 차는 호수를 뒤로하고 평평한 범람원에 들어섰다. 나무와 들판과 양들이 희미하게 보였다. 그들이 탄 차의 헤드라이트를 제외하고는 온통 어둠뿐인 그림자 세계에 와있는 것 같았다. 에든버러에서는 제대로 된 암흑을 본 적이 없었다. 도시에는 언제나 잔잔한 빛이 존재하기 때문이었다. 그는 고개를 들어 하늘을 보았다. 그렇게 많은 별을 본 것은 처음이었다. 여기저기에서 산발적으로 깜빡이는 게 아니라, 선이나 특정한 모양을 만들어 낼 정도였다. 그는 토성과 엔셀라두스가 궁금해졌다. 고리가 둘린 거대한 행성이 하늘의 반을 차지하고 땅 위의 모든 것을 내려다보는 곳에 살면 어떤 기분일까?

차 안에는 긴장감이 가득했다. 이완과 폴 사이에 무슨 일이 있는지 모르겠지만, 헤더와 관련된 것만은 분명했다. 레녹스는 귓속에 울리는 멜로디와 리듬에 집중했다. 그리고 두 눈을 감고 상상했다. 샌디가 노래 중간에 끼어든다. 머릿속에서 들리는 그 희한한 목소리로 노래를 따라 부른다. 레녹스는 친모에 대해 수없이, 여러 번 생각했다. 키가 큰지 작은지, 뚱뚱한지 날씬한지, 흑인인지 백인인지, 모든 것이 궁금했다. 그는 엄마가 자신을 포기한 이유 혹은 누군가가 엄마에게서 자신을 데려간 이유를 수없이 생각해 보았다. 국제 스파이 혹은 전도유망한 올림픽 체조 선수가 경력을 위해 자식을 포기했다든가 하는 말도 안 되는 몽상이 대부분이었다. 가능성을 따지자면 당연히 약물중독이나 학대 피해자를 떠올리는 게 맞았다. 정신 건강에 문제가 있어서 다른 생명은 고사하고 자신조차 돌보지 못하는 사람이었을 것이다.

그는 보육원의 제프를 떠올렸다. 지난 몇 년 동안 그나마 아버지에 가까운 역할을 해준 사람이었다. 그는 머리가 벗겨지기 시작한 중년의 관리자로 누구나 그러하듯 하루하루를 힘겹게 살고 있었다. 제프가 레녹스에게 가르쳐 준 것이 있다면 바로 친절하라는 것이었다. 제프는 다른 사람의 감정을 생각해야 한다고 했다. 레녹스는 그런 그의 가르침에 차량 절도로 보답한 것이다. 보육원 생각을 하자 자연스레 에스텔이 떠올랐다. 레녹스를 짝사랑하는 이 열두 살 소녀는 보육원에서든 학교에서든 그를 쫓아다니고 운동장에서는 먼발치에서 그를 바라보았다. 성가시기도 했지만, 보육원 다른 아이들과 마찬가지로 그 아이도 버림받은 것에 대한 상처가 있었기에 뭐라 탓할 수는 없었다. 그는 자신이 사라진 후 에스텔이 어떻게 지내고 있을지 궁금했다. 학교에서 못된 녀석들이 괴롭히는 것을 몇 번 구해준 적도 있었다. 그가 없어졌으니 에스텔은 더 괴롭힘을 당할 것이다. 그는 안쓰러운 마음이 들었다. 그 아이도 잠깐은 슬프겠지만, 애정을 쏟아낼 또 다른 상대를 곧 발견할 것이다. 우린 모두 마음을 기댈 누군가가 필요하다. 왜인지 모르지만, 그런 사람이 있어야 살아갈 수 있다.

귓속으로 흘러들어 오는 리듬이 그의 마음을 진정시켜 주었다. 자신이 어디에 있고 무엇을 하러 가는 중인지도 생각나지 않았다. 하지만 그는 곧 눈을 떠야 했다. 폴이 무엇인가 열심히 말하는 모습이 보였다. 레녹스는 한숨을 푹 쉬고, 음악을 껐다.

"오늘 밤 뭘 할지는 알고 싶지 않아요. 하지만 에든버러에서 무슨 일이 있었는지는 말해줄 수 있잖아요."

이완은 가운데 자리에 앉아있었다. 그는 과장된 몸짓으로 레녹스를 향해 돌아앉았다. 그가 직접 설명하기를 기대하는 듯했다. 하지만 레녹스는 말없이 그를 노려보았고, 결국 이완은 시선을 피하고 앞을 향해 돌아앉았다.

"무슨 뜻이죠?"

폴은 앞선 대형 마트 트럭과 거리가 가까워지자 속도를 줄였다. 그들은 골프장을 지나 다리를 건너고 로터리를 통과해 시내에 들어섰다. 인버네스에 온 것이다.

"모르는 척하지 말고요."

폴이 다시 입을 열었다.

"뉴스 보니까, 당신들이 이스트로디언에서 두 건의 폭력 사건을 일으킨 후 사라졌다더군요. 위험하니까 가까이 가지 말라고 하던데요."

그러면서 레녹스를 흘끗 바라보았다.

"폭력 범죄자처럼 보이지는 않는데."

레녹스가 어깨를 으쓱했다.

"난 헤더랑 16년을 부부로 살았어요. 어떤 사람인지 안다고요. 헤더는 내가 아는 사람 중 가장 배려심이 깊은 여자예요. 타당한 이유 없이 이 일에 관여했을 리 없다고요."

"헤더랑 직접 이야기하시는 게 좋겠어요."

이완이 말했다.

이제 길 양쪽에는 높은 건물들이 즐비했다. 하지만 한산한 도로와 작은 집들, 그리고 텅 빈 공간이 주는 소도시의 느낌은 여전히 남아있었다.

"당신한테 묻고 있잖아요."

폴이 다시 말했다. 레녹스는 둘 사이에 끼고 싶지 않았다. 두 사람은 헤더를 사이에 두고 티격태격하는 중이다. 늘 보아오던 상남자들의 헛소리 대결일 뿐이다. 그는 우두머리 수컷이 되려고 하는 남자들을 좋아하지 않았다. 늙은 기자든 이혼한 트럭 기사든 학교 깡패든 혹은 이름 모를 경찰이든 다 싫었다.

"오해가 있는 것 같네요."

이완이 말했다.

"헤더를 어떤 일에 끌어들였는지 모르겠지만, 그 사람한테 그러면 안 돼요! 고생 그만하고 좀 쉬어야 하는 사람이란 말입니다!"

"그렇게 소중한 사람이면 왜 헤어졌어요?"

운전석 공기가 얼어붙었다. 그들은 넓은 강을 건넜다. 밖에는 교회 첨탑과 널찍한 잔디밭이 보였다.

"우린 힘든 일을 겪었어요. 안 듣는 편이 나을 겁니다."

폴이 대답했다.

"그건 내가 들어보고 결정할게요."

이완이 말했다. 폴은 빠른 속도로 로터리를 돌았다. 그 후에도 그는 속도를 줄이지 않고 커브를 두 번이나 돌았다. 상점과 집들이 사라지고 사무실과 공장, 물결 모양으로 주름진 강철 벽과 플라스틱 표지판이 나타났다. 건물에는 울타리가 둘러있었고, 높은 곳에 CCTV가 설치된 것이 보였다.

"딸이 백혈병으로 죽었어요."

마침내 폴이 입을 열었다.

"그 일 이후 우린 예전 관계로 돌아가지 못했어요."

레녹스는 헤더를 생각했다. 샌디가 헤더를 구했을 때 그녀의 주머니에는 돌이 잔뜩 들어있었다. 그는 두 눈을 질끈 감고 집중했다.

〈샌디? 들려?〉

폴의 말에 트럭 안 분위기는 순식간에 얼어붙었다. 이완은 꽤 당황했을 것이다. 운도 지지리 없는 저 남자는 휘청거리며 이 상황을 버티고 있었다. 사람 사는 게 다 그렇다. 이완은 자신이 뭔가 안다고 생각했겠지만, 사실 그렇지 않았다. 레녹스가 샌디를 통해 배운 것이 바로 그것이었다. 누구도 삶에 대해 모르고, 이 우주가 어떻게 돌아가는지 모른다. 저 바깥에는 신비롭고 불가해한 것들이 너무나 많다. 그에 비하면 인간의 근심 걱정은 한심하고, 인간 삶은 보잘것없다.

"그건 그렇고……."

폴이 이완을 보며 다시 말을 시작했다.

"그쪽은 이 일하고 무슨 관계죠? 뉴스에서 당신 얘기는 없던데요. 어쩌다 관여하게 됐어요?"

이완이 고개를 흔들었다.

"기사를 하나 쓰라는 지시를 받았어요."

그가 나직한 목소리로 말했다.

"후속 취재를 해야 했는데, 이야기가 앞뒤가 안 맞더라고요. 그래서 여기저기 캐묻고 다니다 보니 여기까지 오게 됐네요."

트럭은 산업단지에 들어서며 속도를 줄였다. 그들은 주방 전시장과 스코틀랜드 수도청 사무실을 지났다. 폴은 가로등 불빛 아래 간판들을 뚫어지게 보았다. 레녹스는 가로등이 서로 꽤 멀리 떨어져 있어 그 사이에 어두운 공간이 있다는 사실을 발견했다. 그들은 아시아 음식 도매 사업장과 볼보 차고지를 끼고 방향을 틀었다. 레녹스는 주먹을 꽉 쥐고 다시 집중했다.

〈샌디?〉

폴이 이완과 레녹스를 향해 고개를 돌렸다.

"아무튼 헤더한테 함부로 할 생각 마요. 그 사람을 막 대하는 건 나한테 막 하는 거랑 똑같으니까. 알겠죠?"

폴은 두 개의 가로등 사이에 차를 세웠다. 그는 핸드브레이크를 당긴 뒤 길 건너편을 턱으로 가리켰다.

"저기예요."

문 위에 '카터스 리커버리'라는 간판이 달린 커다란 차고와, 트레일러식 화물차를 위한 거대한 세차 기계, 자동차와 캠핑카로 가득 찬 콘크리트 부지가 보였다. 모두 높은 철조망으로 둘러싸여 있고 철조망 꼭대기에는 가시철사가 둘려있었다. 문은 잠겨있었고 맨 위에 못이 박혀있었다. 하지만 오르기 어려워 보이지는 않았다.

〈부분 인식자 샌디-레녹스!〉

레녹스는 너무 놀라 주먹으로 트럭 지붕을 쿵 치고 말았다.

〈부분 샌디-레녹스, 우리 다시 함께다.〉

샌디의 목소리에는 분명 기쁨이 담겨있었다. 레녹스는 온몸에 전기가 흐르는 것 같았다.

머리 위를 빼곡하게 뒤덮은 별들이 숨 막히게 아름다웠다. 그녀는 하늘이 이토록 반짝이는 것을 본 적이 없었다. 달은 집 옆 들판에 유령같이 창백한 빛을 드리웠고, 부엌에서는 가느다란 두 줄기 빛이 흘러나왔다.

헤더는 뒤뜰 벤치에 앉아있었다. 사실 뒤뜰과 사방으로 끝없이 펼쳐진 풀밭 사이에는 아무런 경계가 없었다. 협곡 건너편 집 두 채가 어둠 속에서 신호를 보내듯 불빛을 반짝였다. 헤더는 피드라 등대와 옐로크 레이그스를 떠올렸다. 그녀는 다시 하늘을 올려다보며 모양과 무늬를 찾아보았다. 고대 그리스인들은 줄줄이 늘어선 별들에 특별한 의미를 부여했다. 싸우거나 사냥하거나 폴짝폴짝 뛰어다니는 신의 모습을 상상한 것이다. 밤하늘은 활기 넘치는 공간이었다.

그녀는 다시 샌디를 생각했다. 그들이 레녹스와 나눈 이야기들은 이해하기 힘든 것들뿐이었다. 하지만 만약 온갖 동물과 소통할 수 있는 능력이 생기면 어떻게 될까? 원숭이, 독수리 혹은 문어가 무슨 말을 하는지 글자 그대로는 이해할 수 있을 테지만, 그게 무슨 의미인지도 과연 알 수 있을까? 그들의 세계관은 너무나 완벽하게 새로웠다. 이렇게 서로 다른 두 정신세계를 어떻게 서로 연결할 수 있을까? 그럴 가능성이 있기는 할까? 심지어 샌디의 정신은 하나가 아니다. 레녹스가 전에 말해준 바에 따르면, 문어는 신체 곳곳에 작은 뇌들이 흩어져 있고 이 뇌들은 각자 자율적인 결정을 내린다. 그래서 샌디는 하나가 아니라 여러 의식들의 집합인 것이다. 이들은 집단지성처럼, 상호 독립적이지만 함께 작동한다. 지금 그녀와 에이바, 레녹스, 이완의 상황도 이와 비슷했다.

그때 뒷문이 열리며 빛이 새어 나왔다. 문틀을 배경으로 이오나의 실루엣이 나타났다.

"같이 앉아도 될까요?"

헤더는 이를 악물었다.

"그럼요."

이오나는 조심스러우면서도 우아한 몸짓으로 벤치에 앉아 하늘을 올려다보았다.

"참 아름답죠?"

"숨이 막힐 정도예요."

"너무 평화롭네요."

"두 사람이 왜 여기 사는지 알 것 같아요."

"우리한테는 이곳이 딱이에요."

헤더는 이오나가 하늘을 올려다보는 사이 그녀를 흘끗 바라보았다.

목은 길고 늘씬하고, 피부는 아름답고, 눈매는 다정했다.

"이런 생각이 드네요."

헤더가 입을 열었다.

"남정네들은 밖에 나가 모험을 즐기는데, 우리 여자들은 집에 앉아 그저 무슨 일이 일어나기만 기다리고 있는 모양새예요."

"《오디세이》에 나오는 이야기처럼요."

이오나가 말했다.

"전형적인 여성혐오 서사죠."

헤더의 말에 이오나가 고개를 흔들었다.

"하지만 우린 그런 여자가 아니잖아요. 그렇죠?"

"남자들이 딱히 우두머리 수컷 스타일도 아니고요."

"그런 거 정말 싫어요."

"나도 마찬가지예요."

"하지만 지금은 상황이 그렇네요. 우린 가만히 앉아서 별이나 보고 있으니."

그 말에 헤더가 웃었다. 그녀는 이오나가 어떤 삶을 살았을지 궁금했다. 어쩌다가 슬픔에 빠진 그녀의 전남편을 만나 이곳까지 오게 되었을까?

"당신에게 힘든 일이라는 거 알아요."

이오나가 침묵을 깨고 말했다.

"이곳에 와서 폴을 보는 거 말이에요."

헤더가 고개를 끄덕였다. 그때 머리 아래쪽이 묵직하게 욱신거렸다. 그녀는 한 손을 들어 목을 잡았다. 그녀의 뇌가 천천히 그녀를 죽음으로 이끌어 가고 있었다.

"좀 놀라긴 했어요. 폴한테 당신 얘기를 들은 적이 없거든요."

헤더가 대답했다.

"서로 연락 안 했다고 들었어요. 맞죠?"

헤더는 이오나의 목소리에서 불안함을 읽었다. 그녀는 이오나 입장
에서 이 상황을 이해해 보기로 했다. 남편과 오랜 시간을 함께한 전
부인이 어느 날 갑자기 나타나 도움을 요청하면 어떤 기분일까?

"맞아요. 연락 없이 지냈어요."

"남편은 당신 얘기를 한 적이 없어요."

이오나가 말했다.

"잔인한 말이지만, 솔직히 기뻤죠. 사실은 마음 깊은 곳에 계속 담
아두고 있는데 말이에요. 남편이 어쩌다 로지에 대한 얘기를 꺼낼 때
면 금세 눈빛이 변하면서 입을 다물어요. 여전히 너무 힘든 거예요."

헤더는 주머니에 손을 넣어 로지의 사진을 만지작거렸다. 잠시 사진
을 꺼낼까도 했지만, 그러지 않았다.

"힘들죠."

이오나가 몸을 살짝 뒤로 기댔다.

"그런데 최근 모든 게 다시 시작됐어요."

그녀가 헤더를 바라보았다.

"당신한테 말해도 될지 망설였는데, 에이, 모르겠다. 나 임신했어요."

헤더는 땅에서 벗어나 별의 바다에 표류하는 기분이 들었다. 어질어
질한 불빛 때문에 머릿속이 쿵쾅거렸다.

"그렇군요."

"계획한 건 아니었지만 행복해요. 우리 두 사람 다 너무 행복해요."

헤더는 마른침을 삼켰다. 천천히 익사하는 기분이었다. 그녀는 숨을 깊이 들이마셨다. 그리고 숨을 내쉬는 순간 몸이 바르르 떨렸다.

"그럼요. 당연히 그래야죠."

"아무 말도 하지 말 걸 그랬나 봐요."

"아니에요."

헤더는 두 사람 사이의 빈 공간에 한 손을 뻗어 올렸다.

"말해줘서 고마워요. 나도 기쁘네요. 폴에게도 잘된 일이에요. 행복할 자격이 있는 사람이니까요."

이오나가 덥석 그녀의 손을 잡았다. 헤더는 너무 놀라 하마터면 손을 획 잡아 뺄뻔했다. 이오나의 피부는 부드러웠다. 히피스럽긴 하지만 청량한 향도 풍겨왔다.

"우리 모두 행복할 자격이 있어요."

이오나가 말했다.

"정말 그럴까요?"

"당연하죠. 하지만 행복을 찾는 건 쉽지 않아요. 잡을 수 있을 때 꽉 움켜잡아야 해요."

헤더는 최대한 부드럽게 손을 빼냈다. 분위기를 어색하게 만들고 싶지는 않았다.

"두 사람은 행복한가요?"

"네. 나도 행복해도 되는 사람이라는 사실을 받아들이기까지 정말 오랜 시간이 필요했어요."

헤더가 의아한 표정으로 그녀를 바라보았다. 이오나는 그저 어깨를 으쓱했다.

"내 어린 시절도 그리 순탄치는 않았어요. 그 정도만 말할게요."

다시 침묵이 흘렀다. 헤더는 폴이나 이오나에게 분개할 권리가 없었다. 그녀는 그 사실을 받아들이려고 애쓰고 있었다. 하지만 그녀도 사람인지라 전남편이 새로운 삶을 살고 또 다른 자식을 얻는다는 게 아무렇지 않을 수는 없었다. 두 사람이 겪은 과거가 있는데 말이다. 그들 모두 행복할 자격이 있다는 이오나의 말은 옳았다. 문제는 그 행복을 어떻게 찾느냐였다.

이오나가 헛기침을 했다.

"우리 '남정네들'께서는 인버네스에서 별일 없을까요?"

헤더는 샌디가 했던 일들을 생각했다.

"무사할 거예요."

"캠핑카에 있다는 그 중요한 게 뭐예요?"

그때 헤더의 목에서 뒤통수 쪽으로 통증이 홍수처럼 밀려들었다. 그녀를 쓰러뜨리기 위해 뇌종양이 보내는 익숙한 고통이었다. 헤더는 침을 꿀꺽 삼켰다. 입안에 침이 흥건했다. 그녀는 다리 아래 벤치를 꽉 움켜쥐었다. 머리 위에서 별이 핑핑 돌았다.

"괜찮아요?"

이오나가 물었다. 헤더는 고개를 흔들며 반대쪽으로 몸을 기울였다. 통증 때문에 정신이 혼미해지고 눈 뒤에서 맥박이 고동치는 것 같았다. 순간 위장이 들썩이더니 노란 담즙이 바닥에 쏟아졌다. 마지막으로 뭘 먹은 것이 언제였던가?

"세상에!"

이오나가 소리쳤지만, 그녀의 목소리는 수백만 킬로미터 밖에서 들려오는 것 같았다.

헤더는 그 후 세 번 더 경련을 일으켰다. 갈수록 강도가 약해지고, 그때마다 위장은 점점 더 비어갔다. 통증은 찾아올 때만큼이나 빠르게 사라졌고, 놈이 휩쓸고 간 자리에는 녹초가 된 몸뚱이만 남아있었다. 헤더는 여전히 벤치를 움켜잡은 채, 침을 뱉고 몸을 바로 세워 앉았다.

"어디가 아프군요."

이오나가 말했다. 헤더가 눈을 크게 떴다.

"심각한가요?"

헤더는 태연한 척 어깨를 으쓱했지만, 몸은 아직 충격에서 벗어나지 못해 오들오들 떨리고 있었다.

"좋진 않죠."

"폴도 알아요?"

헤더는 숨을 깊이 들이마셨다. 정신을 차려야 한다.

"폴한테는 말하지 말아줘요."

그녀가 이오나를 바라보자, 이오나도 그녀를 똑바로 마주 보았다. 이오나는 이해한다는 듯 고개를 끄덕였다.

"헤더."

에이바의 목소리에 헤더가 고개를 돌렸다. 그녀는 이오나가 내어준 스웨트셔츠와 조거팬츠 차림으로 문간에 서있었는데, 한 손으로 문틀을 잡고 다른 한 손으로는 다리 사이를 잡고 있었다. 에이바가 걸음을 옮겨 뒤뜰에 들어서는 순간, 헤더는 그녀가 붙잡고 있는 조거팬츠 부분이 어둡게 변한 것을 발견했다.

"피가 나요."

에이바가 말했다.

✦

　　이완은 아이를 혼자 보낼 수 없었고, 폴은 운전 외에는 관여하지 않겠다고 이미 선언했다. 결국 그가 레녹스를 향해 입을 열었다.

"계획이 뭔데?"

레녹스는 이완을 향해 몸을 기울이고 낮은 목소리로 말했다.

"샌디가 여기 있어요. 저 안에요."

"어떻게 알지?"

레녹스가 귀를 톡톡 두드렸다.

"저한테 말해줬어요."

"맙소사."

폴은 손잡이를 돌려 창문을 열고 담배에 불을 붙인 후 밖으로 연기를 내뿜었다. 레녹스가 길 건너편을 턱으로 가리켰다.

"문은 큰 문제 아닌 것 같아요. 중간에 빗장이 있으니 그걸 딛고 올라가면 돼요."

“위에 박혀있는 큰 못은?”

이완이 물었다.

“기다려 봐요.”

폴이 끼어들었다. 그는 담배를 입에 문 채 뒷자리로 손을 뻗었다. 그리고 연장통을 열어 뒤적이기 시작했다. 이완은 그를 바라보며, 자신에게는 연장통이 없다는 사실을 떠올렸다. 연장을 늘 곁에 두는 부류가 있는데, 그는 그런 부류가 아니었다. 에든버러에 있는 그의 집을 다시 볼 수는 있을까? 불가능한 꿈처럼 느껴졌다.

잠시 후 폴이 볼트커터를 들어 올렸다.

“이걸로 철조망 울타리를 자를 수 있을 거예요.”

레녹스는 손을 뻗어 도구를 받아 들고는 트럭에서 내렸다. 이완도 허둥지둥 그 뒤를 따랐다. 그들은 길을 건넜다. 레녹스는 절단기를 티셔츠 안에 감춘 채 후드를 쓰고 머리를 숙였다. 어깨에는, 여기 오는 동안 좌석 밑에 쑤셔 박아놓았던 배낭가방을 메고 있었다.

“저기요.”

폴이 운전석에 앉아 그들을 불렀다. 두 사람이 고개를 돌리자, 폴은 울타리를 향해 고갯짓을 했다.

“가로등 사이가 좋아요.”

그는 다시 높은 기둥에 달린 CCTV를 바라보았다.

“카메라도 피하고요.”

“고마워요.”

이완은 대꾸하면서도 스스로 한심한 기분이 들었다. 그는 재킷 칼라를 바짝 세워보았지만 얼굴을 가리는 효과는 전혀 없었다.

두 사람은 철조망 울타리에 이르자, 길 가장자리 풀밭에 무릎을 꿇고 앉았다. 마구 자란 풀과 울타리 철망 사이에 쓰레기가 걸려있었다. 레녹스는 커터를 꺼내 철조망 한 부분을 아래에서부터 세로로 자르기 시작했다. 충분히 자른 뒤 그는 철망 한 부분을 접어 밀었다. 이완이 다른 한쪽을 마저 밀어냈고, 둘은 그 틈을 통과해 들어갔다.

밖에서 흘러들어 온 빛 덕분에 주변을 보는 데는 문제가 없었다. 콘크리트 부지 왼쪽에는 시멘트 작업장이 있었는데, 그곳에는 각진 기계들과 그것들을 연결하는 여러 개의 깔때기 파이프가 있었다. 뒤쪽은 거대한 곡물 저장고 같아 보였다. 전체적으로 마치 고대 신들에 둘러싸여 감시당하는 느낌이 드는 곳이었다. 부지에는 자동차와 캠핑카 수십 대가 빼곡하게 주차되어 있었다. 레녹스는 그 첫 줄을 따라 걸으면서, 그들이 타고 있던 캠핑카와 같은 연식의 동일한 모델을 찾았다. 경호원처럼 귀에 손가락을 댄 채였다.

두 사람은 다음 줄로 이동했다. 캠핑카가 한 대 있었지만 색깔이 달랐고 훨씬 새것이기도 했다. 그 차는 사고로 보닛이 움푹 패어있었다. 세 번째 줄로 이동한 레녹스는 어둠 속에서 차들을 빠르게 훑고 다음으로 넘어갔다. 이완은 카메라를 걱정하며 네 번째 줄로 걸음을 옮겼다. 울타리를 자를 때에는 CCTV에 찍히지 않았을지 모르지만, 이곳은 분명 카메라에 찍히고 있을 것이다. 하지만 어쩌겠는가? 이완은 칼라를 다시 바짝 잡아 올리고 고개를 숙인 뒤 차를 하나하나 살폈다. 마지막 차 앞에서 레녹스가 그를 기다리고 있었다.

"여기엔 없어요."

레녹스가 말했다. 이완은 주변을 둘러보았다. 문이 잠긴 임대형 차고 옆에 관절형 트럭 두 대가 주차되어 있었지만 그 외의 다른 차는 없었다.

"차고 안에 있나 봐요."

레녹스는 이미 커터를 손에 든 채 걸음을 옮기고 있었다. 물결처럼 주름진 철문은 바닥 부분에 자물쇠가 채워져 있었지만, 레녹스는 커터로 잠금장치를 손쉽게 제거했다. 그가 문을 당겨 올리자, 삐거덕거리는 기계 소리와 덜컹거리는 소리가 귀청을 찢을 듯 요란하게 울려 퍼졌다.

"아이고!"

이완이 말했다. 레녹스는 바닥에서 30센티미터 정도 문을 들어 올린 뒤 인디아나 존스처럼 몸을 굴려 안으로 들어갔다. 이완도 그 뒤를 따랐다. 내부는 바깥보다 어두웠기에, 그는 핸드폰 플래시를 켜 주변을 비췄다. 차가 열두 대 있었는데, 그중 몇 대는 정비사가 아래에서 작업할 수 있도록 리프트에 올라가 있었다. 레녹스는 맨 뒤쪽 어둠 속으로 사라졌고, 이완은 반대편에서 수색을 시작했다. 잠시 후 그는 벽에 바짝 붙어있는 캠핑카 한 대를 발견했다. 온몸에 전율이 흐르는 것 같았다.

"여기야."

레녹스가 뛰어오는 동안, 이완은 챙겨 온 여분의 키를 꺼내 옆문을 열었다.

문이 열리자마자, 일렁이는 불빛이 차 안을 가득 채웠다. 물결치는 듯한 파랑과 초록색 빛이 노랑과 주황 불빛으로 번쩍이며 바뀌었고, 얼룩덜룩한 무늬들은 커졌다 작아지기를 반복했다. 샌디는 피부 위로 잔물결 같은 움직임을 일으키며 레녹스의 품으로 뛰어들었다. 긴 촉수들이 레녹스의 주변을 헤엄치듯 빙빙 돌며 그의 얼굴을 만지고, 그를 포옹하듯 감싸고, 가까이 꼭 끌어안았다. 레녹스의 얼굴이 순식간에 밝아졌다. 그는 환하게 웃고 있었다.

"누구 있어요?"

임대용 차고 바깥에서 누군가의 목소리가 들려왔다. 곧 문이 조금 더 열리며 삐걱거리는 소리도 들렸다. 자동차들 사이로 손전등 불빛이 움직였다.

"제기랄, 숙여."

이완이 니산 뒤에 몸을 숨기고 레녹스의 소매를 잡아끌었다.

레녹스는 샌디를 품에 안은 채 바짝 엎드렸다. 그가 샌디를 바라보자 반짝이던 빛 무늬들이 점차 힘을 잃고 회색으로 변하더니 이내 사라졌다.

"안에 누구 있나요?"

인버네스 사투리를 쓰는 걸걸한 목소리였다.

이완은 자동차 옆으로 슬쩍 고개를 내밀었다. 경비복을 입은 남자가 보였다. 잠시 후 손전등 불빛이 니산을 향해 다가왔고, 그는 다시 고개를 숙였다.

"개들은 여기 넣자."

이완이 배낭을 가리키며 속삭거렸다. 레녹스가 가방을 열자 샌디는 안으로 들어가 쭈그리고 앉더니 촉수들을 스르륵 당겨 넣었다.

레녹스가 지퍼를 채웠다. 그런데 지퍼 닫는 소리가 생각보다 크게 났다.

“거기 뭐요?”

경비원이 그들 방향으로 손전등을 비추며 말했다.

“경찰이 오고 있으니 각오해야 할 거요.”

이완은 범퍼 주변에서 머리를 조금씩 움직이며 상황을 살피려 했지만 다시 불빛이 다가와 몸을 피해야 했다. 경비원은 그들이 있는 쪽으로 걸어오고 있었다. 손전등 불빛이 건물의 뒤편을 비추는 사이, 이완은 마침내 기회를 포착했다.

“지금이야.”

그가 레녹스를 밀자, 아이는 등에 가방을 메고 손에는 볼트커터를 든 채 쏜살같이 달리기 시작했다. 아이는 빨랐다. 맙소사, 다시 십대로 돌아갈 수 있다면! 이완도 경비원이 있는 쪽을 살피며 열린 문을 향해 종종걸음 치기 시작했다. 하지만 기름통을 미처 보지 못하고 걸려 넘어지고 말았다. 쨍그랑 소리와 함께 기름이 바닥과 그의 다리 위로 쏟아졌다. 이완은 미끄러져 바닥에 완전히 쓰러졌다.

“거기 뭐야!”

손전등 불빛이 이완을 비추었다. 그는 문을 바라보았다. 레녹스는 이미 몸을 숙이고 밑으로 빠져나갔다. 이완은 몸을 일으켜 전력 질주했다. 기름 때문에 미끄러웠지만 중심을 잡으며 온 힘을 다해 달렸다.

“멈춰!”

경비원이 소리쳤지만 이완은 뒤돌아보지 않았다. 그는 바닥에 미끄러지듯 쓰러져 몸을 굴리며 문을 통과했다. 아스팔트 바닥에 무릎이 다 긁혔다. 다시 일어선 그는 울타리를 향해 달렸다. 레녹스가 몸을 웅크리고 철조망을 통과하고 있었다.

그 너머에서는 폴이 시동을 켜놓고 그들을 기다리고 있었다.

"당신들, 카메라에 다 찍혔어."

경비원이 그의 등에 대고 소리쳤다.

"경찰한테 금방 잡힐 거라고!"

이완은 울타리에 이르자 몸을 웅크려 좁은 공간을 빠져나갔다. 심장이 쿵쾅거리고, 무릎은 아프고, 다리는 후들거렸지만 그 어느 때보다 살아있는 기분이었다. 그때 어디에선가 웃음소리가 들렸다. 웃음의 주인공은 놀랍게도 그 자신이었다.

✦

에이바는 의자 등받이를 움켜쥐고 손가락 마디를 바라보았다. 앉아도 보고, 바닥에 누워도 보고, 무릎 꿇고 엎드려도 보았지만, 어떤 자세를 취해도 편하지 않았다. 그래서 그녀는 부엌에 서서 의자에 기댔다. 자궁에서 시작된 경련이 몸 곳곳으로 퍼져나갔다. 그녀는 온몸에 느껴지는 긴장감에 얼굴을 찌푸리고, 하얘진 손가락 마디를 바라보았다.

지나갔다. 그것은 진통이 아니었다. 브랙스턴힉스 수축이 분명했다. 출혈은 더 이상 일어나지 않았다. 당연히 인터넷 검색도 해보았다. 자궁경관이 출산을 준비하다 보면, 만삭일 때에도 이런 일이 일어날 수 있다고 했다. 하지만 걱정되는 내용도 있었다. 태반이 자궁에서 분리될 가능성에 대한 것이었다.

심장 이식도 가뿐히 해내는 시대인데, 출산은 아직도 흑마술 취급을 받는 것 같다. 고대 사악한 마법 기술을 대하는 기분이었다. 출산이 남자의 몫이었다면 분명히 고통 없이 편안하게 아이를 낳는 방법을 알아냈을 것이다. 에이바는 수백만 년 동안 쌓여온 여성의 고통을 자신의 몸을 통해 드러내는 기분이 들었다. 진통이 아니라는 점은 분명했지만, 그 외에 그녀가 아는 것은 아무것도 없었다. 그녀는 임신 기간 내내 들었던, 본능이니 직감이니 하는 소리들이 끔찍하게 싫었다. 여자들은 그녀에게 좋은 엄마가 되는 법은 그냥 알게 된다고 말했다. 그녀의 직감이 엉망이면 어떡할 건가? 그녀가 탯줄로 아기를 목 졸라 죽이거나, 모유가 나오지 않거나, 아기를 제대로 돌보지 못하면 어떡하란 말인가?

그녀는 호흡을 하려 애썼다. 들이마시고, 내뱉고, 다시 들이마시고, 내뱉었다.

그때 이오나가 한 여자와 함께 들어왔다. 에이바보다 어려 보이는 그 여자는 금발을 하나로 높게 묶고 앞머리를 눈썹 위까지 내렸으며 커다란 둥근 안경을 꼈다. 그리고 배꼽 위까지 높이 올라오는 청바지에 두툼한 카디건을 입고 있었다. 십대 인플루언서 같은 그녀의 차림새에 에이바는 문득 할머니가 된 기분이 들었다.

"밀러 선생님이세요."

이오나가 그녀를 소개했다.

"그냥 케이티라고 부르세요."

여자가 말했다. 그러면서 손을 내밀었지만, 잠시 후 그대로 거둬들였다. 에이바가 멀뚱히 쳐다보기만 했기 때문이다. 이오나는 방 안을 이리저리 걸어 다녔다.

"레이그모어에서 나랑 같이 일하는 분이에요. 협곡 건너편에 살고요."

헤더가 슬그머니 출입구에 모습을 나타냈다. 뭔가 불편한 표정이었다. 에이바는 헤더를 안고 싶었다.

케이티가 에이바의 등에 팔을 둘렀다.

"좀 편한 자세를 잡아볼까요?"

그때 다시 경련이 일어나며 몸 전체로 퍼져나갔다. 에이바는 배를 붙잡았다. 아기의 움직임을 느껴본 지 너무 오래돼 불안해지고 있었다. 뭔가 잘못되었으면 어쩌지? 에이바는 차라리 자기가 죽는 게 낫다고 생각했다. 경련이 더 심해지자 그녀는 고통을 감당하느라 정신이 혼미해졌다. 그녀는 의사의 손에 이끌려 다른 방으로 걸음을 옮겼다. 그리고 소파에 누워, 진찰해도 괜찮겠냐는 의사의 질문에 손으로 오케이 사인을 보냈다. 낯선 이들 앞에서 바지와 팬티가 훌렁 벗겨졌지만 그녀는 아무 생각도 할 수 없었다. 그저 천장의 금을 바라볼 뿐이었다. 의사 선생의 부드러운 손길이 닿자, 잠시 통증이 사그라졌다.

케이티는 아무 말 없이 에이바가 옷 입는 것을 도와주었다. 그런 다음 손을 소독하고 에이바의 맥박과 혈압을 쟀다. 작은 손전등을 들고 그녀의 눈을 비추며 이쪽저쪽을 바라보도록 시키기도 했다.

케이티는 차분한 목소리로 출혈과 통증에 대해서 질문했는데, 이것은 에이바에게 꽤 큰 효과가 있었다. 에이바는 마음속 불안감이 점차 잦아드는 것을 느꼈다. 의사가 여자라는 점도 도움이 됐다. 그녀는 너무 오랫동안 남자들에게 통제당했기 때문이다.

마이클은 지금 어디에 있을까? 이완은 그가 그녀의 엄마 집에 있는 것 같다고 말했다. 에이바는 문득 엄마가 자신을 가졌을 때도 이런 과정을 똑같이 겪었을 것이라는 생각이 들었다. 임신을 하면 그동안 자신이 얼마나 버릇없고 이기적인 인간이었는지 깨닫게 된다.

하지만 마이클은 엄마가 그녀에게 등을 돌리도록 만들었다. 그녀는 분명 그렇게 느꼈다. 엄마 잘못은 아니었다. 마이클이 둘 사이를 틀어지게 한 것이다. 엄마가 그의 매력에 홀린 것을 비난할 수는 없었다. 그녀 역시 그에게 빠져든 적이 있었으니까.

"비정상적 출혈이에요."

케이티가 설명을 시작했다.

"보통 임신 초기에 발생하지만 말기에도 있을 수 있죠. 진통이 시작되진 않은 것 같은데, 100퍼센트 확신할 수는 없어요. 경련은 브랙스턴힉스인 것 같은데 혈압이 너무 높아요. 레이그모어 병원에 가서 검사를 받고 초음파도 보는 게 좋겠어요."

에이바는 고개를 젓고, 벽에 걸린 그림을 바라보았다. 액자에 넣은 네스호 그림이었다. 호수는 어둡고 음울했다. 그녀는 그 물속에 있는 샌디와 레녹스의 모습을 상상했다.

"헤더와 단둘이 이야기 좀 할게요."

에이바가 말했다. 케이티와 이오나는 잠시 서로를 마주 보았지만 아무 말 없이 부엌으로 갔다.

에이바는 헤더의 표정을 살폈다. 십대 딸이 죽는 모습을 지켜봐야 했다니, 생각만 해도 속이 뒤집히는 것 같았다.

"병원에는 못 가요."

에이바가 말했다. 헤더가 그녀의 손을 잡았다.

"당신 자신과 아기에게 가장 좋은 쪽을 택해야죠."

"브랙스턴힉스잖아요. 출혈도 멈췄고요. 너무 오버하는 거예요."

"하지만 혈압이 높다잖아요."

"마이클은 어쩌고요?"

에이바가 목을 만지며 말을 이었다.

"금방 찾아낼 거예요."

"어떻게요?"

"그냥 그렇게 될 거예요. 뭐든 할 수 있는 사람이니까요. 병원마다 간호사를 심어놓고 지켜보게 하겠죠. 아내를 걱정하는 불쌍한 남편에게 아내가 무사한지만 좀 알려달라고 하면서요."

헤더가 고개를 절레절레 흔들었다.

"설마요."

"당신은 남편을 몰라요. 그 사람이 무슨 짓을 할 수 있는지 상상도 못 하겠죠. 그 사람은 경찰에도 친구가 있어요. 경찰이 우릴 발견하면 그걸로 끝이에요. 병원에 가도 똑같은 일이 벌어질 거고요."

"가짜 이름을 대면 되잖아요."

"우리가 이 근방에 있다는 걸 경찰이 알잖아요. 너무 위험해요."

헤더는 에이바의 손등을 어루만졌다.

"난 동의하지 않지만, 결정은 당신이 해야죠. 다른 사람이 대신 할 수는 없어요."

에이바는 그 말에 눈물이 차올랐다. 그녀는 스스로 결정을 내릴 수 있다. 스스로에 대한 통제권을 가진 것이다. 얼마나 오랫동안 이 사실을 잊고 살았던가?

"병원은 안 돼요."

그때 배에서 움직임이 느껴졌다. 에이바는 활짝 웃었다. 아기가 몸

을 뒤집고 꿈틀거리고 방광을 짓누르며, 엄마가 옳은 결정을 내렸다고
말해주는 것 같았다.

✦

　“이런, 제기랄!”

　폴이 액셀을 힘껏 밟으며 소리쳤다.

　레녹스는 차고지를 바라보았다. 울타리 너머에서 경비원의 손전등 불빛이 까닥거리고 있었다. 폴은 모퉁이에서 방향을 홱 틀었다. 그리고 요란한 엔진 소리를 내며 산업단지를 통과해 롱맨 도로에 이르렀다.

　“그 사람이 차고를 확인하러 들어가는 걸 봤는데 당신들한테 알릴 방법이 없더라고요.”

　폴이 고백하듯 말했다. 가운데 자리에 앉은 이완은 얼굴이 창백하고 이마에는 땀이 맺혀있었다.

　레녹스는 무릎에 올린 배낭을 움켜잡았다. 샌디가 꿈틀거리는 것이 느껴졌다.

　폴이 그와 배낭을 번갈아 흘끗거렸다. 레녹스는 가방을 뚫어지게 바라보았다.

〈가만히 있어.〉

〈이유는?〉

〈시키는 대로 해. 조용!〉

그 목소리를 다시 들으니 너무 좋았다. 샌디가 소통 범위 밖에 있는 동안 레녹스는 자신의 일부를 잃어버린 기분이 들었다. 이 일이 벌어지기 전 그는 늘 혼자였고 학교에서는 왕따였다. 언제나 혼자서 세상에 맞서는 기분이었고 누구도 그를 이해하지 못할 것이라 생각했다. 하지만 샌디는 이해했다. 그는 나중에 집에 돌아가 이 이야기를 들려주는 자기 모습을 상상했다. 하지만 생각해 보니 그에게는 더 이상 돌아갈 집이 없었다. 솔직히 어딘가를 집이라고 느낀 적도 없었다. 오히려 지금 이곳, 하일랜드의 캠핑카 안에서 무릎 위에 샌디를 올려놓고 있는 이 순간, 그는 집에 있는 기분이었다.

이완이 갑자기 웃음을 터뜨렸다.

"맙소사, 진짜 엄청났어!"

레녹스도 짜릿함을 느꼈지만 샌디에 대한 걱정이 더 컸다. 그들은 A82 도로를 타고 인버네스를 벗어났다. 레녹스는 이제야 마음을 놓을 수 있었다. 샌디 없이 그가 어떻게 살 수 있을까? 하지만 이완이 말한 그 깡패 같은 정부 놈들은 어떻게 하지?

"그 가방에 든 게 뭔지는 모르지만, 이럴만한 가치가 있는 거면 좋겠네요."

폴이 큰길에서 벗어나 언덕으로 들어서며 말했다.

레녹스와 이완이 서로를 마주 보았고, 이완은 미소 지었다. 레녹스는 폴에게 다 말하고 싶은 마음도 있었다. 수백만 킬로미터를 날아와 그의 삶의 일부가 되어준 이 놀라운 생명체를 온 세상에 알리고 싶었다. 하지만 그는 입을 꾹 다물고, 가방 지퍼가 잘 닫혀있는지 확인했다.

〈부분 샌디-레녹스 행복하다.〉

레녹스가 씩 웃었다. 그는 샌디가 누구의 기분을 말하는 것인지 알 수 없었다.

〈부분 샌디-레녹스 행복하다.〉

길이 평평해졌다. 저 멀리 작은 호수에 반사된 달빛이 별똥별처럼 반짝거렸다. 레녹스는 샌디의 불빛을 처음 본 순간을 떠올렸다. 엔셀라두스에서 먼 길을 온 샌디가 그의 뇌를 에너지로 가득 채웠고, 다음 날 그는 해변에 쓰러진 샌디의 몸을 보았다.

〈샌디, 우리 처음 만났을 때 어디 아팠어?〉

잠시 침묵이 흘렀다.

〈긴 여행, 에너지 손실. 이곳의 중력은 강하다. 적응하는 데 시간이 필요하다. 힘들다.〉

〈여긴 왜 왔어? 왜 그 먼 길을 온 거야?〉

이번에도 대답은 바로 나오지 않았다. 인터넷을 찾아보는 중일까? 자신들의 경험을 레녹스가 이해할 수 있는 언어로 설명하기 위해 검색 중인가?

〈우리는…… 모른다.〉

샌디가 망설이는 모습을 보이는 것은 처음이었다.

〈모른다니 무슨 말이야?〉

그때 배낭 천 사이로 뭔가가 보였다. 밝은 핑크색 불빛이 깜빡이고 있었다. 레녹스는 가방을 트럭 문 쪽으로 향하게 놓고 몸으로 가렸다.

폴이 흘끗 바라보았지만, 그의 시선은 이내 다시 길로 향했다.

〈샌디 부분은 완벽히 이해 못 한다. 샌디-다른 샌디 전체는 더 잘 이해한다.〉

레녹스가 가방을 향해 얼굴을 찌푸렸다.

〈다른 샌디? 전체라고?〉

왼쪽에 폴의 집이 보였다. 거의 다 온 것이다.

〈우리가 다른 샌디를 찾았다. 샌디-레녹스 부분이 길어졌을 때.〉

"뭐?"

레녹스가 큰 소리를 내자 폴과 이완이 그를 바라보았다. 이완은 그를 노려보았고, 폴은 어리둥절한 표정을 짓고 있었다. 레녹스는 침을 꼴딱 삼켰다.

〈다른 애들이 또 있다는 뜻이야?〉

〈다른 애들은 우리다. 샌디-다른 샌디 전체가 된다.〉

그렇다면 이들은 동일 개체의 일부분인가?

〈여기 지구에?〉

〈가깝다.〉

〈어딘데?〉

가방 지퍼가 몇 센티미터 열리더니 촉수 끝이 삐져나와 그의 손에 닿았다. 빨판이 피부에 짝 달라붙는 순간, 레녹스는 균형을 잃고 트럭 지붕을 향해 발사되듯 날아가 밤하늘을 가로지르기 시작했다. 그는 네스호가 작은 물웅덩이처럼 보일 정도로 높이 올라갔다. 샌디의 몸이 또 한 번 그를 감쌌고, 이번에는 밤하늘을 질주하며 공중제비를 넘고 회전했다. 그는 차분해졌다. 심장박동은 느리고 규칙적이었다.

샌디의 품은 따뜻하고 안전했다. 촉수가 그의 허리를 단단히 받쳐주었다. 별이 반짝였다. 지금껏 본 어떤 별들보다 밝게 빛나고 있었다. 샌디가 보는 별은 이런 모습인가? 지구에 사는 동물들도 각각 다른 방식으로 세상을 인식하니, 어쩌면 이것이 샌디가 바라보는 세상의 모습일 수도 있겠다는 생각이 들었다.

그는 말을 하려 했지만 입이 움직이지 않았다. 생각으로 메시지를 전하려 하자 이번에는 뇌가 말을 듣지 않았다. 레녹스는 지난번 샌디가 그에게 무엇인가 보여줄 때보다 훨씬 마음이 편안했다. 희한하지만 이것이 그들의 정신 투영 방식이라는 사실을 이제 받아들일 수 있었다.

아래를 내려다보니 스코틀랜드 땅 전체가 보였다. 저 아래 남쪽에는 도시의 불빛이 반짝거렸지만, 그들 바로 아래는 암흑에 가까웠다. 호수에 비친 달빛과 산, 숲이 전부였다. 그는 자궁 속 아기가 된 기분이었다. 시험 삼아 샌디의 몸을 밀어내자 밀린 부분이 곧장 튕겨 올라왔다.

그들은 울퉁불퉁 솟아오른 산맥 위에서 고도를 낮추기 시작해 커다란 만을 따라 급강하했다. 레녹스는 라타간에서 본 전투기들을 떠올렸다. 어찌나 시끄럽고 교만하던지! 그와 샌디는 낮게 날면서도 아무 소리를 내지 않았다. 그리고 물보라를 거의 일으키지 않고 물속으로 들어갔다. 잠시 후 다시 속도를 올려 물 밖으로 나온 이들 앞에 작은 마을이 나타났다. 해변을 따라 하얀 집들이 흩어져 있었고, 부두에는 느릿한 거대 페리호가 정박해 있었다. 엔진 돌아가는 소리가 들리고 불도 켜져있었다.

샌디는 잠시 똑바로 돌진하다가 페리호 바로 옆에서 빙그르르 몸을 돌려 물속으로 잠수했다. 물속에 들어온 레녹스는 멀리에서 뭔가 반짝이는 것을 발견했다. 불빛은 점점 커지더니, 상상할 수 있는 온갖 종류의 색으로 다양한 무늬와 형상을 만들어 냈다. 감히 언어로 표현할 수 없는 장면이었다. 그는 강렬한 행복을 느꼈다. 집에 돌아온 샌디의 감정이 그를 압도하고 있었다. 빛이 좀 더 가까워지자 그는 마침내 어둠 속에서 그 모양을 알아볼 수 있게 되었다.

"다 왔다."

폴의 목소리에 레녹스는 트럭으로 되돌아왔다. 그는 머리 받침대에 머리를 쾅 부딪치며 눈을 떴다. 입안이 바싹 말라있었다. 창밖으로 집이 보였다. 가방을 내려다보니 지퍼는 꼭 닫혀있었다. 배낭을 만지자 안에서 움직임이 느껴졌다. 안도감이 온몸에 퍼져나갔다.

〈너희가 부르는 이름은 울라풀이다.〉

샌디의 목소리가 머릿속에 또렷하게 울렸다.

그녀는 집 안 사람 모두가 잠들었을 때 홀로 깨어있는 것이 좋았다. 폴과 로지가 세상의 전부이던 시절, 덜튼에서 맞이한 주말 아침이 생각났다. 그녀는 알람 없이도 해가 뜨면 자리에서 일어났다. 아기 로지를 기르는 동안 늦잠 자는 능력을 아예 잃었기 때문이었다. 아이는 수많은 것들을 망치지만, 동시에 삶을 백만 배 더 풍요롭게 만든다. 헤더는 예전에 집 뒤편 테라스에 앉아 정원을 내려다보곤 했다. 그녀의 손에 들린 뜨거운 커피에서는 하얀 김이 올라와 유령처럼 사라졌다.

지금 그녀는 폴과 이오나의 집 뒤뜰 벤치에 앉아있다. 하지만 그녀의 커피에서는 여전히 하얀 수증기가 둥근 곡선을 그리며 올라와 사라지고 있었다. 그녀는 지난밤 자신이 토해놓은 자리를 바라보았다. 이오나가 이미 치워버렸는지 자리에는 짙은 얼룩만 남아있었다.

그녀는 주변을 둘러보고, 집에 돌아와 있다고 상상해 보았다. 하지만 그녀에겐 돌아갈 집이 없었고, 이곳은 그녀의 전남편 집이었다. 새

아내, 새 자식과 함께 새 삶을 꾸려나갈 곳이었다.

그녀는 '톨 시오낙'이라고 적힌 문 옆 명판을 바라보았다. 여우 굴이라는 뜻이지만, 전쟁 중 저격수가 몸을 숨기는 곳을 의미하기도 한다. 안전한 은신처는 아니라는 뜻이다. 물론 눈에 잘 띄는 곳을 활보하는 것보다는 낫겠지만.

참새들이 나무 사이를 파닥파닥 날아다니고, 작은 개울이 자갈 위를 졸졸 흘러갔다. 눈으로 길을 따라가 보았지만, 움직이는 것은 아무것도 없었다. 흐릿한 하늘을 여유롭게 날아다니는 독수리 한 마리가 보일 뿐이었다.

그녀는 지난밤 일을 생각했다. 남자들이 샌디를 구해 돌아온 후였다. 레녹스가 그녀와 이완을 복도 끝 침실로 데려가더니 샌디에 대해 알게 된 것을 모조리 풀어냈다. 헤더는 샌디가 외계인일 것이라고 짐작만 했지 한 번도 입 밖에 내본 적은 없었다. 샌디는 엔셀라두스라는 토성의 위성에서 왔다고 했다. 레녹스는 그곳이 얼음에 덮여있지만 아래는 온통 바다라고 설명해 주었다. 하늘에는 토성이 희미하게 보이고, 엔셀라두스는 뿌연 토성의 고리 사이를 질주하며 그 주변을 돈다. 태양은 작은 점처럼 보인다고 했다. 헤더는 엔셀라두스의 밤하늘은 어떤 모습일지 궁금했다.

레녹스는 또한 그들과 멀리 떨어져 있을 때도 소통이 가능하다는 사실을 알려주었다. 그들이 촉수의 일부를 그의 귀에 넣었는데, 그것이 무선 수신기 역할을 하기 때문이었다. 샌디와 같은 엔셀라두스 생명체가 또 있는데, 그들은 재결합하기를 원하고 울라풀 근처 어딘가에 있다고 했다. 믿을 수 없는 얘기들이었다. 이곳 스코틀랜드에 외계 생명체가 있다니! 에이바와 헤더는 조용히 그의 말을 받아들였다. 이완은 샌디가 마이클을 공격하는 모습을 보았고 그들이 특별한 존재라는 사실을 알고 있었지만, 그럼에도 불구하고 충격을 받은 모양이었다. 하지만 그는 기자의 본분을 잊지 않았고, 수많은 질문을 쏟아냈다. 어떻게 왔지? 왜 왔을까? 왜 그들이지? 왜 지금인가? 레녹스는 어떤 질문에도 대답할 수 없었다.

부엌문 소리에 헤더가 고개를 돌렸다. 머리가 까치집이 된 폴이 한 손에 커피를 들고 다른 한 손으로 턱을 문지르고 있었다.

"앉아도 될까?"

그녀가 벤치의 빈자리를 손으로 가리켰다. 어젯밤 이오나가 자신의 임신 사실을 알리던 순간이 머리를 스쳤다. 폴이 자리에 앉자, 헤더의 상상력이 다시 작동하기 시작했다. 두 사람은 집에 돌아왔다. 로지는 화학요법 때문에 지쳐서 아직 방에서 자고 있다. 당시 그녀는 딸 걱정만 하면 됐다. 이제 그녀는 다른 사람들도 걱정해야 한다. 레녹스는 로지와 또래이고, 에이바는 출산을 앞두고 있다. 그리고 샌디도 있다. 이오나는 임신 3개월째다.

헤더가 커피를 마시자, 폴도 컵을 들어 커피를 홀짝였다.

"어젯밤에 이오나랑 얘기했어."

그녀가 말했다. 폴이 컵을 후후 불며 고개를 끄덕였다. 헤더는 마른침을 삼킨 뒤, 다시 입을 열었다.

"좋은 사람 같더라."

폴이 이 사이로 쯧 소리를 냈다.

"그 사람에 대해서 미리 말했어야 했는데."

헤더가 폴을 바라보자, 그도 고개를 돌려 그녀를 마주 보았다.

"그래, 그랬어야지."

"아니, 난 당신이 혹시라도……"

"당신 새출발했다고 서운해할까 봐? 반가운 일인걸."

폴이 고개를 저었다.

"새출발할 수 있는 문제가 아니야. 당신도 알잖아. 과거를 잊고 살순 없어. 그냥 짊어지고 가는 거지. 하지만 언젠가는 스스로를 용서하고 다시 삶을 살아가기 시작해야 해. 로지도 그러길 원할 거야."

"그렇게 간단하지가 않아."

헤더가 코웃음을 터뜨리고는 주머니에서 로지의 사진을 꺼내 펼쳐서 폴 앞에 내밀었다.

"와."

그는 마른침을 삼켰다. 헤더가 고개를 끄덕였다.

"집에서 가지고 왔어. 다시 돌아갈 수나 있을지 모르겠지만."

폴이 손끝으로 사진 속 로지의 머리카락과 어깨를 쓰다듬었다.

"우리 딸 참……"

헤더의 눈시울이 붉어졌다. 폴이 옳았다. 새출발을 할 수는 없다. 그들은 과거의 무게를 고스란히 어깨에 짊어진 채 계속 살아나가야 한다.

그녀는 주머니에 가득 채운 돌과 그녀의 뇌 속 암 덩어리를 생각했다. 지난주 내내 벌어진 소란과 혼란은 그녀의 가슴속 구멍을 메워주었다. 살아남고 다른 이들을 보호하는 데만 몰두하다 보니 자기 자신에 대해 생각할 겨를이 없었다. 다시 엄마가 된 기분이었다.

"이오나가 말해줬어."

말을 마친 헤더는 사진을 좀 더 들여다보다가 주머니에 넣었다.

폴은 그녀를 흘끗 보고는 시선을 떨구었다. 헤더가 무슨 말을 하는지 그는 알고 있었다. 그녀는 의사소통 중 언어가 차지하는 비중은 겨우 7퍼센트이고 나머지는 모두 몸짓으로 표현된다는 글을 읽은 적이 있다. 헤더는 폴의 표정과 움직임에서 그의 생각을 읽을 수 있었다. 그녀는 여러 다른 방식의 소통에 대해 생각했다. 머리 위의 독수리와 나무 사이 참새들, 땅속 벌레들에게도 나름의 방법이 있겠지. 그리고 샌디도. 과연 서로를 이해한다는 게 가능할까?

"미안해."

폴이 말했다.

"그럴 필요 없어."

"임신은 계획한 건 아니었어."

그가 그녀를 향해 미소 지었다.

"어쩌다 보니 그렇게 될 때가 있잖아."

"잘된 일이야."

헤더는 목소리가 흔들리는 것을 감추기 위해 커피를 한 모금 마셨다.

"산 사람은 살아야 하니까."

"헤더, 그렇게 말하지 마."

헤더가 고개를 저었다.

그때 부엌문 자물쇠가 덜거덕거리는 소리가 들렸다. 두 사람은 자연스럽게 고개를 돌렸다. 헤더는 이오나가 나온 것이라는 생각에 문득 죄책감이 들었다. 폴과 나란히 앉아있는 게 부적절하게 느껴졌기 때문이다. 하지만 문 뒤에서 나타난 것은 샌디였다. 아침 햇살을 받아 더욱 선명해진 그들의 몸에서 평화로운 초록색과 오렌지색 불빛이 반짝였다. 그들은 촉수 두 개로 문 가장자리를 붙잡고, 다른 세 개의 촉수를 다리처럼 사용해 집 밖으로 나왔다.

참새 지저귀는 소리가 멈추고, 폴이 머그컵을 떨어뜨렸다. 포장용 돌 위에 떨어진 컵에 금이 가자, 커피가 쏟아져 나와 바닥을 검게 물들였다. 폴은 재빨리 벤치 뒤로 움직였다.

"뭐야, 이거?"

샌디가 눈을 커다랗게 뜨고 주변을 둘러보았다. 검은 눈동자에 금색 띠가 둘려있었다. 그들이 촉수 세 개를 높이 들어 올려 공기 맛을 보자 촉수에 점무늬가 나타났다. 헤더는 그들의 행동이 이미 익숙했다. 그들은 주변을 탐색하는 중이었다. 하지만 폴은 그들이 다가오자 얼어붙어 버렸다. 그가 헤더를 바라보았지만, 그녀는 컵을 들어 커피를 마실 뿐이었다. 샌디는 종종걸음으로 그들을 지나치더니 우아하게 바닥에 몸을 내리고 좁다란 개울에 미끄러져 들어갔다. 맑은 물속에 자리를 잡은 그들은 촉수로 물을 철벅거렸다.

폴은 그 모습을 그저 바라보고 있었다.

헤더는 먼저 입을 열어야 하나 생각했지만 무슨 말을 해야 할지 몰랐다.

샌디는 자갈을 뽀드득 헤치며 좀 더 깊이 들어가더니 바닥에 납작 붙어버렸다. 그들의 몸이 물과 그 주변의 색을 띠기 시작했다. 초록과 갈색, 회색과 짙은 남색이 피부를 가득 채웠다. 그들은 머리 위로 물을 튀겼다. 이 순간을 즐기는 게 분명했다.

폴이 마침내 고개를 돌려 헤더를 바라보았다.

"어젯밤 캠핑카에서 꺼내 온 게 저거구나."

헤더가 고개를 끄덕였다.

"쟤들 이름은 샌디야."

"대체 뭐가 어떻게 돌아가는 거야?"

"설명하긴 힘들어."

그가 벤치를 잡은 손에 불끈 힘을 줬다.

"일단 해봐."

그녀가 다시 커피를 홀짝였다.

"헤더, 내가 저 문어를 구하려고 목을 걸었단 말이야?"

"문어 아니야."

"뭐라고?"

헤더가 손가락으로 샌디를 가리켰다.

"촉수가 다섯 개잖아."

"맙소사, 헤더! 무슨 일이 벌어지고 있는 거야?"

헤더의 눈앞에 지금까지 벌어진 일들이 스쳐 지나갔다. 이상한 혜성, 자살 시도 실패, 뇌졸중, 기적적인 회복, 그 후 샌디에게 이끌린 순간들, 하일랜드로 도망쳐 오던 길, 그리고 직접 보지는 못했지만 엔셀라두스라는 미지의 장소. 그들 모두 너무 깊이 빠져있었다. 그녀 역시 마찬가지였다. 너무 깊이 빠져있어서 표현할 말이 없을 정도였다.

폴은 개울에 몸을 담근 샌디에게서 눈을 떼지 못했다. 헤더도 흘러가는 차가운 물속에서 첨벙거리는 그들을 물끄러미 바라보았다.

"무슨 일이 벌어지는지는 중요하지 않아. 중요한 건 샌디야."

그녀가 대답했다.

너무 곤히 잠들었다. 그래서 이상했다. 보통은 오줌이 마렵거나 아기가 꿈틀대거나 속이 쓰리거나 발목과 허리가 쑤셔서 깊이 잠들지 못했기 때문이다. 사실 온몸이 아프다고 하는 게 더 정확했다. 걱정거리가 있는데도 그렇게 잠이 들었다는 것이 더 이상했다. 의사가 괜찮다고는 했지만 그래도 병원에 가보라고 하지 않았던가? 그녀가 병원에 갔더라면 발각되는 것은 시간문제였다.

에이바는 천천히 침대에서 나와 이오나가 내어준 가운을 걸치고 커튼을 열었다. 경사진 들판이 그녀의 시선을 협곡 너머로 이끌었다. 맞은편의 산들은 꽤 멀어 보였다. 저기까지 가려면 얼마나 걸릴까? 저쪽에도 사회 부적응자들이 괴상한 팀을 만들어 외계인을 보호하려고 하는 또 다른 톨 시오낙이 있을까?

그녀는 숨을 쉬며 배를 쓰다듬었다. 아무 움직임이 없었다. 그녀는 딸을 세상에 꺼내 꼭 안아주고 싶은 마음이 굴뚝같았다. 하지만 동시에 아기를 영원히 그녀의 품 안에 두고 싶기도 했다.

그녀는 방을 나와 부엌으로 갔다. 레녹스가 헤드폰을 쓰고 식탁에 앉아있었다. 그 앞에는 토스트가 잔뜩 쌓여있었다. 에이바는 주전자를 향해 걸어갔다.

"안녕?"

"안녕하세요!"

아이가 토스트 한 조각을 후루룩 먹어 치우며 대답했다. 에이바는 전기 주전자 스위치를 켜고 창밖을 바라보았다. 헤더와 폴이 열띤 토론을 벌이고 있었다.

"둘이 왜 저러니?"

그녀가 요란스러운 주전자 소리를 뚫기 위해 큰 소리로 물었다. 레녹스는 잠깐 고개를 들어 밖을 바라보았다.

"폴 아저씨가 아침에 샌디를 봤대요."

"망했네!"

"그러니까요."

"그래서?"

레녹스가 토스트를 우물거리며 어깨를 으쓱했다.

"아저씨가 엄청 흥분해서 아줌마가 진정시키는 중인 것 같아요."

"경찰에 신고하진 않겠지?"

레녹스가 그녀를 바라보았다.

"그러진 않겠죠. 괜찮은 사람이에요. 선생님은 괜찮으세요? 피곤해 보이는데."

"괜찮아."

그녀는 차가 담긴 머그컵을 들고 밖에 있는 두 사람을 바라보았다. 손을 휘젓고 고개를 흔들어 대고는 있지만 두 사람의 몸짓은 다정하고 편안했다.

그녀가 다시 레녹스를 바라보았다.

"샌디는 지금 어디 있니?"

"아래층 욕실에 있어요."

그는 조금 전 그녀가 걸어온 방향을 고개로 가리켰다.

"물을 좋아하잖아요. 이오나 아줌마는 위층에 있어서 아직 몰라요. 여기 오래는 못 있을 것 같아요."

에이바가 한숨을 쉬었다.

"앞으로 어딜 가든 오래 머물 수 있는 곳은 없을 것 같구나."

레녹스가 미적지근한 태도로 어깨를 들어 올렸다.

"울라풀은 다를지도 몰라요."

머그컵을 입에 가져다 대던 에이바가 동작을 멈췄다.

"뭐?"

"여기서 북서쪽에 있는 해안가 마을이에요."

"어디 있는지는 나도 아는데, 왜 울라풀이야?"

에이바가 물었다.

"샌디가 거기 가고 싶대요."

"너한테 그렇게 말했어?"

레녹스가 고개를 끄덕이고 마지막 남은 토스트를 입에 쏙 넣었다. 에이바는 차를 한 모금 마셨다.

"이유가 뭐래?"

"거기 다른 애들이 있다는 것 같아요."

"샌디 같은 애들이 또 있다고? 몇이나?"

레녹스가 다시 어깨를 으쓱했다. 에이바는 어떻게 생각해야 좋을지 몰랐다. 그들을 같은 부족이라고 해야 할지 같은 종이라고 해야 할지 모르겠지만, 어쨌든 샌디를 그들에게 데려다주는 게 옳은 일일 것이다. 하지만 그 일이 끝난 후 남은 사람들은 어떻게 되는 걸까? 인류 전체에게는 또 어떤 의미지? 그녀와 아기는 앞으로 어떻게 될까?

레녹스는 핸드폰을 보고 있었다. 대화가 끝났다는 뜻이었다.

에이바는 복도를 따라 욕실 앞으로 가서 걸음을 멈췄다. 가볍게 물을 철벅거리는 소리가 들려왔다. 그때 계단 내려오는 발소리가 들렸다. 이오나였다.

"안녕하세요?"

에이바가 얼굴을 붉히며 인사했다.

"괜찮으세요?"

"그럼요."

이오나는 에이바와 대화하려고 걸음을 멈췄지만 그녀의 태도에서 거절의 신호를 읽은 듯했다. 이오나는 그대로 걸음을 옮겨 부엌으로 향했다.

에이바는 잠시 기다렸다가 문손잡이를 돌리고 안으로 들어갔다.

샌디가 접이식 뚜껑이 달린 커다란 욕조에 앉아있었다. 이가 빠지고 흠집이 많은 낡은 욕조였다. 그들은 노란색에서 녹색을 거쳐 연보라색으로 변하는 등 파스텔색으로 빛나고 있었다. 촉수 전체가 천천히 깜빡이고, 몸통은 밝아졌다가 어두워지기를 반복하며 천천히 고동쳤다.

촉수 세 개는 욕조 밖으로 늘어지듯 빠져나와 가장자리를 따라 움직였다.

에이바가 다가가자 샌디가 눈치챈 듯 몸을 커다랗게 부풀렸다. 피부 위에는 다양한 모양이 나타나 움직였다. 샌디는 에이바가 그들의 눈을 볼 수 있도록 고개를 돌렸다. 검은색과 금색이 섞인 구체는 예전 어느 때보다 커 보였다. 그녀는 무엇인가 알아내려는 듯 오랫동안 그들의 눈을 들여다보았다. 눈은 영혼의 창이라고 하지 않나!

"날 좀 도와주면 좋겠어."

에이바는 차가 든 컵을 세면대 한쪽에 올려두고, 욕조에 한 걸음 더 다가섰다.

샌디의 머리가 청록색으로 빛났다. 이 모든 일이 시작되던 날 그녀가 차 안에서 고개를 들고 보았던 바로 그 색이었다.

에이바는 욕조 옆으로 갔다. 하일랜드의 한 가정집 욕조에 앉아있는 문어와 이야기 나누는 게 하나도 이상하지 않았다. 이제 이런 모습이 그녀의 삶이 되었다. 인간의 적응력이란 정말 놀라운 것이었다. 일단 새로운 것에 눈을 뜨면 빠르게 익숙해진다.

"넌…… 뭔가 아는 것 같아."

그녀가 입을 열었다.

"우리 안에 뭐가 있는지 느낄 수 있잖아. 정작 우리는 모르는 것도 말이야."

그녀는 가운을 벗고, 빌려 입은 티셔츠와 바지 차림으로 욕조 안에 들어갔다. 샌디는 한쪽으로 몸을 비켜 그녀에게 자리를 내어주었다. 차가운 물이 몸에 닿자 피부에 닭살이 돋고 다리가 벌게졌다. 그녀는 호흡을 가다듬었다. 티셔츠가 물에 젖어 몸에 달라붙었다. 다리에 촉수가 부드럽게 스치는 것이 느껴졌다. 호기심에 가득 찬 정교한 움직임이었다. 샌디는 물을 가운데 두고 그녀를 마주 보았다. 둥글게 말린 촉수 더미가 꿈틀대고 있었다.

"아기가 괜찮은지 알고 싶어."

에이바가 물의 차가움 탓에 얕은 숨을 쉬며 말했다.

"아기한테 말 좀 해줄래?"

샌디의 몸 색깔이 짙어져 자주색과 고동색이 되었고, 촉수에서는 흐릿한 불빛이 깜빡거렸다. 그들은 촉수 하나를 에이바의 손 쪽으로 내밀고, 다른 하나를 그녀의 얼굴 옆으로 뻗었다. 에이바가 그것들을 잡는 순간 강렬한 에너지가 그녀의 몸을 휩쓸었다.

〈허락하나?〉

그녀는 깜짝 놀라 숨을 들이마셨다. 물이 점점 따뜻해졌다. 익숙해졌기 때문일까? 아니면 그녀가 앉은 자리에서 오줌을 쌌는지도 모른다.

"허락할게."

샌디의 촉수 빨판이 그녀의 손목에 붙었다. 또 다른 촉수는 점점 위로 올라와 그녀의 귓속으로 들어갔다. 에이바는 어지럽고 압도당하는 기분이 들어 두 눈을 꼭 감았다. 세상이 빙빙 돌았다. 그때 그녀의 눈꺼풀 아래로 섬광이 번뜩였다. 샌디의 존재가 그녀를 통과해 지나간 느낌이었다. 이게 어떻게 가능하지? 그녀는 그들과 하나가 된 기분이 들었다. 서로 분리되고 구별되지만 동시에 동일한 존재의 일부가 된 것이다. 가슴과 배에 따스함이 밀려들어 사타구니와 두 다리가 얼얼해졌다. 그리고 마침내 아기가 응답했다. 짧은 정적 후 열정적 움직임이 느껴진 것이다. 에너지로 가득 찬 움직임이었다.

〈새로운 부분 샌디-에이바-에이바 자손을 환영한다.〉

에이바는 말을 하려 했지만 입이 움직이지 않았다. 그녀는 숨을 멈추고 머리를 물속에 담갔다. 바다 생물이 되는 기분을 느껴보려 한 것이다.

〈이게 어떻게 가능하지?〉

그녀는 깜짝 놀랐다. 자신의 머릿속에서 선명하고 또렷한 질문이 만들어졌기 때문이다.

〈새로운 부분은 좋은 지식이다. 모든 긍정적 개체를 위해 새 부분을 환영한다. 새 개체들은 서로 사랑한다.〉

그녀는 '사랑'이라는 말에 가슴이 벅차올랐다. 그녀는 머리를 물속에 그대로 둔 채 다시 질문을 떠올렸다.

〈에이바의 자손은 잘 있니?〉

잠시 당황스러움이 느껴졌다. 더 많은 빨판이 그녀의 팔에 달라붙었다.

〈에이바-에이바 자손은 한 몸이다. 정신은 하나가 아닌가?〉

어떻게 정신이 하나가 될 수 있지? 둘은 엄연히 다른 사람인데?

〈응. 사람은 그게 안 돼.〉

그녀의 귓속에 들어간 촉수가 바르르 떨렸다.

〈특이하다.〉

폐가 뻐근해지기 시작했다. 숨을 쉬기 위해 머리를 물 밖으로 꺼내려는데 무언가가 그녀를 막아섰다. 아기의 발길질이 느껴졌다.

〈제발 말해줘.〉

샌디의 촉수 무늬가 변하더니, 몸에서 밖으로 뻗어나가는 화살 모양이 되었다. 촉수 두 개가 에이바의 배 위에 머물며 천천히 움직였다.

〈에이바 자손은 행복한 개체다. 몸과 마음 모두 행복하다. 에이바를 만나 기뻐한다. 샌디-에이바 부분을 만나 기뻐한다.〉

에이바는 숨이 찼지만 물 밖으로 나갈 수가 없었다. 이 마법의 순간이 깨져버릴 것 같았기 때문이었다. 눈물이 눈에서 떨어져 욕조 물 속에 섞여 들어가는 게 느껴졌다.

〈나도 그 아이를 너무 사랑해.〉

밝은 초록 불빛이 샌디의 몸을 타고 빠르게 퍼져나갔다.

〈에이바 자손은 사랑이다. 샌디-에이바-에이바 자손 부분은 사랑이다.〉

에이바는 머리를 들고 똑바로 앉아 공기를 벌컥벌컥 들이마셨다. 욕조 물이 바닥에 흘러넘쳤고, 그녀의 귀와 팔에 감겨있던 샌디의 촉수도 제자리를 찾아 돌아갔다. 아기가 다시 그녀의 배를 발로 찼다. 나가서 어서 그녀를 만나고 싶다는 뜻이었다. 자신은 건강하게 잘 살아있으며 행복하고 사랑으로 가득하다고 말하고 있었다. 에이바는 눈물을 닦고 미소를 지었다. 살면서 한 번도 지어본 적 없는 밝은 미소였다.

레녹스는 차가운 공기를 깊이 들이마시고, 끝없이 펼쳐진 하늘을 바라보았다. 솜사탕 같은 구름이 파란 하늘을 돌아다니고, 까마귀는 마치 엄지손가락 지장처럼 그 위에 얼룩을 남기고 있었다. 그는 톨시오낙의 들판을 터벅터벅 걸었다. 축축한 이끼를 밟아 운동화가 질벅거렸다. 헤더 꽃 사이에서 토끼와 여우가 보일 때도 있었다. 헤드폰에서는 웨트 레그(Wet Leg)가 요란스럽게 소리를 치고 있었다. 고요한 자연과 전혀 어울리지 않았지만, 그는 그 점이 오히려 마음에 들었다.

이 세상에 다른 사람은 아무도 없는 것 같았다. 집으로 돌아가지 않고 이 끝없이 펼쳐진 언덕을 영원히 터벅터벅 걸으면 어떨까? 하지만 육지는 언젠가 끝나고 바다가 나타나겠지. 그는 샌디를 떠올렸다.

집에서 이렇게 먼 곳까지 나온 것은 핸드폰 신호를 잡기 위해서였다. 그는 샌디의 이야기를 검색해 보았지만 최신 뉴스는 업데이트 되지 않은 것 같았다. 오스카 펠로스에 대한 정보도 검색해 보았다. 정부, 경찰, 특수부대까지 뒤져보았지만, 정부 웹사이트에 간단하게 언급되었을 뿐 자세한 내용은 없었다. 그냥 이름 없는 평범한 공무원인 것 같았다.

울라풀에 대해서도 찾아보았다. 브룸만의 작은 마을로, 헤브리디스 제도로 가는 페리호를 탈 수 있는 곳이었다. 하얀색으로 칠한 시골집들이 해변을 따라 늘어서 있고, 생선튀김집 하나와 서점 두 곳이 있다. 하지만 중요한 것은 마을이 아니라 브룸만이었다. 그는 샌디의 입장에서 세상을 바라봐야 했다. 지구 표면의 70퍼센트는 물이니, 지구를 육지 중심의 행성으로 보는 것은 잘못된 시각이다. 지구 밖에서 온 지적 생명체라면 분명 바다에서 생명을 찾으려 할 것이다.

그는 집에서부터 큰 원을 그리며 걸어왔다. 이제 집은 지평선 위의 작은 혹처럼 보일 정도로 멀어졌다. 그는 숲으로 들어갔다가 반대편으로 나와 걸음을 멈췄다. 몇백 미터 앞에 작은 호수가 있고, 그 가장자리에는 썩은 나무 그루터기가 툭툭 튀어나와 있었다. 나무 그루터기 사이에서 사슴 다섯 마리가 이끼를 뜯고 있었는데, 가죽은 햇빛을 받아 반질반질 윤이 나고, 뽑은 목재 가구 같았다. 그런데 그중 한 마리는 붉은색이 아니라 지저분한 흰색이었다. 창백한 눈동자까지 더해져 푸른 땅과 강렬한 대조를 이루었다.

레녹스는 음악을 멈추고 한참을 그대로 서서 사슴을 바라보았다. 들리는 것은 자신의 숨소리뿐이었다. 그는 그들을 놀라게 하고 싶지 않았다. 사슴들은 호숫가를 따라 이동하며 이따금 고개를 들어 주변을 살폈다. 레녹스는 가능한 한 작아 보이도록 몸을 웅크렸다. 귀에 자신의 심장박동이 들려왔다. 그는 샌디를 떠올렸다. 지구에는 수백만 종의 동물이 사는데, 엔셀라두스도 그럴까?

샌디는 왜 여기에 왔을까? 한 행성의 생명체가 다른 행성에 가면 어떤 일이 생길까? 인간은 수백 년 동안 지구에 사는 동물들을 분류하고 죽였다. 엄청난 대량 학살이었다. 이러한 인간들이 다른 종이 살고 있는 위성 하나를 발견하면 어떻게 할까? 몇십억이 살고 있을지 모를 그곳에 어떤 일이 생길까? 그곳 생명체들을 이해하는 데에만 수천 년이 걸릴 텐데, 그것도 인간들이 그들을 무해하다고 판단하고 그들이 실제로 인간에게 호의적일 때나 가능한 일이다.

너무 엄청난 것들을 생각하다 보니 레녹스는 어지러워졌다. 인간의 머리로 상상하기 힘든 일들이었다. 수십억 킬로미터 떨어진 다른 생태계의 한 생명체가 어떻게 그들 삶에 들어올 수 있었을까? 그 결과 어떤 일이 벌어질까?

그는 샌디가 어떻게 이곳에 올 수 있었는지도 궁금했다. 그는 공학을 좋아하기 때문에 사물의 작동 원리에 관심이 많았다. 꽁꽁 얼어붙도록 차가운 텅 빈 우주 공간을 수십억 킬로미터나 여행하는 것은 악몽과 같다는 사실을 그는 잘 알고 있었다. 물론 샌디는 인간과 많이 달랐고, 우주선이나 우주탐사선을 타고 온 것 같지도 않았다. 하지만 이것은 수백만 개의 질문 중 하나일 뿐이었다. 텔레파시는 어떻게 작동하나? 다른 존재들이 몇이나 더 있을까? 이들은 모두 하나의 동일한 종인가, 아니면 서로 다른 종인가? 지구에 이들과 같은 존재가 더 있다면, 그들은 어디 있을까? 샌디와 다른 개체들은 군대나 망원경에 목격된 적 있을까? 뇌졸중은 뭐였고, 왜 자신들만 회복되었을까?

하지만 샌디와 함께 있고 그들과 이야기를 나눌 때면 이런 질문들은 모두 사라지고 둘 사이의 거리는 한없이 좁혀졌다. 그럴 때면 그는 그저 그들을 돕고 싶다는 생각밖에 들지 않았다.

사슴들이 일제히 귀를 쫑긋 세우고 고개를 들더니 왼쪽을 바라보았다. 레녹스는 그들의 시선을 따라갔다. 경찰차 한 대가 산울타리 뒤편에서 불빛을 번쩍거리며 집을 향해 달리고 있었다.

사슴들은 반대 방향으로 껑충껑충 뛰어 배수로로 들어가더니 이내 시야에서 사라졌다. 레녹스는 경찰차에 시선을 고정한 채 집으로 달리기 시작했다. 습지 때문에 발이 질퍽거리고 몸이 비틀거리는 와중에 차는 이미 톨 시오낙의 진입로에 들어서고 있었다. 레녹스는 호흡을 조절하며 계속 달렸다. 그리고 집 근처에 이르자 숲으로 들어가 몸을 숨긴 채 접근했다. 속도를 줄여 걷기 시작하자 호흡이 안정되고 움직임도 차분해졌다. 너도밤나무를 쓰다듬자, 손가락에 이끼가 만져졌다.

집 근처에서 목소리가 들려왔다. 그는 숲을 벗어나기 몇 미터 전부터 살금살금 조심스럽게 움직였다. 경찰은 남자 한 명에 여자 한 명으로 총 두 명이었다. 그들은 방탄조끼를 입고 벨트에 엄지손가락을 얹은 채 집 앞에서 폴에게 뭔가 말하고 있었다.

레녹스는 그들의 이야기를 듣기 위해 조금씩 앞으로 이동했다.

"그러지 말고요, 폴. 제나랑 내가 조금만 둘러볼게요. 한 번 쓱 보고 바로 갈 거예요."

폴의 표정은 진지했다.

"그건 안 되겠어요, 퍼거스."

퍼거스가 어깨를 똑바로 펴면서 다시 말했다.

"우리가 알고 지낸 세월이 얼마예요?"

“그래도 안 돼요.”

제나가 턱을 들어 올렸다.

“왜요?”

“영장 보여주기 전엔 안 돼요.”

퍼거스가 고개를 저었다.

“영장 아직 못 받은 거 알잖아요. 이제 막 CCTV를 보고 알게 됐다니까요.”

제나가 폴의 트럭을 향해 한 걸음 다가갔다.

“어젯밤 당신 차가 왜 카터스 앞에 서있었는지 설명해 주실래요?”

“드라이브했어요.”

퍼거스가 인상을 찌푸렸다.

“인버네스 산업단지에서 드라이브를 한다고요?”

“요즘 잠이 잘 안 와서요.”

“지금 주장을 증명해 줄 사람이 있나요? 동승자가 있었다거나?”

제나의 말에 폴은 이 사이로 쯧 소리를 냈다.

“아니요.”

제나가 트럭을 바라보았다. 그녀는 모든 방향에서 차를 본 뒤 쭈그려 앉아 차 밑을 살폈다. 레녹스는 꼼짝할 수 없었다. 그녀가 고개만 돌리면 발각될 판이었다.

퍼거스가 고개를 저었다.

“카터스에 침입자가 발생했는데, 꼭 당신이 관여한 것 같아 보이거든요.”

“말도 안 돼요.”

폴이 대답했다.

제나는 트럭 안을 들여다보았다. 운전석과 조수석 모두 꼼꼼히 살폈다. 제나가 조금만 시선을 돌리면 나뭇잎 사이로 레녹스의 머리카락을 볼 수 있는 상황이었다. 하지만 제나는 그대로 몸을 돌려 폴을 바라보았다.

"어제 드럼나드로킷에서 당신이 그 캠핑카 주인들과 함께 있는 게 목격됐어요."

"그렇군요."

"경찰이 정비소에서 압수해서 카터스에 보관한 그 캠핑카 말이에요."

폴이 어깨를 으쓱했다. 퍼거스는 한숨을 내쉬었다.

"그 차 주인들을 꼭 찾아야 하거든요."

퍼거스가 폴에게 한 걸음 다가서서 낮은 목소리로 말을 이었다. 레녹스는 그의 말을 듣기 위해 안간힘을 썼다.

"이번 일로 위에서 압력이 장난 아니에요, 폴. 대충 봐줄 수가 없는 형편이라고요."

폴이 두 손을 들어 올렸다.

"그래도 집에는 못 들어가요."

제나가 폴에게 다가섰다.

"그럼 우리랑 서에 가서 몇 가지 질문에 대답해 주시죠."

퍼거스가 고개를 흔들며 말했다.

"미안하게 됐네요."

폴이 싱긋 웃었다.

"괜찮아요. 갑시다."

그가 경찰차를 향해 걷자 퍼거스가 그 뒤를 따랐다. 제나는 잠시 집을 바라보더니 주변을 둘러보았다. 레녹스는 나무 뒤에서 몸을 숙이고 숨을 죽였다. 나무 몸통에 등을 대고 있자니 송진과 이끼 냄새가 났다.

차 문이 열렸다 닫히는 소리가 들리더니 곧 엔진 소리가 들렸다. 레녹스는 자갈 위를 굴러가는 타이어 소리가 희미해질 때까지 기다렸다가 숲 밖으로 나왔다. 그리고 멀리 사라져 가는 경찰차를 바라보았다.

✦

　앉아있으면 허리가 아프고 서있으면 발목이 쑤셨다. 엄마가 되는 게 그렇게 자연스러운 일이라면 왜 이렇게 고통스러워야 할까? 그녀는 부엌 조리대에 엉덩이를 기댔다. 정상회담의 방청객이 된 기분이었다. 이오나와 헤더가 주방 테이블 양편에서 마치 냉전 시대의 대치 상황처럼 맞서고 있었기 때문이다. 레녹스와 이완은 한쪽 구석에 잔뜩 움츠리고 서있었다. 에이바가 레녹스를 흘끗 바라보자, 그녀의 시선을 느낀 레녹스가 진지하게 굳은 표정으로 그녀를 마주 보았다. 에이바는 하마터면 웃음이 터질뻔했다.

　"당신 때문에 그 사람이 감옥에 갔어요."

　이오나가 테이블 위로 양손을 흔들며 말했다. 헤더는 밀려오는 감정을 막아내듯 양손을 쫙 펼쳤다.

　"그 사람은 감옥에 간 게 아니에요. 경찰이 심문하러 데려갔잖아요."

　"그래요. 당신들이 불법 침입에 끌어들인 덕분이죠."

이완이 마른침을 삼키고 두 여자 사이에 앉았다.

"우리가 억지로 시킨 게 아니라, 그분이 하겠다고 했어요."

이오나는 붉게 달아오른 얼굴로 이완을 바라보았다.

"당신들이 문제를 일으킬 줄 알았어요. 돕는 게 아니었는데. 경찰에 쫓기는 신세라니, 말이 돼요?"

"이오나."

헤더의 목소리에 이오나는 고개를 홱 돌려 다시 그녀를 바라보았다.

"당신이 남편한테 전화했을 때 가슴이 철렁했어요. 알아요? 우리 둘 다 뉴스를 봐서 알고 있었지만, 남편 표정을 보니 무슨 생각을 하는지 알겠더군요. 그이는 좋은 사람인데 당신이 그걸 이용했어요."

헤더가 고개를 흔들었다.

"도움을 청할 사람이 아무도 없었어요."

이오나가 테이블을 쾅 내리쳤다. 에이바는 깜짝 놀라 조리대에 엉덩이를 찧었다.

"뭐 때문에 이러는데요? 이유나 좀 말해봐요."

이오나가 몸을 부들부들 떨며 말을 이었다.

"대체 뭐 때문에 다들 이런 꼴이 됐냐고요."

이오나가 부엌 전체를 휘젓듯 손을 흔들었다. 틀린 말은 아니었다. 그들은 우스꽝스러운 무리였다. 이보다 더 괴상한 사총사를 상상할 수는 없을 것이다.

"폴은 당신들이 왜 도망치는지, 왜 쫓기는 신세가 됐는지 묻지 않았어요. 너무 착해서 그런 거죠. 난 아니에요. 대체 이게 다 무슨 일인지 지금 당장 설명해요."

에이바는 레녹스와 눈을 마주쳤다. 이 상황을 어떻게 설명할 수 있을까? 그녀는 두 시간 전에도 욕조에서 샌디와 마주 앉아 배 속 아기에게 말을 걸었다. 이오나에게 사실대로 말할 수는 없었다. 그랬다가는 당장 쫓겨나고 말 것이다. 물론 말을 안 해도 쫓겨날 것 같은 분위기이기는 했다. 이완이 고개를 들었다.

"꽤 복잡한 일이에요."

이오나가 이를 악물었다.

"그쪽은 기자잖아요. 기사 쓰듯이 알아듣기 쉽게 잘 정리해 봐요."

헤더가 손을 뻗어 이오나를 잡으려 했지만, 그녀는 재빨리 팔을 움츠렸다.

"이런 일에 끌어들여서 미안해요."

헤더가 말했다.

"사과로 해결될 문제가 아니에요."

이오나는 갑자기 분노가 사라진 듯 기가 한풀 꺾였다.

"남편이 체포되면 어쩌죠? 우린 변호사도 없는데, 도대체 어떻게 해야……."

이오나는 눈물을 참으려는 듯 고개를 푹 숙였다. 에이바는 그녀를 안아주고 싶었지만, 가까이 갔다가는 주먹이 날아올 것 같았다. 헤더가 고개를 저었다.

"그 사람은 체포되지 않을 거예요. 나쁜 짓 한 게 없는걸요."

"경찰이 언제부터 그런 거 따졌어요?"

헤더가 차분한 표정으로 다시 입을 열었다.

"그 사람은 곧 집에 돌아올 거예요. 우린 떠날 거고요. 앞으로 다시는 나타나지 않을게요. 약속해요."

이오나가 고개를 들었다.

"진짜죠?"

헤더가 대답하려는 순간, 전화벨이 울렸다. 전화기는 부엌 출입구 벽에 걸려있었다. 다섯 사람 모두 수화기만 쳐다보았다. 벨이 울릴 때마다 에이바는 점점 더 긴장됐다.

이오나가 돌바닥을 거칠게 긁으며 의자를 밀고 일어섰다.

"남편이 경찰서에서 전화하나 봐요."

그녀는 부엌 출입구로 가 수화기를 들었다.

"여보세요?"

모두가 그녀를 지켜보았다. 전화 덕분에 분위기가 좀 진정된 느낌이었다.

이오나는 전화기를 귀에 대고 부엌을 둘러보다가 시선이 에이바에 이르자 눈을 휘둥그레 떴다.

"잠깐만요."

그녀가 송화구를 손으로 가리고 수화기를 에이바에게 내밀었다.

"당신한테 온 거예요."

이완이 자리에서 벌떡 일어섰다.

"누구래요?"

"남잔데, 누군지는 말 안 하네요."

"우리가 여기 있는 건 아무도 모르는데."

에이바는 무겁게 두 눈을 깜빡였다. 다리가 떨리고 모든 소리가 순식간에 멀어졌다. 생각나는 건 오직 한 사람뿐이었다. 당연히 그녀를 찾아낼 사람인데, 무슨 생각을 했던 것일까?

"마이클이에요."

그녀가 말했다. 이완은 고개를 저었다.

"끊어요."

헤더가 말했다. 에이바는 조리대에 엉덩이를 부딪치며 다급하게 입을 열었다.

"아니에요. 통화할게요."

헤더가 손을 앞으로 뻗었다.

"안 하는 게 좋을 것 같아요."

에이바는 손을 휘저어 거절했다.

"뭔가 알아낼 수 있을지도 몰라요."

에이바가 부엌을 가로질러 전화기를 향해 손을 뻗었다. 이오나는 잠시 망설였지만, 그녀에게 수화기를 건넸다. 에이바는 전화선을 쭉 잡아당겨 다른 방으로 걸어갔다. 다른 사람들이 보는 앞에서 통화를 하고 싶지는 않았다. 그녀는 창을 통해 언덕의 완만한 곡선을 바라보며 흥분을 가라앉혔다. 구름이 하늘 높이 걸려있었다. 그녀는 수화기를 귀에 가져다 댔다. 치직 소리가 들렸다. 숨소리도 들렸다. 그녀는 그것이 마이클임을 알 수 있었다.

"마이클."

그녀는 그가 분노를 숨기기 위해 잔뜩 긴장하고 있을 것이라고 생각했다.

"에이바."

자신감 있고 차분한 목소리였다. 역시 마이클은 한 수 위였다.

"당신 괜찮아?"

에이바는 화가 치밀어 올랐다. 마치 그녀를 걱정하는 듯 그런 질문을 하다니!

"괜찮아."

"아기는?"

"왜 전화했어?"

"여보, 그게 무슨 소리야? 당신 걱정돼서 전화했지. 낯선 사람들하고 그냥 사라져 버렸잖아. 퇴원한 지 얼마 되지도 않았는데."

"용건만 말해."

"집으로 돌아와."

마이클이 부드럽게 말했다.

"예전처럼 단란한 가족이 되면 좋겠어."

그녀가 마른침을 삼켰다.

"당신은 그동안 날 괴롭히고 학대했어. 내 삶 전체를 통제하고 날 노예로 만들었어. 그런 삶으로 돌아가자고?"

침묵이 흘렀다. 잠시 후 그가 마음이 상한 듯한 목소리로 다시 입을 열었다.

"당신이 그렇게 느꼈다면 정말 미안해. 난 우리 둘 모두에게 가장 좋은 길을 찾고 싶어. 당신이 너무 보고 싶어."

그의 목소리가 갈라지고 있었다. 그녀는 그가 흐느끼는 소리를 듣고 경악했다. 이런 철면피 같으니! 이름만 아내인 자신의 노예를 더 이상 강간할 수 없게 되니 슬퍼서 우는 건가?

"닥쳐."

에이바가 말했다.

"내 핑계로 울지 마. 나나 아기를 진심으로 신경 쓴 적도 없으면서. 그저 통제하려는 것뿐이잖아."

갑자기 속이 울렁거렸다. 속 쓰림이 위를 타고 목구멍까지 올라왔지만, 그녀는 가까스로 참아냈다.

"에이바, 제발 돌아와."

그녀는 창밖을 바라보았다.

"지옥에나 떨어져 버려."

"그만!"

순식간에 그의 목소리가 바뀌었다.

"나한테 그런 식으로 말하지 마. 난 당신 남편이야."

"우린 이제 아무 사이도 아니야."

"아니긴, 넌 내 아내고, 내 아기를 임신 중이야. 내가 둘 다 잡으러 갈 거야. 나랑 같이 집으로 가든 아니면 아기만 나한테 보내든 알아서 해. 이런 짓을 벌이고도 양육권을 가질 수 있을 것 같아? 이성을 잃고 십대 남자애랑 도망친 인간한테 아기를 준다고? 나랑 같이 살지 않는 한, 아기 얼굴은 다시는 못 볼 거야. 내가 널 병원에 처넣어 버릴 거거든. 내가 할 수 있다는 거 알지? 넌 평생 정신병원에서 못 나올 거야."

"정신병자는 당신이야!"

에이바는 당당히 맞섰지만, 아기 얘기가 나오자 흔들리기 시작했다. 마이클의 의도가 적중한 것이다.

"당신이랑 다시는 볼 일 없어."

그녀는 부엌 출입구를 향해 걸어갔다.

“꺼져, 마이클.”

그녀는 쾅 소리가 나게 수화기를 내려놓았다. 아드레날린 때문에 온몸이 부들부들 떨렸다. 그녀는 그제야 빠뜨린 게 있다는 것을 깨달았다. 그가 어떻게 이 집 전화번호를 알아냈는지 묻지 못한 것이다.

"당장 떠나야 해요."

이완이 침묵을 깨고 말했다. 에이바가 전화기를 쾅 내려놓은 후 누구도 감히 입을 열지 못하고 있었다. 에이바는 이마를 벽에 대고 바들바들 떨고 있었다. 이완은 벌떡 일어나 그녀에게 다가가다가 1미터 앞에 멈춘 채 어정쩡하게 서있었다. 에이바를 안고 위로해 주고 싶었지만, 가족을 내팽개친 중년 남자의 손이 닿는 것을 그녀가 원치 않을 것 같았기 때문이다. 하지만 그런 생각은 틀렸다. 그녀는 이완에게 기대더니 그를 꼭 붙잡고 그의 어깨에 기대 울음을 터뜨렸다. 자신을 필요로 하는 사람 곁에서 힘이 되어줄 수 있다는 사실에 이완은 다시 아빠가 된 기분이 들었다. 문득 지구 반대편에 살고 있는 가족이 생각났다. 그가 겪은 일을 그들에게 어떻게 설명할 수 있을까? 과연 다시 만날 수나 있을까?

잠시 후 에이바가 이완을 놓고 한 걸음 뒤로 물러섰다. 그녀는 손등으로 눈물을 닦고 얼굴을 부채질했다.

"세상에, 저 남자 진짜 성질을 긁네요."

다시 침묵이 흘렀지만, 이번에는 헤더가 재빨리 입을 열었다.

"이완 말이 맞아요. 마이클이 우리 위치를 안다면 다른 사람들도 알 거예요."

이오나는 어리둥절한 표정이었다.

"마이클이 누군데요?"

"내 남편이요."

에이바가 대답했다.

"날 집으로 데려가서 다시 통제하고 아기도 빼앗을 셈이에요."

"그 사람은 당신들이 여기 있는 걸 어떻게 알았대요?"

이오나가 다시 물었다. 이완이 고개를 저었다.

"아마도 경찰 도움을 받았을 거예요. 높은 사람들을 안다고 했거든요. 하지만 이렇게 빨리 알아낸 걸 보면 사람들을 엄청 압박했을 거예요. 인버네스 경찰이 캠핑카를 찾아냈고, 이제 폴을 심문하고 있으니, 우리가 여기 있는 걸 알아내는 건 어려운 일이 아니에요."

레녹스가 구석에서 걸어 나왔다.

"경찰이 영장을 가지고 다시 올 거예요."

이완이 고개를 끄덕였다.

"마이클도 이쪽으로 오고 있겠지."

그는 에이바에게 고개를 돌렸다.

"핸드폰이던가요?"

"그런 것 같았어요."

"그럼 이미 근처에 와있는지도 몰라요."

이완은 창밖을 내다보았다. 몇 킬로미터 밖까지 길이 보이는데, 아직 차나 경광등은 없었다. 이오나가 두 손을 들어 올렸다.

"어디 가는지 말하지 마세요. 알고 싶지 않으니까. 폴은 혹시 알아요?"

헤더가 고개를 흔들었다.

"폴은 경찰에 말하지 않을 거예요."

"왜 그 사람이 당신을 보호해야 하죠?"

"그 사람이 말해도 어차피 안 믿을 거예요."

"왜요?"

"믿을 수 없을 테니까요."

그때 이완이 시야 끄트머리에서 무언가 움직이는 것을 발견했다. 그는 창밖으로 눈을 돌렸다. 뭔가 있는 것 같았는데, 그냥 바람에 흔들리는 나무였나? 그는 저 멀리 길을 살펴보았다. 땅의 굴곡 때문에 종종 안 보이는 구간도 있었지만, 길을 따라 달려오는 무언가가 있었다. 검정색 금속 물체가 번쩍거리며 집을 향하고 있었다. 그는 창문으로 한 걸음 다가서서 싱크대를 붙잡았다. 그것들은 수면을 헤치고 올라오는 고래처럼 다시 모습을 드러냈다. 검정색 SUV 두 대였다. 에든버러에서 봤던 바로 그 차들이었다.

"제길, 놈들이 왔어요."

에이바가 창 앞으로 다가왔다.

"마이클이요?"

"펠로스예요. 마이클도 같이 있을지 모르죠."

“펠로스가 누군데요?”

이오나가 자리에서 일어서며 물었다. 헤더 역시 자리를 박차고 일어났다.

“나쁜 놈이요. 당장 나가야 해요.”

레녹스는 이미 잽싸게 자리를 벗어났다. 샌디를 챙겨야 했기 때문이다. 이완은 계속해서 차들을 주시했다. 겨우 몇 분 거리였다.

“제기랄.”

헤더가 이오나를 바라보았다.

“당신은 우릴 알지도 못하는데 우리가 당신을 곤란에 빠뜨린 거 알아요. 하지만 트럭 좀 쓰게 해줘요.”

이오나는 대답하지 않았다. 그녀는 매서운 눈으로 한동안 헤더를 바라볼 뿐이었다. 마침내 그녀가 부엌문 옆 바구니로 가서 차 키를 꺼내 그들에게 건넸다.

이완이 뒤를 돌아 창밖을 확인했다. SUV가 더 가까워져 있었다. 그는 계획을 짜내기 시작했다.

배낭을 챙겨 돌아온 레녹스는 곧장 밖으로 향했다. 이완은 헤더와 에이바를 서둘러 집 밖으로 내보내고 자신도 그 뒤를 따랐다. 이오나가 제일 마지막으로 집을 나섰다. 그들은 서둘러 트럭으로 향했다. 레녹스와 에이바가 조수석에 앉고, 헤더는 운전석에 앉았다. 이완은 차 문이 열린 운전석으로 다가갔다.

“가요. 내가 시간을 끌어볼게요.”

헤더가 고개를 흔들었다.

“안 돼요. 다 같이 가요.”

이완이 길을 향해 손을 휘저었다.

“몇 분이면 저들한테 붙잡힐 거예요. 저 차들보다 빨리 달릴 수 없잖아요. 도망치려면 시간을 벌어야 해요.”

헤더가 그의 어깨 너머로 시선을 던졌다.

“이오나가 도와줄 거예요.”

“이 일이랑 관련도 없는 사람이잖아요.”

“그러는 당신은요?”

“상황 파악은 하고 있어요.”

말을 마친 이완이 운전석 문을 닫고 트럭 옆면을 꽝 때렸다.

“출발.”

헤더는 망설였지만 곧 시동을 켜고 집 옆으로 난 길을 따라 쏜살같이 달리기 시작했다. 그들은 언덕 아래로 내려가는 뒷길을 향해 점점 멀어져 갔다. 이완은 그들이 시야에서 사라진 뒤에야 고개를 돌렸다. SUV는 아직 도착하지 않았다. 그들이 떠나는 모습을 못 봤어야 할 텐데!

그는 이오나에게 고개를 돌렸다. 그녀는 야구방망이를 손에 들고 출입구에 서있었다.

“그거 나한테 주고 안으로 들어가요.”

이완은 방망이를 건네받고는 몸을 돌려 앞길을 따라 달려갔다. 가장 높은 곳에 이르자 나지막한 언덕을 넘어오는 차들이 보였다. SUV 앞면 그릴이 마치 만화 속 찡그린 악당 얼굴 같았다. 그들은 눈 깜짝할 새 이완 앞에 도착해 끽 소리를 내며 멈춰 섰다. 그는 방망이를 치켜든 채 길 한가운데 서있었다. 차들은 잠깐 동안 꼼짝하지 않았다.

이완은 뒤돌아 집 쪽을 바라보고 싶은 충동을 느꼈다. 이 짧은 순간도 일행이 멀리 도망가는 데에는 충분한 도움이 될 것이다. 그는 자신에게 무슨 일이 벌어질지는 생각하지 못했는데, 이렇게 가만히 서있다 보니 문득 살아남지 못할 수도 있겠다는 생각이 들었다.

그때 앞차의 조수석 문이 열리고 펠로스가 차에서 내렸다. 다른 차에서도 정장 입은 덩치 둘이 따라 내렸다. 펠로스가 선글라스를 벗고 그에게 가까이 다가왔다. 덩치들도 그 뒤를 따랐다.

"당신을 여기서 보다니 좀 놀랐습니다."

또박또박 세련된 그의 상류층 말투가 귀에 거슬렸다. 수백 년간 특권을 누리며 살아놓고 이제는 하일랜드에 번쩍거리는 차를 타고 나타나서 제멋대로 굴고 있지 않은가!

"하지만 어찌 생각하면 불가피한 일 같기도 합니다. 우리 둘 다 에든버러에서 멀리도 왔네요."

펠로스가 손가락을 흔들자 덩치들이 성큼성큼 그를 지나쳐 걸어오더니 총을 꺼내 들었다. 이완은 야구방망이를 휘둘렀지만 무기력한 반항에 지나지 않았다. 이완의 방망이가 남자 하나를 아슬아슬하게 스치는 사이 다른 남자가 총 손잡이로 그의 머리를 내리찍었다. 이완은 방망이를 허공에 휘두르며 비틀비틀 뒷걸음질 쳤다. 첫 번째 남자가 신중하게 조준한 뒤 그의 왼발을 쐈다. 타오르는 듯한 통증이 다리를 타고 올라와 몸을 거쳐 머리까지 전해졌다. 그는 얼른 멀쩡한 다리로 무게를 옮겼지만, 눈에는 눈물이 고였다. 방망이에 몸을 의지하고 서 있는 그를 향해 또 다른 남자가 다가오더니 다시 한번 권총을 휘둘렀다. 이완은 울퉁불퉁한 자갈 바닥에 무릎을 꿇고 쓰러졌다. 발이 미

친 듯 욱신거렸다. 그는 그대로 바닥에 풀썩 쓰러져 눈을 감았다. 정
신이 아득해졌다.

헤더는 룸미러로 뒤를 살피다가 다시 앞에 놓인 길을 바라보았다. 그리고 산울타리 사이에 끼어있는 좁은 커브를 돌았다. 30분째 달리고 있지만 뒤쫓아 오는 차는 없는 것 같았다. 그도 그럴 것이 1차선 길인 데다가 그녀는 무시무시한 속도로 차를 몰고 있었다. 커브를 돌 때나 과속방지턱을 넘을 때도 속도를 줄이지 않았다. 버스나 트럭과 부딪치지 않은 게 신기할 정도였다. 그녀의 두 손은 땀범벅이었고 입안은 바싹 말라버렸다. 헤더는 숨 쉬는 것을 잊지 않으려 애썼다.

그녀는 이완을 생각했다. 지금껏 펠로스라는 남자와 그 똘마니들에 대해 들은 얘기를 감안하면 이완은 이미 그들 손에 죽었을지도 모른다. 죄책감에 속이 울렁거렸다. 그는 그들에게 시간을 벌어주기 위해 자신을 희생했다. 동시에 헤더는 화가 났다. 그가 막판에야 뭘 하려는지 털어놓는 바람에 그녀는 반박할 기회조차 없었다. 누군가 희생해야 한다면 그 사람은 그녀가 되어야 했다. 걱정은 여기에서 그치지 않았다. 경찰서에 간 폴과 집에 남은 이오나는 어떻게 됐을까? 이 사달이 난 것은 모두 그녀 책임이었다. 그녀가 폴의 삶에 문제를 끌어들인 것이다.

몇 분에 한 번씩 교차로가 나타났고, 그들은 늘 통행이 더 적은 길을 선택했다. 좁은 1차선 도로에 높은 산울타리까지 있으면 발각될 가능성이 적어진다. 어디에선가 상태가 좋은 주요 국도를 맞닥뜨렸을 때도 그들은 그 길을 택하지 않았다. 하지만 결국 제대로 된 길을 달려야 할 시점이 오고 말았다. 레녹스가 핸드폰 화면에 지도를 띄웠다. 그들과 해변 사이에 거대한 언덕이 넓게 펼쳐져 있는데 가로지르는 도로가 없었다. 농로 아니면 막다른 길뿐이었다. 결국 그들은 언덕을 돌아가기로 하고 북서쪽으로 향하는 도로에 합류했다. 통행량이 많지는 않았지만 헤더는 다시 룸미러로 뒤를 부지런히 확인해야 했다. SUV는 여전히 보이지 않았다. 운송 트럭과 자가용뿐이었다.

고도가 높아지자 넓은 시골 풍경이 펼쳐졌다. 이곳저곳에 만이 보이고, 완만하게 경사진 풀밭 대신 황량한 벌판이 길을 둘러쌌다. 진짜 하일랜드의 모습은 이런 것이 아닐까? 수백만 년 동안 무슨 일이든 일어나길 기다린 것 같은 모습 말이다. 그들은 끝이 댐으로 막힌 만을 따라 긴 직선구간을 달렸다. 고사리와 헤더 꽃이 주변 언덕을 퀼팅 이불처럼 장식하고 있었다. 광활한 공간감 때문인지 마치 천국을 향해 달리는 느낌이 들었다.

카라반을 끌고 가는 한 네덜란드 번호판 자동차가 어느새 그들의 트럭을 가로막았다. 헤더는 로지가 태어나기 전 폴과 캠핑카를 타고 하일랜드에서 보냈던 휴가를 떠올렸다. 울라풀에도 한 번 가본 적이 있었다. 북부 해안이 노스코스트 500이라는 이름으로 유명해지고 관광객이 몰려들기 이전의 일이었다. 세상에 변하지 않는 것은 없다지만, 죄다 좋은 방향으로 변하는 것은 아니다. 헤더는 이번 일이 좋게 끝날 것 같지 않았다. 해피엔딩을 그려보려 했지만 아무래도 되지 않았다. 문득 자신이 죽어가고 있다는 사실도 떠올랐다. 난리통에 까맣게 잊고 있었다. 다른 이들은 어떻게 될지 모르지만, 적어도 그녀의 마지막은 이미 정해져 있었다.

에이바가 자리에 앉은 채 몸을 꿈지럭거렸다. 헤더가 흘끗 그녀를 바라보았다.

"괜찮아요?"

에이바는 눈을 한 번 굴리고 한숨을 내쉬었다.

"방광이 터질 것 같아요."

헤더는 주변을 둘러보았다. 나무 한 그루 없이 그저 탁 트인 들판이었다.

"급해요?"

"엄청요."

헤더는 깜빡이를 켜고 갓길에 차를 세웠다. 길을 따라 얕은 배수로가 나있었는데, 쭈그려 앉기에는 충분한 크기 같았다. 헤더는 뒤차가 지나가기를 기다렸다가 차에서 내렸다. 레녹스는 에이바가 내리는 것을 도와주고 다시 차에 탔다.

"보면 안 돼."

에이바가 그에게 말했다. 헤더는 에이바가 배수로에 내려가는 것을 도와주고 가방에서 물티슈를 꺼내 건네주었다. 에이바가 바지를 내리자 헤더는 뒤돌아 차가 오는지 살폈다.

"미안해요."

에이바가 말했다. 자갈 바닥에 오줌 튀기는 소리가 들려왔다.

"그럴 필요 없어요. 몸이 시키는 대로 해야죠."

그때 엔진 소리와 함께 커다란 검정색 자동차가 커브를 돌아 모습을 드러냈다. 헤더는 가슴이 철렁했다. 하지만 가까이서 보니 펠로스의 차는 아니었다. 그냥 부잣집 사모님이 어딘가 가는 중인 것 같았다.

"됐어요."

차가 지나간 뒤 에이바의 목소리가 들렸다.

"한결 낫네요."

에이바가 트럭 문을 두드리자 레녹스가 문을 열었다. 헤더도 다시 운전석에 자리를 잡았고, 그들은 한동안 침묵 속에서 길을 달렸다.

"우리 이제 어쩌죠?"

에이바가 마침내 입을 열었다. 그녀는 고개를 돌려가며 두 사람을 번갈아 바라보았다. 레녹스가 대답했다.

"울라풀에 가야죠."

에이바가 다시 물었다.

"그다음엔?"

레녹스는 어깨를 으쓱하고 배낭을 쓰다듬었다. 지퍼가 열린 작은 틈 사이로 촉수가 쏙 빠져나와 오렌지색 빛을 내뿜었다. 정말 말도 안 되는 일이다. 헤더가 처리할 수 있는 수준의 일이 아니었다. 하지만 그녀는 지금 이곳에 있고 이 말도 안 되는 상황을 해결해 나가고 있다.

레녹스가 촉수를 쓰다듬었다. 그의 눈에 눈물이 고이는가 싶더니 금세 사라졌다.

"얘들을 가족한테 돌려보내 줘야죠."

헤더가 얼굴을 찌푸렸다.

"샌디가 그렇게 말했니?"

"그건 아닌데, 느낌이 그랬어요."

"그다음에는?"

에이바가 눈을 비비며 물었다. 헤더는 그 말이 무슨 뜻인지 알았다. 샌디를 바다로 돌려보내면 그들에게는 무엇이 남을까? 헤더는 죽어가고 있고, 레녹스는 샌디에게 푹 빠져있다. 에이바는 곧 아기를 낳을 것이다. 관련된 사람은 그들뿐만이 아니었다. 마이클, 펠로스, 경찰, 그리고 이스트로디언에서 죽은 사람도 있다. 이완과 폴과 이오나까지 모두 복잡하게 뒤얽혀 있지 않은가!

"몰라요."

레녹스가 어깨를 들썩하며 대답했다. 헤더가 소리 내어 웃었다.

"미치겠네!"

에이바는 고개를 설레설레 저었다.

그들은 또 다른 만의 육지 끄트머리에 이르렀다. 바다 쪽으로 갈수록 넓어지는 만이었다.

"브룸에 다 왔네요."

레녹스가 핸드폰 화면을 들여다보며 말했다.

그들은 만을 따라 몇 킬로미터 더 이동했다. 헤더는 수시로 룸미러를 살피며 이완을 생각했다. 하지만 그것은 그저 바람일 뿐이었다. 흘끗 옆을 보니 배낭이 움직이고 있었다. 레녹스가 강아지를 쓰다듬듯 배낭 안에서 손을 꼼지락대고 있었다.

헤더는 커브에 이르러 다시 앞을 바라보았다. 그들은 제일 높은 지점에 올라와 있었다. 이제부터는 만의 입구 쪽으로 내려가는 길이었다. 만 안쪽으로 뾰족 튀어나온 나지막한 곳에 하얀 집들이 길게 늘어서 있었다. 그녀는 오래전 보았던 울라풀을 한눈에 알아보았다. 그때와 전혀 다른 세상에서 다른 삶을 살고 다른 차를 타고 왔지만 말이다.

"다 왔어요."

헤더가 말했다.

이완은 요트 갑판에 걸터앉아 있었다. 밖으로 다리를 빼 늘어뜨리고 있는데, 그 아래에는 차가운 푸른 물 대신 부글거리는 용암의 바다가 있었다. 검붉은 용암에 그의 발이 타들어 갔다. 피부는 쪼글쪼글해지고 살은 녹아내렸으며 힘줄은 툭툭 끊어졌다. 뼈는 녹아 용암 속으로 사라지고 그의 다리 끝에는 발의 흔적만 남아있었다.

"깨워요."

목소리 덕분에 악몽에서 깨어났지만, 발이 불타는 느낌은 사라지지 않았다. 강렬한 불길이 신경을 타고 흐르며 온몸을 고통으로 태우는 것 같았다. 그는 감은 눈을 뜨지 않았다. 용암 바다는 어쩌면 꿈이 아닐지도 모른다. 눈을 감고 있으면 앞으로 다가올 일을 보지 않아도 되겠지.

하지만 갑자기 날아든 손바닥에 그의 얼굴이 거칠게 돌아갔다. 얼굴이 붉어지며 분노가 솟구쳐 올랐다. 발에서 시작된 불길이 다리 위로 번져 올라갔다. 이완은 두 눈을 떴다.

펠로스가 의자에 앉아있고 정장을 차려입은 두 덩치가 그 옆에 서있었다. 입을 열지 않는 덩치들이라니, 무슨 코미디를 보는 기분이었다. 이완은 저들이 어떤 사람인지 궁금했다. 집에 가면 부인과 아이들이 있을까? 그들에게 다정하게 입 맞추고, 오늘도 사무실에서 지루한 하루를 보냈다고 이야기할까? 별다른 일은 없었고, 무고한 일반인한테 총만 한차례 쐈다고? 하긴 그를 무고한 일반인이라고 할 수는 없을 것이다. 이번 사건에 깊이 관여되어 있으니까.

이완은 발을 내려다보았다. 신발 발등 부분에 놀랍도록 작은 구멍이 하나 나있었다. 운동화 천은 붉게 물들었고, 구멍에서는 피가 스며 나왔다. 신발 속에는 더 많은 피가 고여 질벅거리는 느낌이 들었다.

그는 주변을 둘러보았다. 폴과 이오나의 집 거실이었다. 그는 식탁 의자에 앉아있었고, 펠로스는 그의 맞은편에 앉아있었다. 팔꿈치를 식탁에 올리고, 양손의 손가락을 지붕 모양으로 맞대고 있었다. 이완은 두 손을 들어 올려보다 깜짝 놀랐다. 의자에 묶여있을 줄 알았기 때문이다. 하긴 그것이 무슨 의미가 있겠는가? 멀쩡한 상태로 탈출한다 해도 따라잡힐 게 뻔한데 지금은 심지어 발에 구멍까지 나지 않았는가! 그는 얼마나 오랫동안 기절해 있었는지 궁금했다. 헤더는 얼마나 멀리 달아났을까?

그때 거실 맞은편 소파에서 기침 소리가 들렸다. 이완의 몸이 뻣뻣하게 굳었다. 얼굴에 멍이 들고 입술이 터진 이오나를 발견했기 때문이다.

"대체 뭐 하는 짓이야?"

그가 펠로스에게 말했다. 펠로스는 이완을 똑바로 바라보았다.

"저 여자분은 그들이 어디로 갔는지 모른다는 게 이미 확인됐습니다. 심지어 그 사람들한테 감정이 별로 안 좋더군요."

"이 일하고는 아무 상관도 없는 사람이에요."

이완이 말했다. 펠로스가 의자에 등을 기대자 삐거덕 소리가 들렸다.

"헤더 씨가 전남편에게 전화할 때 이미 알았어야죠. 이 사람들에게 엄청난 고통을 가져다줄 것이라는 사실을요."

이완은 고개를 저었다.

"댁이 재수 없는 놈이라는 건 알았지만, 고문을 좋아하는지는 몰랐네."

"전혀요. 솔직히 좋아하지 않습니다. 하지만 필요하면 하기 싫어도 해야 하는 법이죠."

"당신 대체 뭐요?"

펠로스가 미소 지었다.

"당신은 탐사보도 기자 아닙니까? 직접 알아내셔야죠."

이안이 검색을 통해 알아낸 것은 거의 없었다. 그는 펠로스의 신경을 건드려서 필요한 정보를 뱉어내게 할 방법을 궁리했다.

"MI7이잖아요."

펠로스의 미소가 흐려졌다.

"그런 조직은 없습니다."

"내가 듣기로는 아니던데."

"괴짜들의 최후 수단은 음모론이라고 하더니만."

"하지만 그게 사실일 때도 있죠."

가까이 있던 덩치가 그의 오른쪽 뺨에 주먹을 날렸다. 이완은 하마터면 의자에서 떨어질 뻔했다. 그는 입에서 피 맛을 느끼고 바닥에 침을 뱉은 후 이오나를 바라보았다.

"저 사람은 보내줘요."

이완이 말했다.

펠로스가 몸을 앞으로 기울이자, 밖에서 들어온 빛이 그의 얼굴을 비추었다. 얽은 자국과 주름이 보였다. 그자는 이완이 생각했던 것보다 나이가 많은 듯했다.

"MI7이 뭡니까?"

펠로스가 물었다.

"비밀 정부 조직이죠. MI5는 내부 위협을 다루고 MI6는 국제 문제를 다루고요. MI7은 외계 관련 조직이잖아요."

펠로스가 고개를 끄덕였다.

"당신들의 그 조그만 문어 친구가 외계인이라는 건 인정하는군요."

"아니요. 그들이 외계인이라고 생각하는 건 당신이에요."

"그들이라고요? 하나가 아니라 여럿이란 뜻입니까?"

이완은 굳이 오해를 바로잡지 않았다.

펠로스의 표정이 부드러워졌다. 그는 이완을 달래려는 듯 손을 앞으로 쭉 뻗었다.

"기자님, 나를 잘못 알고 계시네요. 나는 그것을 보호하려는 겁니다. 다른 사람들이 나를 따라오고 있는데, 그들은 나처럼 그것을 존중해 주지 않을 거예요. 나는 그것이 불행한 일을 겪지 않았으면 하는 바람뿐이랍니다."

이완은 속이 울렁거렸다.

“그런 사람이 발에 구멍을 내나?”

“그건 실수였어요.”

펠로스가 덩치들을 향해 고갯짓을 했다.

“저 사람들이 좀 발끈할 때가 있어요. 특수부대 출신이 어떤지 아시지 않습니까? 나도 저들 방식을 좋아하지는 않습니다.”

이완은 불타오르는 발의 고통을 참기 위해 침을 꼴깍 삼켰다. 그는 다시 턱으로 이오나를 가리켰다.

“저 사람한텐 왜 그랬어요?”

펠로스는 고개를 흔들었다.

“실수를 저지른 거죠. 잘못을 인정합니다.”

그가 두 손을 들어 올리며 말했다.

“하지만 이건 중요한 문제예요, 이완. 지금 우리가 다루는 것은 아주 특별합니다. 우주의 다른 곳에서 온 생명체잖습니까? 그것이 당신에게도 말을 걸었나요?”

이완은 고개를 흔들다가 문득 의문이 들었다.

“당신이 그걸 어떻게 알죠?”

“아하, 그것이 소통을 하긴 한다는 뜻이군요.”

펠로스가 눈을 가늘게 떴다.

“당신이 아니라면 다른 사람 중 하나겠네요. 속상하겠어요. 소외감을 느끼셨나요?”

이완은 고통이 밀려오는 것을 느꼈다.

“닥쳐.”

펠로스는 한숨을 내쉬었다.

"짐작하시겠지만 나는 과학을 공부한 사람입니다. 우주생물학을 전
공했죠. 오래전 이쪽 일을 제안받아 들어오긴 했는데 그동안은 아무
것도 없었어요. 그런데 마침내 꿈이 이루어진 겁니다. 다른 행성에서
온 존재를 만나게 된 거죠."

"내 질문에 대답 안 했잖아요. 그들이 의사소통 한다는 걸 어떻게
알았어요?"

이완이 말했다. 펠로스는 이 일이 벌어지기 전 과거를 떠올리는 듯
아련한 표정을 지었다. 순간 이완은 깨달았다.

"다른 존재가 있었군요. 그래서 아는 거야. 샌디 하나만 있는 게 아
니었어."

"샌디라고요?"

펠로스가 미소 지었다.

"그것에게 이름을 지어줬군요."

"그놈에게 왜 그토록 집착하죠? 원래 가지고 있던 놈을 죽였나요?"

침묵이 대답을 대신했다. 펠로스는 슬픈 표정으로 자신의 손을 바
라보았다.

"좀 전에 말씀드렸다시피, 나는 종종 실수를 저지릅니다. 우리는 우
리가 뭘 하는지도 몰랐어요. 너무나 유감스러운 일이었죠."

그러고는 앉은 자리에서 허리를 곧게 폈다.

"자, 이제 그들이 어디로 갔는지 말씀해 주시죠."

이완은 펠로스의 눈을 똑바로 바라보았다.

"난 몰라요."

펠로스가 아랫입술을 삐죽 내밀었다. 이완은 다시 고문이 시작될 것

이라고 생각했다. 그는 더 이상 그 어떤 것도 견뎌낼 수 없었다. 그는 그런 걸 해낼 수 있는 사람이 아니었다. 발의 통증만으로도 이미 한계를 넘어섰다.

펠로스가 덩치 중 한 명을 향해 고갯짓을 했다. 이완은 몸에 잔뜩 힘을 주고 이를 악물었다. 하지만 남자는 이오나에게 걸어가 총을 꺼내더니 그녀의 관자놀이에 가져다 댔다. 그녀는 빠져나가려고 목을 길게 빼고 울며 소리쳤다.

"자, 이제 말씀해 보실까요?"

펠로스가 말했다.

그들은 해안도로를 따라 천천히 달렸다. 왼쪽에는 브룸만이 보였고, 오른쪽에는 작은 하얀 집들이 희미하게 빛나고 있었다. 태양은 물 위를 빠르게 질주했고, 레녹스는 그 빛 때문에 눈을 뜰 수 없었다. 그들은 작은 항구에 들어섰다. 방파제와 페리호 선착장이 의수처럼 바다를 향해 삐죽 튀어나와 있었다. 거대한 자연을 향한 인공물의 가소로운 침략이라고나 할까? 맞은편에는 술집과 음식점들이 있었다. 생선튀김집과 정육점도 보였다. 하지만 레녹스는 바다에서 눈을 뗄 수 없었다.

배낭이 꿈틀거렸다. 샌디가 산책을 기대하는 개처럼 잔뜩 흥분한 것이 느껴졌다.

〈앞으로.〉

헤더가 교차로에서 속도를 줄였다. 길이 좁아지는 곳이었다. 레녹스는 고개를 끄덕였다.

"계속 가시면 돼요."

헤더는 천천히 앞으로 움직여 90미터 정도를 더 나아갔다. 이제 길이나 집은 보이지 않았다. 그들은 완만한 곡선을 그리며 오른쪽으로 뻗어가는 곶의 끄트머리에 와있었다. 삼면이 바다로 둘러싸였고 등 뒤에만 땅이 있었지만, 그나마도 인간의 흔적은 찾아볼 수 없었다.

레녹스는 촉수가 그의 손목을 휘감는 것을 느꼈다. 샌디가 배낭 지퍼를 열고 밖으로 나오고 있었다. 그들은 계기판 앞 공간을 가득 채울 만큼 몸집을 부풀리더니 조용히 바깥을 응시했다. 피부 위로 정신 없이 불빛이 번쩍였다. 노랑, 빨강, 초록색 빛이 뒤엉켜 서로의 공간을 넘나들고 썰물처럼 빠져나갔다가 다시 흘러들어 왔다. 일렁이는 모양과 디자인, 점과 줄무늬, 소용돌이와 확대되며 펼쳐지는 복잡한 무늬들이 계속해서 변화하며 반짝거렸다.

〈이제 샌디-레녹스 부분 아니다.〉

레녹스는 명치를 한 대 얻어맞은 느낌이었다.

"뭐라고?"

두 여자가 그를 바라보았다. 헤더가 물었다.

"왜 그러니?"

에이바는 충격을 받은 표정으로 두 눈을 휘둥그레 뜨고 있었는데, 레녹스는 그녀의 반응을 이해할 수 없었다.

그가 샌디의 머리를 만지자, 손가락에 맥박이 느껴졌다.

〈무슨 뜻이야?〉

〈샌디-레녹스는 이제 부분이 아니다. 샌디-레녹스-샌디 전체다.〉

그때 에이바가 레녹스의 팔을 잡았다. 그는 깜짝 놀라 움찔했다.

"너희들 말이 들려."

에이바가 말했다. 레녹스는 고개를 홱 돌려 그녀를 바라보았다.

"네?"

〈너희 둘이 대화하는 게 들린다고.〉

에이바의 목소리가 머릿속에서 들렸다. 기쁘면서도 두려움이 깃든 목소리였다.

레녹스는 기쁨에 가득 찬 그녀의 미소를 물끄러미 바라보았다. 헤더는 어리둥절한 표정으로 두 사람을 보고 있었다.

〈어떻게 된 거죠?〉

레녹스가 생각했다. 잠시 침묵이 흐르고 에이바가 샌디를 바라보았다.

〈아까 집에서 얘들이 나한테 말을 했어. 아기한테도 다 잘 되고 있다고 말해줬어.〉

레녹스는 머릿속에서 들리는 에이바의 목소리를 만지듯 손가락으로 이마를 짚었다. 에이바가 미소를 지었다.

〈정말 믿기지가 않는다. 샌디가 우리한테 뭘 한 거지?〉

레녹스는 샌디가 뭔가 하고 있는 게 아니라는 점을 말하고 싶었다. 그것은 이미 일어난 일이었다. 그들에게 억지로 강요된 것도 아니었고, 그들 스스로 두 팔 벌려 환영한 일이었다. 물론 뇌졸중에 동의했다는 뜻은 아니지만 그것은 실수였고 샌디가 곧 바로잡았다. 레녹스는 그 순간 이미 변했다. 화학적 성질, 신경회로, 신진대사, 생명 활동, 의식, 그 외에 그라는 사람을 만드는 모든 요소들이 변했다. 그는 발전했고 성장했다. **진화한** 것이다!

"무슨 일이야?"

헤더가 다시 물었다. 에이바는 죄책감 가득한 표정으로 레녹스를
바라보다가 헤더에게 고개를 돌렸다.

"쟤들 말소리가 들려요."

그때 무언가가 레녹스의 손을 잡아당겼다. 샌디가 트럭 문을 열고
있었다.

〈샌디-샌디는 완전해져야 한다. 샌디-레녹스-샌디는 전체가 되어야
한다.〉

레녹스가 두 여자를 바라보았다.

"물속에 들어가야 한대요."

샌디는 이미 차 밖으로 나가 종종걸음으로 풀밭을 가로지르고 있었
다. 그들은 폭풍을 막기 위해 하얀 바위를 쌓아 만든 커다란 둑 위로
올라가 미끄러지듯 부드럽게 이동했다. 레녹스도 그 뒤를 따라 둑 위
로 기어올랐다. 물속에 사는 생명체가 어쩜 땅 위에서도 저렇게 편할
수 있지? 그는 멍청한 원숭이가 된 기분이었다. 저 넓은 우주의 무한
한 가능성에 대해 아무것도 모르는 미개한 개체 말이다. 하지만 이제
그는 눈을 떴고, 못 보던 것을 보기 시작했다.

샌디는 돌이 많은 해변을 미끄러져 가더니 바다 앞에서 멈춰 섰다.
그들이 바닥에 몸을 낮추자 여러 가지 색이 그들의 몸과 촉수를 타고
오르내리며 맥동하기 시작했다. 레녹스는 여행객이나 낚시꾼이 없는
지 주변을 둘러보았지만, 다행히 사람은 하나도 없었다. 에이바와 헤
더도 트럭에서 나왔지만, 그 자리에 서있었다.

샌디는 물을 향해 촉수를 뻗고 뒤를 돌아 레녹스를 바라보았다.

〈우리 같이 간다.〉

레녹스는 옷더미를 그 자리에 남겨둔 채 사각팬티 차림으로 돌밭을 걸어 샌디에게 다가갔다.

"조심해라."

헤더가 트럭 앞에서 소리쳤다. 레녹스는 대답 대신 손을 흔들고 물속으로 걸어 들어갔다. 잔잔한 전율이 다리를 타고 올라왔다. 건너편의 음울한 갈색 언덕들이 그를 내려다보며 비난하는 것 같았다. 샌디는 저 앞에서 수면 위아래로 움직이며 장난치듯 물을 튀기고 있었다. 레녹스는 숨을 깊이 들이마시고 물에 들어갈 준비를 했다. 하지만 그전에 샌디가 뛰어올라 그를 감싸더니 끌어안듯 빨아들였다. 그들은 몸을 부풀려 레녹스를 완전히 휘감은 뒤 물속으로 들어갔다. 그리고 수면 바로 아래에서 빠르게 헤엄치다가 곧 깊이 잠수했다. 아래로 내려갈수록 빛은 점점 희미해졌고, 어느 순간 샌디의 불빛이 어둠 속에서 그들을 안내하는 유일한 빛이 되었다.

그들은 소용돌이치는 횃불처럼 어둠을 뚫고 잠시 그렇게 수영을 계속했다. 레녹스는 자신을 둘러싼 샌디의 몸 때문에 뿌옇게 흐려진 시야 한 귀퉁이로 물고기와 다른 생물들이 움직이는 것을 흘끗 보았다. 그는 공기 중에서 숨 쉬는 것과 똑같이 호흡했고, 마음은 차분했다. 그가 순간 이성을 잃고 질겁할까 봐 샌디가 미리 그의 뇌에 손을 써두었을까?

그때 저 아래에 뭔가 빛나는 것이 보였다. 그들이 가까이 가자 빛은 더욱 밝아졌다. 문어라기보다 거대한 해파리처럼 생긴 덮개를 쓴 덩어리가 밝게 빛나며 불꽃을 내뿜고 있었다. 비현실적인 느낌을 주는 색들이었다. 몸체 아래에는 덩굴손 같은 것이 달려있었는데 이것들은 서로 뒤엉켜 발광하는 커튼처럼 반짝였다. 더욱 가까이 가서야 레녹스는 그 생물체가 얼마나 큰지 실감했다. 페리호만 했다. 그는 몸체 아래 덩굴손 사이에 다른 개체들이 있다는 사실도 파악했다. 그것들은 덩굴손 숲을 헤치며 이리저리 질주하고 있었다. 전체가 하나의 생태계였다.

레녹스는 샌디가 흥분과 기쁨에 휩싸인 것을 느낄 수 있었다. 문어처럼 생긴 다른 개체들이 그들을 만나러 왔다. 그들은 서로 어울려 춤을 췄고 샌디는 레녹스가 지금껏 한 번도 보지 못한 열정적인 불빛 쇼를 보여주었다. 그들은 거대한 해파리처럼 생긴 생명체의 덩굴손 안으로 들어갔다. 그곳에는 좀 더 덩치가 작은 문어 모양 개체들이 수백 마리 있었다. 그들은 해파리 몸통으로 들어가기도 하고, 그 안에서 나오기도 했다. 그들이 나타나거나 사라질 때는 거품같이 하얀빛이 쏟아져 나왔다.

그는 자신에게 몸이 있다는 사실을 잊어버렸다. 자신이 샌디인 것 같았고, 오랜만에 만난 친구들, 친척들과 함께 빛의 축제에서 춤을 추는 것 같았다. 그에게는 완전히 생소한 움직임과 패턴이었지만 동시에 더할 나위 없이 자연스러웠다.

샌디는 해파리처럼 생긴 생명체의 몸통을 향해 헤엄쳐 갔다. 그것은 그들의 머리 위에서 밝게 빛나는 캐노피처럼 둥둥 떠다니고 있었다. 거리가 가까워지면서 레녹스는 샌디의 기분이 변하는 것을 느꼈다. 기쁨이 더욱 깊고 심오한 무언가로 바뀌고 있었다.

〈집에 왔다.〉

샌디의 생각이 들렸다. 레녹스는 그 속에 담긴 힘을 느낄 수 있었다.

잠시 정적이 흘렀다. 레녹스는 이 거대한 생명체가 자신을 자세히 살펴보는 것 같은 기분이 들었다.

〈샌디-레녹스 부분을 환영한다.〉

처음 듣는 깊고 차분한 목소리가 울려 퍼졌다. 마치 어른이 어린아
이에게 말하는 것 같았다.

〈샌디-레녹스-샌디 전체가 됐다. 고맙다.〉

✦

　에이바는 바람을 쏘여야 했다. 헤더는 케일리 플레이스 호텔에 체크인을 하는 중이었다. 에이바도 원래 같이 들어갔지만, 관광객들이 서성대는 모습을 보고는 불안해져 급히 그 자리를 떠나 밖으로 나왔다. 트럭은 길가에 세워두었는데, 레녹스와 샌디는 그 안에 있었다. 그들이 물에 들어갔다가 돌아왔을 때 레녹스는 정신이 멍한 상태였다. 시간이 좀 흐른 뒤에야 그는 물속에서 만난 거대한 생명체와 그것이 다른 개체들과 이룬 생태계에 대해 횡설수설 이야기했다. 에이바는 샌디가 자신에게도 그런 것들을 보여주었으면 하는 마음이 있었지만, 다른 한편으로는 이 모든 일이 사라져 버리기를 바랐다. 그녀는 병원에 가서 아기를 낳고 안아보고 싶었다. 모유 수유나 기저귀, 낮잠 등등, 처음 엄마가 된 사람들이 해야 할 수백만 가지 걱정들로 머리를 가득 채우고 싶었다.

　최근 들어 아기 움직임이 많이 줄었다. 자기 자리에 꽉 낀 채 나갈 준비를 하고 있다는 뜻일 것이다. 머리도 자궁경관 쪽으로 내려가고 있겠지. 마이클이 사다 준 육아 관련 책에 좀 더 관심을 쏟았어야 했다. 하지만 바로 그 점이 문제였다. 그녀는 마이클에게서 나온 것은 어떤 것도 믿을 수 없었다.

숨이 가빠왔다. 불안감 때문이었다. 위산이 올라와 속이 불타오르는 것 같았다. 그녀는 개비스콘을 꺼내 벌컥벌컥 마시고 병을 다시 가방에 넣었다. 그녀는 호텔 외벽을 손으로 밀어내면서 트럭과 반대 방향으로 걷기 시작했다. 햇빛이 얼굴 위로 쏟아졌다. 따뜻했다.

마을은 브룸만 옆 작은 곳에 자리 잡고 있었는데, 좁은 길들이 격자판처럼 펼쳐져 있어 길을 잃을 염려가 없는 곳이었다. 바다와 그 건너편 산을 보면 언제 어디에서든 방향을 잡을 수 있었다. 그녀는 커플룩 차림의 노부부와 가죽옷을 입은 바이커족, 그리고 야외 활동을 즐기는 듯한 키 큰 가족을 지나 계속 걸었다. 모두 아무 걱정 없이 태양을 즐기고 있었다.

그녀는 해변으로 방향을 틀어, 바닷가를 따라 걸었다. 물에 반사된 햇빛이 강해 눈을 크게 뜰 수가 없었다. 낚싯배와 돛단배들이 저 멀리 물 위에서 출렁거렸다. 아름답고 광활한 풍경이었다. 그녀는 어깨의 긴장을 풀어보려 애썼다. 행복하다는 것은 어떤 느낌일까? 짠 내 나는 바다 공기가 상쾌하게 느껴졌다. 그녀는 유스호스텔을 지나고, 페리보트 호텔도 지났다. 그다음은…… 그녀의 엄마였다. 엄마가 100미터 앞에서 그녀를 향해 걸어오고 있었다.

에이바는 바로 옆 벽을 손으로 짚었다. 파도가 철썩이는 소리, 돛대와 밧줄이 쩔렁거리는 소리가 내내 들리고 있었다는 사실도 그제야 깨달았다. 그녀가 엄마를 한눈에 알아볼 수 있었던 것은 기우뚱한 몸 때문이었다. 엄마는 수술이 필요한 무릎 탓에 왼쪽에 무게를 덜 싣는 방식으로 걷는다. 날카로운 통증을 달고 사는 것이다.

엄마는 만을 바라보다가 고개를 돌려 에이바를 발견했다. 그녀는 잠시 걸음을 멈추더니 뛰듯이 딸을 향해 다가왔다. 에이바는 얼굴에 어색한 미소를 띤 채 상황을 파악해 보려 애썼다.

"엄마."

엄마가 그녀를 감싸듯 끌어안았다. 에이바는 엄마의 포옹이 어색했다. 두 사람 사이에 낀 커다란 배 때문만은 아니었다. 엄마가 한 걸음 뒤로 물러서서 에이바의 머리카락을 귀 뒤에 꽂아 넘겼다.

"우리 딸, 걱정 많이 했다."

"엄마, 여기서 뭐 해요?"

"바보 같긴! 너 찾고 있었지."

에이바는 고개를 흔들었다.

"내가 여기 있는 거 어떻게 알았어요?"

"그런 건 신경 쓰지도 마라. 중요한 건 널 찾았다는 거니까."

엄마는 에이바를 위아래로 훑어보았다.

"그새 배가 더 불렀네. 이제 진짜 얼마 안 남았다."

에이바는 다시 한 손을 뻗어 거친 벽을 짚고 몸을 가누었다.

"엄마, 우리가 여기 있는 거 아무도 몰라요."

"우리?"

엄마가 얼굴을 찌푸렸다.

"아직도 그 사람들이랑 같이 있단 말이니? 그 어린애가 널 납치했잖아!”

“나 납치당한 거 아니라니까요.”

그녀는 다시 어린 시절로 돌아간 기분이었다. 아빠가 그녀와 프레야에게 부당한 일을 강요할 때마다 그녀는 엄마에게 그것을 설명하려고 무던히도 애를 썼다. 하지만 엄마는 늘 아빠 편이었다. 그녀에게 엄마가 가장 필요했을 때 둘 사이에는 좁힐 수 없는 거리가 있었고, 그 거리는 지금도 여전히 존재했다.

엄마는 에이바의 말을 못 들은 척 외면하고, 다시 그녀의 배를 바라보았다.

“내가 너랑 프레야 가졌을 때도 배가 남산만 했단다. 갤러처 집안 애들이 좀 커.”

에이바는 엄마의 어깨를 붙잡았다.

“여기 어떻게 왔는지 말해봐요.”

“저기 뒤쪽에 로열 호텔 있지? 거기 머물고 있어.”

엄마가 손가락으로 가리키며 말했다. 교차로를 지나 도로에서 조금 떨어진 곳에 하얀 건물들이 늘어서 있었다. 바다를 향해 난 커다란 창문들이 보였다.

“그러지 말고 당장 같이 가자.”

에이바가 어깨를 붙잡은 손에 힘을 주자 엄마는 당황한 듯 움찔했다.

“엄마, 나 납치당하거나 강요받은 거 아니에요. 내 발로 도망친 거예요. 10년 만에 처음으로 정확히 내가 원하는 걸 했어요. 마이클의 통제나 간섭 없이요.”

엄마는 에이바의 손을 꼭 잡았다.

"우리 딸, 많이 아프구나. 너 병원에 입원한 거 기억하니? 뇌졸중이었잖아. 그것 때문에 제정신이 아닌 거야."

"그게 아니라니까요."

"넌 지금 자기가 무슨 말 하는지도 모를 거야. 가족이 옆에서 돌봐줘야 해."

"엄마, 뇌졸중이랑 아무 상관 없어요. 왜 이렇게 말귀를 못 알아먹어요!"

엄마는 충격을 받은 표정이었다.

"에이바, 그런 나쁜 말을 쓸 필요는 없잖니."

에이바는 웃음을 터뜨리며 고개를 저었다. 그리고 그동안 있었던 일들에 대해 생각했다. 그녀는 샌디의 생각을 이해할 수 있었고, 레녹스의 생각도 이해할 수 있었다. 그런데 엄마한테는 사실 그대로를 말해도 믿음을 얻을 수가 없었다.

"험한 말이 필요한 경우도 있어요. 그런 줄 아세요."

엄마가 혀를 쯧쯧 찼다.

"지 아빠 살아있을 땐 한 번도 그런 말 쓴 적 없었는데. 마이클한테도 그렇게 말 안 하잖니."

에이바의 두 눈이 휘둥그레졌다.

"엄마, 마이클은 오랫동안 나를 학대한 사람이에요. 아빠가 엄마를 학대했던 것처럼요."

엄마는 혼란스러운 표정을 지었다.

"너 대체 무슨 말 하는 거니?"

"제발 이해하려고 노력 좀 해봐요. 엄마 딸이 남편한테 학대당하면서 살았다고요. 왜 내 말을 못 믿는 거예요?"

엄마는 고개를 저었다.

"마이클은 개미 한 마리 못 죽일 사람이야. 내가 아는 사람 중에 제일 착한데."

엄마가 로열 호텔을 향해 가볍게 고갯짓을 했다. 에이바는 피부에 소름이 돋는 것을 느꼈다. 가슴이 죄어왔다.

"엄마, 마이클 여기 있죠? 엄마가 데려왔어요?"

엄마는 입술을 오므렸다.

"무슨 그런 말도 안 되는 소릴 하니? 마이클이 날 데려왔지."

✦

　헤더는 방 안을 둘러보았다. 싱글침대 두 개와 접이식 간이침대 하나, 그리고 책상과 책이 가득 찬 책장이 있었다. 인테리어는 소박하고 시골스러웠다. 침대에 누워 코를 고는 레녹스를 보자 로지가 떠올랐다. 로지도 깜빡 졸 때면 코로 그릉그릉 소리를 냈다. 그녀는 로지와 폴과 함께했던 휴가를 생각했다. 테네리페섬 안의 한 형편없는 리조트였다. 그들의 어린 딸은 대낮에 잠이 들어버렸고, 두 사람은 발코니에 앉아 고층 건물들 사이로 대서양을 바라보았다. 슬픔은 절대 사라지지 않는다. 파도처럼 밀려왔다 빠져나갈 뿐이다. 요령이라면, 파도에 저항하지 않고 그 움직임에 순응하는 것이다. 그래야 빠져 죽지 않는다. 그녀는 주머니에서 로지의 사진을 꺼내 한참 동안 바라보았다.

　그녀는 사진을 넣은 뒤 창밖을 내다보았다. 브룸만을 대서양이라고 할 수는 없지만 어차피 다 연결되어 있었다. 지구 표면의 3분의 2는 바다이니 말이다. 지구는 물의 행성인데, 그녀는 하필 원숭이 조상을

둔 탓에 이렇게 육지 위를 걸어 다니고 있다. 상어가 나무보다 더 오래 전부터 지구에 존재했다는 사실을 어디에선가 읽은 적이 있었다. 지구를 보는 인간의 시각은 너무 근시안적이라 사실 아무것도 못 본다고 하는 편이 맞을 것이다. 샌디와의 만남으로 헤더는 그 사실을 알게 되었다. 인간은 전체 그림 속에서 아무것도 아니다. 그녀는 이제 뼛속 깊이 실감할 수 있었다.

그때 뒤통수 아래쪽이 욱신거리기 시작했다. 그녀는 목을 만졌다. 종양이 물컹한 뇌 사이로 퍼져가는 모습이 그려졌다. 곧 죽음이 찾아오겠지. 그녀는 통증이 시작될 걸 알고 긴장했지만, 통증은 늘 예상과 다르게 찾아와 그녀를 압도하고 그녀의 자존감을 가장 깊고 어두운 곳으로 사라지게 했다. 그녀는 손으로 벽을 짚고, 방에 붙어있는 화장실로 비틀비틀 걸어갔다. 그녀는 샌디가 욕조에 앉아있다는 사실을 어렴풋이 알아챘다. 그들이 몸을 움직이자 수면에 잔물결이 일었고, 촉수는 욕조 밖으로 늘어져 있었다. 피부색은 밝은 갈색에서 크림색, 회색, 그리고 밝은 파랑색으로 바뀌었다.

그녀는 변기 앞에 쓰러지듯 주저앉아 변좌를 붙잡고 토하기 시작했다. 눈알이 구멍에서 튀어나오고 뇌가 곤죽이 되어버릴 것 같았다. 위장을 통째로 토해내는 것 아닌가 하는 생각이 들 정도였다. 그녀는 더 이상 고통에 저항하지 않았다. 이제 곧 모든 게 끝날 것이다. 두 번 더 토하고 나자 고통이 서서히 물러나기 시작했다. 욱신거리는 느낌도 가라앉아 둔한 통증 정도만 남았다. 그녀는 이러다가 목이 먼저 부러지는 게 아닐까 생각했다.

마침내 그녀가 변기에서 물러나 입을 닦고, 기운을 차리기 위해 벽에 등을 기댔다. 이런 발작적 증상은 분명 더 심해지고 있었다. 그녀는 호흡을 진정하려 애쓰면서 샌디를 바라보았다. 그들은 그녀에게 신경 쓰지 않는 것처럼 보였다.

샌디는 왜 아직도 여기 있을까? 샌디를 다른 존재와 재결합하게 해 주려고 세 사람이 여기까지 온 것 아닌가? 레녹스는 물에서 나와서도 똑 부러지게 설명해 주지 않았다. 물속 깊은 곳에 있는 거대한 생명체 와 공동체, 그리고 그것의 일부인 샌디에 대해 모호한 말들을 늘어놓 을 뿐이었다. 그 말대로라면 샌디는 왜 레녹스와 함께 돌아온 걸까?

헤더는 하일랜드까지의 정신없는 추격전과 앞으로 벌어질 일 사이에 어정쩡하게 놓여있는 기분이 들었다. 경찰은 여전히 그들을 쫓고 있 고, 샌디는 아직 동족과 재결합하지 않았으며, 에이바는 아직 아기를 낳지 않았고, 헤더는 계속 죽어가고 있었다. 그리고 펠로스도 점점 가 까워지고 있었다.

그녀는 이완을 떠올렸다. 그가 그들을 위해 한 일은 가족을 사랑하 는 아버지가 할법한 일이었다. 가족에게 최선인 선택을 내린 것이다. 그녀는 자신과 이완이 자연스럽게 이 엉성한 무리의 부모가 된 것 같 은 기분이 들었다. 그에게 무슨 일이 생겼을지 생각하자 가슴이 답답 해지고 머리가 지끈거렸다. 펠로스는 무슨 짓을 해서든 이완에게서 그 들의 행선지를 알아낼 것이다. 그러니 그자가 그들 앞에 나타나는 것 은 시간문제였다. 그녀는 창밖을 흘끗 바라보았다. 시커먼 SUV가 벌 써 숙소 앞을 천천히 지나고 있을지도 모른다.

하지만 샌디가 물로 완전히 돌아가고 나면 펠로스는 이곳에 올 이유 가 없어진다. 결국 핵심은 샌디였다. 헤더는 욕조에 앉아있는 그들을 바라보았다. 파도가 오갈 때마다 색이 달라지는 모래처럼 샌디의 몸도 색이 변하고 있었다. 그녀는 그들에게 다가갔다. 샌디는 레녹스에게 말을 걸었고 이제 에이바와도 소통한다. 헤더는 소외당한 기분이 들었다. 그녀는 뇌졸중으로 쓰러졌던 일을 생각했다. 샌디는 그들을 해치기도 했지만 동시에 치료도 해주었다. 그녀의 생각은 자연스레 뇌종양으로 이어졌다. 로지가 세상을 떠난 후 그녀는 자신의 죽음에 대해 신경 쓰지 않았지만 지금도 과연 같은 마음일까?

그녀는 손을 뻗어 촉수에 가져다 댔다. 촉수가 움찔하는 게 느껴졌다. 그녀가 촉수를 꼭 잡자 빨판이 그녀의 피부에 들러붙었다. 그녀는 눈을 감고 기다렸다.

그때 침실에서 쿵 소리가 크게 들려왔다. 헤더는 재빨리 욕실 문을 열어젖혔다. 에이바가 배를 잡고 숨을 헐떡이며 서있었다.

"마이클이 왔어요."

에이바가 말했다. 침대에 누워있던 레녹스가 몸을 일으켰다. 샌디의 촉수는 흔들거리며 천천히 헤더에게서 멀어졌다. 샌디가 두 눈을 떴다. 헤더는 그들의 눈을 똑바로 바라보며, 머릿속에서 목소리가 들리기를 기다렸다. 하지만 기다리던 일은 일어나지 않았고, 결국 그녀는 책상에 몸을 기댄 에이바에게 시선을 돌렸다.

"어디 있는데요?"

"엄마랑 같이 있어요. 해변에서 엄마를 만났거든요. 로열 호텔에 묵고 있대요."

레녹스가 팔꿈치를 대고 몸을 좀 더 일으켰다.

"선생님 어머닌데 왜 그러세요?"

“우리 엄마는 남편을 엄청 좋아해. 구식이라, 여자는 죽을 때까지 싫은 것도 참고 아무리 험한 꼴을 당하더라도 남자 곁을 지켜야 한다고 생각하셔.”

헤더가 얼굴을 찌푸렸다.

“그냥 딸이 걱정돼서 오셨을 수도 있잖아요.”

“난 절대 남편한테 돌아가지 않을 거예요.”

레녹스가 다리를 공중에 휘두르며 일어나 앉았다.

“안 가서도 돼요. 우리가 선생님을 돌봐드릴 거니까요.”

에이바가 웃었다.

“넌 어린애잖니.”

레녹스가 이 사이로 공기를 쯧 들이마셨다. 에이바는 당황한 표정을 지었다.

“이런, 미안. 그냥 걱정돼서 한 말이야. 알지?”

“저 혼자 뭘 해보겠다는 게 아니라, 샌디 얘기였어요. 필요하다면 잰더도 힘을 합칠 거예요.”

헤더가 눈을 가늘게 떴다.

“잰더?”

“물속에서 만난 애 이름이에요.”

레녹스가 만을 향해 손을 흔들었다. 에이바는 혼란스러운 표정을 지었다.

“왜 그렇게 지었어?”

“샌디랑 마찬가지죠. ‘알렉잰더’가 보호자라는 뜻이잖아요. 거기에서 따온 거예요. 제 느낌에는 둘 다 동일한…… 어떤 것의 일부인 것 같아요."

"여기는 왜 왔대?"

"그 애긴 안 하던데요."

"샌디는 왜 물 밖으로 다시 나왔어?"

레녹스가 얼굴을 찌푸렸다.

"무슨 뜻이에요?"

헤더가 샌디를 바라보았다. 그들은 촉수로 수도꼭지와 배수구 구멍을 탐험하듯 더듬고 있었다. 타일 벽에는 빨판 자국들이 보였다. 샌디는 수도꼭지를 돌려 물을 틀더니 물줄기 밑으로 이동했다. 욕조 밖으로 물이 철벅철벅 튀어나왔다.

"그 잰더라는 애랑 재결합하려고 여기까지 온 거잖아. 맞지? 그런데 왜 물속에 같이 있지 않고 돌아왔냐고."

레녹스는 그런 생각을 한 번도 해본 적 없는 표정이었다. 그는 샌디를 바라보았다. 헤더는 둘이 대화하는 중이라는 사실을 금세 알아챘다. 에이바의 눈이 휘둥그레지는 걸 보니, 그녀도 둘의 대화를 듣고 있는 것이 분명했다. 헤더는 그들의 작은 모임에서 거부당하는 기분을 지울 수 없었다.

레녹스가 마침내 헤더를 바라보았다.

"샌디가 아직 아줌마랑 볼일이 남았대요."

✦

　　세균 수백만 마리가 그의 발에 난 우둘투둘한 구멍으로 몰려들
어 혈관을 타고 헤엄치다가 결국 심장과 뇌에까지 이르게 될 것이다.
처음에는 눈을 뜰 수 없을 정도로 날카롭던 통증이 지금은 욱신거림
으로 바뀌었다. 하지만 강력하고 지속적인 이 느낌은 예상외로 그를
더 괴롭게 했다. 이완은 SUV 뒷좌석에서 몸을 구부리고 운동화의 총
알구멍을 만졌다. 맙소사, 타는 것같이 아팠다. 그가 발을 둥글게 구
부리려 하자 찢기는 듯한 통증이 발목을 타고 올라왔다. 양말은 피에
젖어 피부에 쩍 달라붙어 있었다.

　차를 타고 가는 내내 마음을 편하게 가져보려고 노력했다. 그가 펠
로스에게 울라풀에 대해 말한 것은 사실이지만, 이오나가 죽을지도
모르는 상황을 그냥 두고 볼 수는 없었다. 그들은 필요하다면 분명 이
오나를 죽였을 것이다. 바로 그 사실이 그를 바위처럼 짓눌렀다. 헤더
와 그 일행이 험한 일을 당하게 할 수는 없었다. 하지만 막을 방법이

도무지 생각나지 않았다.

펠로스는 뒷좌석 맞은편에 앉아 노트북 자판을 두드리며 한숨을 쉬어댔다. 앞자리에는 정장을 입은 두 남자가 입을 꼭 다문 채 앉아있었다. 다른 한 대의 SUV는 울라풀로 앞서 달려갔다.

그는 아마도 오늘 죽을 것이다. 저들이 그를 데려온 것은 그의 말이 사실인지 확인하기 위해서다. 하지만 저들은 원하는 것을 손에 넣는다 해도 그를 순순히 보내주지 않을 것이다. 절대 그럴 리가 없다. 그는 기자가 아닌가! 이완은 직감이 잘 맞는 편은 아니지만 그래도 그 알량한 직감 덕분에 여기까지 왔다. 정부 기관의 차 뒷좌석에서 피를 흘리며 머리에 총알이 박히기를 기다리는 신세가 된 것이다.

"궁금한 게 있어요."

이완이 말했다. 펠로스는 안경을 벗고 콧날을 손끝으로 꼬집듯 잡았다.

"뭐죠?"

"당신 정체는 뭐고, 샌디를 잡아서 뭘 하려는 겁니까?"

펠로스가 미소 지었다.

"이름을 지어주다니, 다시 들어도 흥미롭군요."

차가 커브를 타고 돌았다. 이완은 마음을 다잡았다. 문이 다 잠겨있는 것은 이미 확인해서 알고 있었다. 그는 만 건너편에 낮게 펼쳐진 언덕을 바라보았다. 저기까지 거리가 얼마나 될까?

"말씀드리죠."

펠로스가 다시 입을 열었다.

"나는 과학잡니다."

그가 앞자리에 앉은 두 특수부대원을 가리켰다.

“이 사람들 때문에 오해를 하신 거예요. 나는 현장에 나오는 일이 거의 없습니다. 주로 사무실이나 실험실에서 하루를 보내죠.”

“하지만 지금은 현장에 있을 뿐 아니라 사람을 쏘기도 하잖아요. 회의록 작성하듯 자연스럽던데.”

“그 점에 대해서는 이미 사과드렸습니다.”

이완이 눈을 가늘게 뜨고 펠로스를 바라보았다.

“상관이 있나 보군요?”

“무슨 말씀이시죠?”

“이 일을 누군가에게 보고해야 하는 거죠? 무슨 일을 했는지 꼼꼼하게?”

펠로스가 노트북을 톡톡 두드렸다.

“물론 절차라는 게 있습니다. 정부 기관이라는 게 다 그렇지 않습니까? 나한테 이런 말 들었다고 소문내시면 안 됩니다.”

그는 농담이라는 듯 코 옆을 두드렸다. 이완은 마른침을 삼켰다.

“전에 데리고 있던 생명체에 대해서도 얘기 좀 해봐요.”

펠로스는 창밖을 보더니 의자 위에 놓인 총으로 시선을 옮겼다. 불행히도 이완의 손이 닿지 않는 곳이었다.

“비밀스러운 조직에서 일하다 보면 좌절감을 느낄 때가 많습니다.”

펠로스가 긴 침묵을 깨고 이야기를 시작했다.

“그 비토착 두족류를 발견했을 때 저는 누구에게도 말할 수 없었습니다.”

“비토착 두족류요?”

펠로스가 어깨를 곧게 폈다.

"전문용어를 사용해서 미안합니다. 지구를 서식지로 하지 않는 문어같이 생긴 생명체를 말하는 용어입니다. 그 경이로운 생명체에게는 정말 어울리지 않는 이름이죠?"

"어떻게 찾았는데요?"

"애런섬 해변에서 발견됐는데, 이 생명체의 경우 당신들같이 도와주는 사람이 없었습니다. 글래스고 병원에 심각한 뇌졸중 환자가 두 명 들어왔는데 우린 두 사건이 연결되어 있다고 판단했어요. 그 두 사람은 우리를 도와주었고, 그것과 의사소통에도 성공했습니다. 하지만 그것은 죽어가고 있었어요. 우리가 한 일 때문은 아닌 것 같습니다. 결국 죽게 되어있었어요."

"그놈에게 실험을 했나요?"

펠로스는 목을 문질렀다.

"과학적 발전을 위해서는 기회를 활용해야 한답니다."

"당신이 죽인 거네."

펠로스는 진심으로 괴로워 보였다. 잘된 일이다. 이완의 발만 봐도 알 수 있듯 둘은 친구가 되려고 만난 사이가 아니니까.

"사람들은 과학이라고 하면 체계적이고 감정을 배제한 차가운 방식을 생각합니다. 하지만 위대한 발전에는 대가가 따르지요, 이완. 용기와 믿음이 필요합니다."

"전도하는 사람처럼 말하네요."

펠로스는 이완의 말을 곱씹는 듯 잠시 생각에 잠겼다.

"이 생명체에 대해서는 그런 면이 있죠."

그가 몸을 앞으로 기울었다.

"샌디에 대해서도 얘기해 주세요. 그것을 왜 자꾸 '그들'이라고 하나요?"

이완이 어깨를 으쓱했다.

"레녹스가 얘기해 준 건데, 자신을 '우리'로 지칭한다고 하더군요."

펠로스가 눈썹을 치켜올렸다.

"다른 개체가 더 있다는 뜻인가요?"

"어떤 공동체의 일부라는 뜻인 것 같아요. 아니면 샌디 **자체가** 하나의 공동체거나."

펠로스는 고개를 끄덕였다. 차가 내리막에 접어들자, 길 왼쪽으로 만이 점점 넓어지는 것이 보였다. 앞에는 집들이 나타나기 시작했다. 펠로스가 이완의 시선을 따라 눈을 돌렸다.

"그래서 울라풀에 가는 겁니까? 동족을 만나려고요?"

"솔직히 나도 몰라요."

이완이 자리에 앉은 채 몸을 뒤척였다.

"저기요, 치료 좀 받을 수 있을까요?"

펠로스가 피에 젖은 이완의 운동화를 바라보았다. 이완은 이 남자를 힘으로 제압하고 저 총을 집어 인질로 삼을 수 있을지 생각해 보았다. 차 문을 열어주지 않으면 펠로스를 죽이겠다고 협박하는 것이다. 하지만 다음에는 어떻게 하지? 죽지 않으려면 펠로스를 데려가야 할 텐데 자신은 제대로 걷지도 못하는 신세 아닌가? 게다가 그들을 도우려면 그 자신도 울라풀에 있어야 했다.

펠로스가 이완을 향해 진심으로 미안한 표정을 지었다.

"상황이 되는 대로 조치하겠습니다. 일단 샌디부터 찾고요."

그의 말투는 꽤 합리적이었다. 어쩌면 이자는 모두 죽일 작정이 아닌지도 모른다. 자기 말대로 단순히 과학자일 뿐인가?

"MI7 맞죠?"

이완이 불쑥 물었다. 이제 차 옆으로 집들이 보였다. 마을에 들어선 것이다. 왼쪽 창밖에는 물과 언덕, 그리고 하늘뿐이었다. 저 만의 수면 아래에는 과연 무엇이 있을까?

"우리는 다른 이름을 씁니다만, 잠재적 외계 위협에 대비하는 일을 한다고 말씀드릴 수는 있겠네요."

"샌디는 위협이 아니에요. 그건 분명합니다."

펠로스가 어깨를 으쓱했다.

"내 상사는 모두 군인입니다. 그들은 이해할 수 없는 말을 들으면 겁을 냅니다. '우리'가 이해할 수 없는 말이라는 표현이 더 정확하겠군요. 아무튼 그들의 본능은 공격과 자기 보호입니다. 우리가 샌디를 찾지 못하면 다른 이들이 시도할 거예요. 내 말을 믿으세요."

펠로스가 앞자리를 향해 고갯짓을 했다.

"믿기지 않겠지만 우리가 개중 우호적인 사람들이랍니다."

이완은 문득 펠로스의 헛소리에 진절머리가 났다. 그는 펠로스와 그 졸개들을 정당한 분노의 파도로 쓸어버리고 싶었다.

"내 발에 난 구멍을 보고도 그런 말이 나와요?"

그는 말을 마치고 의자에 놓인 총을 바라보았다. 안 될 게 뭐 있나? 설사 이 차에서 못 나간다 해도 이 나쁜 새끼 하나쯤은 해치울 수 있을 텐데. 그런데 다른 놈들은 어쩌지? 펠로스 말이 옳다. 더 많은 사람이 몰려올 텐데 그건 모두에게 좋지 않은 상황이다.

그때 차가 주유소에 멈춰 섰다. 내려다보이는 만의 풍경은 놀랄 만큼 아름다웠다. 돛단배들이 낮은 방파제 옆에서 살랑살랑 흔들리고 있었다.

펠로스가 창문을 열자 짭조름한 바다 냄새가 밀려들었다. 다른 SUV 한 대가 근처에 주차하는 모습이 보였다. 운전석에서 나온 사람이 그들이 탄 차로 다가와 몸을 기울였다.

“찾는 데 오래 안 걸릴 것 같습니다. 마을이 워낙 작아서요.”

✦

　　물이 그의 발가락에 부딪히며 잔물결을 일으켰다. 바다로 불어나가는 산들바람이 그의 머리카락을 흐트러뜨렸다. 레녹스는 곱슬거리는 머리를 만지며 샌디의 촉수를 생각했다. 물속에서 만난 잰더의 몸통 아래로 어지럽게 드리워진 덩굴과 잎도 떠올랐다. 그는 숨을 깊이 들이마셨다. 소금과 해초 냄새가 났다. 잰더에 대한 기억이 그의 머리를 떠나지 않았다. 그는 달라진 기분이었다. 그는 공동체의 일원이 되어 샌디처럼 부드럽고 빠르게 물속을 헤엄치는 자신을 상상했다. 집에 온 듯 편안한 모습이었다.

　　샌디는 두 여자와 함께 케일리 플레이스 호텔에 있었다. 두 사람은 마이클을 어떻게 해야 할지 의논 중이고, 샌디는 헤더와 이야기하고 싶다고 했다. 레녹스는 바람 좀 쐬고 오겠다며 방을 빠져나왔지만, 이곳에 올 줄 이미 알고 있었다. 그는 샌디를 더 깊이 이해하고 싶었다. 그들은 분명 연결되어 있었지만 샌디는 여전히 알 수 없는 존재였다.

바람이 불자, 짧은 속바지에 티셔츠 차림이었던 레녹스는 닭살이 돋았다. 그는 물을 향해 걸어가 물속으로 들어갔다. 냉기 때문에 잠시 폐가 멈추는 것 같았지만 그는 헤엄치기 시작했다. 갑자기 너무 미미한 존재가 된 기분이 들었다. 그는 낯설고 적대적인 환경에서 살아남기 위해 애쓰는 육지 동물이었다. 샌디는 물속에서 살지만 금세 육지에 적응했다. 어떻게 그게 가능한지 이해할 수 있으면 좋을 텐데.

그는 뒤를 돌아보았다. 해안에서 15미터 정도 헤엄쳐 와있었다. 물은 짙은 파랑색과 갈색이었고 파도는 안전한 육지에서 멀어질수록 점점 더 높아졌다. 그는 유조선을 단번에 뒤집어 버리는 대서양의 거대한 파도를 상상했다. 엔셀라두스의 바다는 얼음 아래에 있는데 그곳의 파도는 어떤 모양일까?

근육이 타들어 가는 느낌이었다. 수영은 자주 하는 운동이 아니었다. 레녹스는 잠시 제자리에 둥둥 떠서 만 양쪽의 언덕과 해안선을 따라 작은 점처럼 펼쳐져 있는 배들을 바라보았다. 인간이 타는 배는 거대한 바다 앞에서 얼마나 작고 초라한지!

그는 숨을 최대한 들이마시고 잠수했다. 그리고 어둠 속에서 빛의 흔적을 찾기 위해 두 눈을 부릅떴다. 하지만 그는 너무 미미한 존재였다. 몇 미터 못 가 숨을 쉬기 위해 수면 위로 올라가야만 했다. 다른 방향으로 또 한 번 잠수했지만, 어둠뿐이었다. 이번에는 좀 더 오래 머물렀지만, 역시 열심히 발을 굴러 물 위로 올라와야 했다. 그는 공기를 들이마시며 주변을 둘러보았다. 엔진 소리가 들렸다. 레녹스는 그 펠로스라는 사람이 80년대 액션 영화 속 한 장면처럼 헬리콥터 안에서 몸을 구부려 밖을 내다보는 모습을 상상했다. 소리가 점점 커지더니 전투기 두 대가 육지 쪽에서 나타났다. 전투기는 낮게 으르렁거리며 협곡 능선을 따라 비스듬히 날다가 귀청이 찢어질 듯 날카로운 비명과 함께 그의 머리 위를 지났다. 그리고 바다를 향해 날아갔다. 프레야의 집에서 본 것과 다르지 않았다. 그는 멀리 사라져 가는 전투기를 바라보았다. 인간이 만든 금속 기계들은 참 원시적이라는 생각이 들었다. 내연기관이 달린 금속 통이 작은 벌레처럼 공중을 날아다니는 것에 대체 무슨 의미가 있을까?

레녹스는 폐를 가득 채운 뒤 다시 물속으로 들어갔다. 눈이 따가웠다. 한동안은 어둠뿐이었지만 잠시 후 저 멀리 청록색 불빛이 나타났다. 처음에는 작은 점이던 불빛은 금세 커졌다. 엄청난 속도로 그에게 다가왔기 때문이었다. 불빛의 주인공은 샌디보다 훨씬 크고 모양도 달랐다. 잰더를 버스 크기로 축소해 놓은 것 같았다.

레녹스는 폐가 터질 것 같았지만, 불빛은 계속 그에게 다가왔다. 거대한 해파리 같은 몸통에 덩굴과 잎, 그리고 촉수가 달려있었다. 얼굴은 없지만 몸통을 가득 채운 빛의 무늬와 표현 방식으로 보아 레녹스를 알아본 것 같았다. 그들은 쏜살같이 달려와 그를 에워쌌다. 순간 그는 스코틀랜드 해안의 자그마한 짠물 웅덩이가 아니라 거대한 바다에 있는 자신을 발견했다. 얼음처럼 차가운 새파란 바다였다. 그는 현기증이 나 정신을 차릴 수 없었다. 피게이트 공원에 서있던 순간이 떠올랐다. 그때와 똑같은 기분이었다. 눈앞이 빙빙 돌았다. 무엇이든 잡아보려고 손을 뻗었지만, 손은 미니 잰더의 몸을 그대로 통과해 버렸다. 이제 둘은 엔셀라두스에 와있었다.

레녹스의 뇌가 서서히 정상으로 돌아오기 시작했다. 그는 주변을 둘러보았다. 온통 파란 물이었다. 그리고 잰더처럼 생긴 생명체 수천이 깊은 해류를 타고 천천히 움직이는 모습도 보였다. 하나하나가 그 내부와 주변에 거대한 공동체를 거느리고 있었다. 그는 아래를 내려다보았다. 좀 더 짙은 색 물이 펼쳐지는가 싶더니 저 깊은 곳에서 빨간 불빛이 깜빡거렸다. 그가 불빛에 집중하자 어떻게 된 일인지 그것에 대한 정보가 저절로 그에게 전달되었다. 빨간 불빛은 해저 화산인데 위성의 뜨거운 중심부와 연결되어 있고, 이곳에서 흘러나온 용암은 물 위를 흐르다가 열이 식으면서 산맥을 형성한다. 레녹스는 이상하게도 경건한 마음이 들었다. 그리고 금세 그 이유를 깨달았다. 미니 잰더의 감정을 공유하기 때문이었다. 화산은 신과 비슷하지만 그보다 더 복잡한 존재였다. 그것들은 엔셀라두스 생명체의 신념 체계와 삶의 일부였고, 그들의 생태계와 신앙이 하나로 합쳐진 것이었다.

그는 위를 보았다. 바다를 덮은 얼음판은 여기저기 금이 간 아름다운 하늘이었다. 얽히고설킨 수백만 무늬들은 별자리 같았고, 빙산과 빙하, 빙상과 얼음판이 연결되어 끝없이 펼쳐졌다. 이번에는 레녹스와 미니 잰더의 감정이 일치했다. 이것은 당연히 숭배받고 존중받아야 한다. 이곳에 개인은 없었다. 모든 생명체는 동일한 의식의 일부였다. 위성 전체가 하나의 개체이며 완전한 공동체인 것이다. 레녹스는 잰더처럼 생긴 빛나는 생명체들이 얼음판 일부를 가리면서 이리저리 느긋하게 움직이는 모습을 바라보았다. 그는 그들에게 유대감을 느꼈다. 그들은 이 광활한 공간에서 그가 함께할 수 있는 동료였다.

그때 레녹스를 감싼 미니 잰더가 갑자기 위로 솟아올랐다. 그들은 얼음판이 크게 갈라진 곳을 향하고 있었다. 해저의 화산에서도 강한 기류가 뿜어져 나와 바다를 가로지르는 분수처럼 얼음판의 틈을 향해 나아갔다. 그들은 이 기류를 타고 얼음판을 통과해 우주 공간으로 나갔다. 수많은 물과 얼음 입자가 그들을 에워쌌다. 레녹스는 고개를 돌려 오렌지색 거대한 천체를 바라보았다. 토성이었다. 순간 그는 자신이 토성의 고리 속에 있다는 사실을 깨달았다. 그들이 바로 토성의 고리였다. 드넓은 우주 공간에는 더 많은 미니 잰더들이 흔들흔들 떠다니고 있었다.

순식간에 모든 게 바뀌었다. 레녹스는 공포와 근심을 느꼈고, 그를 감싼 미니 잰더는 몸을 돌려 뒤를 바라보았다. 토성 뒤에서 작은 점의 무리가 나타났다. 새까만 점들은 햇빛을 받아 반짝이는 토성을 뒤로 하고 점점 더 가까이 다가왔다. 그것들은 마치 지구에서 본 새 떼처럼 일사불란하게 움직여 엔셀라두스의 북극에 내려앉았다. 그는 그것들이 무엇인지 몰랐지만, 불길한 느낌이 들었다. 그것들은 위성의 표면에 검은 점처럼 자리를 잡더니, 위성을 둘러싼 구름이 되었다. 가장자리가 빨강과 오렌지색으로 번쩍이자 그것들은 아래로 가라앉기 시작했고 얼음은 순식간에 녹아버렸다. 그것들이 바다 아래로 떨어져 사방으로 퍼져나갔다. 레녹스는 물을 타고 빠르게 확산하는 어둠을 느낄 수 있었다. 잰더를 닮은 더 많은 생명체들이 얼음의 갈라진 틈으로 빠져나왔다. 토성의 고리는 갑자기 그들의 공포로 가득 찼다.

레녹스를 데려온 미니 잰더는 그들을 만나 행복했지만 동시에 슬펐다. 레녹스는 엔셀라두스와 토성에서 고개를 돌려 저 멀리 태양을 바라보았다. 광활한 우주 속에서는 태양도 노란색 작은 점에 불과했다. 지구도 어딘가에 있겠지만 찾을 수 없었다.

그녀는 어지러웠다. 혈압이 문제라고 했는데 그것 때문인가? 에이바는 불안해 견딜 수가 없었다.

"떠나야 해요. 지금 당장."

일행은 아직도 케일리 플레이스 호텔에 있었다. 위치가 이미 노출되었는데, 이럴 수는 없는 일이었다.

"어디로 가게요?"

헤더가 물었다. 그녀는 샌디를 바라보고 있었다. 레녹스가 샌디의 뜻을 전한 후 단 한 순간도 그들에게서 눈을 떼지 않았다.

"어디든요."

에이바가 창문을 향해 손을 휘저으며 말했다.

"이해하지 못하겠지만, 난 지금 여기 있으면 안 돼요."

"영원히 도망 다닐 수는 없잖아요."

"하면 되지 왜 못 해요?"

에이바는 열이 오르는 것 같아 책상에 쓰러지듯 몸을 기댔다.

"에이바, 계속 이렇게 지낼 수는 없어요. 언젠가는 남편을 마주해야지, 아니면 절대 자유로워질 수 없어요."

"당신은 몰라요."

"통제하기 좋아하는 남자에 대해서라면 나도 알 만큼 알아요. 우리 다 알잖아요. 하지만 당신은 혼자가 아니에요. 우리가 있으니까요."

에이바가 머리를 흔들었다. 그녀도 알고 있었다. 세상에는 마이클 같은 남자가 수없이 많고, 그들은 자신의 아내와 여자 친구를 개 혹은 노예처럼 다룬다. 하지만 이것은 그녀의 개인적인 고통이었다. 마이클은 오랜 시간에 걸쳐 그녀의 자의식과 자존감을 파괴했다. 그녀는 다시 그에게 끌려가 빈껍데기만 남은 여자로 살 수 없었다.

"트럭 키 어디 있어요?"

에이바가 말했다.

"에이바."

"같이 가든지 아니면 날 보내주든지 둘 중 하나예요."

헤더가 세면대에 앉아있는 샌디를 가리켰다.

"샌디는 어떡하고요? 레녹스는요?"

에이바가 다시 고개를 저었다.

"걔들이 여기 와야 한다고 해서 데려왔잖아요."

"우린 아직 할 일이 남았어요."

에이바가 가슴 앞에 팔짱을 꼈다.

"할 일이 남은 건 **당신**이겠죠. 샌디랑 뭔가 이상한 걸 하려고 하잖아요. 어쩌면 레녹스도 아직 할 일이 남았다고 할지 모르겠네요. 그 아이는 샌디가 원하는 건 뭐든 다 해주고 싶어 하니까요. 하지만 난 끝났어요. 난 나부터 챙겨야 한다고요. 여길 떠날 거예요.”

헤더는 잠시 볼 안쪽을 씹으며 가만히 있다가 자리에서 일어나 바닥에 놓인 가방을 향해 걸어갔다. 그러고는 차 키와 돈뭉치를 꺼냈다.

“필요할 거예요.”

에이바는 울고 싶었다. 망할 호르몬! 그녀는 헤더가 이렇게 쉽게 허락할 줄 몰랐다. 에이바는 눈물이 그렁그렁한 채 차 키와 돈을 받아들었다.

“에이바, 스코틀랜드는 그리 넓지 않아요. 북쪽으로 한두 시간만 더 가면 끝인데 그땐 어떡할 거예요? 오크니제도, 세틀랜드군도, 노르웨이까지 갈 건가요?”

“그럴 수도 있죠.”

“불안해서 늘 뒤를 흘끔거리게 될 거예요.”

“맞아요. 그건 변하지 않을 거예요. 늘 마이클이 나타날까 불안에 떨 테니까요. 그 남자가 날 이렇게 만들었어요.”

그녀는 헤더를 껴안았다. 하지만 눈물이 흐르는 것을 깨닫고 금세 헤더의 품에서 빠져나왔다. 헤더에게 안겨있다가 영영 떠나지 못할 것 같았기 때문이다. 에이바는 방을 나와 계단을 내려갔다. 그리고 호텔 프런트 직원에게 까딱 고개 인사를 하고는 호텔을 나왔다.

해는 낮아졌지만 공기는 여전히 맑고 상쾌했다. 팔 전체에 문신을 한 덩치 큰 바이커 두 명이 야외 테이블에 앉아 500잔에 맥주를 마시고 있었다. 배가 불룩한 두 남자는 그녀가 트럭으로 가는 모습을 흘끗 쳐다보았다.

"에이바."

혈관이 얼어붙는 것 같았다. 기세등등한 큰 목소리가 등 뒤에서 들려왔다. 그 남자의 입에서 나온 그 세 글자에 그녀는 온몸이 움츠러들었다. 너무 늦었다. 50미터쯤 앞에 트럭이 있었지만, 수백만 킬로미터 떨어진 것과 다를 바가 없었다.

그녀는 뒤를 돌아보고 싶지 않았다. 그의 얼굴을 보는 순간 이것은 현실이 되어버린다.

"에이바."

더 조용하고 조심스러우면서도 더 확신에 찬 목소리가 조금 전보다 가까운 거리에서 들려왔다. 에이바는 차 키의 뾰족한 끝을 손가락 마디 사이로 밀어내고 뒤를 돌았다.

마이클이 20미터 정도 떨어진 곳에서 그녀를 향해 차분하게 걸어오고 있었다. 그는 전혀 서두를 필요가 없었다. 그녀가 어디에도 가지 않을 것을 알기 때문이었다.

"여보."

그가 두 팔을 벌려 그녀를 안으려 하자, 에이바는 주먹을 들어 올려 차 키를 내보이며 뒷걸음질 쳤다. 그는 걸음을 멈췄다.

"여보, 같이 집에 가야지."

"당신이랑 같이 안 가."

"내가 보살펴 줄게. 당신 어머니도 당신이 안전하길 원해서. 우리 둘 다 엄청 걱정했다고."

"엄마 얘기는 하지 마."

에이바가 떨리는 목소리로 말했다. 그의 얼굴은 너무 익숙했지만 또

한 너무 낯설었다. 진짜로 알았던 적이 단 한 번도 없는 사람 같았다.

"우리가 당신 가족이야."

마이클이 말했다.

"집에 가자. 그래야 당신을 돌봐줄 수 있지."

"당신이 원하는 건 그게 아니잖아. 지배하고 싶은 거지."

"에이바, 우린 서로 사랑하잖아."

그가 두 눈을 커다랗게 뜨고 순진무구한 표정을 지었다.

"당신 지금 혼란스럽고 속상해서 그래. 다 호르몬 때문이야."

그가 그녀의 배를 바라보았다.

"다 실수일 뿐이야."

"그렇지 않아."

에이바의 단호한 어조에 그의 표정이 굳어졌다.

"여보, 내가 다 해결할 수 있어."

그가 다시 말했다.

"경찰, 해변에서 일어난 일, 미성년자 학생 문제까지 전부 다."

"당신이 생각하는 그런 일 아니야."

"세상 사람 모두 나랑 똑같이 생각해. 하지만 당신은 그저 혼란스러웠을 뿐이고 자발적으로 가담한 것도 아니었다고 내가 말해줄게."

"꺼져!"

"지금 나랑 집에 가지 않으면 당신 결국 감옥에 갈 거야."

마이클이 무미건조한 목소리로 말했다.

"아기는 당연히 볼 수 없겠지. 내가 반드시 그렇게 만들 테니까."

그가 갑자기 에이바의 코앞까지 다가오더니 그녀의 팔을 붙잡았다.

순간 차 키를 쥔 주먹이 큰 원을 그리며 날아가 그의 볼에 닿는 것이 그녀의 눈앞에 슬로모션으로 펼쳐졌다. 뾰족한 키 끝이 피부를 베어 상처에서 피가 스며 나왔다. 하지만 마이클은 멈추지 않았다. 그는 다른 팔마저 붙잡아 손에서 키를 빼내고 그녀를 질질 끌고 가기 시작했다. 그녀는 피부가 타는 듯 화끈거렸다.

에이바는 균형을 잃고 앞으로 기울어지는 순간, 테이블에 앉아있는 두 바이커와 눈이 마주쳤다.

"강간범이에요! 도와주세요!"

그녀는 그들을 똑바로 바라보며 소리쳤다.

"이 사람 스토커인데 날 강간하고 죽이려고 해요. 제발 도와주세요."

두 남자가 벤치에서 일어나 성큼성큼 다가왔다. 마이클은 그녀를 똑바로 바라보았다. 두 눈이 증오로 이글이글 불타오르고 있었다. 그는 한 손으로 그녀의 팔을 잡고 다른 한 손은 두 남자를 향해 들어 올렸다.

"제 아내예요."

그가 말했다.

"지금 정신이 좀 혼란해서 그럽니다."

둘 중 모터헤드 티셔츠 소매를 잘라 입은 더 큰 사내가 고개를 절레절레 저으며 그들에게 다가왔다. 그는 마이클보다 머리 하나는 더 컸고, 몸무게도 40킬로그램 이상 더 나가 보였다. 머리카락은 없었지만 턱수염은 덥수룩했다.

"여자분 보내줍시다."

남자가 말했다.

"당신이랑 가기 싫다잖아."

마이클은 여전히 한 손으로 그녀의 팔을 잡아당기고 있었다.

"그쪽이 상관하실 일이 아닙니다."

"상관 좀 해야 될 것 같은데."

두 남자가 마이클을 가로막자, 그는 그들을 돌아가려고 몸을 틀었다. 그때 모터헤드 티셔츠를 입은 남자가 그의 배에 주먹을 날렸다. 그는 몸을 반으로 접듯 웅크렸다. 다른 남자는 그의 뒤통수를 향해 주먹질을 했고, 마이클은 완전히 바닥에 쓰러졌다. 마이클은 둥글게 웅크린 채 배수로 안에서 몸을 앞뒤로 흔들며 숨을 들이마시려고 애썼다. 에이바가 벌게진 손목을 문질렀다.

"이제 가보쇼."

모터헤드 티셔츠 사내가 마이클에게 말했다.

"다신 오지 마요."

마이클은 무릎을 꿇고 몸을 일으키더니 두 남자를 무시하고 에이바만 뚫어지게 바라보았다.

"다시 올 거야."

마이클이 말했다.

"경찰하고 같이. 당신을 체포해야 하니까."

에이바는 목을 만지며 두 남자를 향해 미소 지었다. 그런 다음 바닥에 무릎을 꿇고 있는 마이클에게 고개를 돌렸다.

"꺼져!"

문이 쾅 닫혔다. 그동안 함께 겪은 일이 있는데, 에이바가 그렇게 떠나버릴 줄은 몰랐다. 하지만 헤더는 더 이상 도망 다닐 수 없었다. 그게 사실이었다. 그녀는 지칠 대로 지쳐버렸다. 그녀는 이 일을 자기 책임으로 받아들였고 결국 여기까지 왔지만, 남은 것은 아무것도 없었다. 에이바는 여전히 도망치는 신세고, 레녹스에게는 새 가족이 생겼다. 이제 헤더에게 남은 것은 샌디가 말한 '남은 볼일'뿐이었다.

그녀는 고개를 돌려 욕실 문 사이로 샌디를 바라보았다. 그녀가 에이바와 설전을 벌이는 동안 그들의 몸에는 현란한 불빛이 오르내렸다. 샌디는 아마도 이해했을 것이다. 텔레파시를 쓰고, 다른 두 사람에게 자기들이 사는 세계를 보여주기도 한 생명체 아닌가? 위대한 SF 작가인 아서 클라크는 '충분히 발전한 기술은 마법과 구분할 수 없다'고 했다. 샌디는 마법 같았다.

샌디는 그녀가 무슨 생각을 하는지 알까? 그녀의 사고를 정확하게 파악하고, 그녀의 희망과 꿈을 인지하고, 상실과 비통, 슬픔과 체념을 이해할까? 암이 매 순간 그녀를 갉아먹고 있었다. 하지만 그것도 그녀의 일부였다. 그녀는 사람들이 암에 대해 말할 때 군사 용어를 쓰는 것이 싫었다. 용감히 싸웠지만 암과의 전투에서 패했다는 식으로 말이다. 암은 그 사람의 일부고 그 자신이 만들어 낸 존재다. 이런 말은 결국 내가 나 자신과 싸운다는 말밖에 안 된다. 모든 것을 싸움의 관점으로 보는 것은 남성적인 사고다. 세상을 바라보는 아주 비뚤어진 시각이다.

샌디는 절대 그렇게 생각하지 않을 것이다. 하지만 다른 존재가 무슨 생각을 하는지 어떻게 알 수 있겠는가? 나 외의 다른 이가 겪는 일을 내가 어떻게 이해할 수 있을까? 그것이 바로 인간성의 핵심이다. 다른 사람의 입장을 이해하려고 애쓰고 공감하려고 노력하는 것 말이다. 물론 소용없는 일처럼 느껴질 때도 있다. 헤더는 이 일이 시작될 때 에이바와 레녹스를 이해한다고 생각했지만 착각이었다. 그녀는 폴과 결혼할 때 그를 이해한다고 믿었고, 로지가 태어났을 때에도 딸을 이해한다고 생각했다. 하지만 인간은 다른 사람을 결코 완전히 이해할 수 없다.

헤더는 욕조에 있는 샌디에게 걸어가 그들의 눈을 들여다보았다. 무엇을 찾고 싶은 것일까? 낙관론, 지식, 혹은 다정함? 그들의 몸통 불빛에 변화가 생겼다. 박동하듯 깜빡이는 옥색 빛이 짙은 자주색과 그 사이를 길게 가로지르는 오렌지색 불빛으로 바뀌었다. 샌디의 촉수 두 개가 공중으로 올라오더니 흔들흔들 그녀의 얼굴을 향해 다가왔다.

그녀는 마른침을 삼키고 촉수를 잡았다. 빨판이 그녀의 피부에 들러붙었다. 순간 그녀는 머리가 빙빙 돌아 비틀거리다가 바닥에 쓰러졌다. 그리고 형언할 수 없는 파란색 바닷물 속에 있는 자신을 발견했다. 그녀는 마치 올림픽 선수처럼 물살을 가르고 있었다. 실은 선수보다 훨씬 빨랐다. 낯선 곳이었지만 왠지 편안한 느낌이 들었다. 그녀는 손을 내려다보고 깜짝 놀랐다. 손이 아닌 촉수가 물을 밀어내고 있었기 때문이다. 이 순간 살아있다는 것이 마법같이 황홀했다. 그녀는 자신이나 세상의 시선에 대한 걱정은 하나도 없이 오직 이 순간을 즐기고 있었다. 기쁨이 전율처럼 온몸을 타고 흘렀고, 피부에는 빛이 번쩍였다. 아름답고 독특한 그 순간은 또한 누구하고든 함께 즐길 수 있는 것이었다. 그녀와 세상을 가로막던 장벽은 허물어지고 없었다. 헤더는 움직일 때마다 물이 자신의 몸을 통과하는 모습을 상상했다. 미생물, 작은 물고기, 몸속 박테리아 등 모든 생명체가 한데 어우러져 하나의 생태계를 이루고 있었다. 그녀 역시 자신보다 큰 존재의 일부였다. 그녀는 바다와 천체라는 거대한 유기체 속 박테리아였다. 무한히 많은 퍼즐 조각 중 하나처럼, 사소하지만 절대 없어서는 안 되는 존재였다. 그녀가 없으면 전체 그림을 완성할 수 없기 때문이다.

헤더는 바다에서 빠져나와 욕실 바닥에 쓰러진 자신의 몸으로 돌아왔다. 샌디는 그녀의 무릎에 앉아있었고, 그녀는 여전히 그들의 촉수 두 개를 손으로 쥐고 있었다. 그때 다른 촉수 하나가 그녀의 귀를 향해 흔들흔들 다가왔다.

〈허락하나?〉

그녀는 머릿속에서 들려오는 목소리에 깜짝 놀라 움찔했다. 하지만 그것은 그녀가 늘 원하던 일이었다. 이 경이로운 존재를 그녀의 마음에 들이는 것은 지극히 옳은 일처럼 느껴졌다. 지난 세월 그녀가 사랑한 사람들과도 그랬더라면 좋았을 텐데! 하지만 로지가 마지막 나날을 보내면서 느낀 고통과 슬픔이 고스란히 그녀에게 전해졌다면 과연 어땠을까? 헤더는 수십억 배는 복잡해질 자신의 삶을 상상하자 속이 울렁거렸다. 그녀는 즉시 대답하고 싶은 충동을 억누르고 잠시 생각해 보기로 했다.

〈무슨 허락?〉

〈샌디-헤더 부분은 비효율적이다.〉

헤더는 샌디의 눈을 들여다보았다. 갈색에서 금색으로 변한 그들의 눈이 타원형으로 잠시 쪼그라드는가 싶더니 둥근 모양으로 되돌아왔다. 그녀는 샌디가 둘의 이름을 한데 묶어 불러준 것이 좋았지만, 나머지 부분은 이해할 수 없었다.

〈비효율적이라니?〉

헤더의 귀 근처에 있던 촉수가 머리를 둘러 가더니 그녀의 뒤통수를 부드럽게 건드렸다. 헤더는 돌처럼 굳어졌다. 종양이 자라고 있는 바로 그 자리였기 때문이다.

〈샌디-헤더 부분의 신경망 세포에 비효율적인 부분이 있다. 신경망이 샌디-에이바 부분이나 샌디-레녹스 부분만큼 기능하지 못한다.〉

〈뇌종양이야.〉

샌디는 잠시 아무 말이 없었다. 고동색이던 몸통 불빛은 회색으로 바뀌었다.

〈샌디-헤더 부분은 효율성 제고를 원하나?〉

"그게 무슨 말이지?"

헤더는 자신이 입을 벌려 말했다는 사실을 깨달았다.

〈그게 무슨 뜻이야?〉

〈샌디-헤더 신경망에서 비효율성을 삭제할 수 있다.〉

헤더는 마른침을 삼켰다.

〈암을 치료할 수 있다는 뜻이니?〉

〈세포 재구성이다.〉

헤더는 아무 말 없이 샌디의 촉수를 꽉 잡았다.

〈뇌졸중이나 그런 건 어떡하고?〉

샌디의 촉수에 갈색과 오렌지색 불빛이 잔물결을 이루었다.

〈뇌졸중?〉

〈너희가 여기 왔을 때 에이바랑 레녹스랑 나 전부 뇌졸중으로 쓰러졌잖아. 우리 말고 다른 사람 몇몇은 죽었어. 해변에서 만난 그 남자도 죽었고. 그런데 마이클은 죽지 않았대. 이유가 뭐지?〉

샌디의 머리가 살짝 길어지고 가운데를 가로지르는 띠 같은 것이 볼록 솟아오르더니 곧 사라졌다. 피부는 옅은 색과 짙은 색 빛으로 번갈아 가며 번쩍였다.

〈의사소통을 위한 신호다. 너무 강했다. 다음을 위해 조정했다. 나쁜 실수다.〉

〈하지만 회복한 사람도 있잖아. 우리 셋은 나았는걸. 왜 우리야?〉

이 일이 시작된 순간부터 머릿속을 떠나지 않았던 질문이다. 그들 곁에 아무도 없었기 때문일까?

〈신경계 화학반응 때문이다.〉

〈그게 뭔데?〉

샌디의 몸이 바르르 떨리더니 촉수 두 개가 그녀의 손에서 스르륵 미끄러져 나왔다.

〈소통에 더 열린 사람들이 있다. 신경계 경로가 다르게 형성되었기 때문이다.〉

헤더는 더 열린 사람이라는 표현이 좋았다. 샌디의 촉수가 헤더의 머리 양옆으로 올라왔다.

〈허락하나?〉

헤더는 눈을 감고, 기운 없이 병원 침대에 누운 민머리의 로지를 떠올렸다.

〈응.〉

촉수가 귀로 들어가더니 머리를 관통하는 것 같았다. 불가능하다는 건 알았지만 딱 그런 느낌이었다. 그녀는 신경을 타고 뇌로 정보가 전달되는 것을 느꼈다. 표면을 타고 가던 정보들이 세포막 아래를 흠뻑 적시고 그녀의 시냅스에게 스스로를 치료하라고 말하며 변화를 일으키고 있었다. 암에 걸린 세포에게는 스스로를 수정하는 법을 가르쳐주었다. 변화는 그녀의 몸 전체로 퍼져나갔다. 온몸 신경에 신호가 전해지고 손가락과 발가락 끝까지 생명력이 넘쳤다. 그녀는 테이블에 누운 프랑켄슈타인 괴물이 된 기분이었다. 그녀의 몸이 백만 번 죽었다 깨어나도 상상조차 하지 못할 새로운 형태의 에너지로 가득 찼다. 이런 일이 샌디에게는 아무것도 아니었다. 유기체로서의 효율성을 위해 자신의 신체 일부가 어떻게 행동해야 할지를 알려주는 것이 그들에게는 그냥 간단하고 자연스러운 일인 것이다.

헤더는 벽에 머리를 기대고 온몸의 힘을 풀었다. 의식마저 사라질 즈음 갑자기 정신이 또렷해졌다. 샌디가 그녀의 영혼을 깨끗하게 닦아 되돌려준 것 같았다. 그녀는 울음을 터뜨렸다.

촉수가 귀에서 빠져나가고, 그녀는 자세를 고쳐 앉았다. 정신이 얼떨떨하고 손과 발은 간질간질했다. 방 반대편에 놓인 테이블에서 인스턴트커피 냄새가 풍겨왔다. 촉수의 빨판은 여전히 그녀의 피부에 붙어 있었고, 입안에서는 금속 맛이 났다. 그녀는 자신이 볼 안쪽을 깨물었다는 사실을 깨달았다. 결과는 성공이었다. 그녀는 그렇게 믿었다.

그녀는 눈을 뜨고 무릎에 앉은 샌디를 오랫동안 바라보았다.

〈고마워.〉

샌디의 촉수에 빛이 잔물결 치듯 퍼져나갔다.

〈샌디-헤더 부분 이제 효율적이다.〉

그녀는 눈물을 흘리며 소리 내어 웃었다.

그때 창밖에서 소리가 들려왔다. 헤더는 저 밖에 실제 세상이 존재한다는 사실을 문득 깨닫고, 무릎을 세워 앉았다. 샌디가 미끄러지듯 그녀 무릎에서 내려왔다. 발을 딛고 일어서자 뼈가 아팠다. 하지만 기분 좋은 느낌이었다. 몸도 새것이 된 것 같았다. 복음주의 교회에서 다시 태어난다는 것이 이런 느낌일까? 그녀는 창문으로 가 밖을 내다보았다. 에이바가 덩치 큰 바이커 두 명과 함께 서있고, 마이클은 그녀에게 소리를 지르며 어디론가 걸어가고 있었다. 그녀는 에이바를 보내고 싶지 않았다. 지금은 아니다. 앞으로도 마찬가지일 것이다. 그녀는 문으로 달려갔다.

　해초 냄새가 코를 찌르고, 해안에 부딪치는 파도 소리가 들려왔다. 조약돌을 깔고 누운 레녹스의 얼굴 위로 따뜻한 햇살이 쏟아져 내렸다. 그는 두 눈을 뜨고 껌뻑거렸다. 그곳은 해변이었고 몇 미터 떨어진 곳에 그의 옷이 쌓여있었다. 그는 얼굴을 문지르고 한 손으로 젖은 머리카락을 쓸어 넘겼다. 휘청거리며 자리에서 일어나 옷을 입기 시작했다. 그리고 정신을 차리려고 애쓰며 주변을 둘러보았다. 사람은 없고 바다에 어선 한 척이 떠있었다. 저 배에 바닷속 깊이 내려가는 그물이나 낚싯줄이 있을까? 레녹스는 저들이 무엇을 낚아 올릴지 궁금해졌다. 물론 그가 걱정하는 일은 일어나지 않을 것이다. 잰더가 알아서 막을 테니 말이다.

　레녹스는 머릿속이 잘 정리되지 않았다. 샌디와 잰더는 무엇일까? 인간과 다른 수준의 생명체라는 점은 분명했다. 그들이 보여준 환영은 너무 생생하고 정교해서, 그는 실제로 엔셀라두스의 바다에서 헤엄치고 우주를 떠다닌 것 같았다. 엔셀라두스에 갑자기 나타난 다른 존재들은 또 무엇일까? 그것들은 거대한 무리를 이루고 있었다. 그것들의 의도를 알 수는 없지만, 하나의 생태계에 수없이 많은 개체가 갑자기 등장하는 것은 절대 좋은 일이 아니었다. 게다가 레녹스를 둘러싼 미니 잰더들은 살던 곳을 버리고 탈출하는 분위기였다. 최대한 빨리 도망치려고 하는 피난민들이었다.

이 사실을 알려야 했다. 일단 샌디와 얘기해야 한다. 그는 양말을 신고 운동화를 신었다. 정신은 여전히 멍한 상태였다. 아직 토성의 고리 속을 떠다니는 기분이었다. 미니 잰더에게서 전해 받은 느낌들이 레녹스의 몸 구석구석에 퍼져있었다. 그는 만을 바라보았다. 지금은 거대하고 압도적인 자연으로 보이지만, 엔셀라두스의 해저 세계에 비하면 한낱 작은 물웅덩이에 지나지 않았다. 하지만 이 물웅덩이는 바다로 이어져 결국 지구를 뒤덮은 대양이 된다. 광활한 공간의 시작인 셈이다.

레녹스는 둑을 기어오른 뒤 길을 따라 걷다가, 케일리 플레이스 호텔을 향해 방향을 꺾었다. 비탈길 꼭대기에 이르자 저 멀리 에이바가 보였다. 그녀 곁에 덩치 큰 남자 둘이 서있고, 마이클은 고개를 숙이고 주먹을 꽉 쥔 채 성큼성큼 걸어 그들에게서 멀어지고 있었다.

마이클이 그들을 찾아냈으니, 나머지도 머지않아 이곳에 도착할 것이다. 스코틀랜드에서 숨는 것이 이렇게 어려울 줄이야! 레녹스는 평생 이렇게 넓은 공간을 본 적이 없었다. 그런데도 그들이 어디를 가든 늘 흔적이 남았다.

그는 에이바에게 다가갔다. 그녀는 호텔 밖 낮은 벽에 걸터앉아 거친 숨을 쉬고 있었다. 바이커 두 사람이 레녹스의 비쩍 마른 몸과 곱

슬머리를 보고 혼란스러운 표정을 지으며 그에게 다가섰다. 에이바가
손을 흔들었다.

"일행이에요."

둘 중 더 큰 남자가 입을 열었다.

"괜찮겠어요?"

에이바는 고개를 끄덕이고 눈을 질끈 감았다.

"필요하면 불러요. 바로 여기 있을 테니."

남자는 말을 마치고 테이블로 돌아갔다.

"무슨 일 있었어요?"

레녹스가 물었다. 에이바가 눈을 떴다.

"별일 아니야."

"선생님 남편 왔던데."

"걱정하지 않아도 돼."

그녀는 레녹스의 머리가 젖어있는 것을 발견했다. 티셔츠도 가슴에
쩍 달라붙어 있었다.

"또 수영했어?"

레녹스는 고개를 끄덕였다. 어떻게 설명하지?

"샌디 없이 혼자 갔구나."

에이바가 말했다.

"물속에서…… 잰더의 일부를 만났어요."

"그래서?"

"뭘 보여주더라고요."

"샌디처럼?"

"더 많이요. 제 생각엔 그들의 수가 엄청 많은 것 같아요."

"샌디가 여럿이라고?"

"잰더 말이에요. 다른 생명체도 있어요."

"만에?"

"그건 잘 모르겠어요."

"여기 왜 왔을까?"

레녹스가 입술을 깨물었다.

"피난처를 찾는 것 같아요. 도망친 거죠."

에이바의 눈이 휘둥그레졌다.

"왜 도망을 쳐?"

"잘 모르겠어요."

에이바가 갑자기 웃음을 터뜨렸다.

"우리랑 비슷한 처지구나."

"두 사람 괜찮아요?"

헤더였다. 그녀는 어깨에 배낭을 메고 휘청거리며 호텔에서 나와 에이바를 바라보았다.

"마이클 온 거 봤어요."

"난 괜찮아요."

에이바가 대답했다. 레녹스는 가방이 꿈틀거리는 것을 보고 고갯짓을 했다.

"샌디랑 얘기하셨어요?"

헤더가 한참 뜸을 들인 후 대답했다.

"응. 애들한테 큰 도움을 받은 것 같아."

에이바가 턱을 들어 올렸다.

"잰더가 레녹스한테 고향에서 있었던 일을 보여줬대요."

"무슨 일?"

헤더가 말하는 순간, 에이바가 긴장한 표정을 짓더니 몸을 웅크리고 마치 택시를 잡듯 한 손을 들어 올렸다.

"진통이에요?"

헤더가 에이바의 손을 깍지 끼며 물었다. 레녹스는 에이바가 헤더의 손을 얼마나 꽉 잡고 있는지 알 수 있었다. 손마디가 하얗게 변했기 때문이다. 에이바가 눈을 몇 번 무겁게 깜빡였다.

"아직 브랙스턴힉스가 남아있나 봐요."

"아닌 것 같아요. 병원에 가보는 게 좋겠어요."

헤더가 말했다.

"아무것도 아니라니까요."

헤더는 몸을 웅크려 에이바와 눈높이를 맞추었다. 그리고 다른 한 손도 마주 잡은 뒤 두 손을 모두 꼭 주먹 쥐었다.

"잘 들어요. 우리 여기까지 함께 왔잖아요. 당신이 떠나겠다고 할 때 잡지 않은 건 잘못이었어요. 내가 미안해요. 샌디랑 꼭 얘기를 해야 한다는 생각에 빠져있었어요. 하지만 이제 돌아왔어요."

헤더가 레녹스를 턱으로 가리켰다.

"우리 둘 다 당신 곁을 지킬 거예요. 그러니 우리 도움을 받아들여 줘요. 병원에 가야 해요."

에이바가 고개를 저었다.

"가정분만 하는 여자들 많잖아요. 수천 년 동안 모두가 그렇게 하고 살았어요. 세상에서 가장 자연스러운 일이라고요."

"자연스럽다고 해서 위험하지 않다는 뜻은 아니에요."

"난 그냥……."

에이바가 움찔하더니 배를 얻어맞은 사람처럼 허리를 푹 숙이고 낮게 으르렁거리는 소리를 내뱉었다. 레녹스는 동물원에서 본 고양잇과 동물의 울음소리가 떠올랐다.

그는 에이바의 다리 사이 콘크리트 바닥에 젖은 얼룩이 생긴 것을 발견했다. 그녀의 조거팬츠에서 뭔가 뚝뚝 떨어지고 있었다.

"이번엔 진짜예요."

헤더가 말했다. 에이바는 숨을 헐떡이며 고개를 들고 눈을 한 번 감았다 떴다.

"그러네요. 망할, 아이가 나오려고 해요. 이제 어쩌죠?"

헤더는 그녀를 빤히 쳐다보다가 레녹스에게 고개를 돌렸다. 하지만 그에게도 답은 없었다.

✦

　　펠로스의 핸드폰이 울렸다. 이완의 발은 심장이 뛸 때마다 고통
스럽게 박동했다. 펠로스는 핸드폰을 귀에 대고 듣더니 이내 전화를
끊었다. 그리고 운전하는 남자의 어깨를 톡톡 두드렸다.

　“케일리 플레이스 호텔에 있답니다. 웨스트 아가일 도로로 가죠.”

　제길!

　차는 빠르고 부드럽게 도로를 달리다 오른쪽으로 한 번, 그다음 왼
쪽으로 한 번 방향을 꺾었다. 이완은 경찰서 표지판을 발견했다. 하지
만 지역 경찰이 그들에게 무슨 도움이 되겠는가?

　펠로스가 한숨을 내쉬었다.

　“이제 곧 끝나겠군요.”

　“샌디만 찾으면 우린 다 보내줄 건가요?”

　“당연하죠.”

　이완은 다리에 경련이 일어나는 것을 견디며 목을 길게 빼고 밖을

내다보았다. 그들은 멀리 있지 않을 것이다. 펠로스는 앞만 보고 있었다. 이완은 헤더에게 전화를 해볼 생각으로 핸드폰을 찾아 주머니를 더듬었다. 하지만 놈들이 핸드폰을 그대로 두었을 리 없다. 그는 펠로스가 손에 든 총을 바라보았다. 저 총을 뺏고 영웅이 되는 것은 어떨까? 하지만 그의 몸은 얼어붙은 듯 꼼짝하지 않았다. 머릿속에서는 일이 잘못될 때 벌어질 수 있는 상황들이 펼쳐졌다.

차가 교차로에 멈춰 섰다. 차 두 대가 해안에서 언덕으로 올라가느라 요란한 엔진 소리를 내고 있었다. 이완이 왼쪽으로 고개를 돌리자, 페리호와 반짝이는 물이 가득한 만, 그리고 햇빛 때문에 눈을 가늘게 뜬 채 유모차를 밀고 가는 젊은 부부가 보였다.

그들은 교차로를 건넌 뒤, 길을 막고 서있는 또 다른 SUV 옆에 차를 세웠다. 창문이 내려갔다.

"똑바로 가시면 됩니다."

남자가 펠로스에게 고개를 끄덕하며 말했다.

"100미터 정도예요. 셋 다 호텔 밖에 나와있습니다."

"뭘 하고 있나요?"

"잘 모르겠습니다. 조금 전 젊은 여자와 남편 사이에 충돌이 있었습니다."

"그 여자 남편이 여기 있습니까?"

"지역민 둘이 겁을 줘서 쫓아냈습니다."

"우리 목표물은요?"

"보이지 않습니다만, 저들이 가방을 가지고 있는 것은 확인했습니다."

"그 안에 있겠군요."

이완은 가슴이 조여왔다. 차 문은 모두 잠겨있는데 창문은 어떨까? 그는 운전석 너머를 보기 위해 고개를 둥그렇게 구부렸다. 그때 뒤에서 자동차 경적 소리가 들렸다. 운송 트럭이 길을 지나기 위해 기다리고 있었다. 펠로스가 운전석 뒤를 톡톡 두드리자 차가 다시 출발했고, 또 다른 SUV도 뒤를 따랐다. 잠시 후 이완은 세 사람을 발견했다. 레녹스가 보였고, 낮은 벽에 앉아있는 에이바와 그 곁에 서서 그녀를 지켜보는 헤더도 보였다. 그들 뒤에 폴의 트럭이 있었고, 배낭은 바닥에 놓여있었다. 저들은 대체 뭘 하는 걸까? 당장 도망가지 않고! 그들까지 거리는 겨우 50미터 정도였다.

이완은 요란하게 기침을 하면서 자리에서 몸을 꿈틀거렸다. 그리고 등을 창문 쪽으로 움직여 버튼을 누르고 창을 내렸다. 펠로스는 아무것도 못 들었는지 여전히 앞만 바라보고 있었다. 하지만 창이 반쯤 내려갔을 때 윙윙거리는 전자음을 들은 펠로스가 고개를 돌렸다. 이완은 피로 흠뻑 젖은 발에 무게를 싣고 몸을 뻗어, 창밖으로 머리와 어깨를 내밀었다. 강한 여름 바람이 그의 몸을 스쳤다.

"도망쳐요!"

그는 목청껏 소리를 질렀다.

"헤더, 놈들이 왔어요."

세 사람이 고개를 돌리는 순간, 펠로스가 그를 차 안으로 끌어당겨 맞은편 자리에 내던졌다. 하지만 이완은 레녹스와 헤더가 에이바의 손을 잡고 그녀를 트럭에 태우는 모습을 볼 수 있었다. 레녹스는 바닥에 놓인 배낭을 챙겨 들었다. 이완은 그들이 샌디를 그곳에 놓고 도망쳤으면 하는 생각이 들었다. 저들은 왜 아직도 저놈을 보호하고 있을까?

사실 이완은 이미 그 이유를 알고 있었다. 샌디는 저들의 목숨을 살리고, 저들에게 삶의 목적을 주었다.

세 사람이 트럭에 올라타 속도를 내자 SUV 두 대가 그 뒤를 추격하기 시작했다. 트럭은 막다른 곳에 이르자 급하게 핸들을 오른쪽으로 꺾어 좁은 길로 들어섰다. 왼쪽에 캠프장이 보이더니 곧 만이 나타났고, 만 건너편에는 언덕이 보였다. 오른쪽에는 작고 하얀 집들이 줄지어 있었다. 트럭으로 SUV를 따돌리는 것은 불가능했다.

펠로스가 이완을 노려보았다.

"바보 같은 짓을 했습니다."

"시끄러워."

펠로스는 몸을 앞으로 기울이고 운전사에게 말했다.

"목표물을 해쳐서는 안 됩니다. 아시겠죠?"

SUV는 양쪽에 차가 주차된 길을 시속 100킬로미터에 가까운 속도로 달렸다. 인도를 걷는 사람들이 얼빠진 표정으로 그들이 탄 차를 바라보았다.

차가 오른쪽으로 굽은 길을 따라 방향을 틀었다. 만에서 멀어져 얕은 강을 따라 가는 길이었다. 이렇게 해서는 승산이 없다. 트럭으로는 절대 탈출할 수 없었다.

그때 맞은편에서 차가 한 대 나타나더니 그들을 피해 인도로 급하게 방향을 꺾었다. 앞에서는 트럭이 교차로에서 오른쪽으로 돌아가는 모습이 보였다. 그들은 그 뒤를 따랐다. 곧 길이 다시 넓어졌고, 그들은 시내 중심에 돌아왔다.

또 다른 SUV가 그들이 탄 차 옆으로 나란히 달리기 시작했다. 맞은편 차들은 한쪽에 차를 세우거나 인도로 올라갔다. 두 SUV는 앞선 트럭을 거의 들이받을 듯 바짝 추격했고, 그들은 모두 해안을 향해 언덕을 내려갔다. 트럭은 해안도로에 이르자 속도를 줄였다. 그때 이완은 문득 아이디어가 떠올랐다.

SUV에 탄 세 남자는 모두 트럭만 바라보았고 차는 너무나 빠른 속도로 교차로에 들어서고 있었다. 이완은 마른침을 삼킨 뒤 두 손을 둥글게 말아 쥐고 앞을 향해 몸을 날렸다. 발이 더욱 욱신거렸고 그의 몸통은 앞좌석 사이에 끼었다. 앞자리에 앉은 남자들이 그를 밀어냈고 펠로스가 그를 붙잡으려 하자 이완은 발로 펠로스의 얼굴을 걷어차 핏자국을 남겼다. 이완은 좁은 틈에서 홱 몸을 잡아 뺀 뒤 운전사의 팔을 어깨로 들이받았다. 그들이 탄 차가 나란히 달리던 또 다른 SUV 쪽으로 기울어졌고 두 차는 아슬아슬하게 맞붙은 채 교차로에 들어설 참이었다.

이완은 고개를 들어 앞을 살폈다. 트럭이 물가 난간을 들이받고 멈춰 서있었다. 커브를 돌지는 못했지만 물에 빠지지는 않았다.

이완은 상체 전체를 앞좌석 쪽으로 빼냈다. 조수석에 앉은 남자가 이완을 향해 총을 겨누었고 총성이 울려 퍼졌다. 잠시 후 이완은 가슴에 총을 맞았다는 사실을 깨달았다. 그는 분노와 고통의 포효를 내지르며 팔꿈치로 운전사의 얼굴을 가격하고, 몸을 더 앞으로 빼 손으로 액셀을 눌렀다. 그들은 나란히 달리는 SUV와 함께 교차로로 우르르 쏟아져 들어갔다. 이완은 운전대를 잡고 방향을 틀어 다른 SUV를 페리호 선착장 건물 쪽으로 밀어붙였다. 그 SUV는 건물에 끼어 으스러졌고, 그들이 탄 차는 짧은 방파제를 따라 더 빠른 속도로 달렸다. 차는 도로 경계에 세워진 둥근 플라스틱 기둥을 쳐내고 안전벽을 뚫고 지나가더니 마침내 낮은 담마저 넘어버렸다. 그리고 그대로 공중에 붕 떴다. 이완은 차 아래 만을 바라보았다. 넓은 육지와 바다, 그리고 하늘이 한데 뒤섞여 그를 집어삼키는 극심한 고통과 함께 빙글빙글 소용돌이쳤다. 잠시 후 차는 굉음과 함께 수면에 부딪혔고 이완의 머리가 앞 유리를 뚫고 튀어나왔다.

✦

　　차가 난간을 들이받고 으스러지며 멈추는 순간, 그녀의 머리가 앞 유리에 부딪히고 가슴은 운전대에 짓이기듯 눌렸다. 헤더는 SUV 두 대가 방파제를 따라 달리는 모습을 바라보았다. 한 대는 건물에 부딪혀 먹구름 같은 먼지를 일으켰고, 다른 한 대는 속도를 이기지 못해 바다에 뛰어들었다.

　이완!

　그녀는 옆자리의 에이바와 레녹스를 바라보았다.

　"다들 괜찮아요?"

　둘 다 정신을 잃진 않았지만 충격 때문에 멍한 상태였다. 에이바는 진통이 오는지 얼굴을 찌푸렸고, 레녹스는 고개를 좌우로 흔들었다.

　헤더는 다리 사이에 끼워놓은 가방을 집어 들고 트럭 밖으로 뛰어내렸다. 그리고 방파제를 따라 달렸다. 페리호 선착장 건물에 처박힌 SUV 운전사는 정신을 잃고 쓰러져 있었다. 그녀는 방파제 끝으로 달려가, 물속으로 가라앉고 있는 또 다른 SUV를 바라보았다. 뒷바퀴와 꼬리등 정도가 물 밖에 나와있을 뿐이었다.

"이완!"

그녀는 방파제 끝에 서서 몸을 기울여 앞을 바라보았다. 차까지 거리는 20미터도 안 돼 보였다. 그녀는 수영을 할 줄 몰랐지만, 더 좋은 방법이 있었다.

그녀가 가방을 열자 샌디의 촉수가 콘크리트 바닥으로 쏟아져 나오고 뒤이어 몸통도 빠져나왔다. 헤더는 빨판이 붙은 촉수를 손으로 잡았다.

〈샌디, 이완 알지? 우리 친구 말이야.〉

〈샌디와 부분 아니다. 하지만 샌디-인간 부분들을 도와준다.〉

〈그래, 맞아. 우리를 도와줬어.〉

그녀는 다시 물을 바라보았다. 뒷바퀴가 물에 가라앉으며 거품이 올라오고 있었다.

〈이제 우리가 그 사람을 도와줘야 해. 저 차 안에 갇혀있어.〉

샌디가 만을 바라보았다.

〈그 사람은 물속에서 숨을 못 쉬어. 그러니까 여기로 데려와 줘. 할 수 있지?〉

잠시 정적이 흘렀다.

〈우리가 이완을 데려온다.〉

〈서둘러야 해. 죽을지도 몰라.〉

샌디는 허둥지둥 방파제 끝으로 가더니 미끄러지듯 물속으로 들어갔다. 헤더는 샌디의 매끈한 몸이 차 지붕을 향해 빠르게 움직이는 모습을 지켜보았다. 샌디는 차 지붕을 잡더니 옆문 쪽으로 다가갔고, 그러는 사이 차는 더 깊이 가라앉았다. 이 물은 얼마나 깊을까?

헤더는 차에 탄 다른 사람들을 떠올렸다. 샌디에게 그 사람들도 모두 데려와 달라고 해야겠지. 하지만 일단은 이완이 먼저였다. 그녀는 조금 전 SUV에서 소리치던 이완의 모습을 떠올렸다. 톨 시오낙에서 그가 한 행동도 생각했다.

이제 차는 완전히 물속으로 사라졌다. 잔물결이 이는 갈색 수면에는 갈매기들이 떠있고, 거품의 흔적이 희미하게 남아있었다. 그녀는 이완의 폐가 걱정이었다.

〈샌디?〉

헤더는 기다렸다.

아무 답이 없었다.

이런, 제발!

그녀는 주변을 둘러보았다. 인도를 덮친 트럭은 난간을 들이받아 휘었고, SUV는 선착장 벽돌 벽을 무너뜨리고 그 안에 처박혀 있었다. 주민들과 관광객들은 무슨 일이 일어났는지, 도움이 필요한 상황인지 살피며 주변에 모여들었다.

〈샌디?〉

제발, 제발, 제발.

그때 왼쪽으로 몇 미터 떨어진 곳에서 무언가가 수면을 뚫고 올라왔다. 샌디의 몸이 햇빛을 받아 반짝였다. 촉수에 둘러싸인 이완은 얼굴을 위로 향한 채 두 눈을 꼭 감고 있었다. 샌디는 방파제 옆쪽으로 빠르게 헤엄쳐 왔다. 그곳에는 방파제에서 계단을 통해 내려갈 수 있는 잔교가 있고, 작은 배 두 척이 정박해 있었다. 헤더는 계단을 뛰어 내려가 몸을 구부리고 샌디를 기다렸다. 그리고 이완을 힘겹게 다리 위로 끌어 올렸다. 샌디가 물속에서 그를 밀어주었다.

이완의 얼굴은 창백했다. 머리카락이 머리에 딱 달라붙었고 가슴에 난 상처에서 피가 흘러나왔다. 헤더는 주머니에서 손수건을 꺼내 상처를 꾹 눌렀다. 저들 중 하나가 이완을 쏜 것일까? 그녀는 핸드폰으로 119에 전화해 위치를 말한 뒤 전화를 끊었다. 구급차가 어디에서 오는지 모르지만, 시간 내에 올 수 없다는 사실은 분명해 보였다.

그녀는 심폐소생술을 시작했다. 이완의 코를 잡고 머리를 뒤로 젖힌 뒤 숨을 불어넣고 가슴을 압박했다. 총구멍이 난 곳이 걱정돼 흉골 아래쪽을 눌러야 했다. 하지만 그녀가 가슴을 누를 때마다 상처에서 피거품이 일었다. 그녀는 오히려 안 좋아지는 것은 아닌지 걱정이 되었다. 하지만 드라마에서는 계속 가슴을 누르다 보면 결국 사람이 물을 한 바가지 토해대고 의식을 회복하는 모습이 늘 등장한다. 그녀는 계속해서 이완의 입에 숨을 불어넣고 총구멍이 난 가슴을 펌프질했다. 저 멀리 트럭에서 에이바와 레녹스가 나오는 모습이 보였다. 길에는 사람들이 더 많이 모여들었고 그중에는 그녀가 있는 방파제를 향해 걸어오는 사람도 있었다. 샌디가 헤더의 오른편으로 기어올라 그녀 옆에 자리를 잡았다. 그들의 피부에서는 빛이 번쩍이고 박동했다.

심폐소생술이 계속되었다. 끊임없이 숨을 불고 계속 가슴을 압박했다. 하지만 이완은 여전히 창백하고 축축했다. 헤더가 샌디를 바라보았다.

〈이 사람 도와줄 수 있니?〉

〈어떻게?〉

〈숨을 안 쉬어. 익사한 것 같아. 가슴에 총상도 있고.〉

그녀는 이완의 왼쪽 신발이 문드러지고 피에 젖은 것을 발견했다. 샌디가 빛을 내뿜었다.

〈샌디-이완 부분 만들기?〉

갈매기가 서로를 부르듯 울어댔고, 파도는 잔교에 부딪혀 철썩 소리를 냈다.

〈그래줄래?〉

그녀가 옆으로 자리를 피하자 샌디가 이완의 가슴 위로 올라갔다. 그들은 이완의 머리 양옆에 촉수를 하나씩 가져다 대고 조금씩 그의 목 쪽으로 이동했다. 화려하던 빛은 흐릿해져 회색 바탕에 자주색 얼룩만 남았다. 샌디는 한참을 그렇게 앉아있었다. 헤더는 구급차가 도착하면 어떻게 설명해야 할지 생각했다. 몇몇 사람들이 방파제에 서서 그녀를 내려다보았다. 그중 한 여자는 핸드폰으로 그 장면을 촬영했다.

“가까이 오지 말아요. 구급차나 불러줘요.”

헤더가 말했다. 그녀는 이 모든 게 지긋지긋했다. 이 일을 어떻게 설명할 수 있겠는가? 그럼에도 그녀는 사람들에게 이 상황을 설명하고 또 설명해야 할 것이다. 갑자기 분노가 치밀었다. 펠로스가 살아있다면 그자에게도 말해야 할 테고, 경찰과 또 다른 정부 사람들, 그리고 언론도 그녀의 설명을 요구할 것이다. 하지만 샌디가 이완을 살려내기만 한다면, 그런 것쯤은 중요하지 않았다.

〈샌디?〉

그녀는 축 늘어진 이완의 손을 잡았다.

〈됐어?〉

대답은 없고 빛의 색깔만 바뀌었다. 자주색은 옅어지고 회색은 더 짙어졌다. 그들은 남은 세 개의 촉수로 이완의 다리를 꼭 감쌌다. 이완의 얼굴은 빨판으로 뒤덮였고, 촉수 하나가 그의 목을 둥글게 휘감았다. 샌디의 몸은 마치 심장처럼 박동했다. 하지만 이완의 손에는 아무런 변화가 없었다. 헤더는 이완이 그녀의 손을 움켜쥐며 바닷물을 토해내고 그녀는 안도감에 웃음을 터뜨리는 모습을 상상했다.

〈샌디?〉

잠시 후 이완의 다리와 머리를 감싼 촉수에서 힘이 풀렸다. 샌디는 촉수를 몸 가까이 당겨 접고 몸을 원래 크기로 되돌린 뒤 이완의 가슴에서 미끄러져 내려왔다.

〈어떻게 된 거야?〉

〈샌디-이완 부분 설정에 실패했다.〉

〈왜?〉

〈이완의 에너지는 이미 초기 형태로 전환되었다.〉

헤더는 눈에 눈물이 고이는 것을 느꼈다.

"그게 무슨 말이야?"

〈이완은 이미 더 큰 에너지의 일부가 됐다. 더 이상 생명이 있는 존재가 아니다. 처음으로 돌아갔다.〉

"네가 살리면 되잖아! 왜 못하는 건데? 내 암도 치료했으면서. 이 사람도 살려줘."

방파제에 올라온 사람들이 헤더를 바라보고 있었지만 그녀는 신경 쓰지 않았다.

〈세포 재조정이다. 이완 에너지는 이미 전환되었다.〉

“제길.”

그녀가 나직이 내뱉었다. 헤더는 이완의 손을 꼭 잡고 그의 회색빛 얼굴을 바라보았다.

“이완, 미안해요. 정말 미안해요.”

가슴에서 스며 나오던 피가 거의 멈춰 그의 옷에 벌건 핏자국만 남아있었다. 헤더는 손가락을 이완의 목에 가져다 대고 맥박을 확인했다. 아무 움직임도 느껴지지 않았다. 그녀는 고개를 푹 숙이고 울음을 터뜨렸다. 그의 얼굴에 뺨을 대자 바닷물과 눈물에 젖은 축축한 피부가 느껴졌다. 그는 이미 다른 존재가 되어있었다. 무로 돌아갔다.

“헤더!”

그녀는 두 눈을 꼭 감았다. 온몸이 부르르 떨렸다. 이 망할 상황은 아직 계속되고 있었다.

“헤더!”

레녹스였다. 그와 에이바는 여전히 그녀의 도움이 필요했다. 사람들은 언제나 그녀의 도움을 필요로 했다.

헤더는 이완의 손을 잡은 채 고개를 들었다.

레녹스는 트럭 옆에 서있고 에이바는 뒤편 짐칸에 누워있었다. 레녹스가 에이바를 손가락으로 가리켰다.

“아기가 나오려나 봐요.”

✦

　고통이 사타구니에서 척추를 타고 올라가 온몸으로 퍼졌다. 에이바는 몸이 불타는 것 같았다. 트럭 옆면을 잡자 녹슬어 떨어진 금속 조각들이 그녀의 손바닥에 붙었다. 그녀는 낡은 매트리스에 누워있었다. 세균이 얼마나 많을지 걱정되었다. 그녀의 딸은 세상에 태어난 첫날부터 면역 시스템을 최대한 가동해야 할 것이다.

　고통은 밀려왔다 밀려가기를 반복했고, 비명은 거대한 해일처럼 찾아왔다. 그녀는 사람의 몸이 어떻게 이렇게까지 늘어나는지 이해할 수 없었다. 방광은 이미 빈 상태였고, 그보다 큰 일도 본 듯싶었다. 이런 일을 겪고도 몸이 회복될 수 있을까? 그때 다시 고통이 밀려왔다. 그녀는 하늘을 바라보았다. 갈매기들이 태평하게 날갯짓을 하고 있었다. 그녀는 고통이 줄어들기를 기다렸다가 머리를 들었다.

　"레녹스?"

　아이가 그녀의 다리 쪽을 보지 않으려 고개를 돌린 채 트럭 위로 올라왔다. 에이바는 차가 충돌할 때 목을 다쳤고, 지금은 산통으로 정신을 차릴 수 없었다. 그녀가 레녹스의 손을 붙잡더니 뼈가 으스러질 정도로 움켜쥐었다.

"괜찮아요."

레녹스가 말했다. 그녀가 이를 악물었다.

"내 바지랑 팬티 좀 벗겨줘."

레녹스는 휘둥그레진 눈으로 그녀를 바라보았다.

"네?"

"어서 해."

통증이 또 온몸을 휩쓰는 사이, 에이바는 레녹스가 그녀의 손을 놓고 옷을 벗기는 것을 느꼈다. 그녀는 배운 대로 숨을 쉬었다. 들이마시고, 내쉬고, 맙소사, 더 아프고 더 늘어난다. 그녀는 아기 머리가 자궁에 닿은 것을 느낄 수 있었다. 아기는 그곳을 나와 처음으로 엄마를 만나려 하고 있었다.

"에이바."

에이바가 눈을 떴다. 헤더가 웅크리고 앉아 그녀를 바라보고 있었다. 헤더가 말했다.

"아기가 나오려고 해요."

에이바는 레녹스의 주먹을 꽉 잡았다.

"내가 그걸 모르는 것 같아요? 맙소사!"

"머리를 내밀었다고요. 머리카락이 보여요."

에이바가 웃는 순간 오줌이 찔끔 나왔다.

"머리카락이 있어요?"

“무지 많아요. 이제 힘줘야 해요.”

헤더가 차분한 목소리로 말했다.

“이완은요?”

“지금은 아기 생각만 해요.”

에이바는 숨을 몇 번 내뱉고 힘을 주려 했지만 근육이 그대로 풀려 버렸다. 힘을 주려고 할 때마다 고통만 심해졌다. 병원이라면 어떤 방법을 써서든 아이를 꺼내고, 에이바에게는 정신을 차릴 수 없을 정도로 약을 잔뜩 주었을 것이다. 수천 년의 진화를 거치고도 여자들이 이런 일을 겪어야 하다니 믿을 수가 없었다.

에이바는 끙 소리와 함께 다시 힘을 주었다. 하지만 고통이 너무 심해 기절할 것 같았다. 망할 통증 같으니! 이 빌어먹을 인생! 이건 미친 짓이다. 이 세상 곳곳에서 수많은 여자들이 지금 같은 일을 겪고 있을 것이다. 그녀는 그 사실에서 위안을 얻어보려 했지만, 실패했다.

머리를 들어보려 했는데 그것도 뜻대로 되지 않았다. 에이바가 매트리스에 풀썩 머리를 내리자 고통이 다시 그녀의 온몸을 휘감았다. 이 고통은 언제 끝날까? 다른 생각은 아무것도 할 수 없었다.

그때 그녀의 손에 무언가 닿았다. 그녀는 그것이 샌디라는 것을 알았다. 빨판이 그녀의 피부에 붙고 촉수는 얼굴을 쓰다듬었다. 또 다른 촉수는 그녀의 배 위로 올라갔다. 그녀는 두 눈을 떴다. 빨판이 그녀의 주먹을 꼭 움켜쥐고 있었다.

〈에이바-에이바 자손 부분 전환 중.〉

그녀는 갑자기 머릿속에서 울려 퍼진 목소리에 깜짝 놀랐지만, 한편으로는 안심이 되었다.

〈도와줘.〉

〈에이바-에이바 자손 전환은 평범한 인간적 과정이다.〉

"너무 아프단 말이야."

에이바가 말했다.

〈너무 아파. 힘을 줄 수가 없어.〉

타는 듯한 통증이 또 밀려와 그녀를 집어삼켰다. 그녀의 몸은 더 이상 아무것도 할 수 없었다.

〈이것은 정상적인 인간 자손 전환 과정이 아닌가?〉

〈아이를 내보낼 수가 없어. 너무 아파. 나 좀 도와줄래?〉

샌디의 촉수가 배를 지나 에이바의 다리 사이로 이동했다. 다른 촉수는 그녀의 머리를 감쌌고, 세 번째 촉수가 그녀의 가슴 위로 올라왔고, 네 번째 촉수는 그녀의 손을 휘감았다. 그녀는 샌디에게 자신의 몸을 내맡겼다. 배를 운전할 선장으로 받아들인 것이다.

〈샌디-에이바-에이바 자손 부분 전환 시작한다.〉

순간 그녀의 마음에 이상한 온기가 퍼졌다. 한 번도 느껴본 적 없는 긍정적인 에너지였다. 온기는 그녀의 뇌를 지나 팔다리로 퍼지더니 자궁과 질에 도달했다. 그녀는 자신의 딸과 완벽하게 연결된 온전한 사람이었다. 그녀는 아기의 불안감을 느꼈고, 자신의 사랑이 혈관을 타고 흐르는 것도 느낄 수 있었다. 그녀의 사랑은 이제 곧 그녀와 분리될 딸의 몸속으로 들어가 한데 뒤섞였다. 아기도 그녀를 느끼는 것을 에이바는 알 수 있었다. 그들은 서로에게 깊이 연결되어 있었고, 그 유대감은 앞으로 무슨 일이 있어도 사라지지 않을 것이다.

에이바의 머릿속에서 오렌지색 빛이 반짝였다. 샌디였다. 그들은 지금까지와는 또 다른 방식으로 그녀와 연결되어 있었다. 그녀는 이런 것이 존재할 줄은 꿈에도 몰랐다. 지난 어떤 관계도 이것과 비교할 수는 없었다.

그녀는 통증이 사라졌다는 사실을 깨달았다. 지난 몇 분 동안 그녀가 느낀 것은 만족스러움뿐이었다. 샌디가 뇌의 화학물질을 조절해 준 덕분인 건 알지만 결과가 이렇게 좋은데, 뭐 어떤가?

하지만 근육이 문제였다. 과연 아기를 밀어낼 힘이 남아있을까? 그때 우주 저 먼 곳에서 무언가 신비로운 힘이 그녀의 몸속에 스며들었다. 배에 긴장감이 생기고 가슴과 다리 사이에 힘이 차올랐다. 어떤 노력도 필요 없는, 세상에서 가장 자연스러운 경험이었다. 아기에게 엄마가 곁에 있고, 앞으로도 영원히 그럴 것이며, 늘 보살펴 주고 세상을 살아나갈 수 있도록 도와주겠다고 알려주는 순간이었다. 그녀는 어느새 몸에 힘이 풀리는 것을 느꼈다. 자궁은 더 이상 당기지 않았고 몸속은 텅 비었다. 변화는 이미 시작되어 그녀의 몸은 다시 인간 비슷한 것으로 돌아가고 있었다. 샌디의 빨판에도 힘이 빠지기 시작했다.

아기 울음소리가 들렸다. 에이바가 고개를 들고 내려다보자, 헤더가 아름다운 딸을 안아 내밀었다. 구깃구깃한 빨간 얼굴, 작은 주먹, 그리고 처음으로 에이바의 배가 아닌 허공을 걷어차고 있는 짧은 다리, 모두 그녀가 이미 알고 있는 모습이었다.

에이바는 아기를 받아 오랫동안 안고 있었다. 세상이 모두 사라지고 둘만 남은 듯했다.

그때 샌디의 촉수가 그녀에게서 휙 멀어졌다. 무언가가 샌디를 트럭 뒤쪽으로 끌어 내리고 있었다. 그녀는 팔꿈치로 바닥을 밀어 몸을 일으키고, 레녹스, 헤더와 함께 그곳을 바라보았다.

물에 흠뻑 젖은 펠로스가 끝에 촘촘한 격자 우리가 달린 금속 막대기를 한 손에 들고 서있었다. 그자는 샌디를 우리 안에 밀쳐 넣고 재빨리 문을 닫은 뒤, 자신에게서 멀리 떨어진 곳으로 밀어냈다. 그리고 다른 한 손에 든 총으로 세 사람을 겨눴다.

✦

헤더는 우리에 갇힌 샌디를 바라보았다. 그리고 샌디가 이완을 위해 한 모든 일과 조금 전 에이바에게 해준 일을 생각하며 이를 악물었다.

〈샌디, 괜찮니?〉

대답이 없었다. 그녀는 다시 정신을 집중했다.

펠로스의 몸에 착 감긴 정장에서 물이 뚝뚝 흘러내렸다. 헤더는 물에 젖은 총도 발사가 되는지 궁금했다.

그녀는 다시 샌디를 바라보았다. 그들은 좁은 격자 사이를 비집고 나오려고 안간힘을 썼지만 틈이 너무 작았다. 촉수 끄트머리는 탈출구를 찾아 꿈틀거리고 그들의 몸은 정신없이 불빛을 번쩍였다. 펠로스는 우리에서 너무 멀리 있어 촉수가 닿지 않았다.

"전기장을 차단하는 페러데이 우리입니다."

펠로스가 말했다.

"사실 그보다 좀 더 복잡하지요. 텔레파시를 사용하지 못하게 막는 기능이 있거든요."

헤더는 페리호 선착장 건물에 처박힌 SUV 트렁크가 활짝 열려있는 것을 발견했다. 거기서 우리를 꺼낸 것이 틀림없었다. 같이 다니던 덩치들은 다 죽은 걸까?

에이바는 매트리스에 누운 채 펠로스와 총으로부터 아기를 보호하고 있었고, 레녹스는 트럭 가장자리를 붙잡고 서있었다. 헤더는 이완의 시체를 바라보았다. 이완은 샌디와 헤더가 물에서 끌어 올린 그 자리에 그대로 누워있었다. 사람들이 산책로 꼭대기에 서서 그를 바라보았다. 핸드폰으로 촬영하는 사람도 있었다. 레녹스가 트럭 옆면을 밀치며 두 주먹을 불끈 말아 쥐었다.

"움직이지 말아요."

펠로스가 총을 흔들며 말했다.

"이걸 쓸 일이 없기를 바랍니다."

헤더는 힘이 쭉 빠졌다. 이완은 죽었고, 에이바는 아기를 낳았고, 펠로스는 샌디를 손에 넣었다. 이제 모두 끝난 게 아닌가 싶었다.

하지만 그녀에게는 암이 있지 않았나? 샌디가 그녀의 목숨을 구해주었다. 그들은 이완을 살리려고 애썼고, 에이바를 도와주었다. 모두가 샌디에게 빚을 지고 있었다.

펠로스는 금속 막대기로 우리를 밀면서 그들에게서 한 걸음 한 걸음 멀어졌다. 샌디는 우리 안에서 촉수를 흔들며 자물쇠를 만지작거리고 있었다. 펠로스가 막대기에 달린 스위치를 딸깍 누르자 스파크가 일며 우리로 전류가 흘러들어 갔다. 샌디는 화들짝 놀라 촉수를 몸으로 바짝 끌어당겼다. 순식간에 쪼그라든 그들의 몸통은 회색빛이 되었다. 레녹스가 트럭에서 풀쩍 뛰어내렸다.

"움직이지 말라고 했습니다."

펠로스가 다시 말했다. 레녹스는 그에게 두어 걸음 다가섰다.

"샌디를 보내주세요."

펠로스는 샌디를 가둔 우리를 밀며, 박살 난 SUV를 향해 계속 뒷걸음질 쳤다. 레녹스는 그를 따라갔다.

"샌디를 놔주지 않으면 후회할 거예요."

"이건 내가 평생 원하던 일입니다."

"지금 무슨 일이 벌어지고 있는지 몰라서 그래요."

펠로스가 고개를 비스듬히 기울였다.

"그럼 얘기해 보시죠."

헤더는 만 깊은 곳에 있는 잰더, 샌디의 고향 위성 풍경, 그리고 피난민들의 대탈출 등, 레녹스가 그녀와 에이바에게 들려준 이야기를 떠올렸다.

레녹스는 말없이 고개를 저었다. 펠로스가 눈을 크게 뜨고 그를 바라보았다.

"해보시라니까요."

레녹스는 집중하고 있었다. 샌디와 대화할 때와 똑같은 모습이었다. 펠로스도 그걸 알아채고 뒤돌아 샌디의 상태를 확인했다. 샌디는 아무 움직임이 없었다.

"말씀드렸지요. 저 우리 안에 있으면 대화는 불가능합니다."

"샌디한테 말하는 거 아니에요."

펠로스가 고개를 절레절레 흔들었다.

"이럴 시간이 없습니다."

그는 샌디가 갇힌 우리를 질질 끌면서 방파제를 가로질러 페리호 선착장으로 향했다. 레녹스는 거리를 두고 그 뒤를 따라갔다.

"조심해."

헤더가 말했다. 레녹스가 뒤를 흘끗 바라보았다.

"걱정 마세요. 어떻게 해야 할지 알아요."

레녹스는 신호를 받는 듯 두 눈을 감았다. 헤더는 샌디를 보았지만, 이번에도 샌디는 아무 변화가 없었다.

펠로스가 차에 거의 도착하자 레녹스가 속도를 높여 거리를 좁혔다. 그는 씩 웃고 있었다. 펠로스는 샌디를 바라보고 다시 고개를 돌려 레녹스를 보았다.

그때 헤더의 왼쪽에서 거대한 물결 소리가 들려왔다. 만의 수면이 거품을 일으키며 소용돌이치고 있었다. 갈매기들이 황급히 흩어지고, 바닷물이 거대한 직사각형 모양으로 공중에 솟아올랐다. 자세히 보니 그것은 그냥 바닷물이 아니라 또 다른 생명체였다. 이 새로운 생명체는 작은 배만큼이나 컸다. 생명체의 옆면을 타고 흘러내린 물이 폭포처럼 만을 향해 떨어졌다. 생명체가 공중으로 높이 떠오르자, 만의 수면에 거대한 그림자가 드리워졌다. 생명체는 거대한 해파리 모양이었다. 그것은 햇빛을 받아 핑크와 빨강, 오렌지와 초록, 그 외의 수백만 가지 색으로 빛났고, 표면은 매끈매끈 윤이 났으며, 몸통에는 거대한 덩굴손이 수면을 향해 떨어지듯 매달려 있었다.

그들은 주변 공기를 디자인하고 모양을 잡듯 구불구불한 곡선을 그리며 움직이더니 육지를 향해 빠르게 다가왔다. 거대한 그림자가 고 깃배와 트럭, 산책로를 뒤덮었다. 지켜보던 사람들은 모두 뒷걸음질을 치거나 언덕 위로 내달리기 시작했다. 펠로스는 거대한 생명체 바로 아래에서 얼빠진 표정으로 그 생명체를 올려다볼 뿐이었다. 헤더는 에이바에게 고개를 돌렸다. 에이바 역시 휘둥그레진 눈으로 그것을 바라보고 있었다. 그것은 지금껏 본 적 없는 다양한 색으로 빛나고 있었다. 소용돌이와 점과 다양한 모양의 빛들이 서로 합쳐지고 뒤얽혔다. 주변 공기가 희미하게 일렁였고 그들의 몸에서는 끊임없이 물이 흘러내렸다.

그들은 이제 모두 그림자 속에 들어갔다. 레녹스가 펠로스에게 달려가 금속 막대기를 뺏었지만, 펠로스는 곧바로 막대기를 낚아채고 레녹스에게 총을 겨누었다.

그때 잰더의 아래쪽에 매달린 덩굴손 하나가 그들을 향해 흔들흔들 다가왔다. 덩굴손은 점점 커지고 단단해졌다. 샌디를 좀 더 크고 어둡게 만들어 놓은 모양새였지만 여전히 잰더와 연결되어 있었다. 헤더는 에이바와 탯줄로 연결된 아기를 떠올렸다. 거대한 생명체는 아래로 뻗은 관처럼 생긴 그 덩굴손 가운데를 비워 구멍을 만들더니, 레녹스, 펠로스, 그리고 우리에 갇힌 샌디를 감쌌다. 그리고 진공청소기처럼 그들 모두를 빨아들였다. 잠시 후 그것은 펠로스와 빈 우리를 뱉어내더니 다시 잰더의 뱃속으로 사라졌다. 잰더는 그곳에 잠시 머물다가 타원형으로 몸통을 줄이고, 한 번 더 주변 공기를 뒤흔들었다. 바르르 떨리는 웅웅 소리가 그들의 몸통을 둘러쌌다. 그런 다음 그들은 수직으로 치솟아 올랐다. 사람이 이해할 수 없는 빠른 속도였다. 잠시 후 그들은 물 자국만 남긴 채 저 먼 하늘로 사라져 버렸다.

헤더는 햇빛 속에서 눈을 깜빡이며 숨을 쉬려고 애썼다. 레녹스와 샌디는 그들과 함께 사라졌고, 바닥에는 빈 우리와 총만 나뒹굴고 있었다. 그리고 그 옆에는 펠로스가 정신을 잃고 대자로 뻗어있었다.

그는 자신이 죽었는지 살았는지 가늠할 수 없었다. 의식이 있는지 없는지, 자신이 인간인지 아니면 다른 존재가 되었는지도 알 수 없었다. 샌디, 잰더와 함께했던 정신 여행과도 느낌이 달랐다. 더 강렬했다. 그는 울라풀에서 솟아올라 스코틀랜드, 그리고 지구를 벗어나고 대기 상층부마저 지나 저궤도에 이르렀다. 하지만 그곳도 끝이 아니었다.

그는 잰더 안에 있었다. 손을 얼굴 앞으로 들어보니, 마치 끈적이는 젤리 속에서 움직이는 것 같았다. 숨은 쉴 수 있었다. 폐가 제대로 움직이고 있었다. 이 끈적거리는 잰더의 몸이 그의 폐를 가득 채우고 있을까? 이 젤리 같은 게 그의 혈관으로 들어가 그의 몸의 일부가 된 것일까?

샌디는 부드럽게 몸을 팽창했다 수축하면서 레녹스 옆에 떠있었다. 촉수가 젤리 안에서 흐느적거렸다. 샌디가 우리에서 나와서 너무 다행이었다. 레녹스와 샌디는 이제 잰더의 일부가 되었다. 그는 이제 자신을 레녹스라고 생각해서는 안 된다. 그는 다른 수백만 것들의 복합체였다. 내장 속 박테리아, 머리에 살고 있는 작은 벌레들, 그의 몸을 통과하는 잰더의 몸, 그의 신경세포 속에 존재하는 샌디까지 모두가 한데 어우러져 그라는 존재를 이루었다. 그는 이제야 샌디가 복수인 이유를 마음 깊이 이해할 수 있었다. 샌디뿐 아니라 누구나 그렇다. 하나의 개체, 남들과는 다른 독립된 개체라는 인간의 생각은 삶을 외롭게 바라보는 터무니없는 개념이었다.

그는 잰더의 몸을 통해 바깥을 볼 수 있었다. 저 바람을 그대로 얼굴에 맞으면 어떻게 될까? 대기권을 벗어나고, 달이 점점 더 커졌다. 태양도 마찬가지였다. 그는 갑자기 방사선이 걱정되었다. 우주비행사들도 늘 신경 써야 하는 부분이 아닌가? 방사선은 세포의 구성을 변형시킬 수 있으니 말이다. 하지만 생각해 보니 그런 경험이라면 이미 여러 번 했다. 이제 와 새삼 걱정할 필요는 없을 것 같았다.

별들은 그 어느 때보다 밝게 빛났다. 그는 이 모든 일이 시작되던 날 피게이트 공원에서 하늘을 올려다본 순간을 떠올렸다. 이제 그는 그 별들 사이를 날고 있었다.

그는 그들이 얼마나 빨리 이동하는지, 어떻게 우주 공간을 이동하는지 전혀 몰랐다. 그들은 제트기처럼 흔적을 남기지도 않고, 그저 진공의 공간 속에서 편안하게 앞으로 나아가고 있었다. 그들은 어느 순간 별빛이 일렁일렁 희미해지는 구역에 이르렀다. 그곳에 가까워질수록 별빛은 더욱 약해졌는데, 막을 뚫고 지나자 별빛이 아예 들어오지 않는 어둠의 공간이 나타났다. 일종의 차단막 안에 들어온 것일까?

잠시 어둠이 이어진 후 갑자기 사방에서 눈이 멀 정도로 밝은 빛이 쏟아졌다. 잰더가 속도를 늦췄다. 잰더처럼 생긴 생명체 수천이 그들을 둘러싸고 있었다. 빛을 내는 거대한 해파리처럼 생긴 이들은 하나하나가 더 작은 생명체들로 이루어진 온전한 생태계였다. 작은 생명체들은 이 생태계를 자유롭게 들락거리며 아래로 가거나 사이로 빠져나가기도 했다. 레녹스는 그저 멍하니 바라보았다. 수백만 생명체가 서로 연결된 채 자신들만의 비밀스러운 공간에서 살아가고 있었다. 레녹스는 이 상황을 이해하려 노력 중이었다.

〈이게 뭐야?〉

그가 마침내 물었다.

〈샌디 완전체.〉

레녹스는 샌디에게 고개를 돌렸다. 샌디는 지금껏 본 적 없는 색의 빛을 내뿜고 있었다.

〈잰더 완전체.〉

잰더의 목소리도 들렸다. 샌디의 몸에서 노랑과 파랑 빛이 교차하며 반짝였다.

〈엔셀라두스 완전체.〉

레녹스는 샌디의 말에 대해 생각해 보았다.

〈샌디-레녹스 부분은 이제 엔셀라두스 완전체다.〉

샌디의 목소리를 듣자 순식간에 마음이 편안해졌다. 머릿속에 그들 목소리가 들리지 않던 시절은 기억도 나지 않았다. 레녹스는 더 큰 무언가의 일부가 되었다는 게 좋았다. 그와 샌디와 잰더는 모두 이 무리의 일부가 되어, 외부에서는 보이지 않는 비밀의 공간을 떠다니고 있었다.

〈이 거품 말이야. 엔셀라두스 생명체가 여기 숨어있는 거야?〉

샌디가 촉수 하나를 레녹스의 얼굴 가까이로 가져와 흔들었다. 촉수는 희미하게 일렁이다가 서서히 사라지더니 다시 나타났다.

〈빛 조작이다.〉

거품은 크기가 몇 킬로미터에 달하는 것 같았다.

〈왜 숨는데?〉

샌디의 몸이 쪼그라들었다. 레녹스는 잰더가 대답할 것이라는 신호로 받아들였다.

〈인간 반응 확신할 수 없다.〉

잠시 말이 끊어졌다.

〈다른 생명체 존재 모른다. 엔셀라두스 생명체에 대한 인식 없다. 충격받는다.〉

레녹스는 특이한 생김새의 생명체들을 발견했다. 그들은 길고 가느다란 팔에 더듬이를 씰룩거리며 잰더의 덩굴손 사이를 헤엄치고 있었다.

〈그래, 충격받지.〉

샌디가 청록색으로 빛났다.

〈레녹스 처음으로 연결된 인간이다.〉

〈왜 나야?〉

잠시 침묵이 흘렀다. 레녹스는 그들이 그를 빼놓고 자기들끼리 대화를 하는 것인지 아니면 이 무리의 다른 생명체들과 소통하는 것인지 궁금했다.

〈뜻밖의 행운이다.〉

샌디 목소리였다.

〈샌디 부분은 많은 부분들 중 하나다. 지구를 탐험한다. 조사한다. 샌디-레녹스 부분 되어 행복하다. 이제 엔셀라두스 완전체다.〉

레녹스는 브룸만 바닥에 있던 잰더를 떠올렸다. 얼마나 많은 잰더들, 그리고 얼마나 많은 샌디들이 있는지는 모르겠지만, 지구의 바다는 넓디넓고 인간은 그 깊이를 다 알지도 못한다.

〈지구에 와서 살 거야?〉

그들의 의식은 그와는 완전히 달랐다. 그는 이제 막 그들의 세계와 사회에 대해 알게 되었을 뿐이지만 더 알고 싶었다. 이 문명과 이 생명체들, 이들이 어떻게 진화하고 얼마나 오랫동안 엔셀라두스에 살았으며, 무엇을 먹고 어떻게 번식하며 어떤 문화를 발전시켰는지 모두 알고 싶었다.

레녹스는 샌디-레녹스 부분과 엔셀라두스 완전체에 대해서도 생각해 보았다. 잰더와 샌디를 구분하는 것이 가능할까? 그냥 그의 생각이 그러한 것뿐일까? 그는 문어에 대해 읽은 내용을 떠올렸다. 촉수마다 작은 뇌가 따로 있다고 한 부분이었다. 문장 자체는 이해할 수 있지만, 과연 그 진정한 의미는 무엇일까? 하나의 개체라는 것은 아무 의미 없는 개념이 되어버리는 게 아닐까?

〈엔셀라두스 완전체 지구로 간다.〉

이번에는 잰더가 대답했다. 레녹스가 얼굴을 찌푸렸다.

〈엔셀라두스에 갑자기 나타난 그것들 있잖아. 그것 때문에 고향을 떠나는 거야?〉

잰더의 피부가 잠시 어두워졌다.

<다른 존재다. 엔셀라두스 완전체의 일부 아니다. 엔셀라두스 되기 싫어한다. 모두 파괴한다.>

<그것들은 뭔데? 어디에서 왔어?>

샌디가 촉수를 펄럭거리며 빨강과 오렌지색 불빛을 번쩍였다.

<인간 언어로 성간 생명체. 태양계 아니다. 어둠이다. 미지의 영역이다.>

<다른 항성계에서 왔단 말이야? 여기까지 어떻게 왔지?>

<어둠이다. 미지의 영역이다.>

<뭘 하려고 왔대?>

<모두 파괴한다.>

<그놈들이 지구에도 올까? 너희 따라서 오는 거 아니야?>

<어둠이다. 미지의 영역이다.>

놈들에 대해 아무것도 모른다는 거잖아. 제기랄! 레녹스는 주변을 둘러보았다. 생명력이 넘쳤다.

<지구에는 언제 가?>

잠시 정적이 흐르더니 레녹스의 주변에서 빛들이 소용돌이치기 시작했다.

<지금 간다.>

아기가 그녀의 손안에서 꼼틀거리는 것이 느껴지는 순간 기쁨이 파도처럼 밀려왔다.

"괜찮아요?"

헤더의 물음에 에이바는 고개를 끄덕였다.

헤더는 흘끗 하늘을 보았다. 텅 빈 파란 하늘이었지만 갈매기는 여전히 겁에 질려 선뜻 날아오르지 못하고 있었다.

"대체 뭐였을까요?"

"잰더였을 거예요."

에이바가 말했다.

"레녹스가 도움을 청했겠죠."

헤더가 얼굴을 찌푸렸다.

"둘이 말하는 게 들렸어요?"

에이바는 아무것도 듣지 못했다. 헤더는 고개를 절레절레 흔들었다.

"어디로 간 걸까요?"

에이바는 아기를 보다가 헤더에게 고개를 돌렸다.

"내가 아기를 안고 있다니 믿을 수가 없어요. 내 딸 클로이."

헤더의 표정이 부드러워졌다. 그녀는 고개를 숙여 아기를 자세히 들여다보았다.

"사랑스러워요. 예쁜 이름이네요."

에이바는 클로이를 물끄러미 바라보았다. 꼭 감은 두 눈과 쪼글쪼글한 피부를 보고 아기의 온기를 느꼈다. 그녀는 녹초가 되었지만 이제 고통은 사라졌다. 몸 전체가 살짝 욱신거리는 정도였다. 그녀는 클로이를 바라보며, 몇 분 전까지만 해도 자신의 몸 안에 있던 생명체라는 사실을 받아들이려 애썼다. 탯줄이 아직 두 사람을 연결하고 있었고, 태반은 에이바의 몸 안에 남아 클로이에게 영양분을 전달하고 있었다. 에이바는 아직 둘이 연결되어 있다는 사실이 좋았다.

헤더는 두 모녀 쪽으로 한 손을 늘어뜨리면서 레녹스가 있던 곳을 향해 걸어갔다. 방파제 콘크리트는 마치 폭풍우가 지나간 듯 곳곳에 물이 고여있었다. 펠로스는 양팔을 활짝 벌리고 두 다리는 몸 쪽으로 접은 채 바닥에 쓰러져 있었다. 현기증 탓에 쓰러진 빅토리아 시대 귀부인 같은 모습이었다.

에이바는 천천히 일어나 앉았다. 온몸이 욱신거렸지만 그녀는 클로이의 머리를 조심히 받치고 발로 바닥을 밀면서 짐칸 끄트머리로 몸을 옮겼다. 헤더를 더 잘 보기 위해서였다.

헤더는 우리로 다가가 살짝 만져보더니 옆에 있는 총을 집어 들어 주머니에 넣었다. 그리고 하늘을 바라보았다. 에이바도 그녀의 시선을 따라 하늘을 보았다. 레녹스와 샌디, 잰더는 어디 있을까?

헤더가 펠로스 옆에 웅크려 앉아 그의 목에 손가락을 댔고, 에이바는 주변을 둘러보았다. 구경꾼 일부가 잔교에 좀 더 가까이 다가가 있었지만 대부분은 그냥 하늘을 바라보았고, 핸드폰으로 촬영을 하기도 했다. 이미 인터넷에 올라간 영상이 있지 않을까? 사람들은 분명 조작이라고 악플을 달았을 것이다.

에이바는 코 킁킁거리는 소리에 고개를 숙여 클로이를 바라보다가 두 눈을 감았다. 또다시 피로가 밀려왔기 때문이다.

"저런, 저런."

갑작스러운 목소리에 그녀의 어깨가 움츠러들었다.

마이클이었다. 그는 세상에서 가장 착한 사람인 양 미소를 지으며 그곳에 서있었다. 그녀는 그에 대해 까맣게 잊고 있었다. 얼마나 행복한 순간이었는지! 이제 에이바는 다시 호랑이굴에 들어왔고 그녀의 몸은 긴장으로 굳어졌다. 그녀는 서둘러 다리 사이를 가렸다.

"그럴 필요 없어."

마이클이 한 걸음 다가서며 말했다.

"이미 다 본 건데."

그녀는 그에게서 클로이를 숨기기 위해 어깨를 비스듬히 기울였다. 아무 소용 없는 행동이지만 몸이 본능적으로 움직였다.

"인정해. 이건 좀 신선하다."

그가 아기를 향해 손을 뻗었다.

"안 돼."

에이바는 자신이 단호해진 것을 느꼈다. 마음 깊은 곳이 단단한 바위처럼 강해지고 있었다. 하지만 마이클은 마치 아무것도 듣지 못한 것처럼 행동했다.

"우리 딸 마거릿! 할머니 이름을 따온 거란다."

"애 이름은 클로이야."

괜한 말을 했다. 그와 대화하지 않는 편이 더 나았다. 그에게 유용한 정보를 줄 필요는 없었다. 에이바는 이런 일을 또 겪어야 한다는 게 믿기지 않았다.

"아니, 그건 안 돼."

마이클이 대꾸했다.

"클로이는 너무 흔한 이름이잖아. 마거릿이 훨씬 잘 어울려."

"에이바?"

또 다른 익숙한 목소리가 들려왔다. 다시 한번 두려움이 밀려왔다. 에이바는 몸을 돌렸다.

"엄마?"

"애야."

그녀의 엄마가 트럭 건너편에서 걸어와 젖은 눈으로 클로이를 바라보았다. 에이바의 눈에도 눈물이 고였다. 자신을 낳는 엄마의 모습이 떠올랐기 때문이다.

"고마워."

그렇게 말한 마이클이 어느새 클로이를 그녀의 팔에서 빼내어 가고 있었다. 아기가 울기 시작했다. 마이클 손에 들린 아기는 너무 작았다. 마이클이 제대로 안지 못한 탓에 아기 머리가 아래로 축 늘어졌다.

마이클은 클로이에게는 눈길조차 주지 않았다. 그저 에이바만 뚫어지게 바라보았다. 그녀가 아기를 향해 달려들자, 그는 그녀를 거칠게 밀어냈다. 그리고 아래를 내려다보다 탯줄을 발견하고는 역겹다는 듯 얼굴을 찌푸렸다. 그는 주머니칼을 꺼냈다. 에이바가 결혼기념일 선물로 준 것이었다. 그가 탯줄을 자르자 클로이의 아랫배에 달린 부분은 아래로 축 늘어지고, 나머지 부분은 에이바의 다리 사이로 툭 떨어졌다.

탯줄을 자르면 아플 줄 알았는데, 통증은 전혀 없었다. 하지만 딸과 분리된 느낌이 들자 에이바는 죽고 싶어졌다. 아니, 죽이고 싶었다.

그녀는 엄마를 흘끗 바라보았다. 엄마는 혼란스러운 표정을 짓고 있었다. 사위가 나쁜 놈일 거라고는 단 한 번도 생각해 보지 못했겠지.

"마이클?"

엄마가 말했다.

"가시죠."

마이클이 에이바에게 등을 돌리고 장모에게 말했다.

"아기를 뺏었으니 더 있을 필요 없어요."

에이바는 트럭 뒤에서 미끄러지듯 내려왔다. 다리가 후들거리고 사타구니가 타들어 가는 것 같았다. 그녀가 클로이를 향해 손을 뻗었지만 마이클은 그녀를 피해 걸음을 옮겼다. 그에게는 너무나 쉬운 일이었다. 그는 평생을 그렇게 살아온 사람이었다. 그저 원하는 것을 손에 넣으면 그것으로 끝이었다. 하지만 이번만큼은 그의 뜻대로 되지 않을 것이다.

"거기 서!"

에이바가 고개를 돌리자, 몇 미터 떨어진 곳에서 헤더가 펠로스의 총으로 마이클을 겨누고 있었다. 마이클은 웃음을 터뜨리고 고개를 흔들었다. 클로이는 계속 울어댔다.

"당신은 또 뭐야?"

헤더는 꼼짝도 하지 않았다.

"클로이를 돌려줘요."

마이클은 주변에 몰려든 사람들을 훑어보았다.

"이 사람들 앞에서 날 쏘겠다고? 내가 아기를 떨어뜨리면 어떡하려고?"

에이바의 시선은 오직 마이클과 클로이에게 집중되었고, 주변 세상은 점차 그녀의 시야에서 사라졌다. 그녀는 여전히 트럭에 기대어 두 발로 서기 위해 애쓰는 중이었다. 헤더가 뭔가 말했지만 에이바의 세상에서는 소리가 들리지 않았다. 마이클은 언제나 그랬듯 우쭐대는 표정으로 자신 있게 대꾸했다. 두 사람은 마치 무슨 협상을 하듯 말을 주고받았지만, 이것은 그녀의 딸의 목숨이 걸린 문제였다. 무슨 할 말이 있단 말인가?

헤더가 한 걸음 다가서자 마이클은 한 걸음 물러섰다. 기껏해야 1미터 정도밖에 떨어져 있지 않았다. 에이바는 트럭 뒤편 금속 부분을 손으로 밀며 조금씩 몸을 움직였다. 피 묻은 탯줄이 다리 사이에 매달려 있었다. 그때 손마디에 무언가 닿았다. 고개를 돌려보니 묵직한 렌치였다. 차가 충돌할 때 공구함이 열리며 튀어나온 것이 틀림없었다. 그녀는 렌치를 집어 들었다. 차가운 금속 공구가 마치 자기 자리를 찾은 듯 손안에 쏙 들어왔고, 그 무게감은 신성하게 느껴졌다. 에이바는 렌치를 꼭 움켜쥐었다.

그녀는 마이클에게 다가가 그의 뒤통수를 겨냥한 뒤, 혼신의 힘을 다해 렌치를 휘둘렀다. 뼈와 금속이 부딪치는 날카로운 소리가 들리고 마이클의 머리에서 피가 솟았다. 그녀가 손에 힘을 풀자 렌치는 쨍그 링 소리를 내며 바닥에 떨어졌다. 그녀는 그 자리에 선 채 흔들리는 마 이클에게 다가가, 그의 손에서 부드럽게 클로이를 빼내 가슴에 끌어안 았다. 마이클은 멍한 눈으로 그녀를 바라보았다. 피가 그의 목까지 흘 러내렸고 그는 결국 바닥에 쓰러졌다. 머리가 콘크리트 바닥에 부딪혀 쿵 소리를 내는 순간, 에이바의 마음은 승리의 노래를 불렀다.

"괜찮아, 아가."

그녀가 클로이에게 속삭였다.

"엄마 여기 있어."

서서히 주변이 다시 보이기 시작했다. 마이클은 바닥에 쓰러져 신음 했고, 헤더의 손이 그녀의 어깨를 감싸 안았다. 엄마 목소리도 들렸다. 그리고 그녀는 세상이 어두워졌다는 사실도 깨달았다. 고개를 들어보 니 잰더가 해안과 방파제에 온통 그늘을 드리운 채 하늘에서 천천히 내려오고 있었다. 이 거대한 생명체는 그들 머리 위 15미터 정도에서 멈추더니, 신나는 축제를 벌이기라도 하듯 파랑과 초록색 불빛을 번쩍 거렸다.

레녹스는 울라풀 하늘에 떠있었다. 잰더의 몸속에서 마치 신처럼 아래를 내려다보는 중이었다. 트럭 옆에 에이바와 헤더가 있고, 마이클과 펠로스는 바닥에 쓰러져 있었다.

잰더의 몸통이 땅을 향해 길어지자, 레녹스는 어느 순간 자신의 몸이 아래로 미끄러지는 것을 느꼈다. 샌디도 함께였다. 둘은 잰더의 살 사이를 둥둥 떠가듯 이동했다.

속도가 줄고 잠시 후 레녹스의 두 발이 땅에 닿았다. 다시 지구 중력의 영향을 받는다는 게 이상했다. 그에게는 아직도 우주 거품 속에서 느꼈던 감정이 그대로 남아있었다. 그는 지구에 살고 있는 모든 생명체가 이룬 공동체의 일원이다. 그는 다른 행성과 위성들, 태양계 바깥의 다른 항성계, 그리고 그 수십억 킬로미터의 공간에서 서로 연결된 채 살아가고 있는 생명들에 대해 생각했다. 태양계에만 이미 두 개의 생태계가 존재하니 우주 전체에는 더 많은 생명체가 바글바글 살고 있을 것이다. 하지만 엔셀라두스에 나타난 그 침입자들은 어떤가? 그들은 어떤 존재들이지?

레녹스는 주변을 둘러보았다. 그는 펠로스와 트럭 옆에 선 두 여자 사이에 서있었다. 샌디가 종종걸음으로 펠로스에게 다가가더니 촉수로 그를 만졌다.

〈샌디, 그 사람 죽었어?〉

샌디의 머리가 불룩해졌다.

〈펠로스-샌디 부분 그대로 연결돼 있다.〉

레녹스는 기분이 좀 나빠졌다. 샌디와 특별하게 연결된 유일한 존재가 되고 싶었기 때문이다. 하지만 그건 말도 안 되는 생각이다. 그가 이 일을 겪으면서 배운 것이 있다면 바로 모든 존재가 서로 연결되어 있다는 사실이었다.

잰더는 여전히 그들의 머리 위에서 그림자를 드리우고 있었다. 그들이 옆으로 이동하자 나직한 쉬익 소리가 들려왔다. 그들은 몸 전체가 만 위로 갈 때까지 옆으로 이동한 뒤 수면으로 내려앉기 시작했다. 그들은 그렇게 항구의 반을 차지한 채 수면에 둥둥 떠서 몸 전체로 빛을 내뿜었다. 복잡한 무늬와 소용돌이가 끊임없이 나타났다 사라졌다.

레녹스는 두 사람에게 다가갔다. 에이바는 트럭 뒷문에 걸터앉아 아기를 바라보았고, 헤더는 한 손으로 총을 헐겁게 잡고 서있었다. 헤더의 시선은 피와 바닷물 웅덩이 속에 누워있는 마이클에게 고정되어 있었다. 미처 감지 못한 그의 두 눈이 멍하니 허공을 응시했다.

"죽었어요?"

헤더는 고개를 끄덕이고 레녹스를 향해 턱을 비죽 내밀었다.

"넌 어떻게 된 거니?"

레녹스는 하늘을 바라보았다. 그리고 꿈에서 깨려는 듯 귓불을 살짝 잡아당겼다.

"우주에 갔어요."

"그래서?"

에이바가 고개를 들며 물었다.

"말도 안 되는 일이 벌어졌죠."

"지금까지 있었던 일보다 더?"

레녹스는 주변을 둘러보았다. 해변을 따라 모여든 사람들이 얼빠진 표정으로 잰더를 바라보고 있었다.

"네."

〈무슨 일이 있었는데?〉

그는 머릿속으로 들려온 헤더의 목소리에 깜짝 놀랐다. 헤더 역시 처음에는 어리둥절한 표정을 지었다. 마치 일부러 그런 게 아니라고 말하는 듯했다. 이제 그들은 샌디 없이도 텔레파시를 쓸 수 있나 보다. 이럴 수가!

〈이런! 나도 들었어요.〉

에이바가 그와 헤더를 바라보았다. 세 사람은 이제 늘 연결되어 있을 것이다. 레녹스도 두 사람이 그의 머리를 떠나지 않았으면 했다.

〈재들은 도망치고 있어요. 살기 위해 피난민이 된 거죠. 목숨을 걸고 이곳에 왔어요. 다른 곳에는 갈 수가 없어요.〉

〈무엇으로부터 도망치는데?〉

헤더가 생각했다.

〈저도 몰라요. 다른 종인 것 같은데, 확실하진 않아요. 아주 먼 곳에서 엔셀라두스에 온 놈들이에요.〉

펠로스가 샌디의 부축을 받으며 두 발로 일어섰다. 그는 혼란스러운 표정이었다. 그가 비틀비틀 트럭을 향해 걷자 샌디도 그 옆을 따라갔다. 펠로스는 트럭 옆에 서있는 세 사람을 하나하나 바라보고 바닥에 쓰러진 마이클에게 시선을 돌렸다. 그리고 고개를 돌려 바다에 떠있는 잰더를 바라보았다.

〈샌디, 엔셀라두스에 나타난 그 생명체들은 뭐야? 뭐라고 부르면 돼?〉

레녹스가 생각했다. 샌디가 트럭으로 가더니 에이바 옆에 앉았다.

〈다른 생명체. 샌디-잰더와 다르다. 엔셀라두스 완전체와 다르다. 인간과 다르다. 다른 존재다.〉

헤더가 갑자기 기운을 차린 듯 활기찬 표정을 지었다.

〈로봇 같은 건가? AI?〉

잠시 정적이 흐른 뒤 다시 샌디 목소리가 들렸다.

〈확실하지 않다. 어둠이다. 미지다.〉

헤더가 고개를 끄덕였다.

〈어디에서 왔을까?〉

샌디가 몸을 꼼지락거렸다.

〈인간 언어로 센타우루스자리 프록시마 별.〉

펠로스가 다시 고개를 돌려 그들을 바라보았다.

"지금 대화하는 겁니까? 여러분 모두?"

레녹스는 그가 안쓰러웠다. 그는 혼자 뒤처져서 뭐가 뭔지 모르는 사람 같았다. 나머지는 모두 진화했는데 펠로스는 그 일원이 되지 못한 것이다.

"네."

"그게 어떻게 가능하지요?"

펠로스가 만에 떠있는 잰더를 향해 손을 휘둘렀다.

"저것도요? 저것과도 대화합니까?"

레녹스가 마른침을 삼켰다.

"모두 같은 존재의 일부들이에요. 하나의 거대한 유기체 혹은 종이라고 할 수 있죠. 어떻게 설명해야 할지 저도 잘 모르겠네요. 우린 저들에 비하면 너무나 무기력한 존재예요. 남들을 모두 차단한 채 이 작은 머릿속에 갇혀서 시간을 낭비하고 있으니까요."

"저것이 왜 왔답니까? 이유를 말해주던가요?"

그런 것을 답할 때가 아니다! 펠로스는 샌디를 잡아가려고 했던 사람이다. 저자는 인간의 낡은 규칙에 따라 행동하고 있지만, 그런 것은 더 이상 통하지 않는다. 모든 게 바뀌었기 때문이다.

"잰더를 잡아넣을 만큼 큰 우리는 없나 보네요."

레녹스가 말했다. 펠로스는 한동안 얼빠진 표정으로 잰더를 바라보더니, 마침내 레녹스에게 고개를 돌렸다.

"나를 나쁜 놈이라고 생각하겠죠. 어쩌면 내가 잘못된 행동을 했을 수도 있습니다. 하지만 난 평생 이 순간만을 기다렸어요. 다른 별에서 온 존재와 접촉하는 일 말입니다. 외계인을 만나는 거요."

저 사람은 그게 어떤 의미인지 상상도 못 할 것이다.

펠로스는 트럭 뒤에 앉은 샌디, 클로이를 안고 있는 에이바, 그리고 총을 든 헤더를 차례로 바라보았다.

"당신들은 모릅니다. 모든 게 바뀔 거예요. 새 시대가 밝은 겁니다."

레녹스는 펠로스가 말하는 방식이 마음에 들지 않았다. 거창한 개념에 웅장한 선언을 들먹이고 있지만, 그는 아무것도 몰랐다. 샌디는 펠로스가 아니라 그들에게 말을 걸었고, 거기에는 분명 그럴만한 이유가 있을 것이다.

그때 잰더가 소리를 내더니 물 위로 솟아오르기 시작했다. 잰더가 15미터 정도 높이에서 멈추자 그 아래에서 엄청난 물보라가 일었다. 샌디가 레녹스 옆으로 다가와 촉수 하나를 그의 손에 접어 넣었다. 빨판이 피부에 달라붙자 레녹스도 손가락으로 샌디의 촉수를 감쌌다.

잰더는 나지막하게 우르릉 소리를 내더니 다음에는 공기가 좁은 창을 빠져나가듯 높다란 쉭 소리를 냈다. 잠시 정적이 흐른 뒤, 더 높은 하늘에서 비슷한 소리가 들려왔다.

샌디의 빨판이 레녹스의 손을 더 힘껏 움켜쥐었고, 레녹스는 고개를 들어 하늘을 보았다. 잰더처럼 생긴 해파리 생명체 수천이 하늘에 나타났다. 처음에는 작은 점에 불과했지만 점차 커져 나중에는 모양과 복잡한 무늬, 색과 빛까지 구분할 수 있게 되었다. 그들은 하늘을 가득 채우고 점점 커졌다. 그들은 서로, 그리고 그들 아래에 있는 수많은 다른 생명체와 연결되고 뒤얽혔다. 그들은 계속해서 내려왔고 사방으로 퍼져나갔다.

레녹스는 그들이 물 위로 내려오는 것을 보았다. 울라풀 너머 언덕으로 고개를 돌려보았지만, 그곳 하늘은 맑기만 했다. 하지만 물 위에는 수천의 엔셀라두스 생명체가 둥둥 떠서 바다를 향하고 있었다.

그는 샌디를 처음 만난 날 밤과 똑같은 냄새를 맡았다. 하지만 어지럽거나 비틀거리지는 않았다. 그는 그저 하늘에서 내려오는 생명체들을 바라볼 뿐이었다. 그는 산책로를 가득 메운 행인들에게 시선을 돌렸다. 사람들은 레녹스가 샌디를 처음 만났을 때 같은 반응을 보이지 않았다. 뭔가 달랐다.

브룸만 수면에 착륙한 엔셀라두스 생명체들이 계속해서 수평선을 향해 바다로 나아갔다. 그들은 몸에서 아름다운 색의 빛을 내뿜었다. 마치 대화를 나누는 듯 색과 무늬를 끊임없이 주고받고 있었다.

펠로스는 입을 떡 벌린 채 그들을 바라보았다.

잰더도 다시 수면으로 내려와 그들과 나란히 자리를 잡고 빛 무늬를 주고받기 시작했다. 샌디가 다시 레녹스의 손을 움켜쥐었다.

〈엔셀라두스 생명체-인간 완전체다.〉

레녹스는 주변을 둘러보았다. 헤더가 엔셀라두스 생명체로 가득 찬 만을 보다가 그에게 고개를 돌리고 싱긋 웃었다. 에이바도 팔에 안은 클로이에게서 시선을 돌려 레녹스를 바라보았다. 세 사람은 동시에 샌디를 보았고, 샌디는 화려한 빛으로 박동하며 형언할 수 없는 무늬와 색을 선보였다. 레녹스가 본 것 중 가장 활기 넘치는 모습이었다.

세 사람은 처음에는 모두 혼자였고 분리되고 고립되어 있었다. 이제 그들은 훨씬 더 큰 존재의 일부가 되었다. 새로운 미래의 아주 작은 세 구성 성분이 된 것이다. 그들은 변했다. 더 이상 그냥 인간이 아니었다. 그들은 다른 무언가였다. 더 나은 다른 존재가 되었다.

〈우아.〉

그들의 연결된 마음속에서 에이바의 목소리가 울려 퍼졌다. 헤더가 활짝 웃었다.

〈이제 어떡하지?〉

레녹스는 샌디에게 고개를 돌리고 그들의 촉수를 꼭 쥐었다.

〈좋은 질문이네요. 샌디, 이제 어떡할까?〉

이 작품의 가능성을 믿어준 캐런 설리번과 지칠 줄 모르는 헌신을 보여준 오렌다북스의 모든 직원들께 무한한 감사를 드린다. 아낌없는 지지를 보내준 필 패터슨과 마르작 에이전시의 모든 분들께도 고마운 마음을 전한다. 또한 이 작품을 믿고 재정적 도움을 주신 스코틀랜드 예술진흥원에 깊은 감사를 드린다. 오랜 시간 내 작품 활동을 응원해 준 모든 사람에게 감사드린다. 모두 그들 덕분에 가능한 일이었다. 마지막으로 트리샤, 에이든, 앰버에게 영원한 사랑을 전한다.

옮긴이_신윤경

서강대학교에서 영어영문학과 불어불문학을 복수 전공하고, 같은 대학 대학원에서 석사학위를 받았다. 영국 리버풀 종합단과대학과 프랑스 브장송 CLA에서 수학했으며, 현재 프리랜서 번역가로 활동하고 있다. 주요 역서로《청소부 밥》,《소문난 하루》,《마담 보베리》,《포드 카운티》,《호러스토어》외 다수가 있다.

너와 나 사이의 우주

초판 1쇄 인쇄 2026년 1월 19일
초판 1쇄 발행 2026년 2월 4일

지은이 | 더그 존스턴
옮긴이 | 신윤경
발행인 | 강봉자, 김은경

펴낸곳 | (주)문학수첩
주소 | 경기도 파주시 회동길 503-1(문발동 633-4) 출판문화단지
전화 | 031-955-9088(마케팅부) 031-955-9532(편집부)
팩스 | 031-955-9066
등록 | 1991년 11월 27일 제16-482호

ISBN 979-11-7383-031-0 03840